Patricia Highsmith est née au Texas en 1921 à Fort Worth. Après avoir vécu longtemps en France, elle s'est établie en Suisse.

Son premier roman, *L'Inconnu du Nord-Express,* fut adapté par Alfred Hitchcock.

Parmi les autres ouvrages portés à l'écran, citons *Monsieur Ripley,* par René Clément *(Plein soleil)* et *Ripley s'amuse* par Wim Wenders *(L'Ami américain).*

Patricia Highsmith aime le jardinage, la menuiserie et la peinture. Plusieurs de ses œuvres ont été exposées.

Ses livres sont publiés aux Editions Calmann-Lévy en France et dans dix autres pays.

ŒUVRES DE PATRICIA HIGHSMITH

Chez Calmann-Lévy :

Romans

L'INCONNU DU NORD-EXPRESS
LE JOURNAL D'EDITH
RIPLEY ET LES OMBRES
CEUX QUI PRENNENT LE LARGE
LE CRI DU HIBOU
L'EMPREINTE DU FAUX
LA RANÇON DU CHIEN
MONSIEUR RIPLEY (PLEIN SOLEIL)
EAUX PROFONDES
CE MAL ETRANGE (DITES-LUI QUE JE L'AIME)
JEU POUR LES VIVANTS
LE MEURTRIER
RIPLEY S'AMUSE (L'AMI AMERICAIN)
SUR LES PAS DE RIPLEY
LES DEUX VISAGES DE JANVIER
CES GENS QUI FRAPPENT A LA PORTE
L'HOMME QUI RACONTAIT DES HISTOIRES
LA CELLULE DE VERRE

Nouvelles

LE RAT DE VENISE et autres histoires de criminalité animale à l'intention des amis des bêtes
LA PROIE DU CHAT
L'AMATEUR D'ESCARGOTS
LES SIRENES DU GOLF
L'EPOUVANTAIL
LE JARDIN DES DISPARUS

Chez Julliard :

TOUTES À TUER

Les œuvres de Patricia Highsmith publiées en édition de poche sont éditées aux Editions PRESSES POCKET.

PATRICIA HIGHSMITH

RIPLEY S'AMUSE

roman

Traduit de l'américain par Janine Hérisson

CALMANN-LÉVY

Titre original :

RIPLEY'S GAME

ISBN : 2 - 266 - 01881 - 7

– Le crime parfait, ça n'existe pas, déclara Tom à Reeves. Essayer d'en inventer un, c'est un jeu de salon, tout simplement. Evidemment, on peut dire qu'il y a des tas de meurtres qui ne sont jamais élucidés, mais ça n'a rien à voir.

Tom s'ennuyait. Marchant en long et en large devant la vaste cheminée où crépitait un petit feu, il avait l'impression d'avoir parlé d'un ton prétentieux, pontifiant. Le fait est qu'il ne pouvait aider Reeves et le lui avait déjà dit.

– Oui, bien sûr, répondit Reeves.

Il était assis dans un des fauteuils tendus de soie jaune, son maigre corps penché en avant, les mains serrées entre les genoux. Il avait un visage osseux, de courts cheveux châtain clair, des yeux gris et froids, un visage peu agréable mais qui aurait eu une certaine beauté sans la cicatrice qui lui barrait la joue droite depuis la tempe presque jusqu'à la bouche. Un peu plus rose que le reste de son visage, cette cicatrice donnait l'impression d'avoir été mal suturée, peut-être même pas suturée du tout. Tom ne lui avait jamais posé de questions à ce sujet, mais Reeves avait déclaré une fois : « Une fille m'a fait ça un jour avec son poudrier. Tu te rends compte? » (Non, Tom ne pouvait rien imaginer de tel.) Reeves avait gratifié Tom d'un de ses brefs sourires empreints de tristesse, un des rares sourires de

Reeves que Tom pût se rappeler. Et, à une autre occasion : « J'ai été désarçonné par un cheval, traîné par l'étrier sur plusieurs mètres. » Reeves avait donné cette version-là à quelqu'un d'autre, en présence de Tom. Tom soupçonnait plutôt une vilaine bagarre Dieu sait où avec un couteau mal affûté.

Reeves voulait maintenant que Tom lui trouve, lui suggère quelqu'un pour exécuter un, ou peut-être deux, « meurtres fort simples », et également un vol, simple et sans danger. Reeves était venu de Hambourg à Villeperce pour voir Tom chez qui il allait passer la nuit avant de se rendre à Paris le lendemain pour discuter du problème avec quelqu'un d'autre. Il regagnerait ensuite Hambourg, sans doute pour réfléchir de nouveau s'il avait échoué. Reeves était avant tout un fourgue, mais depuis quelque temps, il trafiquait dans le monde illégal du jeu qu'il entreprenait maintenant de protéger. Le protéger des truands italiens qui voulaient s'immiscer dans le racket. L'un d'eux, envoyé pour tâter le terrain, était un soldat de la Mafia, estimait Reeves, et l'autre aussi peut-être, quoique d'une autre famille. En éliminant l'un de ces intrus ou les deux, Reeves espérait décourager d'autres tentatives et laisser à la police le soin de se charger du reste, à savoir chasser la Mafia. « Ces gars de Hambourg sont très chouettes, avait déclaré Reeves avec ferveur. C'est peut-être en marge de la loi, de diriger un ou deux casinos privés, mais en tant que propriétaires de clubs, ils restent dans la légalité et ne font pas des bénéfices exorbitants. Ça n'est pas comme Las Vegas, entièrement entre les mains du Syndicat, et sous le nez même des flics américains! »

Tom prit le tisonnier pour rassembler les braises et jeta une autre courte bûche sur le feu. Il était près de six heures, le moment de boire un verre.

– Voudrais-tu...

Mme Annette, la gouvernante des Ripley, entrait.

– Excusez-moi, voulez-vous que je vous serve les boissons maintenant, monsieur Tom, puisque ce monsieur n'a pas voulu de thé?

– Oui, merci, madame Annette. C'est justement ce à quoi je pensais. Et demandez à Mme Ripley de se joindre à nous, voulez-vous?

Tom avait envie qu'Héloïse détende un peu l'atmosphère. Il lui avait dit, avant d'aller chercher Reeves à Orly à trois heures, que Reeves voulait lui parler, et Héloïse avait bricolé dans le jardin ou était restée en haut tout l'après-midi.

– Tu n'envisageais pas de t'en charger toi-même? demanda Reeves dans un dernier effort. Tu es en dehors du coup, tu comprends, et c'est ce que nous voulons. Ne prendre aucun risque. Et, après tout, la somme que nous payons, quatre-vingt-seize mille dollars, ça n'est pas si mal.

Tom secoua la tête.

– Je suis dans le coup dans la mesure où je suis en relations avec toi.

Bon sang, il avait fait des petits boulots pour Reeves, par exemple poster de menus objets volés ou bien récupérer d'autres objets minuscules, comme des microfilms, transportés à leur insu par les propriétaires des tubes dentifrices où Reeves les avait dissimulés.

– Est-ce que tu t'imagines que je vais pouvoir me tirer éternellement de tous ces micmacs à la James Bond? J'ai ma réputation à protéger, tu sais.

Cette formule fit sourire Tom, mais en même temps, une authentique fierté lui faisait battre le cœur un peu plus vite; il se redressa, conscient de vivre dans une belle maison, de mener une existence désormais à l'abri du danger, six mois après l'épisode Derwatt (1), qui avait failli tourner à la catastrophe et dont il s'était tiré avec pour seul dommage les quelques soupçons qui avaient à l'époque pesé sur lui. Exercice de corde raide, certes, mais où il n'était pas tombé.

(1) Voir *Ripley et les ombres. (N.d.E.)*

– Parmi tous les gens que tu connais, tu peux sûrement trouver quelqu'un qui s'en chargerait, dit Tom.

– Oui, mais qui serait plus que toi en relation avec moi. Les gens qui gravitent autour de moi sont plutôt connus, ajouta Reeves d'un ton morne. Tu connais une foule de gens respectables, Tom, des gens vraiment au-dessus de tout soupçon.

Tom se mit à rire.

– Et comment vas-tu recruter ce genre de personnages? Je me dis quelquefois que tu as vraiment la cervelle dérangée.

– Non! Tu sais très bien ce que je veux dire. Quelqu'un qui le ferait pour l'argent, simplement pour l'argent. Pas besoin d'être un spécialiste. On lui préparerait le terrain. Et s'il était interrogé, il paraîtrait absolument incapable de faire ce genre de choses.

Mme Annette entra avec la table roulante. Le seau à glace en argent étincelait. Les roues de la table grinçaient légèrement. Tom se proposait depuis des semaines de les huiler. Il aurait pu continuer à discuter avec Reeves, car Mme Annette, Dieu soit loué, ne comprenait pas l'anglais, mais il en avait assez de cette conversation et il fut ravi de l'arrivée de la domestique. Mme Annette, d'origine normande, avait dépassé la soixantaine, et cette femme robuste au beau visage était une véritable perle. Tom ne voyait même pas comment Belle Ombre aurait fonctionné sans elle.

Héloïse arriva du jardin et Reeves se leva pour l'accueillir. Elle portait une salopette à pattes d'éléphant rayée rose et rouge avec le mot LÉVI imprimé verticalement sur chaque rayure. Ses longs cheveux blonds lui balayaient les épaules. Voyant les reflets du feu qui y jouaient, Tom songea : « Quelle image de la pureté comparée à ce dont nous parlions. » Cette masse d'or pur néanmoins amena Tom à penser à l'argent. En fait, il n'avait pas de problèmes financiers, même si la vente des toiles de Derwatt, sur laquelle il touchait un pourcentage, allait bientôt s'arrêter faute de tableaux. Tom percevait en outre un pourcentage sur la vente des fournitures pour artistes de la société Derwatt. Il y avait également le revenu modeste, mais en hausse progressive, des actions Greenleaf qu'il avait héritées grâce à un faux testament forgé de sa main. Sans parler de la généreuse somme versée mensuellement à Héloïse par son père. Il ne fallait pas se montrer trop cupide. Tom détestait avoir recours au meurtre, à moins que ce ne soit absolument nécessaire.

– Vous avez bien discuté? demanda Héloïse en anglais, et elle s'assit d'un mouvement plein de grâce sur le divan jaune.

– Oui, merci, répondit Reeves.

Le reste de la conversation se poursuivit en français, car Héloïse ne se sentait pas à l'aise en anglais. Le français de Reeves était rudimentaire, mais il se débrouillait, et ils ne parlèrent de rien d'important : du jardin, de l'hiver clément qui semblait vraiment se terminer, car mars était là et les jonquilles commençaient à fleurir. Tom prit un des quarts de champagne sur la table roulante et servit Héloïse.

Il ne faisait pas froid à Hambourg non plus, déclara Reeves, et il ajouta qu'il avait aussi un jardin, puisque sa petite maison se trouvait sur l'Alster, un vaste plan d'eau autour duquel nombre de gens avaient des maisons, ce qui leur permettait également de posséder des petits bateaux s'ils le désiraient.

Tom savait qu'Héloïse n'aimait pas Reeves Minot et se méfiait de lui; c'était le genre de personne qu'elle aurait aimé voir éviter par son mari.

Il pourrait déclarer en toute sincérité à Héloïse ce soir-là, songea Tom avec satisfaction, qu'il avait décliné les propositions de Reeves. Héloïse s'inquiétait toujours des réactions de son père. Son père, Jacques Plisson, richissime fabricant de produits pharmaceutiques, gaulliste d'opinion, était le prototype du Français respectable. Et il n'avait jamais eu grande sympathie pour Tom. « Mon père n'en tolérera pas beaucoup plus! » l'avait souvent prévenu Héloïse, mais Tom savait qu'elle songeait davantage à sa sécurité qu'à la pension versée par son père et qu'il avait souvent menacé de supprimer, d'après Héloïse. Elle déjeunait chez ses parents à Chantilly une fois par semaine, le vendredi en général. Si jamais son père supprimait cette pension, ils auraient du mal à garder Belle Ombre, Tom le savait.

Le menu consistait en des médaillons de bœuf, précédés d'artichauts froids accompagnés de la sauce spéciale de Mme Annette. Héloïse avait passé une robe bleu clair, toute simple. Elle sentait déjà, se dit Tom, que Reeves n'avait pas obtenu ce qu'il était venu chercher. Avant que chacun se retire, Tom s'assura qu'il ne manquait rien à Reeves, et lui demanda à quelle heure il voulait son petit déjeuner, thé ou café, dans sa chambre. Du café, à huit heures, répondit Reeves. Reeves occupait la chambre d'amis au centre de la maison, ce qui lui donnait accès à la salle de bains d'Héloïse, d'où Mme Annette avait déjà enlevé la brosse à dents de sa patronne pour la porter dans la salle de bains de Tom.

– Je suis contente qu'il s'en aille demain. Pourquoi est-il aussi nerveux? demanda Héloïse, tout en se brossant les dents.

– Il est toujours nerveux. (Tom émergea de la douche et se drapa rapidement dans une grande serviette jaune.) C'est pour ça qu'il est si maigre, peut-être.

Ils parlaient anglais, car avec lui, Héloïse n'avait pas de complexe.

– Où l'as-tu connu?

Tom ne pouvait se le rappeler. Quand? Cinq ou six ans auparavant, peut-être. A Rome? Et de qui Reeves était-il l'ami? Tom était trop fatigué pour réfléchir et de toute façon ça n'avait aucune importance. Il entretenait des relations de cet ordre avec cinq ou six personnes et aurait eu bien du mal à dire où il avait rencontré chacune d'entre elles.

– Qu'est-ce qu'il te voulait?

Tom enlaça Héloïse, plaquant sa chemise de nuit sur son corps. Il posa un baiser sur sa joue fraîche.

– Quelque chose d'impossible. J'ai refusé. Tu as bien vu. Il est très déçu.

Cette nuit-là, une chouette esseulée ulula quelque part dans les pins de la forêt communale derrière Belle Ombre. Tom, le bras gauche sous la nuque d'Héloïse, réfléchissait. Elle s'endormit et son souffle se fit léger et régulier. Tom soupira et continua à réfléchir. Mais il n'arrivait pas à penser de façon logique, constructive. Le deuxième café qu'il avait bu le tenait éveillé. Il se rappelait une soirée à laquelle il était allé un mois plus tôt à Fontainebleau, une fête d'anniversaire pour une certaine Mme... comment donc? C'était le nom du mari qui intéressait Tom, un nom anglais qui allait sans doute lui revenir d'ici quelques secondes. Leur hôte avait trente et quelques années, et le couple avait un petit garçon. La maison, étroite, à trois étages, était située dans une rue résidentielle de Fontainebleau, avec un petit jardin derrière. L'homme était encadreur. C'est pour cette raison que Tom avait été amené à cette soirée par Pierre Gauthier, qui avait une boutique de fournitures pour artistes dans la rue Grande, où Tom achetait sa peinture et ses pinceaux.

– Venez donc avec moi, monsieur Ripley, avait dit Gauthier. Et amenez votre femme! Il veut qu'il y ait beaucoup de monde! On le dit un peu déprimé... Et d'ailleurs, puisqu'il est encadreur, vous pourriez le faire travailler.

Tom cligna des paupières dans le noir et écarta légèrement la tête afin que ses cils ne touchent pas l'épaule d'Héloïse. Il se rappelait avec rancœur et une certaine antipathie un Anglais blond de haute taille. Dans la cuisine, cette cuisine sinistre au linoléum usé, au plafond noirci par la fumée, décorée d'une frise inspirée d'un motif du XIXe siècle, il avait fait à Tom une remarque déplaisante. L'homme – Trewbridge, Tewksbury? – avait déclaré d'un ton presque méprisant : « Oh oui, j'ai entendu parler de vous. » Tom s'était présenté : « Je m'appelle Tom Ripley. J'habite Villeperce », et il s'apprêtait à lui demander depuis combien de temps il habitait Fontainebleau, pensant qu'un Anglais marié à une Française aimerait peut-être faire la connaissance d'un Américain également marié à une Française, habitant la région, mais ses avances avaient été accueillies avec une certaine grossièreté. Trevanny? N'était-ce pas là son nom? Des cheveux blonds et raides, l'air plutôt hollandais, mais les Anglais ressemblent souvent à des Hollandais et *vice versa*.

Tom repensait en fait à ce que Gauthier lui avait dit plus tard ce soir-là. « Il est déprimé. Il ne voulait pas se montrer impoli. Il a une maladie du sang, la leucémie, je crois. C'est assez grave. En plus, comme vous pouvez en juger par la maison, il ne réussit pas très bien en affaires. » Gauthier avait un œil de verre d'une étrange couleur jaune-vert, qu'on avait visiblement voulu assortir à son œil véritable, mais sans grand succès. L'œil de verre de Gauthier évoquait l'œil d'un chat mort. On évitait de le regarder, mais il exerçait une sorte d'attirance hypnotique, si bien que les paroles peu réjouissantes de Gauthier, ajoutées à son œil de verre, avaient fortement impressionné Tom, le faisant penser à la Mort, et il ne les avait pas oubliées.

Oh oui, j'ai entendu parler de vous. Cela signifiait-il que Trevanny le jugeait responsable de la mort de Bernard Tuft, et aussi de celle de Dickie Greenleaf? Ou bien cet Anglais était-il simplement amer envers tout le monde à cause de sa maladie? Un hypocondriaque, comme un homme affligé d'un perpétuel mal d'estomac? Tom se rappelait maintenant la femme de Trevanny, sans grande beauté mais au visage intéressant, avec des cheveux châtains, ouverte et chaleureuse, s'efforçant de bien recevoir ses invités dans le petit salon et la cuisine où personne ne s'était assis sur les quelques chaises disponibles.

Tom se posait la question suivante : cet homme était-il susceptible d'accepter le travail que proposait Reeves? Tom avait songé à une méthode ingénieuse pour contacter Trevanny. C'était une méthode qui risquait de réussir avec n'importe quel individu à condition de préparer le terrain, mais dans ce cas particulier, le terrain était déjà préparé. Trevanny avait de graves inquiétudes au sujet de sa santé. L'idée de Tom correspondait à une mauvaise farce, rien de plus, songea-t-il, une farce assez cruelle, mais cet homme avait été désagréable avec lui. La plaisanterie ne durerait sans doute pas plus d'un jour ou deux, jusqu'à ce que Trevanny ait pu consulter son docteur.

Amusé par ses propres réflexions, Tom se dégagea doucement d'Héloïse, afin de ne pas la réveiller au cas où un rire à demi réprimé le secouerait. Et à supposer que Trevanny soit vulnérable et exécute au doigt et à l'œil les plans de Reeves? Est-ce que ça ne valait pas la peine d'essayer? Si, car Tom n'avait rien à perdre. Trevanny non plus. Trevanny risquait même d'y trouver son avantage. Reeves également, d'après lui, mais ça, c'était son affaire, car ce que Reeves voulait semblait à Tom aussi vague que ses histoires de microfilms, qui relevaient probablement de l'espionnage international. Les gouvernements étaient-ils conscients des singeries grotesques auxquelles se livraient certains de leurs espions? De ces hommes fantasques, à demi fous, circulant furtivement de Bucarest à Moscou et Washington avec des armes et des microfilms, des hommes qui auraient pu tout aussi bien appliquer l'énergie qu'ils consacraient à la guerre internationale à collectionner des timbres ou à se familiariser avec les secrets des trains électriques modèles réduits?

Ce fut donc une dizaine de jours plus tard, le 22 mars, que Jonathan Trevanny, qui habitait rue Saint-Merry, à Fontainebleau, reçut une étrange lettre de son excellent ami Alan McNear. Alan, représentant à Paris d'une firme anglaise d'appareils électroniques, lui avait écrit avant de partir en voyage d'affaires à New York et, bizarrement, juste le lendemain du jour où il était venu voir les Trevanny à Fontainebleau. Jonathan s'attendait – ou plutôt ne s'attendait pas – à une sorte de lettre de château d'Alan pour la soirée donnée par Jonathan et Simone en son honneur, et Alan écrivait en effet quelques mots de remerciements, mais un paragraphe déconcertait Jonathan :

Jon, je suis effondré par les nouvelles concernant ta santé et encore maintenant je refuse de croire que c'est aussi grave. On m'a dit que tu savais, mais n'en parlais à aucun de tes amis. Très noble attitude de ta part; toutefois à quoi servent les amis, alors? Ne va pas t'imaginer que nous allons chercher à t'éviter ou que nous craignons de te retrouver trop abattu pour avoir envie de te voir. Tes amis (et j'en suis) seront toujours à tes côtés. Je n'arrive pas, en fait, à écrire ce que je voudrais vraiment te dire. Je ferai mieux la prochaine fois que je te verrai, dans deux mois quand je réussirai à prendre des vacances, alors excuse-moi de me montrer aussi maladroit.

De quoi donc parlait Alan? Son médecin, le Dr Périer, avait-il dit quelque chose à ses amis, quelque chose qu'il lui avait caché? Le docteur n'était pas venu à la soirée donnée pour Alan, mais avait-il parlé à quelqu'un d'autre?

A Simone, par exemple? Et gardait-elle le secret, elle aussi?

Debout dans son jardin à huit heures et demie du matin, légèrement frissonnant sous son sweater, les doigts maculés de terre, Jonathan envisageait toutes ces possibilités. Mieux valait qu'il aille voir le Dr Périer aujourd'hui même. Inutile d'interroger Simone. Elle jouerait sans doute la comédie. « Mais chéri, de quoi parles-tu? » Jonathan n'était pas sûr de pouvoir dire si elle jouait la comédie ou non.

Et le Dr Périer? Pouvait-il lui faire confiance? Le Dr Périer débordait toujours d'optimisme, ce qui était très bien si on souffrait d'une maladie sans gravité; on se sentait aussitôt beaucoup mieux, pratiquement guéri. Mais Jonathan savait que sa maladie était grave. Il était atteint d'une leucémie myéloïde à évolution lente. Au cours des cinq dernières années, il avait subi au moins quatre transfusions du sang par an. Chaque fois qu'il se sentait fatigué, il était censé aller voir son docteur ou se rendre à l'hôpital de Fontainebleau pour une transfusion. Le Dr Périer avait déclaré (ainsi qu'un spécialiste à Paris) que le moment viendrait où il déclinerait rapidement, où les transfusions ne pourraient plus le sauver. Jonathan avait lu suffisamment de textes concernant cette maladie pour le savoir lui-même. Aucun docteur n'avait encore trouvé de traitement susceptible de guérir la leucémie myéloïde. Dans l'ensemble, on pouvait survivre de six à huit ans, ou même de six à douze. Jonathan entamait maintenant sa sixième année.

Il rangea sa fourche dans le petit appentis en brique, autrefois des w.c. extérieurs transformés en cabane à outils, puis remonta l'escalier de derrière. Il s'attarda, un pied sur la première marche, et aspira profondément l'air frais du matin, en se demandant : « Combien de semaines encore pourrai-je savourer de tels instants? » Il se rappela néanmoins qu'il s'était déjà posé la même question au printemps précédent. Allez, du cran, se dit-il; il savait depuis six ans qu'il ne dépasserait peut-être pas l'âge de trente-cinq ans. Jonathan monta les huit marches métalliques d'un pas ferme, songeant qu'il était neuf heures moins dix et qu'il devait être à sa boutique à neuf heures et quelque au plus tard.

Simone partie avec Georges pour l'école maternelle, la maison était vide. Jonathan se lava les mains sur l'évier et se servit de la brosse destinée aux légumes, ce qu'aurait désapprouvé sa femme, mais il la nettoya avant de la reposer. Il n'y avait pas de téléphone dans la maison. Il appellerait le Dr Périer dès qu'il serait arrivé à sa boutique.

Jonathan gagna la rue de la Paroisse et tourna à gauche, puis poursuivit jusqu'à la rue des Sablons qui la croisait. Arrivé à sa boutique, il composa de mémoire le numéro du Dr Périer.

L'infirmière répondit que tous les rendez-vous étaient pris pour la journée, comme Jonathan s'y attendait.

– C'est urgent, insista-t-il. Je n'en aurai pas pour longtemps. Je veux simplement lui poser une question... mais il faut que je le voie.

– Vous vous sentez fatigué, monsieur Trevanny?

– Oui, très fatigué, répondit aussitôt Jonathan.

Il obtint un rendez-vous pour midi. Cette heure-là avait une résonance sinistre.

Jonathan était encadreur. Il taillait des maries-louises et des verres, fabriquait des cadres, en choisissait d'autres dans son stock pour les clients indécis. A de rares occasions, en achetant des cadres anciens à des ventes publiques ou chez des brocanteurs, il tombait sur un tableau qui pouvait présenter un certain intérêt avec un cadre, un tableau qu'il nettoyait et disposait dans sa vitrine pour le vendre. Mais ça n'était pas un métier lucratif. Il avait du mal à joindre les deux bouts. Sept ans auparavant, il avait eu un associé, anglais également, de Manchester, et ils avaient ouvert un magasin d'antiquités à Fontainebleau, un stand de brocante, plutôt, où ils rafistolaient les objets ramassés à droite et à gauche. La boutique ne rapportait pas suffisamment pour deux et Roy avait laissé tomber et trouvé une place de mécanicien dans un garage près de Paris. Peu de temps après, un médecin parisien avait confirmé à Jonathan ce que lui avait déjà annoncé un médecin de Londres. « Vous avez une tendance à l'anémie. Vous feriez bien de vous faire examiner régulièrement et il vaudrait mieux éviter un travail trop pénible. » Renonçant à charrier des armoires et des divans, Jonathan s'était donc lancé dans les encadrements et les sous-verres, tâche nettement moins fatigante. Avant d'épouser Simone, il l'avait prévenue qu'il n'avait peut-être plus que six ans à vivre. C'était en effet précisément à l'époque où il avait fait sa connaissance que deux docteurs lui avaient confirmé que ses défaillances périodiques étaient causées par une leucémie myéloïde.

Maintenant, songeait calmement, très calmement, Jonathan en commençant sa journée de travail, Simone pourrait se remarier s'il mourait. Elle travaillait cinq après-midi par semaine de deux heures et demie à six heures et demie dans un magasin de chaussures de l'avenue Franklin-Roosevelt, tout près de chez eux, et ceci depuis un an seulement, depuis que Georges avait atteint l'âge d'aller à la maternelle. Ils avaient besoin des huit cents francs par mois que gagnait Simone. Pourtant Jonathan était agacé à l'idée que Brezard, son patron, le genre plutôt coureur, aimait pincer les postérieurs de ses vendeuses et devait certainement tenter sa chance dans l'arrière-boutique où était entreposée la marchandise. Simone était une femme mariée, comme le savait fort bien Brezard, et il y avait donc une limite qu'il ne devait pas dépasser. Encore que, supposait Jonathan, ce genre de type ne se laissât pas arrêter pour si peu. Simone n'avait rien d'une coquette, elle était en fait étrangement timide, comme si elle avait craint de ne posséder aucune séduction pour les hommes. C'est cette qualité qui l'avait rendue si chère à Jonathan. Il la trouvait très excitante, bien que son sex-appeal pût ne pas être évident pour la plupart des hommes, et Jonathan était particulièrement irrité à l'idée que ce porc de Brezard avait pris conscience du charme très particulier de Simone et essayait d'en profiter lui aussi. Non pas que Simone parlât souvent de Brezard. Une fois seulement, elle avait mentionné qu'il faisait du plat à ses deux autres vendeuses. Pendant un instant, ce matin-là, tandis que Jonathan présentait une aquarelle encadrée à une cliente, il imagina Simone, après un laps de temps convenable, succombant à l'horrible Brezard qui, après tout, était célibataire et beaucoup plus à l'aise financièrement que Jonathan. Absurde, songea-t-il, Simone détestait ce type d'homme.

– Oh, c'est ravissant! Parfait, vraiment! déclara la jeune femme en manteau rouge, tenant l'aquarelle à bout de bras.

Un lent sourire éclaira le visage sérieux de Jonathan. Elle était si manifestement ravie! Jonathan ne la connaissait pas; en fait, elle venait chercher le tableau qu'une femme plus âgée, sa mère peut-être, avait apporté. Jonathan aurait dû demander vingt francs de plus que le prix convenu car le cadre n'était pas celui que la vieille dame avait choisi (Jonathan n'en avait plus en stock), mais il n'en parla même pas et accepta les quatre-vingts francs.

Jonathan balaya ensuite sa boutique et épousseta les trois ou quatre tableaux exposés dans sa petite vitrine. Sa boutique était franchement misérable, songea-t-il ce matin-là. Aucune couleur nulle part, des cadres de toutes tailles appuyés contre des murs qui n'étaient même pas peints, des échantillons de baguettes accrochés au plafond, un comptoir avec un registre pour les commandes, une règle, des crayons. Au fond de la boutique se trouvait une longue table en bois où Jonathan travaillait avec ses boîtes à onglets, ses scies et ses diamants de vitrier. Sur la grande table se trouvaient également ses feuilles de carton soigneusement protégées, un gros rouleau de papier brun, des pelotes de ficelle, du fil de fer, des pots de colle, des boîtes contenant des clous de tailles variées, et au-dessus de la table, contre le mur, un râtelier de couteaux et de marteaux. En principe, Jonathan aimait l'atmosphère du XIXe siècle, l'absence de fioritures superflues. Il voulait que sa boutique ait l'air tenue par un bon artisan et, à ce point de vue, il estimait avoir réussi. Ses prix n'étaient jamais excessifs, il faisait toujours son travail à temps, ou alors, s'il lui arrivait d'être en retard, il en prévenait ses clients par une carte postale ou un coup de téléphone. Les gens appréciaient cette attention.

A onze heures trente-cinq, ayant fini d'encadrer deux petits tableaux et apposé dessus le nom de leurs propriétaires, Jonathan se lava les mains et le visage au robinet d'eau froide du lavabo, se coiffa, se redressa et rassembla son courage, prêt à affronter le pire. Le cabinet du Dr Périer n'était pas loin dans la rue Grande. Jonathan accrocha sa pancarte : OUVERT à 14 h 30, ferma la porte à clef et se remit en route.

Il s'assit dans la salle d'attente du Dr Périer où végétait un laurier-rose anémique et poussiéreux. La plante ne fleurissait jamais, ne crevait pas non plus, semblait immuable. Jonathan s'identifiait à elle. Son regard y revenait sans cesse, bien qu'il s'efforçât de penser à autre chose. Il y avait des numéros de *Paris-Match* sur la table ovale, de vieux numéros froissés, défraîchis, lus et relus, et Jonathan les trouvait plus déprimants encore que le laurier. Le Dr Périer travaillait également dans le grand hôpital de Fontainebleau. Sinon, pensa Jonathan, il aurait été absurde de confier sa vie à un docteur qui exerçait dans un endroit d'aspect aussi misérable et de croire à son verdict sur votre mort prochaine.

L'infirmière passa la tête et lui fit signe.

– Alors, comment va mon plus intéressant malade? demanda le Dr Périer.

– Tout à fait bien, je vous remercie. Mais je voulais vous demander... à propos des examens que j'ai subis il y a deux mois. J'ai cru comprendre qu'ils n'étaient guère favorables?

Le visage du Dr Périer, que Jonathan observait intensément, était vide d'expression. Puis le médecin sourit, exhibant des dents jaunâtres sous sa moustache soigneusement coupée.

– Comment ça, guère favorables? Vous avez vu les résultats.

– Mais... vous savez, je n'y comprends pas grand-chose. Peut-être...

– Je vous les ai expliqués, pourtant... Voyons, que se passe-t-il? Vous vous sentez fatigué de nouveau?

– En fait, non. (Comme Jonathan savait que le docteur voulait aller déjeuner, il se hâta d'enchaîner.) A dire vrai, un de mes amis a appris quelque part que... que j'allais avoir une rechute. Je n'en ai peut-être plus pour longtemps. J'ai pensé naturellement que ce renseignement devait venir de vous.

Le Dr Périer secoua la tête, puis fit quelques pas sautillants, tel un oiseau, avant de s'immobiliser, ses bras maigres posés avec légèreté sur le sommet d'une bibliothèque vitrée.

– Mon cher monsieur, pour commencer, si c'était vrai, je ne l'aurais dit à personne. C'est contraire à mon éthique. Deuxièmement, c'est inexact, pour autant que j'en sache d'après les derniers examens... Voulez-vous passer un autre examen aujourd'hui? En fin d'après-midi à l'hôpital? Je pourrai peut-être...

– Pas nécessairement. Ce que je voulais savoir, franchement, c'est si c'était vrai. Vous pourriez ne pas mc le dire après tout, ajouta Jonathan avec un petit rire. Pour ne pas m'affoler.

– C'est ridicule! Vous me prenez pour ce genre de médecin là?

– Oui, pensa Jonathan, en regardant le Dr Périer droit dans les yeux. Et Dieu le bénisse, peut-être, pour certains cas, mais Jonathan estimait avoir droit à la vérité, parce qu'il était le genre d'homme qui pouvait l'affronter. Il se mordit la lèvre inférieure. Il pouvait aller au laboratoire à Paris, insister pour revoir Moussu, le spécialiste. Il pouvait égalemcnt essayer de sonder Simone aujourd'hui, au déjeuner.

Le Dr Périer lui tapotait le bras.

– Votre ami – et je ne vous demanderai pas de qui il s'agit – se trompe ou alors, c'est un bien mauvais ami. L'important, voyez-vous, c'est de me prévenir immédiatement dès que vous vous sentez fatigué...

Vingt minutes plus tard, Jonathan gravissait le perron de sa maison, portant une tarte aux pommes et une longue baguette de pain. Il entra et longea le couloir jusqu'à la cuisine. Une odeur de pommes de terre frites en émanait, qui lui mettait l'eau à la bouche.

Simone, debout devant le réchaud, un tablier par-dessus sa robe, tenait une longue fourchette à la main.

– Ah! Jon, bonjour. Tu es un peu en retard.

Jonathan l'enlaça et l'embrassa sur la joue, puis il tendit le carton de pâtisserie en direction de Georges qui, assis à la table, sa tête blonde penchée sur une boîtee de cornflakes vide, était en train de découper les éléments dessinés sur l'emballage pour en faire un mobile.

– Oh un gâteau! A quoi? demanda Georges.

– Aux pommes, dit Jonathan en posant le carton sur la table.

Ils mangèrent chacun un petit steak, les frites, délicieuses, et une salade verte.

– Brezard commence l'inventaire, déclara Simone. La collection d'été arrive la semaine prochaine, alors il veut faire les soldes vendredi et samedi. Je serai peut-être un peu en retard ce soir.

Elle avait réchauffé la tarte aux pommes sur la plaque d'amiante. Jonathan attendait avec impatience que Georges aille dans le salon où se trouvaient la plupart de ses jouets, ou dans le jardin. Quand il sortit enfin, Jonathan commença :

– J'ai reçu une curieuse lettre d'Alan aujourd'hui.

– Comment ça, curieuse?

– Il m'a écrit juste avant de partir pour New York. Il semblerait qu'il ait entendu dire... (Devait-il lui montrer la lettre d'Alan? Elle lisait assez bien l'anglais. Il décida de continuer.) Il a entendu dire je ne sais où que mon état s'était aggravé, que j'allais avoir une rechute sérieuse, ou je ne sais quoi. Tu es au courant?

Jonathan épiait son regard.

Elle eut l'air sincèrement surprise.

– Mais... non, Jon. Comment pourrais-je savoir quoi que ce soit, autrement que par toi?

– Je viens de voir le Dr Périer. C'est pour ça que j'étais un peu en retard. Il prétend qu'il n'est au courant d'aucun changement dans mon état, mais tu le connais... (Jonathan sourit, tout en continuant à observer Simone avec anxiété.) Tiens, voilà la lettre.

Et il lui traduisit le paragraphe qui l'inquiétait.

– Mon Dieu! Mais enfin, où a-t-il entendu dire ça?

– C'est justement la question que je me pose. Je vais lui écrire pour le lui demander.

Jonathan sourit, d'un sourire un peu plus sincère cette fois. Il était sûr que Simone n'était au courant de rien.

Il emporta une deuxième tasse de café dans le petit salon carré où Georges était maintenant à plat ventre par terre avec ses découpages. Jonathan s'assit devant le secrétaire, un meuble délicat, cadeau de la famille de Simone, qui lui donnait toujours l'impression d'être un géant. Jonathan prit soin de ne pas s'appuyer trop fort sur l'abattant. Il rédigea l'enveloppe Alan McNear at, Hotel New Yorker, puis commença sa lettre d'un ton assez léger et enchaîna sur un deuxième paragraphe :

> Je ne comprends pas très bien ce que tu veux dire dans ta lettre sur les nouvelles (me concernant) qui t'ont consterné. Je me sens très bien, mais ce matin, je suis allé voir mon docteur ici pour savoir s'il ne me cachait rien. Il prétend n'être au courant d'aucune aggravation. Alors cher Alan, ce que j'aimerais savoir, c'est d'où te viennent ces indications? Pourrais-tu me répondre rapidement? Il doit s'agir d'un malentendu et je serais ravi de ne plus y penser, mais tu comprendras, j'espère, pourquoi je suis si curieux de savoir où tu as entendu parler de moi.

Il glissa l'enveloppe par avion dans une boîte aux lettres en se rendant à sa boutique.

Cet après-midi-là, Jonathan avait la main aussi sûre que d'habitude pour faire glisser son rasoir le long de sa règle métallique. Il pensait à sa lettre, qui serait acheminée vers l'aéroport d'Orly peut-être ce soir, ou demain matin. Il songeait à son âge, trente-quatre ans, et au peu qu'il aurait accompli s'il devait mourir d'ici deux mois. Il avait eu un fils, mais ce n'était point là un exploit qui méritait des louanges spéciales. Il ne laisserait pas Simone particulièrement à l'abri du besoin. En fait, il avait plutôt diminué son niveau de vie. Le père de Simone n'était que marchand de charbon, mais petit à petit, au long des années, sa famille avait accédé à un certain confort, acquis une voiture, acheté quelques meubles de bonne qualité. Pour leurs vacances en juin ou en juillet, ils louaient une villa dans le Midi, et l'année précédente ils avaient même gardé la maison un mois de plus pour que Jonathan et Simone puissent y aller avec Georges. Jonathan n'avait pas aussi bien réussi que son frère, de deux ans son aîné, bien que Philip ait eu l'air physiquement moins robuste, qu'il ait été toute sa vie un individu terne et besogneux. Philip était maintenant professeur d'anthropologie à l'Université de Bristol, un homme pas tellement brillant, mais en tout cas sûr et honnête, avec une carrière assurée, une femme et deux enfants. La mère de Jonathan, veuve maintenant, menait une existence heureuse avec son frère et sa belle-sœur en Oxfordshire, s'occupait du vaste jardin, des courses et des repas. Jonathan avait l'impression d'être le raté de la famille, aussi bien physiquement que professionnellement. A l'origine, il avait voulu être comédien. A dix-huit ans, il avait suivi des cours d'art dramatique pendant deux ans. Il pensait avoir un visage intéressant pour un acteur, pas vraiment beau avec son grand nez et sa bouche charnue, mais suffisamment pour jouer des rôles romantiques et en même temps assez typé pour incarner des personnages plus ambigus. Que d'illusions! Il avait joué tout au plus deux fois les figurants au cours des trois années où il avait traîné dans les théâtres de Londres et de Manchester, ne réussissant à subsister qu'en faisant des petits boulots à droite et à gauche, entre autres l'assistant d'un vétérinaire. « Vous déplacez beaucoup d'air et vous n'êtes même pas sûr de vous », lui avait déclaré un jour un metteur en scène. Employé ensuite chez un antiquaire, Jonathan avait pensé que ce métier lui conviendrait peut-être. Il avait appris de son patron, Andrew Mott, tout ce qu'il pouvait apprendre. Etait venu ensuite l'héroïque départ pour la France avec son copain Roy Johnson, lui aussi, plein d'enthousiasme sinon de connaissances, pour se lancer dans le métier d'antiquaire par le biais de la brocante. Jonathan se rappelait ses rêves de gloire et d'aventure dans un pays nouveau, ses rêves de liberté, de réussite. Et au lieu de réussir, d'avoir des aventures féminines, de se faire des amis dans le milieu bohème, Jonathan avait continué à végéter, ne réussissant guère mieux que du temps où il essayait de devenir acteur tout en subsistant grâce à des boulots de hasard.

La seule véritable réussite de toute son existence, c'était son mariage. Il avait appris la nature de son mal le mois même où il avait fait la connaissance de Simone Foussadier. Il se sentait étrangement faible depuis quelque temps et, romantique comme il l'était, il en avait déduit qu'être amoureux le mettait dans cet état-là. Mais le repos qu'il avait pris n'était pas venu à bout de sa fatigue et il s'était un jour évanoui dans une rue de Nemours. Il était donc allé consulter le Dr Périer qui, soupçonnant une maladie du sang, l'avait envoyé au Dr Moussu à Paris. Le spécialiste, après deux jours de tests et d'examens, avait confirmé qu'il était en effet atteint de leucémie myéloïde et avait déclaré qu'il lui restait de six à huit ans à vivre, ou à la rigueur douze avec un peu de chance. Ainsi, quand Jonathan avait demandé la main de Simone, il lui avait fait une déclaration d'amour et de mort en même temps. Cela aurait suffi à décourager n'importe quelle jeune femme, ou l'aurait amenée à dire qu'il lui fallait un peu de temps pour réfléchir. Simone avait dit oui. Elle l'aimait, elle aussi. « C'est l'amour qui compte, pas le temps », avait-elle déclaré. Rien en elle du côté calculateur que Jonathan attribuait aux Français, et en général aux Latins. Simone précisa qu'elle avait déjà parlé à sa famille. Ils ne se connaissaient pourtant que depuis deux semaines. Et Jonathan, pour la première fois de sa vie, avait éprouvé un sentiment de sécurité. L'amour, au sens vrai et non simplement romantique, un amour qu'il ne pouvait contrôler, l'avait miraculeusement sauvé, sauvé de la mort lui semblait-il. Mais en fait il s'était rendu compte que cet amour avait surtout oblitéré en lui la terreur de la mort. Et comme l'avait prédit le Dr Moussu à Paris, la mort était là de nouveau, six ans plus tard. Peut-être. Jonathan ne savait que croire.

Il lui fallait retourner voir Moussu. Trois ans auparavant, sous sa supervision, il avait subi une exsanguino-transfusion. On espérait par ce procédé éliminer l'excès de globules blancs, mais la rémission n'avait duré que huit mois.

Néanmoins, Jonathan préférait attendre une lettre d'Alan McNear. Alan allait sûrement répondre immédiatement. On pouvait compter sur lui.

Jonathan, avant de quitter sa boutique, jeta un regard désolé sur ce décor à la Dickens. Le local n'était pas vraiment crasseux. Il fallait absolument, toutefois, repeindre les murs. Pourquoi ne pas faire un effort pour embellir son atelier, exploiter la clientèle comme les autres, adjoindre à son commerce la vente de menus accessoires d'ameublement en cuivre qui assurait de sérieux bénéfices? Jonathan fit la grimace. Ce n'était décidément pas son genre.

On était un mercredi. Le vendredi, alors qu'il s'efforçait d'extirper un piton récalcitrant vissé dans un cadre en chêne depuis peut-être cent cinquante ans, Jonathan dut brusquement lâcher sa tenaille pour s'asseoir. Il se laissa tomber sur une caisse en bois le long du mur, se releva presque aussitôt et alla se passer de l'eau sur le visage. En cinq minutes environ, la faiblesse avait disparu et, quand arriva l'heure du déjeuner, il l'avait oubliée. Ce genre de crise survenait tous les deux ou trois mois et Jonathan se félicitait de ne pas en avoir été atteint jusque-là en pleine rue.

Le mardi, six jours après avoir écrit à Alan, il reçut une lettre de l'Hôtel New Yorker.

Samedi, 25 mars

Cher Jon,

Crois-moi, je suis content que tu aies vu ton médecin et que les nouvelles soient bonnes! La personne qui m'a dit que tu n'allais pas bien est un petit gars chauve à moustache, la quarantaine, avec un œil de verre. Il semblait vraiment inquiet et tu ne devrais pas trop lui en vouloir, car il tenait sans doute le renseignement de quelqu'un d'autre.

Cette ville me plaît beaucoup et j'aimerais beaucoup t'avoir ici avec Simone, d'autant que je suis défrayé de tout.

L'homme à l'œil de verre s'appelait Pierre Gauthier. C'était le propriétaire d'une boutique de fournitures pour artistes dans la rue Grande. Non pas un ami de Jonathan mais une simple relation. Gauthier envoyait souvent à Jonathan des clients qui désiraient faire encadrer des toiles ou des gravures. Il assistait à la petite fête donnée pour le départ d'Alan, et avait dû lui parler à cette occasion. Il était hors de question que Gauthier ait pu bavarder par méchanceté. Une seule chose étonnait un peu Jonathan : c'était que Gauthier fût même au courant de sa maladie, mais ce genre de nouvelle circulait vite. Il songea que le mieux pour lui était d'aller trouver Gauthier pour lui demander d'où il tenait ces renseignements.

Il était neuf heures moins dix. Jonathan avait attendu le courrier, comme la veille. Son instinct le poussait à aller droit chez Gauthier, mais, craignant de paraître trop anxieux, il décida qu'il valait mieux se rendre d'abord à sa boutique pour l'ouvrir comme à l'accoutumée.

Trois ou quatre clients s'étant succédé, Jonathan ne réussit à s'échapper qu'à dix heures vingt-cinq. Il accrocha son disque horaire à la porte vitrée, indiquant qu'il serait de retour à onze heures.

Lorsqu'il entra dans la boutique de fournitures d'art, Gauthier était en train de servir deux clientes. Jonathan fit mine de chercher un pinceau jusqu'à ce que Gauthier soit libre. Puis il s'approcha de lui et lui tendit la main.

– Comment va, monsieur Gauthier?

Gauthier saisit la main de Jonathan dans les siennes et sourit.

– Et vous, mon cher ami?

– Ça va, merci... Ecoutez, je ne veux pas vous déranger trop longtemps, mais j'ai une question à vous poser.

– Ah oui? De quoi s'agit-il?
Jonathan entraîna Gauthier loin de la porte qui risquait de s'ouvrir d'un instant à l'autre. La boutique était assez exiguë.
– J'ai reçu une lettre d'un ami, mon ami Alan, vous vous souvenez? L'Anglais. A la soirée chez moi il y a quelques semaines.
– Oui. Votre ami anglais. Alan.
Gauthier prit l'air attentif.
Jonathan essayait d'éviter son œil de verre et de concentrer son regard sur l'autre œil.
– Vous avez, paraît-il, dit à Alan que j'étais très malade et que je n'en avais peut-être plus pour longtemps.
Le visage bienveillant de Gauthier se fit solennel. Il opina du bonnet.
– Je l'ai entendu dire, en effet. J'espère que ça n'est pas vrai. Je me rappelle Alan, parce que vous me l'avez présenté comme étant votre meilleur ami. J'ai donc supposé qu'il était au courant. Je n'aurais peut-être rien dû dire. Je suis désolé. J'ai sans doute manqué de tact. Je pensais qu'en bon Anglais que vous êtes, vous vous montriez stoïque.
– Tout ça n'est pas grave, monsieur Gauthier, car pour autant que je sache, c'est inexact. Je viens de voir mon médecin.
– Ah bon! Mais voilà qui change tout! Je suis ravi d'apprendre ça, monsieur Trevanny!
Pierre Gauthier éclata d'un grand rire comme si on venait de chasser un fantôme et qu'il se retrouvait avec Jonathan parmi les vivants.
– J'aimerais tout de même savoir où vous aviez entendu dire ça. Qui vous a affirmé que j'étais si malade?
Gauthier un doigt sur les lèvres, réfléchissait.
– Qui? Un homme. Ah... bien sûr!
Il avait trouvé, mais se taisait.
Jonathan attendit.
– Je me rappelle qu'il a dit ne pas être sûr. Il l'avait entendu dire. Une maladie du sang incurable, a-t-il précisé.

Jonathan ressentit une bouffée d'angoisse comme cela lui était arrivé plusieurs fois au cours de la semaine. Il s'humecta les lèvres.

– Mais qui? Comment en a-t-il entendu parler? Il ne l'a pas dit?

Gauthier, de nouveau, hésita.

– Puisque ça n'est pas vrai... ne vaudrait-il pas mieux ne plus y songer?

– Quelqu'un que vous connaissez bien?

– Pas bien du tout, je vous l'assure!

– Un client?

– Oui. Un monsieur très comme il faut, très gentil, mais puisqu'il a dit qu'il n'était pas sûr... Vraiment, monsieur, vous ne devriez pas lui en vouloir... Evidemment, je comprends que ce genre de propos vous déplaise...

– Ce qui nous amène à une question intéressante : où ce monsieur a-t-il entendu dire que j'étais très malade? poursuivit Jonathan, qui riait maintenant.

– Ce qui compte, c'est que ça n'est pas vrai. C'est l'essentiel, n'est-ce pas?

Jonathan comprit que Gauthier se réfugiait derrière une politesse bien française; il ne voulait pas en outre se fâcher avec un client, et – ce qui était bien naturel – il répugnait à parler de la mort.

– Vous avez raison. C'est l'essentiel.

Jonathan tendit la main à Gauthier. Les deux hommes souriaient en prenant congé l'un de l'autre.

Le jour même, au déjeuner, Simone demanda à Jonathan s'il avait reçu des nouvelles d'Alan. Jonathan répondit par l'affirmative.

– C'est Gauthier qui avait parlé de moi à Alan.

– Gauthier? Le type qui tient la boutique de fournitures d'art?

– Oui. (Jonathan, allumait une cigarette pour accompagner son café. Georges était sorti dans le jardin.) Je suis allé le voir ce matin et lui ai demandé qui lui avait dit ça. Un client paraît-il. Un homme... Bizarre, non? Gauthier n'a pas voulu me donner son nom et je ne peux vraiment pas lui en vouloir. C'est un malentendu. Gauthier s'en rend bien compte.

– Mais c'est très inquiétant, dit Simone.

Jonathan sourit, sachant que Simone n'était pas vraiment inquiète, puisqu'elle savait que le Dr Périer lui avait donné de bonnes nouvelles.

– Comme dit le proverbe, « il ne faut pas faire une montagne d'une taupinière ».

La semaine suivante, alors que Jonathan remontait la rue Grande, il rencontra le Dr Périer qui se hâtait vers la Société générale pour y arriver avant la fermeture de midi. Il prit cependant le temps de s'arrêter pour demander à Jonathan comment il allait.

– Très bien, merci, répondit Jonathan, pressé lui-même de se rendre à la droguerie cent mètres plus loin et qui fermait également à midi.

– Monsieur Trevanny... (Le Dr Périer s'immobilisa, une main sur la poignée de la porte de la banque. Il se rapprocha de Jonathan.) A propos de ce dont nous parlions l'autre jour... aucun docteur ne peut être vraiment *sûr*, vous savez. Avec une maladie comme la vôtre. Je ne veux pas que vous pensiez que je vous ai garanti une parfaite santé, une totale immunité pendant des années encore. Vous savez vous-même...

– Oh! je n'ai pas pensé ça un instant! l'interrompit Jonathan.

– Alors, c'est très bien, répliqua le Dr Périer avec un sourire, et il s'engouffra dans la banque.

Jonathan se remit à marcher rapidement, pensant à ce que lui avait dit le médecin. Savait-il quelque chose, soupçonnait-il une aggravation d'après les derniers examens, sans que ce soit suffisamment précis pour qu'il ait jugé bon de le prévenir?

A la porte de la droguerie, Jonathan tomba sur une brune souriante en train de boucler la boutique et d'enlever la poignée extérieure.

– Je regrette, dit-elle. Il est midi cinq.

Au cours de la dernière semaine de mars, Tom fit le portrait en pied d'Héloïse étendue sur le divan jaune. Et Héloïse acceptait rarement de poser. Mais le divan ne bougeait pas, lui, et Tom l'avait interprété de façon satisfaisante sur sa toile. Il avait également fait sept ou huit croquis d'Héloïse la tête appuyée sur sa main gauche, la main droite reposant sur un gros livre d'art. Il garda les deux meilleurs et jeta les autres.

Reeves Minot lui avait écrit pour lui demander s'il avait trouvé une idée quelconque, quant au choix d'une personne. La lettre était arrivée deux jours après que Tom eut parlé à Gauthier, chez qui Tom achetait en général ses peintures. Tom avait répondu à Reeves : « J'essaie de réfléchir, mais entre-temps tu devrais mettre tes propres idées en application, si tu en as. » « J'essaie de réfléchir » était une simple formule de politesse, peu sincère, comme bien des phrases qui servent à huiler le mécanisme des relations sociales. Reeves servait à peine à huiler Belle Ombre financièrement; en fait, les sommes qu'il versait à Tom pour les services rendus à l'occasion comme intermédiaire et comme receleur ne couvraient même pas les notes du teinturier, mais il était toujours bon d'entretenir des relations d'amitié avec quelqu'un. Reeves avait procuré à Tom un faux passeport et l'avait livré rapidement à Paris quand Tom en avait eu besoin pour voler au secours de la société Derwatt. Tom pouvait un jour avoir de nouveau besoin de Reeves.

Mais l'affaire Jonathan Trevanny était simplement un jeu pour Tom. Il ne le faisait pas pour protéger les tripots de Hambourg où Reeves avait des intérêts. Il se trouvait que Tom détestait ce genre de racket et n'avait aucun respect pour ceux qui en vivaient. Il les considérait comme des maquereaux, en un sens. Tom s'était lancé dans ce petit jeu avec Trevanny par curiosité et parce que Trevanny s'était un jour montré méprisant à son égard, et aussi pour voir si cette flèche décochée au hasard atteindrait son but. Reeves pourrait ensuite essayer d'appâter Trevanny, en insistant bien entendu sur le fait que de toute façon, il allait bientôt mourir. Tom doutait qu'il morde à l'hameçon, mais en tout cas il passerait une période pénible. Malheureusement, Tom ne pouvait pas savoir au bout de combien de temps le bruit qui courait sur son compte reviendrait aux oreilles de Jonathan Trevanny. Gauthier était bavard, certes, mais même s'il parlait à deux ou trois personnages, il se pouvait très bien qu'aucune n'ait le courage d'aborder le sujet avec Trevanny lui-même.

Ainsi donc, bien qu'il fût très occupé comme d'habitude avec sa peinture, ses plantations de printemps, son étude de l'allemand et du français (Schiller et Molière maintenant), plus la surveillance d'une équipe de trois maçons qui construisait une serre à droite de la pelouse arrière de Belle Ombre, Tom continuait à compter les jours et à imaginer ce qui allait se passer.

Il était peu probable que Gauthier ait parlé à Trevanny lui-même, à moins qu'ils n'aient été plus intimes que Tom ne le supposait. Gauthier avait dû plutôt se confier à quelqu'un d'autre. Tom comptait sur le fait que l'éventualité d'une mort imminente exerçait sur quiconque une sorte de fascination.

Tom se rendait à Fontainebleau, situé à environ

dix-huit kilomètres de Villeperce, tous les quinze jours faire des courses.

Jonathan Trevanny possédait le téléphone à sa boutique, avait constaté Tom en consultant l'annuaire, mais ne l'avait apparemment pas dans sa maison de la rue Saint-Merry. Tom avait essayé d'en découvrir le numéro puis s'était dit qu'il reconnaîtrait la bâtisse quand il la verrait. Vers la fin mars, Tom eut envie, par curiosité, de revoir Trevanny, de loin bien entendu. Un vendredi matin, jour du marché, comme il se rendait à Fontainebleau pour acheter deux pots de fleur en terre cuite, Tom, après avoir rangé ses achats à l'arrière du break Renault, se dirigea vers la rue des Sablons où était située la boutique de Trevanny. Il était près de midi.

La boutique avait grand besoin d'un coup de peinture et dégageait une impression déprimante. Tom n'avait jamais été client de Trevanny; il y avait un très bon encadreur à Moret, plus près de chez lui. La petite boutique avec le mot « Encadrements » en lettres rouges délavées sur le linteau de bois au-dessus de la porte faisait partie d'une série d'autres magasins – une blanchisserie, une cordonnerie, une modeste agence de voyages. La porte était du côté gauche. A droite se trouvait une vitrine carrée, où étaient exposés un assortiment de cadres et deux ou trois tableaux munis d'une étiquette où le prix était écrit à la main. Tom traversa la rue d'un pas négligent, jeta un coup d'œil à l'intérieur et aperçut la haute silhouette de Trevanny derrière le comptoir. Trevanny était en train de montrer une baguette de cadre à un client et s'en tapotait le creux de la main tout en parlant. Un instant plus tard, il leva la tête en direction de la vitrine, jeta un coup d'œil à Tom et, sans changer d'expression, continua à parler à son client.

Tom poursuivit son chemin. Trevanny ne l'avait pas reconnu. Il tourna à droite, dans la rue de France, la plus importante après la rue Grande, puis continua jusqu'à la rue Saint-Merry. La maison de Trevanny était-elle sur la gauche? Non, à droite.

C'était sûrement celle-ci, grise et étroite avec une mince balustrade noire cernant le perron. De part et d'autre des marches se trouvaient deux minuscules plates-formes cimentées et aucun pot de fleurs n'en venait égayer la nudité. Mais il y avait un jardin derrière, se rappela Tom. Aux fenêtres, étincelantes de propreté, pendaient des rideaux assez misérables. Oui, c'était bien là qu'il était venu, invité par Gauthier ce soir de février. Il y avait une étroite ruelle à gauche de la maison qui devait mener au jardin. Devant la porte métallique cadenassée qui donnait accès au jardin se trouvait une poubelle en plastique vert. Les Trevanny devaient se rendre dans le jardin par la porte de la cuisine, si sa mémoire était bonne.

Tom se trouvait sur le trottoir d'en face et marchait lentement, mais s'efforçait de ne pas avoir l'air de flâner, car il ne savait pas si Mme Trevanny, ou quelqu'un d'autre, n'était pas en ce moment même en train de regarder par une des fenêtres.

Avait-il d'autres achats à faire? Du blanc de zinc. Et cette emplette allait l'amener chez Gauthier. Tom pressa l'allure, se félicitant d'avoir réellement besoin de blanc de zinc, ce qui lui permettrait d'entrer chez Gauthier pour y faire un véritable achat tout en essayant de satisfaire sa curiosité.

Gauthier était seul dans sa boutique.

– Bonjour, monsieur Gauthier.

– Bonjour, monsieur Ripley! répondit Gauthier, tout sourire. Comment allez-vous?

– Très bien, merci; et vous-même? Il me faudrait du blanc de zinc.

– Du blanc de zinc. (Gauthier ouvrit un tiroir plat du placard contre le mur.) Voilà. Et c'est le Rembrandt que vous aimez, si je me souviens bien.

C'était le cas en effet. Le blanc de zinc Derwatt et autres couleurs de cette marque étaient également en vente chez Gauthier, leurs tubes ornés de la large signature penchée de Derwatt en noir sur l'étiquette, mais Tom n'avait guère envie de voir ce nom lui attirer l'œil chaque fois qu'il tendait la main vers un tube chez lui. Tom paya. Gauthier lui rendit sa monnaie et comme il lui tendait la petite pochette contenant le blanc de zinc, il lui demanda :

– Ah, monsieur Ripley, vous vous rappelez M. Trevanny, l'encadreur de la rue Saint-Merry?

– Bien sûr, répondit Tom qui se demandait justement comment amener Trevanny sur le tapis.

– Eh bien, ce que vous aviez entendu dire à son sujet... qu'il n'en avait plus pour longtemps... ça n'est pas vrai du tout, enchaîna Gauthier avec un large sourire.

– Non? Ah! tant mieux. J'en suis ravi.

– Oui. M. Trevanny est même allé voir son médecin. Je pense qu'il était un peu inquiet. Qui ne le serait pas, à sa place? Vous aviez appris ça par quelqu'un, monsieur Ripley?

– Oui. Un invité à la soirée en février, pour l'anniversaire de Mme Trevanny. J'en ai donc déduit que c'était une certitude et que tout le monde était au courant, vous comprenez.

Gauthier avait l'air pensif.

– Vous en avez parlé à M. Trevanny? demanda Tom.

– Non, non. Mais j'en avais parlé en fait à un de ses meilleurs amis, à une autre soirée chez les Trevanny, ce mois-ci. De toute évidence, il l'a répété à M. Trevanny. Ce genre de nouvelles circule si vite!

– Son meilleur ami? s'enquit Tom d'un air innocent.

– Un Anglais. Alan je ne sais quoi. Il partait pour l'Amérique le lendemain. Mais... vous rappelez-vous qui vous avait dit ça, monsieur Ripley?

Tom secoua lentement la tête.

– Je ne me rappelle pas son nom ni même à quoi il ressemble. Il y avait tellement de monde ce soir-là...

– Parce que... (Gauthier se pencha en avant et se mit à chuchoter, comme s'il y avait eu quelqu'un d'autre à proximité.) M. Trevanny, voyez-vous, m'a demandé qui le lui avait dit et, bien entendu, je ne lui ai pas précisé que c'était vous. Ce genre de choses peut être mal interprété. Je ne voulais pas vous faire des ennuis, ah, ah!

L'œil en verre de Gauthier ne riait pas mais regardait fixement devant lui comme s'il y avait eu derrière ce globe inerte un cerveau différent de celui de Gauthier, une sorte d'ordinateur qui trouvait immédiatement la réponse à toutes les questions, après avoir été programmé.

– Je vous en remercie; c'est en effet déplaisant de faire des remarques inexactes au sujet de la santé de quelqu'un, n'est-ce pas? Mais en fait, M. Trevanny a bien une maladie du sang, n'est-ce pas?

– Oui, une leucémie. Je crois. Il a appris à vivre avec. Il m'a dit une fois qu'il était malade depuis des années.

Tom opina du bonnet.

– De toute façon, je suis heureux de savoir que sa vie n'est pas en danger. A bientôt, monsieur Gauthier. Merci mille fois.

Tom sortit et se dirigea vers sa voiture. Le choc qu'avait subi Trevanny, même s'il n'avait duré que quelques heures, jusqu'à ce qu'il ait pu consulter son médecin, avait peut-être néanmoins ébranlé sa confiance en lui, creusé une petite faille. Quelques personnes avaient cru, et peut-être Trevanny lui-même, qu'il n'avait plus que quelques semaines à vivre. Car cette menace était suspendue sur sa tête du fait même de la maladie dont il souffrait. Dommage que Trevanny fût maintenant rassuré, mais cette faille, même provisoire, suffirait peut-être pour que Reeves obtînt ce qu'il cherchait. Le jeu allait maintenant entrer dans la seconde phase. Trevanny allait probablement refuser les propositions de Reeves. Ce serait la fin du jeu, dans ce cas-là. Par ailleurs, Reeves allait le contacter et aborder le sujet comme s'il avait affaire à un homme condamné. Ce serait amusant si Trevanny faiblissait. Ce jour-là, après avoir déjeuner avec Héloïse et son amie Noëlle, venue de Paris et qui allait rester jusqu'au lendemain, Tom alla s'asseoir devant sa machine à écrire pour rédiger une lettre pour Reeves.

28 mars

Mon cher Reeves,

J'ai une idée pour toi, au cas où tu n'aurais pas trouvé ce que tu cherchais. Il s'appelle Jonathan Trevanny, trente ans et quelque, Anglais, encadreur de son métier, marié à une Française, père d'un petit garçon. (Il précisa l'adresse de Trevanny, à la fois à la boutique et chez lui, et donna le numéro de téléphone de la boutique.) J'ai l'impression qu'il a besoin d'argent, et bien qu'il ne soit pas exactement le genre d'homme que tu cherches, il est l'image même de l'honnêteté et de l'innocence. En outre, ce qui est beaucoup plus important pour toi, il n'a plus que quelques mois ou quelques semaines à vivre. Il est atteint de leucémie et vient seulement d'apprendre qu'il était condamné. Il accepterait peut-être de se charger d'un travail dangereux afin de gagner quelque argent.

Je ne connais pas Trevanny personnellement et, inutile de le préciser, je ne tiens pas à faire sa connaissance et ne désire pas que tu mentionnes mon nom. Je te suggère, si tu veux tâter le terrain, de venir à Fontainebleau passer un ou deux jours dans un hôtel agréable qui s'appelle l'Aigle Noir, de contacter Trevanny en l'appelant à sa boutique, de prendre un rendez-vous avec lui et de lui proposer le marché. Dois-je te recommander de ne pas donner ton vrai nom?

Tom se sentait soudain plein d'optimisme en ce qui concernait ce projet. L'évocation de Reeves, avec son expression incertaine et anxieuse tellement désarmante qui lui conférait presque un air intègre, suggérant une telle idée à Trevanny qui était l'image même de la rectitude morale, amusa Tom. Aurait-il le culot d'aller s'asseoir à une table dans la salle à manger de l'Aigle Noir ou au bar lorsque Reeves se rendrait à son rendez-vous avec Trevanny? Non, ce serait quand même trop risqué. Ce qui rappela à Tom un autre point à préciser et il ajouta à sa lettre :

Si tu viens à Fontainebleau, je t'en prie, ne me téléphone pas et ne m'écris pas quoi qu'il arrive. Et détruis cette lettre, s'il te plaît.

Amicalement
Tom.

Le téléphone sonna dans la boutique de Jonathan un vendredi après-midi, le 31 mars. Il était en train de coller du papier marron sur le dos d'une gravure de grand format et il dut trouver des poids pour le caler – un bloc de grès gravé LONDON, le pot de colle lui-même, un maillet en bois – avant de pouvoir aller décrocher.

– Allô?

– Bonjour, monsieur. Monsieur Trevanny?... Vous parlez anglais, je crois. Je m'appelle Stephen Wister, W-i-s-t-e-r. Je suis à Fontainebleau pour deux jours et je me demandais si vous pouviez m'accorder quelques minutes. J'aimerais vous parler de quelque chose, qui... qui pourrait vous intéresser.

L'homme avait un accent américain.

– Je n'achète pas de tableaux, dit Jonathan. Je suis encadreur.

– Ce dont je veux vous parler n'a rien à voir avec votre travail. Je ne peux pas vous expliquer la chose au téléphone... Je suis descendu à l'Aigle Noir. Je me demandais si vous auriez quelques minutes à me consacrer ce soir après avoir fermé votre boutique. Vers six heures et demie? Nous pourrions boire un verre.

– Mais... j'aimerais savoir à quel sujet vous désirez me voir.

Une femme était entrée dans la boutique –

Mme Tissot, Tissaud? – pour venir prendre un tableau. Jonathan lui adressa un sourire d'excuse.

– Je vous expliquerai quand je vous verrai, reprit l'homme d'un ton à la fois mesuré et pressant. Ça ne prendra que dix minutes. Avez-vous un moment de libre aujourd'hui vers sept heures, par exemple?

Jonathan hésita.

– Six heures et demie, plutôt.

– Je vous attendrai dans le hall. Je porte un complet prince de Galles gris. Mais je préviendrai le portier. Il n'y a pas de problème.

Jonathan fermait sa boutique en général à six heures et demie. A six heures un quart, il se lava les mains au lavabo. Le temps était doux et Jonathan portait un sweater à col roulé sous une veste en velours beige, tenue qui manquait d'élégance pour l'Aigle Noir, mais endosser son vieil imperméable n'aurait fait qu'aggraver les choses. Quelle importance, d'ailleurs? L'homme voulait lui vendre quelque chose. Ça ne pouvait être rien d'autre.

L'hôtel était à cinq minutes à pied de la boutique. Il était construit au fond d'une petite cour carrée fermée par de hautes grilles noires et quelques marches donnaient accès à la porte d'entrée. Jonathan vit un homme mince aux cheveux coupés en brosse s'avancer vers lui, l'air tendu, hésitant, et il demanda :

– Monsieur Wister?

– Oui. (Reeves le gratifia d'un sourire crispé et lui tendit la main.) Voulez-vous que nous buvions un verre au bar ou bien préférez-vous aller ailleurs?

Le bar de l'hôtel était un endroit agréable et tranquille. Jonathan haussa les épaules.

– Comme vous voulez.

Il remarqua une affreuse cicatrice qui barrait toute la joue de Wister.

Ils franchirent la vaste porte donnant accès au bar, qui était vide à l'exception d'un couple assis à une petite table. Wister fit volte-face, comme gêné par une atmosphère aussi calme, et dit :

– Allons ailleurs.

Ils sortirent de l'hôtel et tournèrent à droite. Jonathan connaissait le bistrot d'à côté, le Café des Sports, fort animé à cette heure-là et encombré de jeunes gens qui jouaient aux appareils à sous et d'ouvriers qui buvaient au comptoir. Wister s'immobilisa sur le seuil du café, comme s'il était arrivé à l'improviste sur un champ de bataille en pleine action.

– Tout compte fait, dit Wister en se retournant, si nous allions dans ma chambre? Nous y serons plus tranquilles et on peut s'y faire monter quelque chose.

Ils regagnèrent l'hôtel, montèrent au premier et pénétrèrent dans une chambre élégamment meublée en style espagnol, lit de fer forgé, couvre-pied couleur framboise, moquette vert pâle. Une valise sur une banquette était la seule indication que la chambre fût occupée. Wister ne s'était pas servi d'une clef pour entrer.

– Un scotch? demanda Wister en se dirigeant vers le téléphone.

– Volontiers.

L'homme passa sa commande dans un français maladroit. Il demanda qu'on apporte la bouteille, ainsi qu'un seau de glace.

Un serveur en veste blanche, un aimable sourire aux lèvres, entra avec un plateau. Wister servit deux généreuses rasades.

– Aimeriez-vous gagner de l'argent?

Jonathan sourit, installé maintenant dans un fauteuil confortable, son grand verre de whisky glacé à la main.

– Comme tout le monde.

– J'ai un travail dangereux en vue – enfin, un travail important – pour lequel je suis prêt à très bien payer.

Jonathan pensa à la drogue : l'homme avait sans doute besoin d'un messager ou d'un receleur.

– Quel métier exercez-vous? s'enquit-il poliment.

– Oh! plusieurs. En ce moment, je m'occupe de jeu, pourrait-on dire. Etes-vous joueur?

– Ma foi non, répondit Jonathan avec un sourire.

– Moi non plus. Mais la question n'est pas là. (L'homme, qui était assis au bord du lit, se leva et se mit à déambuler lentement dans la pièce.) J'habite Hambourg.

– Ah oui?

– Le jeu est interdit par la loi à l'intérieur de la ville, mais on joue quand même dans des clubs privés. La question n'est d'ailleurs pas de savoir s'il s'agit d'activités légales ou illégales. J'ai besoin de faire éliminer une personne, peut-être deux, et commettre éventuellement un vol. Vous voyez que j'abats mes cartes sans hésiter.

Il observait Jonathan d'un regard grave.

Tuer... Jonathan, d'abord sidéré, sourit et secoua la tête.

– Je me demande bien qui a pu vous donner mon nom!

Stephen Wister ne sourit pas, lui.

– Peu importe! (Il se remit à marcher de long en large, son verre à la main, jetant de temps à autre un coup d'œil à Jonathan.) Est-ce que quatre-vingt-seize mille dollars vous intéresseraient? Ça fait quarante mille livres, ou environ cinq cent mille francs. Nouveaux. Simplement pour abattre un homme, peut-être deux, ça dépendra. La méthode que nous emploierons sera absolument sûre et sans danger pour vous.

Jonathan, de nouveau, secoua la tête.

– Je ne vois pas où on a pu vous raconter que j'étais un... un tueur professionnel. Vous confondez sûrement avec quelqu'un d'autre.

– Pas du tout.

Sous le regard intense de son interlocuteur, le sourire de Jonathan s'évanouit.

– C'est une erreur. Pourriez-vous me dire par quel hasard vous m'avez téléphoné?

– Eh bien, vous... (Wister avait l'air plus douloureux que jamais.) Vous n'en avez plus que pour quelques semaines à vivre. Vous le savez. Vous avez une femme et un petit garçon, n'est-ce pas? N'aimeriez-vous pas leur laisser un petit quelque chose quand vous ne serez plus là?

Jonathan se sentit blêmir. Comment Wister pouvait-il en savoir aussi long sur lui? Il se rendit compte alors que tout se tenait, que la personne qui avait prévenu Gauthier de sa mort prochaine jouait un rôle dans tout ça. Jonathan n'avait pas l'intention de prononcer le nom de Gauthier. Gauthier était un honnête homme et Wister était un gangster. Le scotch de Jonathan, brusquement, n'avait plus aussi bon goût.

– C'est un bruit insensé... qui a couru récemment...

C'était maintenant au tour de Wister de secouer la tête.

– Ce n'est pas un bruit insensé. Il se peut plutôt que votre docteur ne vous ait pas dit la vérité.

– Et vous en savez davantage que mon docteur? Mon docteur ne me ment pas. Il est vrai que j'ai une maladie du sang, mais... mon état est stationnaire... (Jonathan s'interrompit net.) Ce qui importe, monsieur Wister, c'est que je crains de ne pouvoir vous aider.

Wister se mordit la lèvre inférieure et sa cicatrice se tordit de façon répugnante, un peu comme un ver coupé.

Jonathan détourna les yeux. Est-ce que le Dr Périer lui mentait, après tout? Jonathan se dit qu'il allait téléphoner au laboratoire parisien dès le lendemain matin et poser quelques questions, ou simplement aller à Paris et exiger un autre check-up.

– Monsieur Trevanny, je regrette de vous dire que c'est vous qui êtes mal informé, de toute évidence. Mais enfin, vous étiez déjà au courant de ce que vous appelez une rumeur, je ne suis donc pas le porteur de mauvaises nouvelles. Vous êtes libre de décider, mais compte tenu des circonstances, une somme aussi considérable est assez tentante, j'imagine. Vous pourriez vous arrêter de travailler et profiter de... Eh bien, par exemple, vous pourriez faire le tour du monde avec votre famille et laisser néanmoins à votre femme...

Jonathan, qui se sentait soudain pris de faiblesse, se leva et respira profondément. Son malaise passa, mais il préféra rester debout. Wister parlait toujours, mais Jonathan l'écoutait à peine.

– ... mon idée. Il y a quelques hommes à Hambourg qui réuniraient ces quatre-vingt-seize mille dollars. Celui ou ceux que nous voulons éliminer appartiennent à la Mafia.

Jonathan n'avait pas encore tout à fait récupéré.

– Merci, je ne suis pas un tueur. Vous feriez mieux de ne pas insister.

Wister poursuivit.

– Mais il nous faut précisément quelqu'un qui n'ait rien à voir avec aucun d'entre nous, ou avec Hambourg. Bien que le premier homme, un soldat sans plus, doive être tué à Hambourg. Nous voulons en effet que la police croie que deux gangs de la Mafia se bagarrent à Hambourg. En fait, nous voulons que la police prenne notre parti. (Il continuait à faire les cent pas, ne quittant guère le sol des yeux.) Le premier homme devrait être abattu au milieu d'une foule, dans le U.Bahn, le métro, autrement dit. Le... l'assassin laisse aussitôt tomber le pistolet, se fond dans la foule, disparaît. Une arme italienne, sans empreintes dessus. Aucun indice, conclut-il avec un large geste des bras, tel un chef d'orchestre achevant de diriger un concert.

Jonathan, qui avait besoin de prendre quelques secondes de repos, se rassit dans son fauteuil.

– Désolé. Non.

Il allait sortir de la pièce dès qu'il aurait repris un peu de force.

– Je serai ici tout l'après-midi et probablement jusqu'en fin de journée dimanche. Je voudrais que vous réfléchissiez à ma proposition. Un autre scotch? Ça vous ferait peut-être du bien.

– Non, merci. (Jonathan, faisant un effort, se leva.) Il faut que je m'en aille.

Wister acquiesça d'un signe de tête, l'air désappointé.

– Et merci pour le verre.

– Je vous en prie.

Wister ouvrit la porte. Jonathan sortit. Il s'était attendu à voir Wister lui glisser dans la main une carte avec son nom et son adresse et fut content qu'il n'en ait rien fait.

Les réverbères s'étaient allumés dans la rue Grande. Sept heures vingt-deux. Simone lui avait-elle demandé de rapporter quelque chose? Du pain, peut-être. Jonathan entra dans une boulangerie et acheta une baguette. Cette tâche familière avait quelque chose de réconfortant.

Le dîner consistait en un potage de légumes, deux tranches de fromage de tête qui restaient de la veille, et une salade de tomates aux oignons. Simone parlait de soldes de papiers peints dans une boutique à côté de l'endroit où elle travaillait. Pour cent francs, ils pourraient tapisser la chambre à coucher, et elle avait vu un très joli papier à motifs mauve et vert, lumineux et de style art nouveau.

– Avec une seule fenêtre, la chambre est très sombre, tu sais, Jonathan.

– C'est une bonne idée, dit Jonathan. Surtout si ce papier est en solde.

– Oui, justement. Et pas avec un rabais inexistant – comme chez mon radin de patron. (Elle épongea la sauce de sa salade avec un bout de pain.) Tu es inquiet? Il est arrivé quelque chose?

Jonathan sourit soudain. Il n'était pas inquiet, pas du tout. Il se réjouit que Simone n'ait pas remarqué qu'il était un peu en retard et qu'il avait bu du whisky.

– Non, ma chérie. Il ne s'est rien passé. C'est la fin de la semaine, simplement. Presque la fin.

– Tu te sens fatigué?

C'était une question devenue classique, comme posée par un médecin.

– Non... Il faut que j'appelle un client entre huit et neuf heures ce soir. (Il était huit heures trente-sept.) Autant y aller maintenant. Je prendrai peut-être un café en rentrant.

– Je peux aller avec toi? demanda Georges en lâchant sa fourchette et en se redressant sur sa chaise, prêt à se lever d'un bond.

– Pas ce soir, mon petit vieux. Je suis pressé. Et tu veux tout simplement jouer aux machines à sous, je te connais.

– Hollywood Chewing-Gum! hurla Georges, prononçant à la française « Olivoude chewing-gomme »!

Jonathan fit une légère grimace en prenant sa veste au portemanteau dans l'entrée. Le Hollywood Chewing-Gum, dont le papier vert et blanc jonchait les caniveaux et souvent aussi le jardin de Jonathan, exerçait sur les petits Français une mystérieuse fascination.

– Bien, monsieur! dit Jonathan avant de sortir.

Le numéro personnel du Dr Périer figurait dans l'annuaire et Jonathan espérait le trouver chez lui ce soir-là. Il y avait à proximité un bar tabac d'où l'on pouvait téléphoner. Jonathan, qui sentait la panique l'envahir, se mit presque à courir en direction de la carotte lumineuse qui indiquait le tabac deux rues plus loin. Il insisterait pour savoir la vérité. Il salua d'un signe de tête le jeune homme derrière le comptoir, qu'il connaissait vaguement, et indiqua d'un geste le téléphone ainsi que l'étagère où étaient posés les annuaires.

– Fontainebleau! cria Jonathan.

L'endroit était bruyant, avec un juke-box qui jouait.

Le Dr Périer répondit et reconnut la voix de Jonathan.

– J'aimerais beaucoup subir un nouvel examen. Ce soir même. Maintenant... si vous pouviez faire un prélèvement. Je peux passer vous voir tout de suite. Dans cinq minutes.

– Vous êtes... Vous ne vous sentez pas bien?

– A vrai dire... j'ai pensé que si le prélèvement partait pour Paris demain... (Jonathan savait que le Dr Périer avait l'habitude d'envoyer ses divers prélèvements à Paris le samedi matin.) Si vous pouviez opérer un prélèvement ce soir ou tôt demain matin...

– Je ne vais pas à mon cabinet demain matin. J'ai des visites à faire. Si vous êtes tellement inquiet, monsieur Trevanny, venez chez moi maintenant.

Jonathan paya sa communication et songea juste avant de sortir à acheter deux tablettes d'Hollywood Chewing-Gum qu'il glissa dans la poche de sa veste. Périer habitait boulevard Maginot et le trajet lui prendrait bien dix minutes. Jonathan se mit en route, avançant à grands pas. Il n'était encore jamais allé au domicile du docteur.

C'était un grand immeuble sinistre. La concierge, une vieille femme maigre, regardait la télévision dans une petite pièce vitrée encombrée de plantes artificielles. Pendant que Jonathan attendait la cabine de l'ascenseur poussif, elle sortit dans le hall et demanda avec curiosité :

– Votre femme est en train d'accoucher, monsieur?

– Non, non, répondit Jonathan avec un sourire, et il se souvint que Périer était un généraliste.

Il monta.

– Alors, voyons, qu'est-ce qui se passe? demanda le Dr Périer en l'entraînant à travers la salle à manger. Venez par ici.

La maison était faiblement éclairée. Une télévision marchait quelque part. La pièce où ils entrèrent était une sorte de petit bureau, avec des livres de médecine sur une étagère et un bureau sur lequel était posé le sac noir du Dr Périer.

– Mon Dieu, vous avez l'air absolument à bout... Vous avez couru, ma parole! Ne me dites pas que vous avez de nouveau appris que vous étiez au bord de la tombe!

Jonathan fit un effort pour parler calmement.

– Je veux une certitude, simplement. Je ne me sens pas au mieux de ma forme, à dire vrai. Je sais que le dernier examen ne remonte qu'à deux mois mais... puisque le prochain doit avoir lieu fin avril, qu'est-ce qu'on risque à... (Il s'interrompit, haussa les épaules.) Puisque c'est tellement simple de prélever un peu de moelle et puisque vous pouvez envoyer le prélèvement dès demain matin...

Jonathan se rendait compte que son français laissait soudain à désirer, qu'il prononçait mal le mot moelle, devenu répugnant pour lui. Il sentait que le Dr Périer avait décidé d'adopter une attitude conciliante.

– Oui, je peux faire un prélèvement. Le résultat sera sans doute le même que la dernière fois. Les médecins ne peuvent jamais donner une certitude absolue, monsieur Trevanny... (Le docteur continua à parler pendant que Jonathan enlevait son sweater et, suivant les indications du Dr Périer, s'étendait sur le vieux divan en cuir. Le docteur lui fit une anesthésie locale.) Mais je comprends bien que vous soyez angoissé, ajouta le Dr Périer quelques secondes plus tard en appuyant sur le trocard qui pénétrait dans le sternum de Jonathan.

Jonathan n'aimait pas entendre le crissement du métal contre l'os, mais la douleur était parfaitement supportable. Cette fois, peut-être apprendrait-il quelque chose. Il ne put s'empêcher de dire, avant de partir :

– Il faut que je sache la vérité, docteur. Vous ne pensez pas, vraiment, que le laboratoire pourrait ne pas nous donner une analyse correcte? Je veux bien croire que leurs *chiffres* soient exacts...

– Cette analyse, comme vous dites, ces prédictions que vous voulez, vous ne pouvez pas les obtenir, mon cher ami, justement!

Jonathan rentra chez lui. Il avait pensé dire à Simone qu'il était allé voir Périer, qu'il se sentait à nouveau rongé d'anxiété, mais c'était impossible; il lui avait déjà fait subir suffisamment d'épreuves comme ça. Et elle serait simplement un peu plus angoissée, comme lui-même.

Georges était déjà au lit, et Simone lui faisait la lecture. Astérix une fois de plus. Georges, accoté à ses oreillers, et Simone sur un tabouret bas sous la lampe de chevet formaient un parfait tableau de la vie familiale; la scène aurait pu se dérouler en 1830, songea Jonathan, s'il n'y avait eu le pantalon que portait Simone.

– Le chuing-gomme? demanda Georges avec un large sourire.

Jonathan sourit à son tour et lui tendit une tablette. La deuxième attendrait une autre occasion.

– Tu en as mis du temps, dit Simone.

– J'ai bu une bière au café, répondit Jonathan.

Le lendemain après-midi, entre quatre heures et demie et cinq heures, comme le lui avait conseillé le docteur, Jonathan appela les Laboratoires Ebberle-Valent à Neuilly. Il épela son nom et précisa qu'il était un malade du Dr Périer à Fontainebleau. Il attendit ensuite qu'on lui passe le service approprié. Il avait préparé une feuille de papier et un stylo. Pouvait-il de nouveau épeler son nom? Une voix de femme commença ensuite à lui lire le rapport et Jonathan griffonna rapidement les chiffres. Hyperleucocytose 190 000. N'était-ce pas plus élevé qu'avant?

– Nous enverrons un rapport écrit à votre médecin, bien entendu; il devrait le recevoir d'ici mardi.

– Les résultats sont moins satisfaisants que les derniers, n'est-ce pas?

– Je n'ai pas sous la main les précédents résultats, monsieur.

– Est-ce qu'il y a un docteur chez vous? Je pourrais peut-être parler à un docteur.

– Je suis moi-même médecin, monsieur.

– Oh! Mais enfin, ces résultats, que vous ayez les

anciens ou pas, ne sont pas très satisfaisants, n'est-ce pas?

Elle répondit, comme si elle lisait dans un livre :

– Il existe un danger en puissance, compte tenu d'une résistance diminuée...

Jonathan avait téléphoné de sa boutique. Il avait accroché la pancarte FERMÉ et baissé le rideau de la fenêtre, bien qu'on pût le voir par la vitrine et maintenant qu'il allait retirer la pancarte, il s'aperçut qu'il avait oublié de fermer la porte à clef. Comme personne d'autre ne devait venir chercher de tableau cet après-midi, Jonathan estima qu'il pouvait se permettre de fermer boutique. Il était cinq heures moins cinq.

Il gagna à pied le cabinet du Dr Périer, prêt à attendre plus d'une heure s'il le fallait. Le docteur était toujours très occupé le samedi, car la plupart des gens ne travaillaient pas, ce qui leur permettait de venir consulter le médecin. Il y avait trois personnes avant Jonathan. Toutefois, l'infirmière lui demanda s'il en aurait pour longtemps et comme il lui affirmait que non, elle le fit passer en priorité après s'être excusé auprès des autres malades. Le Dr Périer avait-il parlé de lui à son infirmière? se demanda Jonathan.

Le médecin, sourcils levés, considéra les chiffres griffonnés par Jonathan et déclara :

– C'est incomplet.

– Je sais, mais ça donne quand même une indication, non? Ça s'est légèrement aggravé, n'est-ce pas?

– Ma parole, on croirait que vous tenez à ce que ça s'aggrave! répliqua le Dr Périer avec sa jovialité habituelle, dont Jonathan se méfiait maintenant. A parler franc, oui, ça s'est aggravé, mais légèrement. Rien de dramatique.

– En pourcentage,... ça s'est aggravé de dix pour cent?

– Monsieur Trevanny... vous n'êtes pas une automobile! Il serait déraisonnable de ma part de me livrer au moindre diagnostic avant d'avoir les résultats complets mardi.

Jonathan rentra chez lui lentement, en passant par la rue des Sablons au cas où un client éventuel aurait pu se présenter à la porte de la boutique. Il n'y avait personne. Seule la blanchisserie était en pleine activité et les clients chargés de paquets de linge se bousculaient à la porte. Il était près de six heures. Simone aurait terminé son travail un peu après sept heures, plus tard que d'habitude, car son patron, Brezard, tenait à ramasser le plus d'argent possible avant la fermeture du dimanche et du lundi. Et Wister était toujours à l'Aigle Noir. Pour l'attendre, espérant qu'il changerait d'avis et accepterait? Est-ce que ça n'aurait pas été drôle si le Dr Périer avait été le complice de Stephen Wister, s'ils s'étaient arrangés pour que les Laboratoires Ebberle-Valent lui fournissent des résultats alarmants? Et si Gauthier était dans le coup, lui aussi, ce porteur de mauvaises nouvelles? Comme un cauchemar dans lequel les éléments les plus étrangers les uns aux autres unissent leurs forces contre... contre celui qui rêve. Il savait que le Dr Périer n'était pas à la solde de Stephen Wister. Les laboratoires non plus. Et il ne s'agissait pas d'un rêve; son état s'était bel et bien aggravé, la mort était un peu plus proche qu'il ne l'avait cru. Ce qui est vrai de tout un chacun, d'ailleurs, chaque fois qu'il a vécu une journée de plus. Jonathan considérait la mort et le vieillissement comme un déclin, une descente, littéralement, vers le néant. La plupart des gens avaient une chance d'amorcer lentement cette descente, vers cinquante-cinq ans peut-être ou à l'âge où leur activité commençait à se ralentir, et ils continuaient à descendre jusqu'à soixante-dix ans ou jusqu'à l'âge fixé par le destin. Jonathan se rendait compte qu'il allait mourir comme on tombe d'une falaise. Lorsqu'il essayait de « se préparer », son esprit vacillait ou reculait. Il avait envers la mort l'attitude d'un homme de trente-trois ans; il voulait vivre.

L'étroite maison des Trevanny, d'un gris bleuâtre à la lumière incertaine du crépuscule, était plongée dans l'obscurité. C'était une bâtisse assez triste, et ce fait avait amusé Jonathan et Simone lorsqu'il l'avait achetée cinq ans auparavant. « La maison de Sherlock Holmes », l'appelait Jonathan, lorsqu'ils hésitaient encore entre celle-là et une autre à Fontainebleau. Elle évoquait l'éclairage au gaz et des rampes bien cirées, bien qu'aucun élément de boiserie n'eût été ciré dans la maison lorsqu'ils y avaient emménagé. Ils avaient espéré, néanmoins, lui conférer une atmosphère imprégnée d'un charme fin de siècle. Les pièces étaient petites mais bien réparties et il avait suffi de nettoyer le jardin rectangulaire envahi de rosiers qui avaient poussé à l'abandon. Et la marquise aux vitres festonnées au-dessus des marches de derrière, son petit perron vitré, avait évoqué, pour Jonathan, Vuillard ou Bonnard. Ce qui le frappait, brusquement, c'était que la maison n'eût rien perdu de sa tristesse. Et cependant ils l'occupaient maintenant depuis cinq ans. Un nouveau papier peint égayerait la chambre à coucher, mais ça ne faisait jamais qu'une pièce. La maison n'était pas encore payée; il leur restait encore trois ans avant de rembourser l'hypothèque. Un appartement comme celui qu'ils avaient eu à Fontainebleau la première année de leur mariage aurait coûté moins cher, mais Simone était habituée à vivre dans une maison avec un petit jardin – elle avait eu un jardin toute sa vie à Nemours – et lui-même, en bon Anglais, aimait bien jardiner aussi. Jonathan n'avait jamais regretté les sacrifices financiers que leur imposait la maison.

Ce qui hantait Jonathan, tandis qu'il montait les marches du perron, ça n'était pas tellement l'argent qu'il fallait encore rembourser, mais le fait qu'il allait probablement mourir dans cette maison. Il était bien probable qu'il n'en connaîtrait jamais une autre plus gaie pour y vivre avec Simone. Il songeait que la maison de Sherlock Holmes existait déjà des années avant sa naissance et continuerait à exister longtemps après sa mort. Il sentait que c'était le destin qui la lui avait fait choisir.

Jonathan fut surpris de trouver Simone dans la cuisine, en train de jouer aux cartes avec Georges sur la table. Elle leva la tête, souriante, puis Jonathan vit qu'elle se souvenait : il devait appeler le laboratoire à Paris cet après-midi-là. Elle ne pouvait pas parler de ça devant Georges, néanmoins.

– Le vieux schnoque a fermé tôt aujourd'hui, dit Simone. Pas de client.

– Tant mieux! commenta Jonathan d'un ton animé. Alors, comment ça marche, ce tripot?

– C'est moi qui gagne! dit Georges en français.

Simone se leva et suivit dans l'entrée Jonathan qui allait accrocher son imperméable. Elle posa sur lui un regard interrogateur.

– Pas lieu de s'inquiéter, dit Jonathan, tandis qu'elle l'attirait jusque dans le salon. Il semble que mon état se soit un peu aggravé, mais je ne me sens pas plus mal, alors la barbe, après tout! J'en ai plein le dos de tout ça. Buvons un Cinzano.

– Tu t'inquiétais à cause de cette histoire, n'est-ce pas, Jon?

– C'est vrai.

– Je voudrais bien savoir qui a lancé ce bruit. (Ses yeux se plissèrent d'amertume.) C'est assez monstrueux. Gauthier ne t'a jamais dit d'où ça venait?

– Non. Comme le dit Gauthier lui-même, il s'agit d'un malentendu, d'une quelconque exagération.

Jonathan, en fait, savait bien qu'il ne s'agissait pas d'une erreur, mais d'un plan soigneusement élaboré.

Jonathan, de la fenêtre de leur chambre au premier, regardait Simone étendre la lessive dans le jardin, des taies d'oreillers, deux pyjamas de Georges, une douzaine de paires de chaussettes de Jonathan et de Georges, deux chemises de nuit blanches, des soutiens-gorge... Simone ne donnait que les draps à la blanchisserie, car elle tenait à ce qu'ils soient bien repassés. Vêtue d'un pantalon écossais avec un fin sweater rouge qui lui moulait le torse, à la fois souple et robuste, Simone se penchait sur la grande panière ovale d'où elle sortait maintenant des torchons qu'elle accrochait à la corde à linge. Une brise légère soufflait par cette belle journée ensoleillée, annonciatrice de l'été.

Jonathan s'était arrangé pour esquiver l'invitation à déjeuner des parents de Simone, les Foussadier, à Nemours. En règle générale, ils allaient y déjeuner un dimanche sur deux, par le car, à moins que le frère de Simone, Gérard, ne vînt les chercher. Chez les Foussadier, ils faisaient un copieux déjeuner avec Gérard, sa femme et ses deux enfants, qui habitaient également Nemours. Les parents de Simone dorlotaient beaucoup Georges et il y avait invariablement un cadeau pour lui. Vers trois heures de l'après-midi, Jean-Noël, le père de Simone, allumait la télé. Jonathan s'ennuyait souvent à ces réunions, mais il accompagnait Simone par souci de correction et parce qu'il respectait les liens étroits qui unissaient les familles françaises.

– Tu ne te sens pas bien? avait demandé Simone quand Jonathan lui avait annoncé son intention de ne pas aller à Nemours.

– Si, ma chérie. Mais ça ne me tente guère aujourd'hui et en plus, je voudrais préparer une plate-bande pour les tomates. Vas-y donc avec Georges.

Simone avait donc pris le car de midi avec Georges. Avant de partir, elle avait mis un reste de bœuf bourguignon dans une petite casserole rouge sur le réchaud, afin que Jonathan n'ait qu'à le réchauffer quand il aurait faim.

Jonathan avait envie d'être seul. Il songeait au mystérieux Stephen Wister et à ses propositions, conscient de sa présence à moins de trois cents mètres de chez lui. Il n'avait nulle intention de contacter Wister, mais l'étrangeté de cette proposition l'intriguait et le troublait étrangement; il avait l'impression qu'un coup de tonnerre venait d'éclater à l'improviste dans la routine de sa vie et il voulait analyser ce phénomène insolite, le savourer en un sens. Jonathan, par ailleurs, avait le sentiment (qui s'était souvent révélé exact) que Simone pouvait lire dans sa pensée, qu'elle savait en tout cas quand il était préoccupé. S'il paraissait absent ce dimanche-là, il ne voulait pas que Simone s'en aperçoive et lui pose des questions gênantes. Tout en jardinant avec énergie, Jonathan laissait vagabonder son imagination. Il pensait aux quarante mille livres. Somme considérable qui permettrait de rembourser l'hypothèque en une seule fois, ainsi que divers objets achetés à tempérament, grâce à laquelle ils pourraient également repeindre l'intérieur de la maison, s'offrir une télévision, mettre de l'argent de côté pour envoyer Georges plus tard à l'université, renouveler la garde-robe de Simone et la sienne... Ah! la tranquillité d'esprit enfin accessible, la constante inquiétude du lendemain disparue! Des images fugitives lui effleuraient l'esprit, un voyou de la

Mafia ou même deux, des truands basanés et trapus, projetés en arrière par l'impact des balles, s'écroulaient en battant des bras puis s'immobilisaient, inertes, morts. Ce que Jonathan n'arrivait pas à imaginer, tout en enfonçant sa bêche dans le sol, c'était la succession des gestes nécessaires pour braquer un pistolet sur un homme, l'abattre dans le dos peut-être. Ce qui lui paraissait plus intéressant, plus mystérieux, plus dangereux, c'était la façon dont Wister avait appris son nom. Un complot se tramait contre lui à Fontainebleau avec des ramifications jusqu'à Hambourg. Il était impossible que Wister l'ait confondu avec quelqu'un d'autre, puisqu'il était au courant de sa maladie, connaissait l'existence de sa femme et de son fils. Quelqu'un que Jonathan devait considérer comme un ami ou tout au moins une relation lui avait joué un mauvais tour.

Wister allait sans doute quitter Fontainebleau aujourd'hui même, vers cinq heures. A trois heures, ayant fini de déjeuner, Jonathan rangea des papiers et des recettes de cuisine dans le tiroir de la table ronde au milieu du salon. Ensuite, content de ne pas se sentir fatigué, il s'arma d'un balai et d'une petite pelle pour nettoyer l'extérieur des tuyaux et le sol autour de leur chaudière à mazout.

Un peu après cinq heures, alors que Jonathan était en train de laver ses mains noires de suie à l'évier de la cuisine, Simone arriva avec Georges, et son frère Gérard accompagné de sa femme Yvonne. Tous prirent un verre dans la cuisine. Georges avait reçu de ses grands-parents une boîte ronde contenant un œuf de Pâques enveloppé de papier doré, un lapin en chocolat, des boules de gomme dans des sachets de cellophane jaune encore fermés. Simone lui avait interdit de les ouvrir, car il s'était déjà bourré de bonbons à Nemours. Georges sortit dans le jardin en compagnie des enfants Foussadier.

– Ne marche pas sur la nouvelle plate-bande, Georges! lui cria Jonathan.

Il avait ratissé le rectangle qu'il avait retourné à

la bêche, mais avait laissé les cailloux pour que Georges les ramasse. Jonathan lui donnait cinquante centimes par brouette de cailloux, pas une brouette vraiment pleine, mais suffisamment chargée pour couvrir les planches du fond.

Il commençait à pleuvoir. Jonathan avait rentré le linge quelques minutes auparavant.

– Le jardin est merveilleux, dit Simone. Regarde, Gérard.

Elle fit signe à son frère de la rejoindre sur le petit perron de derrière.

A cette heure-ci, pensa Jonathan, Wister devait sans doute rouler dans le train pour Paris, à moins qu'il n'eût pris un taxi de Fontainebleau à Orly, étant donné tout l'argent dont il semblait disposer. Peut-être s'était-il déjà envolé pour Hambourg. La présence de Simone, les voix de Gérard et d'Yvonne semblaient faire de Wister un produit de l'imagination de Jonathan. Jonathan éprouvait également une sorte de fierté à n'avoir pas téléphoné à Wister, comme s'il avait ainsi résisté victorieusement à la tentation.

Gérard Foussadier, électricien de son métier, était un petit homme grave et soigné d'aspect, un peu plus âgé que Simone, avec des cheveux plus clairs que les siens et une moustache soigneusement taillée. Il avait une passion pour l'histoire de la marine et fabriquait des modèles réduits, des frégates du XVIIIe et du XIXe siècle qu'il équipait de minuscules circuits électriques permettant d'éclairer l'intérieur de la coque à partir d'un commutateur du salon. Gérard était le premier à rire d'un tel anachronisme, des frégates éclairées à l'électricité, mais l'effet était très réussi quand toutes les autres lampes étaient éteintes dans la maison et que huit ou dix bâtiments semblaient voguer sur une mer obscure dans le salon.

– Simone m'a dit que tu t'inquiétais un peu... pour ta santé, Jon, commença Gérard. Je suis désolé.

– Un autre examen, simplement, répondit Jonathan. Les résultats sont à peu près les mêmes.

Jonathan avait l'habitude de ces formules toutes faites, qui lui venaient automatiquement, tout comme on répond « très bien, merci » quand quelqu'un vous demande de vos nouvelles. Gérard parut satisfait de la réponse de Jonathan; Simone, semblait-il, n'avait pas dû s'appesantir sur le sujet.

Yvonne et Simone parlaient de linoléum. Le linoléum de la cuisine était usé devant l'évier et le réchaud.

– Tu te sens bien, vraiment, chéri? demanda Simone après le départ des Foussadier.

– En pleine forme. J'ai même attaqué la chaufferie. J'ai nettoyé la suie.

– Tu es fou. Ce soir, en tout cas, tu auras un bon dîner. Maman a voulu à toutes forces me donner trois paupiettes qui restaient du déjeuner et elles sont délicieuses.

Vers onze heures, alors qu'ils s'apprêtaient à se coucher, Jonathan se sentit soudain devenir de plomb, comme si ses jambes et son corps entier avaient sombré dans un liquide visqueux, comme s'il avait été enlisé jusqu'aux hanches dans une boue épaisse. Etait-ce le simple contrecoup de la fatigue? Cela semblait en fait plus mental que physique. Il fut soulagé lorsque la lumière fut éteinte, heureux de se détendre dans les bras de Simone qui avait aussi refermé les siens sur lui, comme chaque soir quand ils s'endormaient, enlacés. Il pensa à Stephen Wister (quel était son vrai nom, en fait?) volant sans doute vers l'est maintenant, son corps mince confortablement installé dans le fauteuil d'avion. Jonathan imaginait le visage barré de la cicatrice rose, son expression déconcertée, tendue. Quant à Wister, il devait songer à quelqu'un d'autre. Il avait sûrement prévu plusieurs candidats de rechange.

Le temps était frais et brumeux le lendemain matin. Simone partit un peu après huit heures pour conduire Georges à la maternelle et Jonathan, dans la cuisine, but un deuxième café au lait, se réchauffant les doigts à la courbure du bol. Le chauffage était insuffisant dans cette maison. Ils avaient de nouveau passé un hiver inconfortable et même maintenant, au printemps, il faisait frais le matin. La maison lorsqu'ils l'avaient achetée, était déjà équipée d'une chaudière qui suffisait à alimenter les cinq radiateurs en bas, mais pas les cinq autres qu'ils avaient fait installer en haut, dans leur optimisme. On les avait mis en garde, mais une chaudière plus importante aurait coûté trois mille nouveaux francs, et ils ne disposaient pas de cette somme.

Trois lettres avaient glissé par la fente de la porte d'entrée. L'une était la note d'électricité. Jonathan retourna une enveloppe carrée et vit, inscrit derrière, Hôtel de l'Aigle Noir. Il ouvrit l'enveloppe. Une carte de visite en tomba. Jonathan la ramassa. Le nom de Stephen Wister avait été rajouté à la main au-dessus de :

Reeves Minot
159 Agnesstrasse
Winterhude (Alster)
Hambourg 56
629-6757

Il y avait également une lettre.

1er avril 19...

Cher Monsieur Trevanny,

Je regrette de ne pas avoir eu de vos nouvelles ce matin, ni cet après-midi. Mais au cas où vous changeriez d'avis, je joins à ma lettre une carte avec mon adresse à Hambourg. Si vous revenez sur votre décision, vous pouvez me téléphoner à n'importe quelle heure en P.C.V. ou venir me voir à Hambourg. Je peux vous envoyer un billet aller-retour dès que j'aurai de vos nouvelles.

En fait, ne serait-ce pas une bonne idée de venir consulter un spécialiste de Hambourg et de lui demander un diagnostic sur votre état de

santé ? Cela vous remonterait peut-être le moral.
Je regagne Hambourg dimanche soir.

Bien à vous

Stephen Wister.

Jonathan fut à la fois surpris, amusé et irrité. *Lui remonter le moral!* Voilà qui était bien étrange, puisque Wister était persuadé qu'il allait mourir bientôt. Si un spécialiste de Hambourg lui annonçait : « *Ach, ja,* vous en avez encore pour un ou deux mois », est-ce que ça allait vraiment lui remonter le moral? Jonathan glissa la lettre et la carte dans la poche arrière de son pantalon. Un voyage aller et retour à Hambourg gratis. Wister faisait tout pour le tenter. Il était intéressant de noter qu'il avait envoyé la lettre samedi après-midi, afin que Jonathan la reçoive dès le lundi matin, bien qu'il ait risqué de recevoir un coup de téléphone de Jonathan le dimanche. Mais les boîtes aux lettres n'étaient pas relevées le dimanche.

Il était neuf heures moins dix, Jonathan réfléchit à ce qu'il avait à faire. Il lui fallait commander du papier chez un fournisseur de Melun. Il y avait au moins deux clients auxquels il voulait envoyer un mot, car leurs gravures étaient prêtes depuis plus d'une semaine. Jonathan, en général, se rendait à sa boutique le lundi et y travaillait sans l'ouvrir pour mettre à jour ses commandes.

Jonathan arriva à sa boutique à neuf heures un quart, baissa le rideau vert de sa porte qu'il referma à clef, laissant accrochée dessus la pancarte FERMÉ. Il commença à bricoler, pensant toujours à Hambourg. Peut-être, après tout, serait-il intéressant d'avoir l'opinion d'un spécialiste de Hambourg. Et s'il acceptait le voyage aller et retour que lui offrait Wister? Mais alors, il deviendrait son obligé? L'idée de se transformer en tueur pour le compte de Wister, d'être payé pour tuer, tournait à l'obsession. Un membre de la Mafia. Ils étaient tous sans exception des criminels, pas de doute là-dessus.

Evidemment, songea Jonathan, il pouvait toujours rembourser à Wister par la suite le prix de son voyage. Pour l'instant, il n'avait pas même suffisamment à la banque pour payer le billet. S'il voulait vraiment être fixé sur son état de santé, c'était en Allemagne (ou en Suisse) qu'il pouvait obtenir une certitude. Ne trouvait-on pas dans ces deux pays les meilleurs médecins du monde? Jonathan posa la carte du fournisseur de papier à côté du téléphone afin de ne pas oublier de l'appeler le lendemain, car lui aussi était fermé le lundi. Après tout, qui sait si le plan conçu par Wister ne pouvait pas être mis à exécution? Pendant un instant, Jonathan se vit tomber sous les balles des policiers allemands; ils l'avaient surpris juste après qu'il eut abattu l'Italien. Mais même s'il était mort, Simone et Georges toucheraient les cinq cent mille francs. Jonathan, soudain, revint sur terre. Il n'allait tuer personne, certainement pas. Un voyage à Hambourg, en revanche, le distrairait, le changerait un peu, même s'il devait y apprendre une horrible nouvelle. Et si Wister lui payait le voyage maintenant, il réussirait à le rembourser en trois mois, à condition d'économiser, de ne s'acheter aucun vêtement, de ne même pas s'offrir une bière dans un bar. Jonathan appréhendait d'en parler à Simone, mais il savait bien qu'en fait, elle serait d'accord puisqu'il s'agissait de consulter un nouveau médecin, réputé en principe.

Vers onze heures, il demanda directement le numéro de Wister à Hambourg. Non pas en P.C.V. Trois ou quatre minutes plus tard, il obtenait la communication, la voix de son correspondant était parfaitement nette, bien plus nette que celle des gens qu'il appelait à Paris.

– ... lui-même, déclara Wister de sa voix tendue.

– J'ai reçu votre lettre ce matin, commença Jonathan. L'idée d'aller à Hambourg...

– Oui, pourquoi pas? enchaîna Wister d'un ton négligent.

– Mais je veux dire : l'idée de consulter un spécialiste...

– Je vous envoie immédiatement un mandat télégraphique. Vous pourrez le toucher à la poste de Fontainebleau. Il devrait arriver d'ici deux heures.
– C'est... c'est très gentil à vous. Une fois là-bas, je peux...
– Voulez-vous venir aujourd'hui même? Ce soir? Vous pouvez loger ici.
– Ce soir, je ne sais pas...
Mais pourquoi pas, en fait?
– Rappelez-moi quand vous aurez votre billet. Dites-moi à quelle heure vous arrivez. Je ne bouge pas de la journée.
Le cœur de Jonathan battait un peu plus vite que d'habitude lorsqu'il raccrocha.
Quand il rentra à midi pour le déjeuner, Jonathan monta dans sa chambre pour chercher sa valise. Elle était sur l'armoire d'où elle n'avait pas bougé depuis leurs dernières vacances à Arles, il y avait près d'un an de cela.
– Chérie, dit-il à Simone, j'ai une chose importante à te dire. J'ai décidé d'aller à Hambourg consulter un spécialiste.
– Ah oui! C'est Périer qui te l'a suggéré?
– Eh bien, en fait... non. C'est une idée à moi. J'aimerais bien avoir l'opinion d'un médecin allemand. Je sais que ça va faire des frais...
– Oh, Jon! Des frais, quelle importance! Tu as eu d'autres nouvelles ce matin? C'est demain que doivent arriver les résultats du labo, non?
– Si. Mais ils disent toujours la même chose. Je voudrais une nouvelle opinion.
– Quand veux-tu y aller?
– Le plus tôt possible. Cette semaine.
Un peu avant cinq heures, Jonathan appela la poste de Fontainebleau. L'argent était arrivé. Sur présentation de sa carte d'identité, il toucha six cents francs. De la poste, il se rendit à une agence de voyages deux rues plus loin, et prit un billet aller et retour pour Hambourg sur un avion qui décollait d'Orly ce soir-là à neuf heures vingt-cinq. Il lui faudrait se dépêcher, songea-t-il, mais c'était mieux

ainsi, car il n'aurait pas le temps de réfléchir, d'hésiter. Il retourna à sa boutique et appela Hambourg, en P.C.V. cette fois.

Ce fut de nouveau Wister qui répondit.

– Parfait. A onze heures cinquante-cinq, d'accord. Prenez le car de l'aéroport jusqu'à la gare terminale, d'accord? Je vous y attendrai.

Jonathan appela ensuite un client qui devait venir chercher une gravure pour lui dire que le magasin serait fermé mardi et mercredi pour « raisons de famille », une excuse pratique. Il lui faudrait également laisser une pancarte sur sa porte pendant quarante-huit heures. Ça n'avait pas grande importance, car en ville les commerçants fermaient souvent pendant quelques jours pour une raison ou une autre. Jonathan avait même vu une fois une pancarte annonçant « Bouclé pour gueule de bois ».

Jonathan ferma sa boutique et rentra chez lui faire sa valise. Il ne serait absent que deux jours, songea-t-il, à moins que l'hôpital de Hambourg n'insiste pour le garder plus longtemps. Il avait vérifié l'horaire des trains pour Paris et celui de sept heures convenait parfaitement. Une fois à Paris, il se rendrait à la gare des Invalides pour prendre le car pour Orly. Quand Simone rentra avec Georges, Jonathan avait déjà descendu sa valise au rez-de-chaussée.

– Ce soir? fit Simone.

– Le plus tôt sera le mieux, ma chérie. Une envie, comme ça. Je serai de retour mercredi, peut-être même demain soir.

– Mais... où est-ce que je peux te joindre? Tu as retenu une chambre dans un hôtel?

– Non. Je t'enverrai un télégramme. Ne t'inquiète pas.

– Tu as pris rendez-vous avec le docteur? Qui est ce docteur?

– Je ne sais pas encore. J'ai seulement entendu parler de l'hôpital.

Jonathan laissa tomber son passeport en essayant de le glisser dans la poche intérieure de sa veste.

– Je ne t'ai jamais vu comme ça, dit Simone.

Jonathan lui sourit.

– Ça prouve au moins que je ne suis pas au bout du rouleau!

Simone voulait l'accompagner à la gare de Fontainebleau-Avon, mais Jonathan insista pour qu'elle n'en fît rien.

– Je t'envoie un télégramme dès mon arrivée, dit-il.

– Où c'est, Hambourg? demanda Georges pour la deuxième fois.

– En Allemagne, répondit Jonathan.

Jonathan eut la chance de trouver un taxi rue de France. Le train entrait en gare quand il arriva et il eut juste le temps de prendre son billet et de sauter dans un wagon. De la gare de Lyon un taxi le conduisit aux Invalides. Il lui restait un peu d'argent sur les six cents francs. De toute façon, au cours des jours à venir, il n'allait guère se soucier de ses dépenses éventuelles.

Dans l'avion, il somnola, un magazine sur les genoux. Il s'imaginait être une autre personne. L'avion emportait cet être nouveau loin de l'homme qu'il avait laissé dans la sombre maison de la rue Saint-Merry. Il imagina un autre Jonathan en train d'aider Simone à faire la vaisselle, discutant de sujets aussi fastidieux que le prix d'un linoléum pour la cuisine.

L'avion atterrit. Il faisait un temps sec et plus froid qu'à Fontainebleau. Un long trajet sur une autoroute illuminée le conduisit en ville; des immeubles massifs se dressaient contre le ciel nocturne, les réverbères n'avaient ni la même forme ni la même couleur que ceux de France.

A la gare terminale, Wister, souriant, se dirigea vers lui, la main tendue.

– Bonsoir, monsieur Trevanny. Avez-vous fait bon voyage? Ma voiture est là, devant. J'espère que ça ne vous a pas ennuyé de prendre le car. Mon chauffeur, enfin, il travaille pour moi à l'occasion... vient seulement de se libérer.

Ils se dirigeaient vers le trottoir. Wister continuait à parler, avec son accent américain. A part sa cicatrice, rien chez lui n'évoquait la violence. Le calme qu'il affichait avait quelque chose de presque inquiétant. Ou bien avait-il tout bêtement un ulcère à l'estomac? Wister s'arrêta à côté d'une étincelante Mercedes noire. Un homme plus âgé que lui, sans casquette, prit la valise de Jonathan et ouvrit la portière pour lui et Wister.

– Je vous présente Karl, dit Wister.

– Bonsoir, dit Jonathan.

Karl sourit et murmura quelque chose en allemand.

Le trajet fut assez long. Wister indiqua au passage le Rathaus, « le plus ancien d'Europe, et les bombes l'ont épargné », et une grande église ou cathédrale dont Jonathan ne comprit pas le nom. Lui et Wister étaient assis à l'arrière. Ils arrivèrent dans une partie de la ville plus aérée, avec des jardins, traversèrent encore un pont, s'engagèrent sur une route obscure.

– Nous y voilà, dit Wister.

La voiture avait tourné dans une allée qui montait jusqu'à une vaste maison avec quelques fenêtres éclairées, et une entrée bien entretenue, éclairée elle aussi.

– C'est une vieille maison de quatre étages et j'en occupe un, expliqua Wister. Il y en a beaucoup comme celle-ci à Hambourg. Transformées en appartements. J'ai une très belle vue sur l'Alster. l'Aussen Alster, le grand. Vous verrez demain.

Ils montèrent dans un ascenseur moderne. Karl avait pris la valise de Jonathan. Karl pressa le timbre et une femme entre deux âges en robe noire et tablier blanc ouvrit la porte, souriante.

– Je vous présente Gaby, dit Wister à Jonathan. Elle travaille pour moi à mi-temps. Elle est employée dans une autre famille de la maison et dort chez eux, mais je lui ai dit que nous aurions peut-être envie de manger ce soir. Gaby, Herr Trevanny aus Frankreich.

La femme salua aimablement Jonathan et lui prit son manteau. Elle avait un visage froid et plaisant et semblait bonne comme du bon pain.

– Vous pouvez vous laver les mains par là, dit Wister en indiquant une salle de bains où la lumière était allumée. Je vais vous servir un scotch. Avez-vous faim?

Lorsque Jonathan sortit de la salle de bains, les lumières – quatre lampes – étaient allumées dans le grand living-room carré. Wister était assis sur un divan vert, en train de fumer un cigare. Deux whiskies étaient posés sur la table devant lui. Gaby entra aussitôt avec un plateau de sandwiches et un fromage rond jaune pâle.

– Ah! merci, dit Wister. Il est tard pour Gaby, ajouta-t-il à l'adresse de Jonathan, mais quand je lui ai dit que j'attendais un invité, elle a insisté pour rester et servir les sandwiches. (Wister, malgré ses propos anodins, gardait un visage solennel. Il fronçait même les sourcils d'un air inquiet tandis que Gaby disposait les assiettes et l'argenterie.) Comment vous sentez-vous? demanda-t-il après son départ. Le plus important, maintenant, c'est une visite au spécialiste. J'en ai contacté un très renommé, le Dr Heinrich Wentzel, qui est hématologue à l'Eppendorfer Krankenhaus, le grand hôpital. Connu dans le monde entier. J'ai pris rendez-vous pour vous demain à deux heures, si ça vous convient.

– Oui, très bien. Je vous remercie, répliqua Jonathan.

– Cela vous permettra de dormir un peu demain matin. Votre femme n'a pas été trop fâchée, j'espère, de vous voir partir ainsi à l'improviste?... Après tout, quand on a une maladie grave, il est plus raisonnable de consulter plusieurs médecins...

Jonathan n'écoutait qu'à moitié. Il se sentait hébété, dépaysé également par le décor, par le fait qu'il se trouvait, pour la première fois, en Allemagne. Le mobilier était conventionnel, plus moderne qu'ancien, bien qu'il y eût un très beau bureau

Biedermeyer contre le mur en face de Jonathan. Des bibliothèques basses couraient le long des murs, les fenêtres étaient drapées de longs rideaux verts et les lampes dans les angles de la pièce diffusaient un plaisant éclairage. Sur la table basse en verre était posée une boîte en acajou ouverte pleine de cigares et cigarettes variés séparés par de minces cloisons. Des pincettes et un tisonnier en cuivre étaient accrochés le long de la cheminée blanche au-dessus de laquelle se trouvait un tableau assez intéressant qui ressemblait à un Derwatt. Et où donc était Reeves Minot? En fait, Wister et Minot n'étaient qu'une seule et même personne, supposait Jonathan. Wister allait-il le lui préciser ou bien pensait-il que c'était évident? Jonathan songea soudain que lui et Simone devraient peindre toute la maison en blanc. Il essaierait de lui faire renoncer au papier peint art nouveau dans la chambre à coucher. S'ils voulaient une maison plus claire, il leur fallait du blanc...

– ... avez peut-être réfléchi à mon autre proposition, était en train de dire Wister de sa voix douce. L'idée dont je vous ai parlé à Fontainebleau.

– Je crains bien de n'avoir pas changé d'avis à ce sujet, dit Jonathan. Ce qui fait, bien entendu, que je vous dois six cents francs. (Jonathan se força à sourire. Il ressentait déjà l'effet du scotch et s'en rendant compte, il en but de nouveau une gorgée, par pure nervosité.) Je peux vous rembourser en trois mois. L'essentiel pour moi, c'est le spécialiste. Chaque chose en son temps.

– Bien entendu, acquiesça Wister. Et ne parlez donc pas de me rembourser. C'est absurde.

Jonathan ne voulait pas discuter mais il avait vaguement honte. Il se sentait surtout dans un état bizarre, comme s'il avait vécu un rêve, comme s'il n'était pas lui-même. Mais c'était sans doute parce que tout lui paraissait si étranger.

– Cet Italien que nous voulons éliminer, reprit Wister en nouant ses mains sur sa nuque et en levant les yeux au plafond, a une occupation régulière. Vraiment, c'est comique! Il prétend qu'il travaille à heures fixes. Il passe son temps à traîner dans les clubs de la Reeperbahn sous prétexte qu'il a la passion du jeu, et il raconte qu'il travaille comme œnologue. Il a sûrement d'ailleurs un copain à la coopérative vinicole ici. Il y va tous les après-midi, mais il passe ses soirées dans l'un ou l'autre des clubs privés, à jouer un peu à la roulette, à essayer de connaître des gens. Le matin, il dort, puisqu'il passe ses nuits dehors. Ce qui est intéressant, enchaîna Wister en se redressant dans son fauteuil, c'est qu'il prend le métro tous les soirs pour rentrer chez lui. Il a loué un appartement pour six mois et il a en effet un boulot pour la même durée dans cette coopérative vinicole, comme couverture... Tenez, prenez un sandwich!

Wister lui tendit une assiette, comme s'il venait seulement de s'apercevoir que les sandwiches étaient là.

Jonathan en prit un à la langue de bœuf. Il y avait également de la salade de chou et des cornichons.

– L'important, c'est qu'il descend du métro à la station Steinstrasse tous les jours vers six heures un quart, comme n'importe quel homme d'affaires rentrant de son bureau. C'est à ce moment-là que nous voulons le choper. (Wister tendit devant lui ses mains osseuses, paumes vers le bas.) L'assassin tire une fois s'il peut l'avoir dans le dos, deux fois peut-être pour être plus sûr, il laisse tomber le pistolet, et... ni vu ni connu, je t'embrouille, comme on dit, n'est-ce pas?

L'expression était en effet familière.

– Si c'est tellement facile, pourquoi avez-vous besoin de moi? (Jonathan réussit à sourire poliment.) Je suis un amateur, c'est le moins qu'on puisse dire. Je suis sûr de rater mon coup.

Wister ne semblait même pas l'avoir entendu.

– La foule dans le métro risque d'être cernée par la police. Une partie du moins. Comment savoir? Trente, quarante personnes peut-être, si les flics arrivent assez vite. C'est une gigantesque station, le terminus d'une des lignes principales. Ils risquent de fouiller les gens. Mais supposons qu'ils vous fouillent? (Wister haussa les épaules.) Vous vous serez débarrassé du pistolet. Vous vous étiez protégé la main avec un bas en nylon, et vous avez laissé tomber le bas quelques secondes après avoir tiré... Pas de trace de poudre sur vous, pas d'empreintes sur l'arme. Vous n'avez aucune relation d'aucune sorte avec la victime. En fait, ça n'ira sûrement pas aussi loin. Mais un simple coup d'œil sur votre carte d'identité française, le fait que vous avez rendez-vous avec le Dr Wentzel, et vous ne risquez plus rien. Mon problème, notre problème, c'est que nous ne voulons utiliser personne qui soit en relation avec nous ou les clubs...

Jonathan écoutait sans faire de commentaires. Le jour de l'exécution, songeait-il, il lui faudrait avoir une chambre dans un hôtel, il ne pouvait guère habiter chez Wister, au cas où un policier lui poserait la question. Et Karl et la bonne? Etaient-ils au courant de toute cette affaire? Pouvait-on leur faire confiance? *Tout ça ne tient pas debout,* songeait Jonathan et il avait envie de sourire, mais il ne souriait pas.

– Vous êtes fatigué, lui dit Wister. Vous voulez voir votre chambre? Gaby y a déjà porté votre valise.

Un quart d'heure plus tard, Jonathan était en pyjama après avoir pris une douche bouillante. Sa chambre avait une fenêtre en façade. Jonathan laissa errer son regard sur la surface de l'eau. Des lumières jalonnaient le rivage tout proche et on voyait briller les feux de position rouge et vert de quelques bateaux amarrés. La nuit était calme. Le faisceau d'un phare balayait le ciel et semblait veiller sur la ville. Le lit de Jonathan avait été soigneusement préparé et la couverture rabattue. Il y avait sur la table de nuit un verre d'eau, un paquet de Gitanes maïs, celles qu'il fumait, un cendrier et des allumettes. Jonathan avala une gorgée d'eau avant de se coucher.

Jonathan, assis au bord du lit, buvait le café que Gaby lui avait apporté, du café comme il l'aimait, fort, avec un soupçon de crème fraîche. Réveillé à sept heures, il s'était rendormi jusqu'à ce que Wister frappe à sa porte à dix heures et demie.

– Ne vous excusez pas, je suis très content que vous ayez dormi tard, dit Wister. Gaby va vous préparer du café. A moins que vous ne préfériez du thé?

Wister avait également ajouté qu'il lui avait retenu une chambre à l'Hôtel Viktoria, où ils passeraient avant le déjeuner. Jonathan le remercia. Il ne fut pas fait d'autre allusion à l'hôtel. Mais c'était le commencement, pensa Jonathan, tout comme il l'avait pensé la veille au soir. S'il devait mettre à exécution le plan de Wister, il ne pouvait pas habiter chez lui. Jonathan, néanmoins, se sentit soulagé à l'idée de ne plus être sous le toit de Wister d'ici deux heures.

Un ami ou une relation de Wister, un nommé Rudolf quelque chose, arriva à midi. Rudolf, un homme jeune et mince aux cheveux noirs et drus, était poli et nerveux. Wister expliqua qu'il était étudiant en médecine. Il ne parlait pas anglais, de toute évidence.

Jonathan trouva qu'il ressemblait un peu à Kafka. Ils montèrent tous dans la voiture, conduite par Karl, et se mirent en route pour l'Hôtel Viktoria.

Jonathan contemplait les ponts, grands ou petits, qui enjambaient les cours d'eau traversant la ville. Tout paraissait si neuf, comparé à la France... Puis il se rappela que Hambourg avait été pratiquement rasé par les bombardements. La voiture s'arrêta devant l'Hôtel Viktoria, situé dans une rue commerçante; un hôtel de moyenne catégorie.

– Ils parlent tous anglais, déclara Wister. Nous allons vous attendre.

Jonathan entra. Un garçon d'étage lui avait pris sa valise à la porte. Il remplit sa fiche, recopia le numéro de son passeport anglais. Il demanda qu'on monte sa valise dans sa chambre, comme le lui avait recommandé Wister.

Ils allèrent ensuite déjeuner dans un restaurant, où Karl ne les accompagna pas. Avant le repas, ils burent une bouteille de vin et Rudolf s'anima un peu. Il parlait en allemand et Wister traduisait certaines de ses plaisanteries. Jonathan pensait à son rendez-vous à l'hôpital, à deux heures.

– Reeves..., dit Rudolf à Wister.

Jonathan pensait que Rudolf avait déjà prononcé ce nom, et cette fois il n'y avait pas d'erreur possible. Wister – Reeves Minot – ne broncha pas. Jonathan non plus.

– Anémique..., dit Rudolf à Jonathan.

– Pire, répondit Jonathan avec un sourire.

– Schlimmer, dit Reeves Minot et il poursuivit en allemand, langue qu'il semblait parler aussi mal que le français, mais tout aussi efficacement.

La nourriture était excellente, les plats bien servis. Reeves avait apporté ses cigares. Mais ils durent partir pour l'hôpital avant de les avoir fumés jusqu'au bout.

L'hôpital se composait d'une série de bâtiments parmi des arbres, avec des allées bordées de fleurs. C'était Karl, de nouveau, qui les avait conduits. L'aile de l'hôpital où devait se rendre Jonathan ressemblait à une sorte de laboratoire futuriste, avec des pièces disposées de part et d'autre d'un couloir comme dans un hôtel, mais meublées de fauteuils et de lits en métal chromé et éclairées par des tubes fluorescents et des lampes de couleurs variées. Il y régnait une odeur qui n'évoquait pas un désinfectant mais une sorte de gaz inconnu rappelant à Jonathan cette senteur bizarre qui l'avait frappé quand il avait été traité aux rayons X cinq ans plus tôt sans pour autant guérir de sa leucémie. C'était, pour Jonathan, le genre d'endroit où les profanes deviennent la proie des spécialistes omniscients, et il fut aussitôt saisi d'une telle faiblesse qu'il crut s'évanouir. Il longeait à ce moment-là un interminable couloir au sol insonorisé, en compagnie de Rudolf, qui devait lui servir d'interprète en cas de besoin. Reeves était resté dans la voiture avec Karl, mais Jonathan ne savait même pas s'ils allaient attendre, ni combien de temps prendrait l'examen.

Le Dr Wentzel, un homme robuste et grisonnant à la moustache tombante, parlait un peu anglais, mais n'essayait pas de faire de longues phrases. « Combien de temps? » Six ans. Jonathan passa sur la balance; on lui demanda s'il avait perdu du poids récemment, puis il se mit torse nu et le médecin lui palpa la rate. Pendant tout ce temps-là, le docteur parlait doucement en allemand à l'infirmière qui prenait des notes. On lui prit sa tension, on lui fit un examen du fond de l'œil, un prélèvement de sang et d'urine, et pour finir un prélèvement de moelle dans le sternum avec un instrument qui opérait de façon plus rapide et moins désagréable que celui du Dr Périer. On annonça ensuite à Jonathan qu'il aurait les résultats le lendemain matin. L'examen n'avait duré que trois quarts d'heure.

Jonathan et Rudolf sortirent du bâtiment. La voiture était garée quelques mètres plus loin dans un vaste parking.

– Ça s'est bien passé? Quand serez-vous fixé? demanda Reeves. Voulez-vous revenir chez moi ou rentrer à l'hôtel?

– A l'hôtel, je crois, merci, répondit Jonathan qui se laissa tomber avec soulagement sur la banquette.

Rudolf, semblait-il, chantait les louanges de Wentzel à Reeves. Ils arrivèrent à l'hôtel.

– Nous passerons vous prendre pour dîner, déclara aimablement Reeves. A sept heures.

Jonathan prit sa clef et monta jusqu'à sa chambre. Il ôta sa veste et se jeta à plat ventre sur le lit. Au bout de deux ou trois minutes, il se redressa et se dirigea vers un petit secrétaire. Il y avait du papier dans un tiroir. Il s'assit et écrivit :

4 avril,

Ma chère Simone,

Je viens de subir un examen et j'aurai les résultats demain. L'hôpital est ultra-moderne, le médecin ressemble à l'empereur François-Joseph, et c'est, paraît-il, le meilleur hématologue du monde ! Quels que soient les résultats demain, je serai plus tranquille quand je saurai. Avec un peu de chance, je serai rentré avant même que tu reçoives cette lettre, à moins que le Dr Wentzel ne réclame d'autres tests.

Je vais t'envoyer un télégramme, juste pour te rassurer. Tu me manques, je pense à toi et à Caillou.

A bientôt avec toute ma tendresse.

Jon

Jonathan accrocha sur un cintre son meilleur complet, le bleu marine, laissa le reste de ses affaires dans sa valise et descendit poster sa lettre. Il avait changé la veille au soir à l'aéroport un chèque de voyage de dix livres, reste d'un vieux carnet de trois ou quatre. Il envoya un court télégramme à Simone pour lui annoncer qu'il allait bien et qu'une lettre suivait. Puis il sortit, nota le nom de la rue, repéra les environs – une gigantesque publicité pour la bière attira entre autres son attention – et partit se promener.

Les trottoirs étaient encombrés de piétons, de gens qui faisaient leurs courses. Jonathan s'attarda devant une vitrine où étaient exposés de luxueux pull-overs. Il y avait également une superbe robe de chambre en soie bleue qui ressortait sur un fond de peaux de mouton d'un blanc crémeux. Il essaya d'évaluer le prix en francs et y renonça, ne s'intéressant pas vraiment à la question. Il traversa une avenue animée, sillonnée à la fois par des tramways et des bus, atteignit un canal qu'enjambait une passerelle pour piétons et décida de ne pas traverser. Un café, peut-être... Jonathan s'approcha d'un café-bar d'aspect plaisant avec des gâteaux exposés dans la vitrine, mais il ne put se résoudre à entrer. Il se rendait compte qu'il était terrifié à l'idée de ce qu'il allait apprendre le lendemain à l'hôpital. Il ressentait soudain un creux dans l'estomac; c'était pour lui une sensation familière, il avait l'impression de devenir transparent, d'une fragilité de papier de soie et son front se glaçait comme si la vie même l'abandonnait.

Ce que Jonathan savait également, ou du moins soupçonnait, c'était qu'il allait recevoir des résultats truqués le lendemain matin. La présence de Rudolf lui avait paru suspecte. Etudiant en médecine, soi-disant. Rudolf n'avait servi à rien, puisqu'il n'avait pas eu à intervenir. L'infirmière du médecin parlait anglais. Rudolf allait-il rédiger un faux rapport ce soir même? Se débrouiller pour le substituer au vrai? Jonathan imaginait même Rudolf en train de subtiliser du papier à en-tête de l'hôpital cet après-midi. Ou alors peut-être Jonathan était-il en train de perdre la raison.

Il repartit en direction de son hôtel, prenant au plus court. Arrivé au Viktoria, il demanda sa clef et monta dans sa chambre. Il enleva alors ses chaussures, alla mouiller une serviette dans la salle de bains et s'étendit sur le lit, la serviette humide posée sur son front et ses yeux. Il n'avait pas sommeil, mais se sentait bizarre. Reeves Minot était un bien étrange personnage. Avancer six cents francs à un parfait inconnu, lui faire une proposition aussi insensée, lui promettre plus de cinq cent mille francs... Ce ne pouvait être vrai. Reeves Minot ne paierait jamais. Il semblait vivre dans un monde de fantasmes. Peut-être n'était-ce même pas un gangster, mais un type un peu dérangé qui se prenait pour un personnage important et puissant.

La sonnerie du téléphone réveilla Jonathan. Une voix d'homme annonça :

– Un chantleman fous attend en bas, monsieur.

Jonathan consulta sa montre. Il était sept heures passées.

– Voulez-vous lui dire que je descends d'ici deux minutes?

Jonathan se lava la figure, mit un pull-over à col roulé, endossa son veston. Il prit également son pardessus.

Karl l'attendait pour l'emmener en voiture.

– Vous avez passé un bon après-midi, monsieur? demanda-t-il en anglais.

Ils échangèrent quelques mots durant le trajet et Jonathan s'aperçut que Karl avait un vocabulaire assez étendu dans sa langue. Combien d'autres étrangers Karl avait-il trimbalés pour Reeves Minot? Quel métier était censé faire Minot aux yeux de Karl? Peut-être d'ailleurs ne s'était-il jamais posé la question. Que faisait Reeves, d'ailleurs?

Karl arrêta de nouveau la voiture dans l'allée en pente et, cette fois, Jonathan monta seul au deuxième étage par l'ascenseur.

Reeves Minot, en pantalon de flanelle grise et sweater, accueillit Jonathan à la porte.

– Entrez donc! Vous êtes-vous un peu reposé cet après-midi?

Ils burent un scotch. La table était mise pour deux, et Jonathan en conclut qu'ils allaient passer la soirée en tête à tête.

– Je voudrais vous montrer une photo de l'homme auquel je pense, déclara Reeves en se levant du divan pour s'approcher de son bureau Biedermeyer.

Il en sortit deux photos, l'une prise de face, l'autre de côté, représentant un groupe de personnes penchées au-dessus d'une table.

Il s'agissait d'une table de roulettes. Jonathan examina le cliché pris de face, aussi net qu'une photo de passeport. L'homme avait une quarantaine d'années, avec un visage carré et charnu typiquement italien. Deux rides symétriques se creusaient des ailes du nez à la commissure des lèvres épaisses. Deux yeux noirs au regard méfiant, sur la défensive, et pourtant, dans son vague sourire, un air de dire : « Et alors, qu'est-ce que j'ai fait, hein? » Il s'appelait Salvatore Bianca, précisa Reeves Minot.

– Cette photo a été prise à Hambourg il y a une semaine, enchaîna Reeves. Il ne joue même pas, il se contente d'observer. Bianca a probablement tué une demi-douzaine d'hommes. Mais il n'a pas un grade important dans la Mafia. Ce n'est qu'un comparse, un exécutant. (Jonathan avait fini son verre, et Reeves lui en resservit un deuxième.) Bianca porte toujours un chapeau – dehors, s'entend – un feutre. Et en général un pardessus en tweed...

Jonathan se décida enfin à interrompre son interlocuteur.

– Un homme d'aspect ordinaire, avec un feutre rabattu, le col de son pardessus relevé, et il faudrait le repérer dans une foule simplement après avoir vu ces deux photos?

– Un de mes amis va prendre le métro en même temps que Bianca, au Rathaus, jusqu'au Messberg, qui est la station suivante, la seule avant la Steinstrasse. Regardez!

Il montra à Jonathan un plan de Hambourg, qui se repliait en accordéon, et où les lignes de métro serpentaient en bleu.

– Vous monterez dans le métro avec Fritz au Rathaus. Fritz doit passer ici après le dîner.

Je suis désolé de vous décevoir, avait envie de dire Jonathan. Il se sentait vaguement coupable d'avoir sans le vouloir encouragé Reeves. L'avait-il encouragé, d'ailleurs? Non. Reeves s'était livré à un pari insensé. Il devait avoir l'habitude de ce genre de situation et sans doute Jonathan n'était-il pas la première personne contactée par Reeves. Jonathan fut tenté de lui poser la question, mais Reeves continuait, de sa voix monocorde :

– Il est fort possible qu'il y ait un deuxième homme à éliminer. Je ne veux pas vous dorer la pilule.

Jonathan éprouva une sorte de soulagement à l'idée de cette complication supplémentaire. Reeves avait présenté toute l'affaire comme étant des plus simples, un coup de feu dans la foule... ni vu ni connu... et ensuite les poches pleines de gros billets, la vie facile pour tous, la fin des problèmes matériels, notamment pour Simone... *Et à elle, comment vais-je lui expliquer l'origine de tout cet argent?* se demandait Jonathan.

– C'est de l'Aalsuppe, dit Reeves en prenant sa cuillère. Une spécialité de Hambourg et Gaby adore la préparer.

La soupe d'anguilles était délicieuse. Il y avait un excellent vin de Moselle, bien frappé.

– Le zoo de Hambourg est célèbre, vous savez. Le Tierpark d'Hagenbeck. Une très jolie promenade depuis ici. Nous pourrions y aller demain matin... Enfin... (Reeves eut soudain l'air préoccupé)... s'il ne se passe rien d'ici là. J'attends vaguement quelque chose. Je devrais être fixé ce soir ou demain.

– Je dois avoir les résultats de mes examens demain à l'hôpital, dit Jonathan. J'y ai rendez-vous à onze heures.

Une vague de désespoir l'envahit, avec l'impression soudaine que cette heure-là devait être l'heure fatidique de sa mort.

– Oui, je comprends. Eh bien, on peut aller au zoo l'après-midi peut-être. Les animaux vivent dans... dans leur habitat naturel...

Sauerbraten. Du chou rouge.

Un coup de sonnette retentit. Reeves ne bougea pas et au bout d'un instant, Gaby entra pour annoncer que Herr Fritz était arrivé.

Fritz tenait sa casquette à la main et portait un pardessus plutôt élimé. Il avait une cinquantaine d'années.

– Voici Paul, déclara Reeves à Fritz en indiquant Jonathan. Un ami anglais. Je vous présente Fritz.

– Bonsoir, dit Jonathan.

Fritz salua Jonathan d'un geste de la main. Il avait un peu l'air d'un truand, mais son sourire était cordial.

– Assieds-toi, Fritz, dit Reeves. Tu veux un verre de vin? (Reeves parlait en allemand.) Paul est notre homme, ajouta-t-il, et il tendit à Fritz un grand verre à pied, plein de vin blanc.

– Fritz est chauffeur de taxi, précisa Reeves. Il a ramené Herr Bianca chez lui le soir plusieurs fois, pas vrai, Fritz?

Fritz murmura quelque chose et sourit.

– Deux fois seulement, en fait, reprit Reeves. Evidemment, nous ne... (Il hésita, comme s'il ne savait pas quelle langue parler, puis enchaîna à l'adresse de Jonathan.) Bianca ne reconnaîtra probablement pas Fritz. Peu importe d'ailleurs, s'il le reconnaît, puisque Fritz descendra à Messberg. Vous et Fritz allez vous retrouver devant la station Rathaus demain, et Fritz vous montrera ce... ce Bianca.

Fritz acquiesça d'un signe de tête, comprenant tout apparemment.

– Vous allez donc tous les deux monter au Rathaus, vers six heures et quart. Mieux vaut arriver là-bas avant six heures, parce que Bianca pour une raison ou une autre pourrait être en avance, mais en général il arrive à six heures un quart. Karl vous conduira... Paul, vous n'avez donc pas à vous inquiéter. Vous ne vous approcherez pas l'un de l'autre, vous et Fritz, mais il se peut que Fritz soit obligé de monter dans la même voiture que vous, la même que vous et Bianca, pour pouvoir vous le désigner avec précision. De toute façon, Fritz descend à Messberg, la station suivante.

Reeves dit ensuite quelque chose à Fritz en allemand et tendit la main.

Fritz sortit de sa poche un petit revolver noir et le passa à Reeves. Reeves jeta un coup d'œil vers la porte, comme s'il craignait de voir entrer Gaby, mais il ne semblait pas vraiment inquiet et l'arme était à peine plus grande que sa main. Après avoir tâtonné un instant, Reeves rabattit le barillet et en examina les logements.

– Il est chargé. Et voici le cran d'arrêt, ici. Vous vous y connaissez un peu en armes à feu, Paul?

Jonathan avait quelques vagues notions. Reeves lui montra, avec l'aide de Fritz, comment se servir du revolver. L'important, c'était le cran de sûreté. Ne pas oublier de le rabattre. L'arme était de fabrication italienne.

Fritz prit congé peu après, saluant Jonathan d'un signe de tête.

– *Bis morgen! Um sechs!*

Reeves le raccompagna jusqu'à la porte. Puis il revint du hall, portant sur le bras un pardessus en tweed brun.

– Il est très grand, dit-il. Essayez-le.

Jonathan à contrecœur se leva et endossa le pardessus. Les manches étaient un peu trop longues. Jonathan glissa les mains dans les poches, et constata, comme Reeves était maintenant en train de le lui expliquer, que le fond de la poche droite était coupé. Il devait transporter le revolver dans la poche de sa veste, le prendre à travers la poche du pardessus, tirer, une seule fois de préférence, et laisser tomber l'arme sur le sol.

– Il y a une foule énorme, vous verrez, dit Reeves. Près de deux cents personnes. Vous ferez ensuite quelques pas en arrière, comme tous les autres, qui auront un mouvement de recul après la détonation.

Avec leur café, ils burent du Steinhager. Reeves l'interrogea sur sa vie familiale, sur Simone et Georges. Georges parlait-il anglais ou français?

– Il apprend un peu l'anglais, répondit Jonathan. J'ai un désavantage sur Simone, car elle est plus souvent avec lui que moi.

Reeves appela Jonathan à son hôtel le lendemain matin un peu après neuf heures. Karl viendrait le chercher à onze heures moins vingt pour le conduire à l'hôpital. Rudolf l'accompagnerait, tout comme Jonathan l'avait d'ailleurs supposé.

– Bonne chance, dit Reeves. Je vous verrai plus tard.

Jonathan était en bas dans le hall, en train de lire le *Times*, quand Rudolf arriva, avec quelques minutes d'avance. Ressemblant plus que jamais à Kafka, il arborait un petit sourire timide, hésitant.

– Bonjour, Herr Trevanny, dit-il.

Rudolf et Jonathan montèrent à l'arrière de la grosse voiture.

– J'espère que les résultats seront bons, déclara Rudolf aimablement.

– J'ai l'intention de parler au médecin également, rétorqua Jonathan, tout aussi aimable.

Il était sûr que Rudolf eut l'air vaguement déconcerté et dit :

– *Wir werden versuchen...*

Lorsqu'ils arrivèrent à l'hôpital, Rudolf s'adressa à une infirmière installée derrière un bureau dans le hall d'entrée et demanda les résultats d'examen de Herr Trevanny.

L'infirmière chercha dans une boîte pleine d'enveloppes fermées de tailles différentes et en sortit une de format commercial, avec le nom de Jonathan dessus.

– Et le Dr Wentzel? Est-ce que je peux le voir? lui demanda Jonathan.

– Le Dr Wentzel? (Elle consulta un registre avec des voyants en mica, appuya sur un bouton et décrocha le téléphone. Après avoir parlé un instant en allemand, elle raccrocha et leva la tête vers Jonathan.) Le Dr Wentzel est occupé toute la journée, me dit son infirmière, déclara-t-elle en anglais. Voulez-vous un rendez-vous pour demain matin à dix heures et demie?

– Bon, d'accord, dit Jonathan.

– Très bien, je vous inscris. Mais son infirmière me dit que vous trouverez pas mal de... de renseignements dans les résultats.

Jonathan et Rudolf regagnèrent la voiture. Rudolf semblait déçu ou bien Jonathan se l'imaginait-il seulement? De toute façon, Jonathan avait en main l'enveloppe avec les résultats authentiques de l'examen.

Une fois dans la voiture, Jonathan, après un mot d'excuses à Rudolf, ouvrit l'enveloppe. Elle contenait trois pages tapées à la machine et, au premier coup d'œil, Jonathan reconnut plusieurs mots familiers, les mêmes qu'en français ou en anglais. La dernière page, néanmoins, comportait deux longs paragraphes en allemand. Son cœur se serra en voyant le chiffre 210 000 pour les leucocytes, plus élevé qu'au dernier examen en France, plus élevé qu'il ne l'avait jamais été. Jonathan n'essaya pas de s'attaquer à la dernière page. Comme il repliait les feuillets, Rudolf posa poliment une question en tendant la main et Jonathan, à contrecœur, les lui remit. Que pouvait-il faire d'autre, et quelle importance, d'ailleurs?

Il se tourna vers la fenêtre, décidé à ne pas demander à Rudolf la moindre explication. Il préférait se débrouiller avec un dictionnaire ou demander à Reeves de l'aider. Ses oreilles s'étaient mises à bourdonner et il se pencha en arrière, s'efforçant de respirer profondément. Rudolf lui jeta un coup d'œil et baissa aussitôt une vitre.

– *Mein Herr*, dit Karl par-dessus son épaule, Herr Minot vous attend tous les deux pour le déjeuner. Il compte ensuite vous emmener au zoo, si vous voulez.

Rudolf eut un petit rire et répondit en allemand.

Jonathan fut tenté de se faire ramener à son hôtel. Mais pour y faire quoi? Ruminer les résultats de l'examen, qu'il n'avait compris qu'à moitié? Rudolf demanda qu'on le déposât quelque part. Avant de s'éloigner, il serra fortement la main de Jonathan. Karl conduisit ensuite Jonathan chez Minot. Le soleil miroitait à la surface de l'Alster. Des embarcations à l'amarre y dansaient gaiement et deux ou trois voiliers évoluaient sur le plan d'eau.

Gaby ouvrit à Jonathan. Reeves était en train de téléphoner, mais il termina rapidement sa conversation.

– Bonjour, Jonathan. Alors, quelles nouvelles?

– Pas bien fameuses, répondit Jonathan en clignant des paupières, ébloui par le soleil qui inondait la pièce.

– Et les résultats? Je peux les voir? Vous avez tout compris?

– Non, pas tout, dit Jonathan en tendant l'enveloppe à Reeves.

– Vous avez vu le docteur également?

– Il était occupé.

– Asseyez-vous, Jonathan. Je vais vous servir un verre, ça vous fera du bien.

Reeves se dirigea vers une des étagères où s'alignaient des bouteilles.

Jonathan s'assit sur le divan et rejeta la tête en arrière.

Il se sentait vide et découragé.

– Les résultats sont pires que ceux que vous avez eus en France? s'enquit Reeves en lui tendant un whisky à l'eau.

– C'est à peu près ça, oui.

Reeves parcourut la dernière page.

– Il faut éviter de vous blesser. C'est intéressant.

Mais pas nouveau, songea Jonathan. Il avait tendance à saigner facilement.

Il attendait les commentaires de Reeves. Il attendait en fait qu'il lui traduisît le texte.

– Rudolf vous a traduit la dernière page?

– Non, mais je ne le lui ai pas demandé, il faut dire.

– ... ne peux préciser si l'état du malade s'est aggravé, n'ayant pas connaissance d'un... précédent diagnostic... assez dangereux compte tenu de l'époque où remontent les premiers symptômes..., etc. Je vous traduirai mot par mot, si vous voulez, dit Reeves. Pour certains termes médicaux j'aurai besoin d'un dictionnaire... mais j'ai compris l'essentiel.

– Alors dites-moi simplement l'essentiel.

– Ce rapport aurait aussi bien pu être écrit en Angleterre. (Reeves, de nouveau, parcourut la dernière page des yeux.) Une prolifération de cellules granuleuses... Comme vous avez déjà subi une radiothérapie, il vous est déconseillé de recommencer en ce moment, car les cellules leucémiques s'habituent à ce traitement.

Reeves poursuivit encore un moment sa lecture. Nulle part, remarqua Jonathan, on ne précisait combien de temps il lui restait à vivre.

– Puisque vous n'avez pas pu voir Wentzel aujourd'hui, voulez-vous que j'essaie de vous obtenir un rendez-vous pour demain? proposa Reeves, avec un ton de sincère sollicitude.

– Merci, j'ai déjà rendez-vous demain matin. A dix heures et demie.

– Parfait. Vous dites que son infirmière parle anglais, vous n'aurez donc pas besoin de Rudolf... Si vous vous allongiez un moment?

Reeves prit un des coussins du divan pour le disposer dans un coin.

Jonathan s'étendit, un pied à terre, l'autre pendant dans le vide au bout du divan. Il se sentait sans forces, somnolent; il avait l'impression qu'il pourrait dormir durant des heures. Reeves s'approcha de la fenêtre inondée de soleil et se mit à parler du zoo. Il mentionna un animal rare, Jonathan en oublia le nom aussitôt après l'avoir entendu, dont un couple avait été envoyé récemment d'Amérique du Sud. Reeves ajouta qu'il serait amusant d'aller les voir. Jonathan pensait à Georges tirant sa brouette de cailloux. Il savait qu'il ne le verrait pas grandir, qu'il ne connaîtrait pas son fils adolescent, qu'il n'entendrait pas sa voix muer... Jonathan se redressa brusquement, serra les dents, essaya de se ressaisir.

Gaby entra, portant un grand plateau.

– J'ai demandé à Gaby de préparer un déjeuner froid; nous pourrons donc passer à table quand vous en aurez envie, dit Reeves.

Ils mangèrent du saumon froid mayonnaise. Jonathan n'avait pas très faim, mais le pain noir, le beurre et le vin étaient délicieux. Reeves parlait de Salvatore Bianca, des rapports de la Mafia avec la prostitution, de leur habitude d'employer des prostituées dans leurs maisons de jeux et de prélever quatre-vingt-dix pour cent sur ce que gagnaient les filles.

– C'est de l'extorsion pure et simple. Ils n'ont qu'un but, gagner de l'argent, et ils ne connaissent qu'une méthode : régner par la terreur, déclara Reeves d'un ton vertueux. Prenez Las Vegas, par exemple. Les gars de Hambourg ne veulent pas entendre parler de prostituées. Ils emploient quelques filles, pour servir au bar par exemple. Elles sont peut-être disponibles pour les clients, mais en tout cas pas sur place!

Jonathan, l'esprit ailleurs, écoutait à peine ce que disait Reeves. Mangeant du bout des lèvres, le feu aux joues, il réfléchissait intensément. Il allait essayer d'abattre ce Bianca. Et ça n'était pas parce qu'il allait mourir d'ici quelques jours ou quelques semaines, mais simplement parce qu'il voulait cet argent, pour Simone et pour Georges. Cinq cent mille francs ou alors, la moitié seulement, s'il n'y avait pas un deuxième homme à liquider, ou s'il se faisait prendre la première fois.

– Mais vous allez le faire, n'est-ce pas, je crois? demanda Reeves en s'essuyant la bouche avec sa serviette.

Il parlait de l'exécution de Bianca le soir même.

– S'il m'arrive quelque chose, dit Jonathan, vous veillerez à ce que ma femme touche l'argent?

Reeves sourit.

– Que peut-il arriver? Oui, oui, comptez sur moi.

– Mais s'il arrivait quand même quelque chose... s'il n'y a qu'un seul homme à liquider...

Reeves serra les lèvres, comme s'il répugnait à répondre.

– Alors la moitié seulement de l'argent. Pour être franc, il y aura vraisemblablement deux exécutions. La totalité de la somme convenue sera versée après la deuxième... Ne vous inquiétez pas, ce sera très facile ce soir; ensuite, nous arroserons l'événement... si le cœur vous en dit.

Il claqua des mains au-dessus de sa tête. Jonathan crut à un geste de victoire mais c'était un signal pour Gaby.

Gaby entra et desservit la table.

Deux cent cinquante mille francs, pensait Jonathan. Une somme moins fabuleuse, certes, mais qui n'en demeurait pas moins considérable.

Ils burent leur café, puis partirent pour le zoo. Les animaux que Reeves voulait voir ressemblaient à deux petits ours couleur caramel. Une foule de badauds était massée devant la cage et Jonathan n'arriva pas à les voir clairement. Le spectacle d'ailleurs ne l'intéressait guère. Un peu plus loin, il remarqua des lions qui se promenaient en apparente liberté. Reeves avait peur que Jonathan ne se fatigue. Il était près de quatre heures de l'après-midi.

De retour à la maison, Reeves insista pour donner à Jonathan un petit comprimé blanc, « un léger sédatif », d'après lui.

– Mais je n'ai pas besoin de sédatif, protesta Jonathan qui se sentait calme et même en bonne forme.

– Ça vaut mieux. Croyez-moi.

Jonathan avala donc le comprimé. Reeves lui suggéra de s'allonger dans la chambre d'ami pendant quelques minutes. Il ne dormit pas et Reeves entra dans la pièce à cinq heures pour lui dire que Karl allait le conduire à son hôtel où était resté le pardessus. Avant son départ, Reeves lui donna une tasse de thé sucré, qui avait un goût normal et Jonathan en déduisit que Reeves n'y avait ajouté aucune drogue. Reeves lui tendit ensuite le revolver et lui indiqua de nouveau le cran de sûreté. Jonathan glissa l'arme dans la poche de son pantalon.

– A ce soir! lui lança Reeves d'un ton jovial.

Karl le conduisit à son hôtel et lui dit qu'il allait l'attendre. Jonathan songea qu'il disposait bien de cinq à dix minutes. Il se lava les dents puis il alluma une Gitane et laissa errer son regard par la fenêtre, jusqu'au moment où il se rendit compte qu'il ne voyait rien et qu'il avait l'esprit totalement vide. Il alla alors décrocher le vaste pardessus dans la penderie. Le manteau avait été porté, mais était encore en bon état. A qui avait-il appartenu? L'idée d'endosser le pardessus de quelqu'un d'autre lui plaisait; il pouvait ainsi prétendre jouer la comédie, prétendre que le revolver dans sa poche était un accessoire de théâtre. Mais en fait, il savait très bien ce qu'il faisait. Il ne ressentait aucune pitié pour le Mafioso qu'il devait supprimer. Pas plus qu'il n'en éprouvait pour lui-même. La mort, c'était la mort. Pour des raisons différentes, la vie de Bianca et la sienne propre avaient perdu toute valeur. Le seul détail intéressant, c'était qu'il allait être payé pour ce meurtre. Jonathan prit le revolver dans la poche de sa veste, ainsi que le bas nylon. Il constata qu'il pouvait faire glisser le bas sur une main sans s'aider de l'autre. Nerveusement, il essuya le revolver avec sa main protégée par le bas afin d'éviter toute empreinte digitale, réelle ou imaginaire. Il lui faudrait entrebâiller le pardessus quand il tirerait, sinon il y a aurait un trou dans le tissu. Il n'avait pas de chapeau. Etrange, que Reeves n'ait pas pensé à lui faire porter un chapeau. Il était maintenant trop tard pour s'en préoccuper.

Jonathan sortit de sa chambre et referma la porte d'une main ferme.

Karl, debout sur le trottoir à côté de la voiture, lui ouvrit la portière. Jonathan se demanda ce qu'il pouvait bien savoir. Il se penchait en avant pour le prier de le conduire à la station de métro Rathaus lorsque le chauffeur lui dit par-dessus son épaule :

– Vous devez retrouver Fritz à la station Rathaus. C'est bien ça, monsieur?

– Oui, répondit Jonathan, soulagé.

Il se rassit dans le coin de la banquette et effleura le petit revolver du bout des doigts. Il vérifia le cran de sûreté, se rappelant que pour le libérer, il fallait le pousser en avant.

– Herr Minot m'a conseillé de m'arrêter ici, monsieur. L'entrée est juste en face, de l'autre côté de la rue.

Karl ouvrit la portière, mais sans descendre, car la rue était sillonnée de voitures et de piétons.

– Herr Minot m'a demandé de vous retrouver à votre hôtel à sept heures et demie, monsieur, dit-il.

– Merci, répliqua Jonathan.

Un instant, Jonathan se sentit perdu, lorsqu'il entendit claquer la portière. Il chercha Fritz des yeux. Il se trouvait à un vaste carrefour, à l'angle de la Gr. Johannesstrasse et de la Rathausstrasse. Comme à Londres, à Picadilly par exemple, on pouvait accéder au métro par quatre entrées différentes, car de nombreuses rues aboutissaient à ce croisement. Jonathan, de nouveau, chercha des yeux la mince silhouette de Fritz avec sa casquette sur la tête. Un groupe d'hommes en pardessus courts, qui ressemblaient à des joueurs de football, se ruèrent dans l'escalier du métro, laissant apparaître Fritz qui se tenait calmement près de la balustrade. D'un geste, Fritz lui indiqua l'escalier avant de s'y engager à son tour.

Jonathan ne perdait pas de vue sa casquette bien qu'il y eût maintenant une quinzaine de personnes ou plus entre eux. Fritz s'immobilisa en lisière de la foule. De toute évidence, Bianca n'était pas encore arrivé sur les lieux et ils devaient l'attendre. Il y avait un brouhaha de voix allemandes autour de Jonathan, quelqu'un éclata de rire, un autre cria : « Wiedersehn, Max! »

Fritz se tenait contre un mur, quelques mètres plus loin, et Jonathan se laissa porter par la foule dans sa direction, mais, avant qu'il fût arrivé à sa hauteur, Fritz fit un signe de tête et, s'écartant du mur en diagonale, se dirigea vers un guichet. Jonathan prit un billet lui aussi. Fritz se remit en marche dans la foule. Leurs billets furent poinçonnés. Jonathan comprit que Fritz avait repéré Bianca, bien que lui-même ne l'eût pas encore vu.

Une rame était immobilisée sur les rails. Lorsque Fritz s'engouffra dans une voiture, Jonathan lui emboîta le pas. A l'intérieur où les voyageurs étaient assez peu nombreux, Fritz resta debout, se tenant à une barre chromée verticale. Il sortit un journal de sa poche, puis fit un signe de tête, sans regarder Jonathan.

Jonathan alors aperçut l'Italien, plus près de lui que de Fritz – un homme brun au visage carré en pardessus gris bien coupé avec des boutons de cuir, coiffé d'un feutre. Comme perdu dans ses pensées, il regardait droit devant lui d'un air sombre. Jonathan tourna les yeux vers Fritz qui faisait mine de lire son journal. Quand il croisa son regard, Fritz fit un léger signe de tête et esquissa un sourire fugitif.

Fritz descendit à l'arrêt suivant, Messberg.

Jonathan, de nouveau, effleura l'Italien du regard,

mais ce dernier continuait à regarder fixement dans le vide. Et si Bianca ne descendait pas au prochain arrêt et continuait jusqu'à une lointaine station où il n'y aurait presque personne sur le quai?

Mais Bianca, comme le train ralentissait, se dirigea vers la porte. Steinstrasse. Jonathan dut faire un effort pour rester juste derrière lui sans bousculer personne. Au bout du quai, une volée de marches montait vers la sortie. La foule, une centaine de personnes, se pressait au bas de l'escalier qu'elle commença à monter lentement. Bianca était juste devant Jonathan et ils se trouvaient encore à quelques mètres de l'escalier. Jonathan distinguait de rares mèches blanches dans les boucles noires sur la nuque de l'Italien et une sorte de minuscule cratère sur la peau, comme la cicatrice d'un anthrax.

Jonathan avait sorti le revolver de la poche de sa veste et le tenait de la main droite. Il entrebâilla son manteau et braqua son arme au centre du dos de l'Italien.

Le revolver eut un jappement rauque.

Jonathan le laissa tomber à terre et aussitôt eut un brusque mouvement de recul tandis que des exclamations de stupeur s'élevaient de la foule.

Bianca s'était affaissé en avant.

Déjà un cercle se formait autour de lui.

– ... *Pistole...*

– ... *erschossen...*

Le revolver gisait sur le ciment, quelqu'un amorça un geste pour le ramasser, mais en fut empêché par au moins trois personnes. D'autres voyageurs, que l'incident n'intéressait pas assez ou qui étaient pressés, continuaient à monter l'escalier. Jonathan obliqua légèrement sur la droite pour contourner le groupe qui entourait Bianca. Il atteignit l'escalier. Un homme réclamait la *Polizei*! à grands cris. Jonathan avançait d'un bon pas, mais pas plus vite que la majorité des gens qui remontaient vers la sortie.

Il émergea dans la rue et continua tout simplement à marcher, droit devant lui, sans trop savoir où il allait. Sur sa droite il repéra une gigantesque gare ferroviaire. Reeves ne la lui avait pas signalée. Aucun bruit de pas derrière lui, pas trace de poursuite. Discrètement, il se débarrassa du bas qui lui recouvrait la main. Mais il ne voulait pas le jeter si près de la station de métro.

– Hep!

Il avait aperçu un taxi en maraude qui roulait lentement en direction de la gare. Il monta dedans et donna l'adresse de son hôtel.

Il se laissa tomber sur la banquette arrière et se surprit à regarder à droite et à gauche par les vitres de la voiture, comme s'il s'attendait à voir un policier en train de gesticuler, de sommer le chauffeur d'arrêter. C'était absurde! Il ne risquait absolument rien.

La même inquiétude s'empara de lui lorsqu'il pénétra dans l'hôtel, comme si la police avait pu se procurer son adresse et se trouver déjà sur place. Mais non. Il monta tranquillement dans sa chambre et ferma la porte. Lorsqu'il fouilla sa poche à la recherche du bas, il ne le trouva pas. Il avait dû tomber quelque part.

Sept heures vingt. Jonathan ôta le pardessus, le posa sur un fauteuil et alla chercher son paquet de cigarettes qu'il avait oublié d'emporter. Il aspira une bouffée et le goût âcre du tabac brun le réconforta. Posant la cigarette sur le bord du lavabo, il se nettoya les mains et le visage puis se mit torse nu et se lava avec un gant de toilette et de l'eau bouillante.

Comme il endossait un sweater, le téléphone sonna.

– Herr Karl vous attend dans le hall, monsieur.

Jonathan descendit. Il portait le pardessus sur son bras. Il voulait le rendre à Reeves, ne plus jamais revoir ce vêtement.

– Bonsoir, monsieur! lui dit Karl, épanoui,

comme s'il avait appris la nouvelle et s'en réjouissait.

Dans la voiture, Jonathan alluma une autre cigarette. On était mercredi soir. Il avait dit à Simone qu'il serait peut-être de retour ce soir-là, mais elle n'aurait probablement pas sa lettre avant demain. Il pensa aux deux volumes qu'il devait rendre samedi, dernier délai, à la Bibliothèque pour tous près de l'église, à Fontainebleau.

Jonathan se retrouva dans le confortable appartement de Reeves. Mal à l'aise, c'est à lui qu'il tendit le pardessus plutôt qu'à Gaby.

– Comment vous sentez-vous, Jonathan? demanda Reeves, l'air tendu et attentif. Comment cela s'est-il passé?

Gaby sortit.

– Très bien, répondit Jonathan. Du moins je le crois.

Reeves eut un petit sourire satisfait.

– Très bien! Parfait! Je n'avais aucune nouvelle, comprenez-vous? Puis-je vous offrir du champagne, Jonathan? Ou un whisky? Asseyez-vous!

– Un whisky.

Reeves alla chercher les bouteilles.

– Combien de fois... combien de fois avez-vous tiré, Jonathan? demanda-t-il d'une voix contenue.

Une seule.

Et s'il n'était pas mort? songea brusquement Jonathan. N'était-ce pas plausible? Il prit le whisky que lui tendait Reeves.

Celui-ci s'était servi une coupe de champagne et la levait en direction de Jonathan avant de la porter à ses lèvres.

– Vous l'avez vu tomber?

– Oui, oui, cela m'étonnerait qu'il s'en tire.

Jonathan exhala un soupir et se rendit compte alors qu'il respirait à peine depuis quelques minutes.

– La nouvelle est peut-être arrivée à Milan, reprit Reeves d'un ton animé. Une balle italienne. Non que la Mafia se serve uniquement d'armes italiennes, mais j'ai pensé que ce détail pouvait avoir de l'importance. Il appartenait à la famille De Stefano. Il y a également ici à Hambourg en ce moment un ou deux membres de la famille Genotti et nous espérons bien que ces deux familles vont s'entre-tuer.

Reeves lui avait déjà parlé de ces perspectives de règlements de comptes. Jonathan s'assit sur le divan. Au comble de la satisfaction, apparemment, Reeves faisait les cent pas.

– Si vous voulez bien, nous allons passer une soirée tranquille ici, dit-il. Si quelqu'un téléphone, Gaby répondra que je suis sorti.

– Est-ce que Karl ou Gaby... Que savent-ils, exactement ?

– Gaby ne sait rien. Quant à Karl, peu importe, même s'il est au courant. Ça ne l'intéresse pas, tout simplement. Il travaille pour d'autres gens, en dehors de moi et il est bien payé. C'est dans son intérêt de ne rien savoir, si vous voyez ce que je veux dire.

Jonathan comprenait, mais il ne se sentait pas plus à l'aise pour autant.

– A propos, dites-moi... j'aimerais bien rentrer en France demain.

Ce qui signifiait deux choses : Reeves devait le régler séance tenante ou prendre les mesures nécessaires pour le payer ce soir même, et il faudrait ce soir également discuter d'une autre mission éventuelle. Jonathan avait la ferme intention de refuser cette autre mission, quelles que fussent les conditions financières, mais il estimait avoir droit maintenant à la moitié des cinq cent mille francs.

– Pourquoi pas, si vous en avez envie, dit Reeves. Mais n'oubliez pas que vous avez un rendez-vous demain matin.

Jonathan, en fait, ne tenait pas à revoir le Dr Wentzel. Il s'humecta les lèvres. Les résultats étaient mauvais et son état s'était aggravé. Un autre élément entrait aussi en jeu : le Dr Wentzel avec sa moustache tombante représentait l'« autorité », en un sens, et Jonathan avait l'impression qu'il allait courir un danger supplémentaire s'il se retrouvait devant Wentzel. Il savait qu'il n'y avait aucune logique dans ce raisonnement, mais il n'y pouvait rien.

– En fait, je ne vois pas pourquoi je retournerais le voir, puisque je quitte Hambourg. J'annulerai mon rendez-vous dès demain matin. Il a mon adresse à Fontainebleau pour m'envoyer sa note d'honoraires.

– Vous ne pouvez pas expédier de francs français de chez vous, lui fit remarquer Reeves avec un sourire. Envoyez-moi sa note quand vous l'aurez, ne vous inquiétez pas pour ça.

Jonathan n'insista pas. Il ne tenait pas pourtant à ce que Wentzel reçoive un chèque signé de Reeves. Il s'exhorta à en venir au vif du sujet, à savoir le montant exact de la somme que devait lui verser Reeves. Mais, se renversant en arrière sur le divan, il se contenta de demander aimablement :

– Qu'est-ce que vous faites ici, comme travail, je veux dire?

– Comme travail... (Reeves hésita, sans pourtant sembler gêné par la question.) Différentes choses. Je fais des recherches pour des antiquaires de New York, des bibliophiles. Tous ces volumes... (Il indiqua l'étagère du bas dans une bibliothèque.) Ce sont des livres d'art, des ouvrages rares, numérotés. Je prospecte aussi parmi les jeunes peintres ici, et les recommande à des galeries et à des acheteurs aux Etats-Unis. Le Texas achète beaucoup, aussi étonnant que cela puisse paraître.

Jonathan était surpris, en effet. Reeves Minot – s'il disait la vérité – devait juger un tableau avec la froide rigueur d'un compteur Geiger. Pouvait-il avoir un jugement valable? Jonathan s'était aperçu que le tableau accroché au-dessus de la cheminée, une scène dans des tons roses représentant un vieillard – homme ou femme? – agonisant sur un lit, était bel et bien un Derwatt. Il devait avoir une grande valeur, songea Jonathan, et Reeves, de toute évidence, en était propriétaire.

– C'est une récente acquisition, déclara Reeves en voyant Jonathan regarder le tableau. Un don, d'un ami reconnaissant, pourrait-on dire.

Il parut un instant sur le point d'en dire plus puis se ravisa.

Au cours du dîner, Jonathan eut envie de nouveau d'aborder la question du paiement de ses services, mais ne put s'y résoudre, et Reeves commença à parler d'autre chose. Le patinage sur l'Alster et les traîneaux à voile qui filaient comme le vent et entraient parfois en collision. Près d'une heure plus tard, alors qu'ils buvaient leur café, assis sur le divan, Reeves déclara :

– Ce soir, je ne peux pas vous donner plus de cinq mille francs, ce qui est ridicule, bien sûr. Juste de l'argent de poche. (Reeves se leva et alla ouvrir un tiroir de son bureau.) Mais au moins, ce sont des francs. (Il revint, plusieurs liasses de billets à la main.) Je pourrais vous remettre également ce soir l'équivalent en marks.

Jonathan ne voulait pas de marks, qu'il aurait été obligé de changer en France. La somme, constata-t-il, était en coupures de cent francs en liasses de dix épinglées ensemble, comme dans les banques françaises. Reeves posa les cinq liasses sur la table basse, mais Jonathan n'y toucha pas.

– Je ne peux pas disposer d'autres fonds avant que mes associés aient versé leur part, voyez-vous, expliqua Reeves. Quatre ou cinq personnes. Mais de toute façon, je suis sûr d'obtenir l'argent.

Jonathan songeait vaguement que Reeves se trouvait étrangement en position de faiblesse en demandant de l'argent aux autres une fois la victime abattue. Ses amis n'auraient-ils pas dû rassembler l'argent d'avance, le mettre en dépôt chez l'un d'entre eux par exemple?

– Je ne veux pas de marks, merci, dit Jonathan.

– Non, évidemment. Je comprends bien. D'ailleurs, à mon avis, votre argent devrait être versé en

Suisse, à un compte secret, qu'en pensez-vous? Ce serait plus sûr.

– En effet, oui. Quand pensez-vous disposer de la moitié de la somme? demanda Jonathan, comme s'il était sûr que ce versement ne posait aucun problème.

– D'ici une semaine. N'oubliez pas qu'il faudra peut-être recommencer, si nous voulons que la première exécution donne un résultat positif. Enfin, nous verrons.

Jonathan s'efforça de dissimuler son irritation.

– Et quand le saurez-vous?

– Egalement d'ici une semaine. Quatre jours peut-être. Je vous contacterai.

– Mais... pour parler franchement, je trouverais normal de toucher davantage, maintenant, je veux dire, précisa Jonathan qui sentait le sang lui monter aux joues.

– C'est aussi mon avis. C'est pourquoi je vous prie d'excuser cette somme ridicule. Je vais vous dire... Je ferai tout mon possible pour vous annoncer incessamment une agréable nouvelle : l'ouverture d'un compte en Suisse à votre nom, en précisant quelle somme y sera déposée.

– Quand? demanda Jonathan.

– D'ici une semaine. Je vous en donne ma parole.

– C'est-à-dire... la moitié? insista Jonathan.

– Je ne suis pas sûr d'obtenir la moitié avant... Je vous ai déjà expliqué, Jonathan, qu'il s'agissait d'une opération en deux temps. Ceux qui paient une telle somme veulent être sûrs d'obtenir des résultats certains.

Jonathan voyait bien que Reeves lui demandait, sans le formuler, s'il était prêt ou non à liquider le deuxième Mafioso. Et s'il refusait, il lui fallait le dire tout de suite.

– Je comprends, dit Jonathan.

Un peu plus, un tiers de la somme même, serait déjà appréciable, songeait-il. Quelque chose comme cent soixante-dix mille francs. Pour le travail qu'il avait fait, c'était une jolie somme. Jonathan décida de rester sur ses positions et de ne plus discuter ce soir.

Vers midi le lendemain, il prit un avion pour regagner Paris. Reeves avait dit qu'il décommanderait le Dr Wentzel et Jonathan ne s'en était donc pas occupé. Reeves avait également spécifié qu'il lui téléphonerait samedi, le surlendemain, à sa boutique. Reeves avait accompagné Jonathan à l'aéroport et lui avait montré dans un journal du matin une photo de Bianca sur le quai de métro. Reeves semblait savourer tranquillement son triomphe. Il n'y avait pas le moindre indice en dehors du revolver italien et l'on soupçonnait un tueur de la Mafia. Bianca était désigné comme un soldat de la Mafia. Jonathan avait vu les premières pages des quotidiens dans un kiosque ce matin-là en allant chercher des cigarettes, mais il n'avait pas éprouvé le besoin d'acheter un journal. Maintenant, dans l'avion, une hôtesse de l'air souriante lui en tendait un. Jonathan posa le journal sur ses genoux sans l'ouvrir et ferma les yeux.

Il était près de sept heures du soir quand Jonathan arriva chez lui, après avoir pris le train puis un taxi, et il ouvrit la porte d'entrée à l'aide de sa clef.

– Jon! s'exclama Simone en se précipitant dans le hall pour l'accueillir.

Il la prit dans ses bras.

– Bonsoir, ma chérie.

– Je t'attendais! dit-elle en riant. Je ne sais pas pourquoi. A l'instant même... Quelles nouvelles? Enlève ton pardessus. J'ai reçu ce matin ta lettre me disant que tu rentrerais peut-être hier soir. Tu es fou, non!

Jonathan accrocha son manteau à une patère, puis souleva de terre Georges qui s'était rué dans ses jambes.

– Comment vas-tu, petit monstre? Comment va mon Caillou?

Il embrassa Georges sur la joue. Il lui avait acheté

un camion avec une benne basculante et le jouet était dans un sac en plastique avec une bouteille de whisky, mais Jonathan pensa que le camion pouvait attendre et il sortit le whisky.

– Ah! quel luxe! s'écria Simone. On l'ouvre maintenant?

– Bien sûr! répondit Jonathan.

Ils gagnèrent la cuisine. Simone aimait de la glace avec son whisky. Jonathan pouvait s'en passer.

– Alors, qu'ont dit les docteurs? demanda Simone en allant passer le bac à glace sous le robinet.

– Oh! à peu près la même chose que ceux d'ici. Mais ils veulent essayer sur moi de nouveaux médicaments.

C'était ce que Jonathan avait décidé de dire à Simone, après mûre réflexion pendant le trajet en avion. Cela lui permettrait éventuellement de retourner en Allemagne. Et à quoi cela aurait-il servi de lui dire que son état s'était légèrement aggravé? Qu'aurait-elle pu y faire, sinon se ronger encore plus d'inquiétude? Durant le voyage, Jonathan s'était soudain senti plus optimiste. S'il s'était bien tiré du premier épisode, pourquoi ne se tirerait-il pas également du second?

– Alors il va falloir que tu y retournes? demanda Simone.

– C'est bien possible. (Jonathan la regarda verser deux généreuses rasades de whisky.) Mais ils sont prêts à me payer pour ça. Ils me tiendront au courant.

– Vraiment? fit Simone, surprise.

– C'est du whisky? Et moi, qu'est-ce que je bois? demanda Georges en anglais, avec un si bon accent que Jonathan éclata de rire.

– Tu en veux? Tiens, goûte, dit Jonathan en tendant son verre.

Simone arrêta son geste.

– Il y a du jus d'orange, Georgie! (Elle lui en servit un verre.) Ils veulent tenter un certain traitement, tu veux dire?

Jonathan fronça les sourcils, mais il se sentait toujours maître de la situation.

– Chérie, il n'y a pas de remède miracle, tu sais très bien. Ils... ils vont essayer une série de nouveaux comprimés. C'est tout ce que je sais. A la tienne!

Jonathan se sentait légèrement euphorique. Il avait les cinq mille francs dans sa poche. Il était en sécurité, pour le moment du moins, au sein de sa famille. Si tout se passait bien, ces cinq mille francs ne seraient que de l'argent de poche, comme l'avait dit Reeves Minot.

Simone s'accouda au dossier d'une des chaises.

– Ils vont te payer pour que tu y retournes? Autrement dit, ce traitement pourrait être dangereux?

– Non. Je pense... que c'est à cause du dérangement, puisque je devrai retourner en Allemagne. Ils me paieront le voyage simplement.

Jonathan n'avait pas encore mis son histoire bien au point; il pourrait dire que le Dr Périer lui ferait les piqûres, lui administrerait les médicaments. Mais pour le moment, ses explications lui semblaient plausibles.

– En somme... ils te considèrent comme un cas spécial?

– Oui. En un sens. Ce qui n'est pas exact bien sûr, ajouta-t-il avec un sourire. Peut-être veulent-ils mettre au point un nouveau procédé d'analyses. Je ne sais pas encore, chérie.

– En tout cas, tu as l'air très content. Tant mieux, mon chéri.

– Allons dîner dehors ce soir. Au restaurant du coin. Nous pouvons emmener Georges, ajouta-t-il pour couper court à ses protestations. Allez, viens, on peut s'offrir ça!

Jonathan mit quatre mille francs dans une enveloppe qu'il glissa dans l'avant-dernier des huit tiroirs d'un meuble de rangement au fond de sa boutique, et qui ne contenait que divers menus objets laissés pour compte, bouts de ficelle, fil de fer, étiquettes de carton, bouchons. Jamais il ne touchait à ce meuble et il était bien improbable que Simone eût l'idée d'aller ouvrir ce tiroir.

Le vendredi matin, Jonathan déposa les mille francs qui restaient à leur compte commun de la Société générale. Il pouvait bien se passer deux ou trois semaines avant que Simone s'en aperçoive d'après le relevé de compte et peut-être ne feraitelle aucun commentaire. Si elle posait une question, Jonathan pourrait répondre que quelques clients avaient payé des factures en retard. C'était en général Jonathan qui signait les chèques pour payer les divers frais de la maison et le carnet de chèques restait en permanence dans le bureau du secrétaire, dans le salon, à moins que l'un ou l'autre ne l'emporte pour régler un petit achat quelconque, ce qui n'arrivait guère qu'une fois par mois.

Le vendredi après-midi, Jonathan trouva un moyen d'utiliser une partie des mille francs. Il acheta un tailleur en tweed moutarde pour Simone dans une boutique de la rue Grande, qu'il paya trois cent quatre-vingt-quinze francs. Il avait remarqué ce vêtement quelque temps plus tôt, avant son voyage à Hambourg, et avait pensé à Simone; le petit col rond, les quatre boutons de la veste croisée, c'était juste le style de Simone. Le prix, qu'il avait trouvé exorbitant, lui paraissait maintenant très raisonnable et il regardait avec satisfaction le tailleur neuf que la vendeuse était en train d'emballer soigneusement dans du papier de soie. La joie de Simone lui procura également un vif plaisir. C'était, songea-t-il, le premier vêtement élégant qu'elle avait depuis deux ans, car les robes achetées au marché ou à Prisunic ne comptaient pas.

– Mais tu as dû le payer une fortune, Jon!

– Non, je t'assure. Les médecins de Hambourg m'ont versé une avance, au cas où je devrais retourner là-bas. Une somme appréciable. Ne t'inquiète donc pas.

Simone eut un sourire.

– Disons que c'est un de mes cadeaux d'anniversaire, fit-elle.

Jonathan sourit à son tour. Son anniversaire remontait presque à deux mois.

Le téléphone sonna dans la boutique de Jonathan le samedi matin. Il avait déjà reçu quelques coups de fil dans la matinée, mais cette fois, la sonnerie, irrégulière, annonçait sans doute un appel sur l'inter.

– Ici Reeves... Comment ça va?

– Très bien, merci.

Jonathan était soudain attentif, sur la défensive. Dans la boutique, un client examinait des échantillons de bois d'encadrement accrochés au mur. Mais Jonathan parlait en anglais.

– Je viens à Paris demain, reprit Reeves, et j'aimerais vous voir. J'ai quelque chose pour vous... vous savez...

Reeves semblait fort calme, comme d'habitude.

Le lendemain, Simone voulait que Jonathan aille chez ses parents à Nemours.

– Pourrait-on se retrouver dans la soirée... vers

six heures peut-être. Je suis pris à déjeuner et ne pourrai pas me libérer tôt.

– Mais oui, je comprends fort bien. Le déjeuner du dimanche, en France, hein? D'accord, vers six heures. Je serai à l'hôtel Cayré. C'est sur le boulevard Raspail.

Jonathan avait entendu parler de cet hôtel. Il déclara qu'il essaierait d'y être entre six et sept heures.

– Il y a moins de trains le dimanche.

Reeves lui dit ne pas s'inquiéter.

– A demain, conclut-il.

Il lui apportait de l'argent, de toute évidence. Jonathan reporta son attention sur le client qui était à la recherche d'un cadre.

Dans son tailleur neuf, le dimanche matin, Simone était ravissante. Jonathan lui demanda, avant qu'ils ne partent pour Nemours, de ne pas dire à ses parents que les docteurs allemands lui versaient de l'argent.

– Je ne suis pas folle! rétorqua aussitôt Simone et cette preuve de duplicité amusa Jonathan.

Il sentait que Simone prenait son parti plutôt que celui de ses parents, alors qu'il avait souvent eu l'impression du contraire.

– Même aujourd'hui dimanche, déclara Simone aux Foussadier, Jon doit aller à Paris pour voir un collègue des médecins allemands.

Le déjeuner fut particulièrement animé. Jonathan et Simone avaient apporté une bouteille de Johnny Walker.

A quatre heures cinquante, Jonathan prit le train à Fontainebleau et arriva à Paris vers cinq heures et demie.

Le métro le mena juste en face de l'hôtel.

Reeves avait laissé un message à la réception demandant à Jonathan de monter directement dans sa chambre. Il était en bras de chemise quand Jonathan arriva, en train de lire des journaux, étendu sur son lit.

– Bonjour, Jonathan! Comment va? Asseyez-vous

donc... J'ai quelque chose à vous montrer. (Il se dirigea vers sa valise.) Voici... pour commencer.

Il tenait une enveloppe blanche dont il sortit un feuillet dactylographié qu'il tendit à Jonathan.

La lettre était en anglais, adressée à la Swiss Bank Corporation et elle était signée Ernst Hildesheim. Elle demandait qu'un compte en banque soit ouvert au nom de John Trevanny, donnait l'adresse de la boutique à Fontainebleau et précisait qu'un chèque de quatre-vingt mille marks était joint à la lettre. Celle que Jonathan avait sous les yeux était un double, mais signé.

– Qui est Ernst Hildesheim? demanda Jonathan tout en se livrant à un rapide calcul mental; le mark allemand valait un franc soixante et quatre-vingt mille marks représentaient l'équivalent d'environ cent vingt mille francs.

– Un homme d'affaires de Hambourg, à qui j'ai rendu quelques services. Aucune surveillance n'est exercée sur Hildesheim et cette transaction n'apparaîtra pas dans sa comptabilité, il n'a donc aucun souci à se faire. Il a envoyé un chèque personnel. L'intéressant, Jonathan, c'est que cet argent a été déposé à votre nom, que la lettre est partie hier de Hambourg et que vous allez recevoir le numéro de votre compte la semaine prochaine. Ça fait cent vingt-huit mille francs français. (Reeves ne souriait pas, mais il semblait fort satisfait.) Voulez-vous un cigare hollandais? Ils sont excellents.

Jonathan, qui ne connaissait pas cette marque de cigares, en prit un et sourit.

– Merci. Et merci également pour l'argent.

La somme ne représentait pas même un tiers du forfait convenu, mais il ne put se résoudre à le mentionner.

– C'est un beau début, oui. Les gars du casino à Hambourg sont très contents. Les autres Mafiosi qui trafiquent là-bas, deux types de la famille Genotti, affirment ne rien savoir sur la mort de Bianca, mais de toute façon, ils ne diraient pas le contraire. Notre but, c'est de liquider un Genotti comme s'il s'agissait de représailles pour la mort de Bianca. Et nous voulons éliminer un caïd, un capo... un type qui vient juste en dessous du grand patron, voyez-vous. Il y a un certain Vito Marcangelo qui vient presque tous les week-ends de Munich à Paris. Il a une petite amie à Paris. C'est lui qui dirige le commerce de la drogue à Munich, du moins pour le compte de la famille à laquelle il appartient. Munich, je vous signale, est encore plus important que Marseille en ce moment, pour le trafic de came...

Jonathan, gêné, attendait, guettant l'occasion de dire qu'une deuxième mission ne l'intéressait pas. Depuis quarante-huit heures, il avait changé d'attitude. La présence même de Reeves, bizarrement, lui avait fait perdre toute son audace. Il y avait en outre le fait qu'il possédait déjà, en principe, cent vingt-huit mille francs dans une banque suisse. Jonathan s'était assis sur l'accoudoir d'un fauteuil.

– ... dans un train en marche. Un train de jour. Le *Mozart Express*...

Jonathan secoua la tête.

– Je suis désolé, Reeves. Vraiment, je ne crois pas que je puisse le faire.

Reeves risquait de bloquer le chèque en marks, pensa soudain Jonathan. Il lui suffisait d'envoyer un télégramme à Hildesheim. Eh bien, tant pis après tout.

Reeves avait l'air déçu.

– Eh bien, je suis désolé, moi aussi. Je vous assure. Il va nous falloir chercher quelqu'un d'autre... si vous refusez. Et... c'est lui qui touchera la majeure partie de l'argent, je le crains. (Reeves secoua la tête, tira une bouffée de son cigare, se dirigea vers la fenêtre. Puis il revint vers Jonathan et l'empoigna fermement par l'épaule.) Jon, ça s'est tellement bien passé, la première fois!

Jonathan se pencha en arrière et Reeves le lâcha.

– Oui, mais... abattre quelqu'un dans un train? objecta Jonathan sur un ton d'excuse.

Jonathan s'imaginait arrêté sur-le-champ, incapable de fuir.

– Pas d'arme à feu, cette fois, pas question. A cause du bruit. Je pensais au garrot.

Jonathan, sidéré, n'en croyait pas ses oreilles.

– C'est une méthode de la Mafia, expliqua calmement Reeves. Une cordelette, avec un nœud coulant. Et on tire d'un coup sec. C'est tout.

Jonathan pensa à ses doigts au contact d'un cou tiède. Cette seule idée le révoltait.

– Absolument hors de question! Je ne pourrai jamais!

Reeves prit une profonde aspiration, et repartit à l'assaut.

– Cet homme est bien protégé, il a deux gardes du corps qui l'escortent partout. Mais dans un train, à la longue, une occasion peut se présenter. Avec les allées et venues, la surveillance qui se relâche... Evidemment, on pourrait le pousser dans le vide. Les portières peuvent s'ouvrir même quand le train roule, vous savez. Mais il hurlerait... et en plus, il pourrait ne pas être tué.

Grotesque, songea Jonathan. Il n'avait pourtant pas envie de rire. Il songeait que s'il était arrêté pour meurtre ou tentative de meurtre, Simone refuserait de toucher à l'argent qu'il aurait ainsi gagné. Elle serait horrifiée, malade de honte.

– Je ne peux absolument pas vous aider, dit-il, et il se leva.

– Vous pourriez au moins prendre le train. Si l'occasion ne se présente pas, eh bien, nous envisagerons une autre solution, un autre capo peut-être, une autre méthode. Mais vraiment, c'est ce gars-là que nous voudrions liquider! Il va lâcher la drogue pour venir organiser les casinos à Hambourg, c'est du moins le bruit qui court. Vous préféreriez un revolver, Jon? ajouta-t-il d'un ton pressant.

Jonathan secoua la tête.

– Je n'ai pas le cran nécessaire, bon sang! Dans un train? Non.

– Regardez ce garrot.

Reeves sortit vivement la main gauche de la poche de son pantalon. Il tenait au bout des doigts une cordelette blanche. L'extrémité était passée dans une boucle et se terminait par un petit nœud. Reeves passa la boucle autour du pommeau d'un montant du lit et tira sur la corde.

– Vous voyez? C'est du nylon. Presque aussi solide que du fil de fer. La victime a tout juste le temps d'émettre un vague gémissement.

Il s'interrompit.

Jonathan en avait la nausée. Il faudrait bien, d'une façon ou d'une autre, toucher le cou de l'homme avec l'autre main. Et ne mettrait-il pas au moins trois minutes à mourir?

Reeves sembla renoncer à le persuader. Il se dirigea de nouveau vers la fenêtre, puis se retourna.

– Réfléchissez. Vous pouvez m'appeler ou alors je vous passerai un coup de fil d'ici deux jours. Marcangelo quitte en général Munich vers midi le vendredi. L'idéal, ce serait d'agir le prochain week-end.

Jonathan gagna la porte à pas lents. Il éteignit son cigare au passage dans le cendrier de la table de chevet.

Reeves l'observait d'un regard calculateur, mais peut-être, en fait, pensait-il déjà à quelqu'un d'autre pour exécuter ce travail. Sa longue cicatrice, comme c'était le cas sous certains éclairages, semblait plus large qu'elle ne l'était. Cette cicatrice avait dû lui donner des complexes d'infériorité vis-à-vis des femmes, songea Jonathan. A quand remontait-elle? Un an peut-être, on ne pouvait pas savoir.

– Vous voulez boire un verre en bas?

– Non, merci, répondit Jonathan.

– Oh! à propos, j'ai un livre à vous montrer.

Reeves se dirigea de nouveau vers sa valise et en sortit un volume avec une couverture rouge vif.

– Jetez donc un coup d'œil là-dessus. C'est du très bon travail de journaliste. Un document sérieux. Vous verrez de quel genre de personnages il s'agit.

Mais ils sont faits de chair et de sang, comme tout le monde. Autrement dit, vulnérables.

Le livre s'appelait : *Les Rapaces : anatomie du crime organisé en Amérique.*

– Je vous téléphonerai mercredi, dit Reeves. Vous viendriez à Munich jeudi, vous y passeriez la nuit, j'y serais également dans un hôtel quelconque, et ensuite vous regagneriez Paris par le train vendredi soir.

Jonathan avait déjà la main sur la poignée de la porte.

– Désolé, Reeves, mais je crains que ce ne soit hors de question. Au revoir.

Jonathan sortit de l'hôtel et traversa la rue pour aller prendre le métro. Tout en attendant une rame sur le quai, il lut le prière d'insérer sur le rabat du livre. Au dos de la couverture se trouvaient des photos d'identité, de face et de profil, de six ou huit individus à mine patibulaire, aux bouches dures, aux traits à la fois mous et menaçants, qui avaient tous des yeux noirs au regard fixe. Leurs expressions, que les visages soient ronds ou maigres, étaient curieusement similaires. Il y avait cinq ou six pages de photos dans le livre même. Les chapitres portaient comme titres des noms de villes américaines, Detroit, New York, New Orleans, Chicago et à la fin du livre, en plus d'un index, une partie était réservée aux familles de la Mafia indiquées sous forme d'arbres généalogiques, sauf que les personnages qui y figuraient étaient tous des contemporains. Les patrons, leurs adjoints, leurs lieutenants et pour finir, les soldats qui étaient au nombre de cinquante à soixante dans le cas de la famille Genovese dont Jonathan avait entendu parler. Les noms étaient réels et dans de nombreux cas, les adresses étaient indiquées à New York et New Jersey. Jonathan feuilleta le livre au hasard dans le train qui le ramenait à Fontainebleau. On parlait notamment d'un certain « Willie Pic à Glace » Alderman, dont Reeves avait mentionné le nom à Hambourg, qui tuait ses victimes en se penchant par-dessus leur épaule comme pour leur parler et en leur enfonçant un pic à glace dans le tympan. « Willie Pic à Glace » était photographié, un large sourire aux lèvres, parmi la confrérie des flambeurs de Las Vegas, une demi-douzaine d'hommes avec des noms italiens, un cardinal, un évêque et un monsignore (dont les noms étaient également indiqués) après que le clergé « eut reçu une subvention de 7 500 dollars à répartir sur cinq ans ». Brusquement déprimé, Jonathan ferma le livre, mais il l'ouvrit de nouveau, après avoir regardé par la fenêtre pendant quelques minutes. Le livre exposait des faits, après tout, et ces faits étaient fascinants.

Il prit le car de la gare de Fontainebleau à la place près du château et remonta la rue de France jusqu'à sa boutique. Il en avait la clef sur lui et l'ouvrit pour aller déposer le livre sur la Mafia dans le tiroir rarement utilisé où il avait déjà caché les quatre mille francs. Il rentra ensuite à pied rue Saint-Merry.

Tom Ripley avait remarqué la pancarte, FERMETURE PROVISOIRE POUR RAISONS DE FAMILLE, sur la porte de la boutique de Jonathan Trevanny un certain mardi d'avril et avait pensé que Trevanny était peut-être allé à Hambourg. Tom était vraiment curieux de savoir si son intuition était juste, mais pas au point de téléphoner à Reeves pour lui poser la question. Là-dessus, un jeudi matin vers dix heures, Reeves l'avait appelé de Hambourg pour lui dire d'une voix frémissante de jubilation contenue :

– Ça y est, c'est fait! Tout... tout s'est bien passé. Je te remercie!

Tom, sur le moment, était resté sans voix. Trevanny s'était donc jeté à l'eau et avait réussi son coup? Comme Héloïse se trouvait dans la pièce, il n'avait pas pu dire grand-chose, sinon :

– Parfait. Ravi de l'apprendre.

– On n'a donc pas besoin d'un faux rapport médical. Tout a marché comme sur des roulettes! Hier soir.

– Ah bon? Et... il rentre chez lui, maintenant?

– Oui. Il arrivera ce soir.

Tom avait abrégé la conversation. L'idée de falsifier les résultats des analyses pour faire croire à Trevanny que son état s'était aggravé venait de lui, mais il n'avait pas été nécessaire d'avoir recours à ce subterfuge. Encore stupéfait, Tom sourit. Trevanny avait liquidé un Mafioso. C'était à n'y pas croire.

Peut-être la presse parlait-elle déjà de cette affaire. Tom songea soudain à aller jeter un coup d'œil sur *Le Parisien libéré* que Mme Annette achetait tous les matins, mais elle n'était pas encore rentrée du marché.

– Qui était-ce? demanda Héloïse, en train de trier des magazines sur la table basse, et de mettre de côté les vieux qu'elle voulait jeter.

– Reeves, répondit Tom. Rien d'important.

Reeves rasait Héloïse. Il était toujours solennel, peu loquace et il semblait incapable de savourer l'existence.

Tom entendit les pas rapides de Mme Annette sur le gravier devant la maison et alla à sa rencontre dans la cuisine. Elle entra par la porte latérale et lui sourit.

– Vous voulez un autre café, monsieur Tom? demanda-t-elle en posant sur la table un panier d'où bascula un artichaut.

– Non, merci, madame Annette. Je suis venu jeter un coup d'œil à votre *Parisien*, si vous permettez. Les courses...

Tom trouva ce qu'il cherchait à la deuxième page. Il y avait une photographie. Un Italien du nom de Salvatore Bianca, âgé de quarante-huit ans, avait été abattu dans une station de métro de Hambourg. On ne savait pas qui était l'assassin. Le revolver trouvé sur les lieux était de fabrication italienne. On savait que la victime appartenait à la famille de Mafiosi De Stefano, de Milan. Le compte rendu était très court. Mais cela pouvait constituer un début intéressant, songea Tom, et conduire à des événements plus grandioses. Jonathan Trevanny, l'image même de l'intégrité confinant à la niaiserie, avait succombé à la tentation – c'était la seule explication – et commis un crime. Tom avait lui-même succombé une fois, quand il avait tué Dickie Greenleaf. Se pouvait-il que Trevanny fût l'un d'entre *nous*? songea-t-il.

Mais à ses propres yeux, Tom Ripley était le seul à appartenir à cette espèce. Il esquissa un sourire.

Le dimanche précédent, Reeves avait appelé Tom d'Orly. Soucieux, il lui avait annoncé que Trevanny avait jusqu'à présent refusé ses propositions et il lui avait demandé s'il pouvait trouver quelqu'un d'autre. Non, avait répondu Tom. Reeves avait ajouté qu'il avait écrit à Trevanny une lettre qui arriverait le lundi matin, l'invitant à venir à Hambourg pour y consulter un médecin. C'était alors que Tom avait suggéré : « S'il vient, tu pourrais peut-être t'arranger pour que les résultats d'analyse soient faussés dans le sens du pire. » Tom serait peut-être allé à Fontainebleau vendredi ou samedi afin de satisfaire sa curiosité et entrevoir Trevanny dans sa boutique, peut-être même lui apporter une esquisse à encadrer (à moins que Trevanny ne prenne la fin de la semaine pour récupérer) et en fait Tom voulait aller à Fontainebleau le vendredi pour acheter des châssis chez Gauthier, mais les parents d'Héloïse étaient attendus pour le week-end (ils étaient restés vendredi et samedi soir) et le vendredi, toute la maison était en ébullition en vue de leur arrivée. Mme Annette s'inquiétait, bien inutilement, de la qualité de son menu, de la fraîcheur des moules prévues pour vendredi soir et après qu'elle eut préparé avec un soin particulier la chambre d'amis, Héloïse lui avait fait changer les draps et les serviettes de toilette dans la salle de bains, parce que tous portaient le monogramme de Tom, T.P.R., et non celui de la famille Plissot. Les Plissot avaient offert comme cadeau de mariage aux Ripley deux douzaines de superbes draps en toile de lin provenant du trousseau de famille et Héloïse estimait que c'était un geste de courtoisie et également de diplomatie de s'en servir quand les Plissot venaient chez eux. Mme Annette avait eu une absence de mémoire que ni Tom ni Héloïse n'auraient d'ailleurs eu l'idée de lui reprocher. Les Plissot étaient des gens acerbes et pompeux, traits de caractère d'autant plus pénibles qu'Arlène Plissot, une femme d'une cinquantaine d'années, mince et encore séduisante, faisait des efforts sincères pour se montrer familière et pleine de tolérance envers les jeunes, par exemple. Mais cela ne correspondait en rien à sa vraie nature. Le week-end avait constitué une véritable épreuve, du point de vue de Tom. Bon sang, si Belle Ombre n'était pas une maison bien tenue, laquelle l'était? Le service à thé en argent (un autre cadeau de mariage des Plissot) étincelait grâce aux bons soins de Mme Annette. Même la volière dans le jardin était nettoyée tous les jours et les fientes balayées comme s'il s'était agi d'une chambre d'ami miniature. Tout ce qui était en bois dans la maison luisait et embaumait la cire parfumée à la lavande que Tom rapportait d'Angleterre. Arlène avait pourtant réussi à dire, alors qu'elle était étendue sur la peau d'ours devant la cheminée, dans son tailleur pantalon mauve, tendant ses pieds nus à la flamme :

– La cire, ça ne suffit pas pour ce genre de parquets, Héloïse. De temps en temps, il faut les traiter avec un mélange d'huile de lin et de white-spirit, bouillant, tu entends, pour que le bois soit bien imprégné.

Dès le départ des Plissot, le dimanche après le thé, Héloïse avait enlevé d'un geste prompt le haut de son deux-pièces et l'avait jeté en direction de la porte-fenêtre. La vitre, heurtée par la lourde broche qui ornait le corsage, avait résonné dangereusement, mais ne s'était pas cassée.

– Du champagne! s'écria Héloïse et Tom se rua à la cave pour aller en chercher.

Ils étaient en train de boire leur champagne, bien que le thé n'ait pas encore été desservi (pour une fois, Mme Annette se la coulait douce) lorsque le téléphone sonna.

C'était Reeves Minot, qui semblait une fois de plus très déprimé.

– Je suis à Orly. Je pars pour Hambourg. J'ai vu notre ami commun à Paris aujourd'hui et il refuse le prochain... la prochaine mission. Tu sais bien. Il en faut un autre, pourtant. Je le lui ai expliqué.

– Tu lui as déjà versé de l'argent?

Tom regardait Héloïse valser dans la pièce, sa coupe de champagne à la main. Elle fredonnait le grand air de *Der Rosenkavalier.*

– Oui, un tiers environ, et je trouve que ce n'est pas si mal. Je l'ai fait déposer en Suisse à son nom.

La somme promise, se rappela Tom, était de l'ordre de cinq cent mille francs. Un tiers représentait une somme sinon grandiose, du moins raisonnable, pensa-t-il.

– Une autre liquidation, tu veux dire? demanda-t-il.

Héloïse continuait à chanter et à tournoyer.

– Oui, mais au moyen d'un garrot cette fois, répondit doucement Reeves. Dans un train. C'est là le problème, justement.

Tom trouva l'idée choquante. Pas étonnant que Trevanny ait refusé.

– Il faut que ça se passe à bord d'un train?

– J'ai un plan...

Reeves avait toujours des plans. Tom écouta poliment. Le projet conçu par Reeves lui parut dangereux et hasardeux.

Tom l'interrompit.

– Notre ami en a peut-être assez comme ça.

– Non, je pense que ça l'intéresse. Mais il ne veut pas... venir à Munich, et ce boulot doit être fait d'ici le prochain week-end.

– Tu as encore lu *Le Parrain*, toi! Arrange-toi pour que l'arme utilisée soit un pistolet.

– Un pistolet, ça fait du bruit, rétorqua Reeves sans trace d'humour. Je me demandais... Ou bien je trouve quelqu'un d'autre, Tom, ou alors... il faut convaincre Jonathan.

Impossible de le convaincre, pensa Tom, et il reprit d'un ton légèrement impatienté :

– Il n'y a pas d'argument plus convaincant que

l'argent. Si ça ne marche pas, je ne peux rien faire pour toi.

Cela rappela fâcheusement à Tom la visite des Plissot. Lui et Héloïse se seraient-ils donné un mal de chien, se seraient-ils échinés pendant trois jours, s'ils n'avaient pas eu besoin des vingt-cinq mille francs par an que Jacques Plissot donnait à Héloïse?

– J'ai peur qu'il laisse tout tomber si je lui verse davantage, reprit Reeves. Je te l'ai peut-être déjà dit, mais je ne verrai pas la couleur du fric avant qu'il ait rempli le deuxième contrat.

Reeves ne pouvait comprendre un homme comme Trevanny, songea Tom. Si Trevanny recevait la totalité de la somme convenue, ou bien il ferait le boulot ou alors il rendrait la moitié de l'argent.

– Si tu penses à un truc quelconque pour le persuader, dit Reeves d'un ton hésitant, ou si tu vois quelqu'un d'autre qui pourrait faire l'affaire, passe-moi un coup de fil, tu veux bien? D'ici un jour ou deux?

Tom fut soulagé lorsque la conversation se termina. Il avait souvent l'impression que Reeves nageait en plein brouillard, qu'une sorte de rêve confus lui embrumait les idées.

Héloïse sauta par-dessus le canapé, effleurant d'une main le dossier, tenant de l'autre sa coupe de champagne, et atterrit sans bruit, assise sur la banquette. D'un geste élégant, elle leva sa coupe dans sa direction :

– Grâce à toi, ce weed-end a été très réussi, mon trésor!

– Merci, ma chérie.

Oui, la vie était plaisante de nouveau, ils étaient seuls, ils pouvaient dîner pieds nus si l'envie les en prenait. Ils étaient libres!

Tom pensait à Trevanny. Il ne se faisait guère de souci pour Reeves qui se débrouillait toujours, ou se tirait au dernier moment d'un mauvais pas quand la situation devenait trop dangereuse. Mais Trevanny... quel étrange personnage finalement.

Tom cherchait un moyen de mieux faire sa connaissance. Ça n'était pas facile, car Trevanny n'avait pas de sympathie pour lui. Mais rien n'était plus simple que de porter un tableau à sa boutique pour le lui faire encadrer.

Le mardi, Tom se rendit à Fontainebleau et passa d'abord chez Gauthier pour acheter des châssis. Gauthier, de lui-même, lui donnerait peut-être quelques nouvelles de Trevanny, parlerait de son voyage à Hambourg, puisque Trevanny, officiellement, y était allé afin de consulter un médecin. Tom fit ses achats, mais Gauthier ne fit aucune allusion à Trevanny. Au moment de partir, Tom demanda :

– Et comment va notre ami... M. Trevanny?

– Ah... Trevanny. Il est allé à Hambourg la semaine dernière consulter un spécialiste. (L'œil en verre de Gauthier semblait foudroyer Tom, alors que l'autre exprimait une certaine tristesse.) Je crois que les nouvelles ne sont pas très bonnes. Son état est plus grave peut-être que ne le laissait entendre son docteur d'ici. Mais il est courageux. Vous savez comment sont ces Anglais, ils ne montrent jamais ce qu'ils ressentent.

– Je suis désolé d'apprendre qu'il va plus mal, dit Tom.

– Oui, enfin... c'est ce qu'il m'a dit. Mais il a beaucoup de cran.

Tom rangea ses châssis dans la voiture et prit sur la banquette son porte-documents dans lequel il avait casé une aquarelle qu'il voulait confier à Trevanny. Puis il gagna la rue des Sablons à pied et entra dans la petite boutique. Trevanny, tenant une baguette de bois en haut d'une gravure, était en train de discuter du style d'un cadre avec une cliente. Il effleura Tom d'un regard et Tom comprit que Trevanny l'avait reconnu.

– Ça peut vous paraître un peu lourd comme ça, mais avec une marie-louise blanche..., disait Trevanny dans un fort bon français.

Tom essaya de déceler un changement chez Trevanny – une certaine tension, peut-être – mais ne remarqua rien de particulier. Enfin la cliente s'en alla.

– Bonjour, Tom Ripley, dit-il en souriant. Je suis allé chez vous en... en février, il me semble. Pour l'anniversaire de votre femme.

– Ah oui.

A l'expression de Trevanny, Tom comprit qu'il n'avait pas changé d'attitude à son égard depuis cette soirée en février où il avait dit : « J'ai entendu parler de vous. » Tom ouvrit son porte-documents.

– J'ai ici une aquarelle. Peinte par ma femme. J'ai pensé à un cadre fait d'une mincc baguette sombre avec une marge... disons de sept centimètres dans sa partie la plus large, en bas...

Trevanny examina l'aquarelle posée entre eux sur le comptoir usé, poli par le temps.

C'était une étude en vert et mauve, libre interprétation d'Héloïse d'un coin de Belle Ombre avec, comme fond de décor, le bois de pins en hiver.

– Quelque chose comme ça, peut-être, dit Trevanny, prenant une baguette sur une étagère où était empilée en désordre toute une série de morceaux de bois. Il la posa au-dessus de l'aquarelle en respectant l'espace qu'occuperait la marie-louise.

– Oui, ça me paraît très bien.

– La marie-louise coquille d'œuf ou blanche?

Tom fit son choix. Trevanny inscrivit soigneusement son nom, son adresse, et le numéro de téléphone sur un calepin.

Que dire maintenant? La froideur de Trevanny était presque tangible. Tom sentait qu'il allait refuser son invitation, mais n'ayant rien à perdre, il demanda néanmoins :

– Voulez-vous venir boire un verre chez moi avec votre femme un de ces jours? Villeperce n'est pas très loin. Amenez votre petit garçon également.

– Merci. Je n'ai pas de voiture, répondit Trevanny avec un sourire poli. Nous ne sortons pas beaucoup, vous savez.

– La voiture, ça n'est pas un problème. Je pourrais venir vous chercher. Et j'aimerais aussi que vous veniez dîner un soir.

Tom avait parlé presque sans réfléchir. Trevanny enfonça les mains dans les poches de sa veste en tricot et se balança d'un pied sur l'autre, comme s'il hésitait. Tom sentait bien qu'il avait éveillé sa curiosité.

– Ma femme est très timide, dit Trevanny, souriant pour la première fois. Elle parle mal l'anglais.

– Ma femme aussi, en fait. Elle est française, comme la vôtre, vous savez. De toute façon – si j'habite trop loin, nous pourrions aller boire un verre maintenant? Vous allez fermer bientôt, je suppose?

Il était en effet midi passé.

Ils se rendirent à un bar-restaurant au coin de la rue de France et de la rue Saint-Merry. Trevanny s'était arrêté à une boulangerie pour acheter du pain. Il commanda un demi à la pression et Tom fit de même. Tom posa un billet de dix francs sur le comptoir.

– Par quel hasard êtes-vous venu en France? demanda-t-il.

Trevanny lui raconta comment il avait ouvert une boutique d'antiquités en France avec un ami.

– Et vous? demanda Trevanny.

– Oh! ma femme aime vivre ici. Et moi aussi. En fait, je ne peux pas imaginer une vie plus agréable. Je voyage quand je veux. J'ai beaucoup de temps libre – des loisirs, pourrait-on dire. Je jardine, je peins. Je suis un peintre du dimanche, d'accord, mais j'y prends plaisir. Quand j'en ai envie, je vais passer une quinzaine à Londres.

– Ça doit être une vie très agréable, fit remarquer Trevanny d'un ton assez sec, puis il essuya la mousse collée à ses lèvres.

Tom sentait que Trevanny avait envie de lui poser une question. Mais laquelle? Il se demandait si, malgré son flegme britannique, Trevanny n'était pas tourmenté par sa conscience, s'il n'allait pas tout raconter à sa femme ou aller trouver la police pour avouer son crime.

Trevanny alluma une Gitane. Il avait de longues mains fines. C'était le genre d'homme qui pouvait porter des vestons avachis, des pantalons sans pli et garder cependant l'allure d'un gentleman. Et son visage avait une certaine rudesse dont lui-même ne semblait pas conscient.

– Connaissez-vous par hasard un Américain du nom de Reeves Minot? demanda-t-il soudain en observant Tom de ses calmes yeux bleus.

– Non, répondit Tom. Il habite ici, à Fontainebleau?

– Non. Mais il voyage beaucoup, je crois.

– Non, répéta Tom qui termina sa bière.

– Il faut que je m'en aille. Ma femme m'attend.

Ils sortirent du café. Ils devaient partir dans des directions différentes.

– Merci pour la bière, dit Trevanny.

– Je vous en prie!

Tom se dirigea vers sa voiture qui était garée devant l'Aigle Noir et reprit la route de Villeperce.

A son arrivée, Mme Annette lui annonça qu'Héloïse serait un peu en retard, parce qu'elle avait trouvé une commode de bateau anglaise chez un antiquaire de Chailly-en-Bière, l'avait payée par chèque, mais devait accompagner l'antiquaire à la banque.

– Elle va arriver avec la commode d'une minute à l'autre! ajouta Mme Annette, ses yeux bleus étincelants de joie. Elle demande que vous l'attendiez pour déjeuner, monsieur Tom.

– Bien sûr, voyons! répondit Tom, tout aussi gaiement.

Il allait y avoir un léger découvert à son compte, songea-t-il, et c'était pour cette raison qu'Héloïse avait dû se rendre à la banque pour discuter avec le directeur. Comment, d'ailleurs, comptait-elle s'y prendre puisque la banque fermait pendant l'heure du déjeuner? Quant à Mme Annette, si elle était si joyeuse, c'était à l'idée d'avoir un nouveau meuble à cirer dans la maison, Héloïse cherchait une commode de bateau pour Tom depuis des mois. Elle s'était mise en tête d'en enrichir le mobilier de sa chambre.

Tom décida de profiter de son absence pour appeler Reeves et il monta en courant dans sa chambre. Il était une heure vingt-deux. Belle Ombre avait l'automatique depuis trois mois environ, et l'on n'était plus obligé de passer par un standard pour téléphoner à l'étranger.

Ce fut la bonne de Reeves qui répondit et Tom lui demanda en allemand si Herr Minot était là. Il y était en effet.

– Reeves, allô? Ici Tom. Je ne peux pas parler longtemps. Je voulais simplement te dire que j'ai vu notre ami. J'ai bu un verre avec lui... dans un bar de Fontainebleau. Je crois...

Debout près de l'appareil, tendu, Tom regardait par la fenêtre les arbres de l'autre côté de la rue, le ciel bleu et vide. Il ne savait pas exactement ce qu'il voulait dire, sinon qu'il pensait que Reeves devait insister auprès de Trevanny.

– Je ne sais pas, mais j'ai l'impression que ça pourrait marcher avec lui. Une idée comme ça. Mais essaie encore.

– Oui? fit Reeves, suspendu à ses lèvres comme à celles d'un oracle incapable d'erreur.

– Quand penses-tu le voir?

– Eh bien, j'espère qu'il va rappliquer jeudi à Munich. Après-demain. J'essaie de le persuader d'y consulter un autre médecin. Et puis... vendredi le train pour Paris part de Munich vers deux heures dix, tu sais bien.

Tom avait pris une fois le *Mozart Express,* depuis Salzbourg.

– A mon avis, il faudrait lui donner le choix entre un pistolet... et l'autre truc, mais en lui conseillant d'éviter le pistolet.

– Je le lui ai déjà proposé! dit Reeves. Tu penses... qu'il va peut-être changer d'avis quand même?

Tom entendit une voiture, deux voitures, qui

roulaient sur le gravier devant la maison. C'était sûrement Héloïse accompagnée de l'antiquaire.

– Il faut que je raccroche maintenant, Reeves. Tout de suite.

Plus tard dans la journée, seul dans sa chambre, Tom examina de plus près l'admirable commode qui avait été installée entre les deux fenêtres en façade. Bas et robuste, c'était un meuble en chêne, avec des angles de laiton étincelants et des poignées de tiroir en alvéoles, également en laiton. Le bois poli semblait vivant, comme animé par les mains de l'artisan, ou peut-être par celles du ou des capitaines et officiers de marine à qui le meuble avait appartenu. Une ou deux éraillures dans le bois, luisantes et d'un ton plus soutenu, évoquaient ces cicatrices qu'acquiert tout être vivant au cours de son existence. Une plaque en argent ovale incrustée dans le plateau portait en lettres fleuries l'inscription : Capt. Archibald L. Pattridge, Plymouth, 1734 et, en lettres beaucoup plus petites, le nom de l'ébéniste, témoignage, pensa Tom, de la légitime fierté de l'artisan.

Le mercredi, comme il l'avait promis, Reeves appela Jonathan à sa boutique. Jonathan, pour une fois, était très occupé et pria Reeves de le rappeler un peu après midi.

Reeves rappela donc, et après quelques formules de politesse, demanda à Jonathan s'il lui serait possible de se rendre à Munich le lendemain.

– Il y a de très bons médecins à Munich également, vous savez. Je songe en particulier au Dr Max Schroeder. Il pourrait vous recevoir vendredi matin vers huit heures. Je n'ai qu'à confirmer le rendez-vous. Si vous...

– D'accord, déclara Jonathan qui avait prévu que la conversation se déroulerait ainsi. Très bien, Reeves. Je vais m'occuper de mon billet...

– Un aller simple, Jonathan... Enfin, c'est de vous que ça dépend.

Jonathan le savait fort bien.

– Je vous rappellerai quand je saurai l'heure de l'avion.

– J'ai les horaires. Il y a un avion qui décolle d'Orly à une heure un quart, vol direct pour Munich, si vous pouvez le prendre.

– Très bien. Je vais essayer.

– Si je n'ai pas d'autres nouvelles de vous, c'est que vous arrivez par cet avion-là. Je vous attendrai à la gare en ville, comme la dernière fois.

L'esprit vacant, Jonathan se dirigea vers le lavabo, se lissa les cheveux des deux mains, puis il alla décrocher son imperméable. Il tombait une pluie fine et la température était assez fraîche. Jonathan avait pris sa décision la veille. Il suivrait de nouveau le même processus, irait consulter un médecin, à Munich cette fois, et monterait à bord du train. Mais il ne pouvait préjuger de son propre courage. Jusqu'où serait-il capable d'aller? Il sortit de sa boutique et ferma la porte à clef.

Jonathan se cogna dans une poubelle sur le trottoir et s'aperçut qu'il traînait les pieds au lieu d'avancer normalement. Il releva la tête. Il allait exiger une arme à feu en plus du garrot et s'il n'avait pas le cran au dernier moment d'utiliser le nœud coulant (ce qui était des plus probables), alors, tant pis, il se servirait du revolver. Jonathan allait passer un marché avec Reeves : s'il utilisait le revolver et s'il était évident qu'il allait être pris, il retournerait ensuite l'arme contre lui-même. De cette façon, jamais il ne pourrait trahir Reeves et ses associés. En échange de quoi, Reeves verserait à Simone le reste de l'argent. Il était douteux, songea Jonathan, qu'on prît son cadavre pour celui d'un Italien, mais après tout, la famille De Stefano pouvait très bien avoir engagé un tueur à gages étranger.

– J'ai reçu un coup de fil du médecin de Hambourg ce matin, déclara Jonathan à Simone. Il veut que j'aille à Munich demain.

– Ah bon? Déjà?

Jonathan se rappela avoir dit à Simone qu'une quinzaine de jours s'écouleraient sans doute avant que les docteurs veuillent le revoir. Le Dr Wentzel, avait-il ajouté, lui avait donné des comprimés dont il voulait vérifier l'effet. En fait, le Dr Wentzel avait effectivement parlé de médicaments (on ne pouvait rien faire pour guérir la leucémie, mais seulement en ralentir l'évolution grâce à la chimiothérapie) sans toutefois lui en prescrire aucun. Jonathan, d'ailleurs, était sûr que le Dr Wentzel lui aurait donné un traitement s'il l'avait revu une deuxième fois.

– Il y a un autre médecin à Munich, un certain Schroeder. Le Dr Wentzel veut que j'aille le consulter.

– Où c'est, Munich? demanda Georges.

– En Allemagne, répondit Jonathan.

– Tu pars pour longtemps? demanda Simone.

– Jusqu'à... samedi matin, certainement, répondit Jonathan songeant que le train de Munich arriverait sans doute si tard dans la nuit de vendredi qu'il n'y aurait plus de train de Paris pour Fontainebleau.

– Et la boutique? Tu veux que j'y aille demain matin? Et vendredi matin?... A quelle heure dois-tu partir demain?

– Il y a un avion à une heure et quart. Oui, ma chérie, ça serait bien si tu pouvais ouvrir demain matin et vendredi, ne serait-ce qu'une heure. Deux clients doivent venir chercher des tableaux.

Jonathan enfonça avec lenteur son couteau dans un morceau de camembert qu'il s'était servi mais dont il n'avait nulle envie.

– Tu te fais du souci, Jon?

– Pas vraiment... Non, au contraire, je ne peux avoir que de meilleures nouvelles.

Un optimisme de façade, songea Jonathan, mais c'était absurde. Les médecins ne pouvaient pas lutter contre le temps. Il jeta un coup d'œil à son fils qui paraissait déconcerté, mais pas au point de le questionner. Jonathan songea que Georges avait entendu ce genre de conversations depuis qu'il était en âge de comprendre le langage des adultes. On avait expliqué à Georges : « Ton père a un microbe. Mais tu ne peux pas l'attraper, ça n'est pas contagieux. Donc tu ne risques rien. »

– Tu vas dormir à l'hôpital? demanda Simone.

Jonathan ne comprit pas tout de suite le sens de sa question.

– Non, dit-il enfin. Le Dr Wentzel... enfin, sa

secrétaire m'a dit qu'ils m'avaient retenu une chambre à l'hôtel.

Jonathan partit de chez lui le lendemain matin un peu après neuf heures, afin de prendre le train de neuf heures quarante-deux pour Paris, car le suivant ne lui aurait pas permis d'arriver à temps à Orly. Il avait pris son billet, un aller simple, la veille; il avait également versé de nouveau mille francs à leur compte de la Société générale et mis cinq cents francs dans son portefeuille. Il restait donc deux mille cinq cents francs dans le tiroir, à sa boutique. Il avait également pris *Les Rapaces* dans le tiroir pour le ranger dans sa valise afin de rendre le livre à Reeves.

Il était à peine cinq heures lorsque Jonathan descendit du car qui l'avait amené de l'aéroport de Munich jusqu'à la gare en ville. La journée était ensoleillée, la température plaisante. Il y avait parmi la foule quelques hommes robustes, entre deux âges, en *Lederhosen* et courte veste verte et un orgue de Barbarie jouait sur le trottoir. Il vit Reeves qui se hâtait dans sa direction.

– Je suis un peu en retard, excusez-moi, dit Reeves. Comment allez-vous, Jonathan?

– Très bien, merci, répondit Jonathan en souriant.

– Je vous ai retenu une chambre à l'hôtel. Nous allons prendre un taxi. Je suis moi-même descendu dans un autre hôtel, mais je vais vous accompagner au vôtre. Il faut que nous bavardions un peu.

Ils montèrent dans un taxi. Reeves parla de Munich, comme s'il aimait la ville et la connaissait bien, et non pas comme s'il cherchait seulement à meubler le silence par pure nervosité. Il déplia un plan de Munich et indiqua dessus à Jonathan le « jardin anglais », qui n'était pas sur leur chemin, et le quartier situé au bord de l'Isar et où exerçait le médecin que Jonathan devait voir le lendemain à huit heures. Leurs hôtels respectifs étaient tous deux situés dans le centre, précisa Reeves. Le taxi s'arrêta et un jeune garçon en uniforme rouge sombre ouvrit la portière.

Jonathan s'inscrivit au bureau de réception. Le hall était orné de vitraux modernes représentant des chevaliers et des troubadours allemands. Jonathan se sentait étonnamment bien, d'excellente humeur même.

Puis cette anormale euphorie se mua très vite chez lui en inquiétude. Rien ne la justifiait. Ne préludait-elle pas au contraire à quelque épouvantable catastrophe? Mieux valait rester sur ses gardes, s'interdire tout élan d'optimisme intempestif.

Reeves monta avec lui à sa chambre. Le groom en sortait après avoir déposé la valise de Jonathan. Jonathan accrocha son pardessus au mur dans la petite entrée, du même geste qu'il aurait fait chez lui.

– Demain matin, ou même cet après-midi, nous allons peut-être vous acheter un pardessus neuf, dit Reeves qui regardait le vêtement de Jonathan d'un air presque attristé.

Jonathan reconnut avec un léger sourire que son pardessus était plutôt élimé. Du moins, il avait apporté son meilleur complet et ses chaussures noires, presque neuves. Il accrocha le complet bleu dans la penderie.

– Après tout, vous allez voyager en première classe dans le train, dit Reeves. (Il se dirigea vers la porte et poussa le verrou.) J'ai le revolver. De fabrication italienne, également, un peu différent. Je n'ai pas réussi à me procurer un silencieux, mais à dire vrai, ça ne ferait pas une telle différence.

Jonathan comprenait fort bien. Il examina l'arme que Reeves avait sortie de sa poche et pendant un instant il se sentit absent, comme hébété. S'il se servait de ce revolver, cela voudrait dire qu'il serait contraint de se tirer une balle dans la tête aussitôt après. Cette arme ne pouvait avoir pour lui d'autre signification.

– Et ceci, bien entendu, dit Reeves en sortant le garrot de sa poche.

Sous la lumière électrique, la cordelette avait une couleur blafarde.

– Essayez-le sur... sur le dos de cette chaise, dit Reeves.

Jonathan prit le garrot et passa le nœud coulant autour du montant du dossier de la chaise. Il tira sur la cordelette, envahi d'une sorte d'indifférence, jusqu'à ce qu'elle se tendît. Il n'éprouvait même plus de dégoût, il était simplement vide de tout sentiment. Un individu quelconque, trouvant ce nœud coulant dans sa poche ou n'importe où ailleurs, reconnaîtrait-il au premier coup d'œil cet objet? se demanda-t-il. Probablement pas.

– Il faut tirer d'un coup sec, déclara Reeves d'un ton solennel, et garder la corde tendue au maximum.

Jonathan, brusquement irrité, faillit répliquer par une remarque acerbe, mais se retint. Il dégagea la cordelette de la chaise et s'apprêtait à la poser sur le lit lorsque Reeves déclara :

– Gardez ça dans votre poche. Ou dans la poche du complet que vous porterez demain.

Jonathan amorça un geste pour glisser le garrot dans sa poche de pantalon, puis il se ravisa et alla l'enfouir dans celle de son complet bleu.

– Je voudrais aussi vous montrer ces deux photos. (Reeves sortit une enveloppe de la poche intérieure de sa veste. Elle contenait deux clichés; l'un était glacé et de la taille d'une carte postale, l'autre avait été soigneusement découpé dans un journal et plié en deux.) Vito Marcangelo.

Jonathan examina la photo dont la surface glacée portait des craquelures. On y voyait un homme à la tête et au visage ronds avec une épaisse bouche incurvée, des cheveux noirs ondulés, striés aux tempes de quelques mèches grises.

– Il mesure environ un mètre soixante-dix-huit, dit Reeves. Il a toujours les tempes grisonnantes, il ne les teint pas. Et le voilà à une soirée.

Sur la photo du journal, on voyait trois hommes et deux femmes debout derrière une table servie.

Une flèche à l'encre indiquait un homme rieur penché en avant. La légende était en allemand.

Reeves reprit les photos.

– Allons acheter le pardessus. Il y aura bien une boutique ouverte. Au fait, le cran d'arrêt sur ce revolver fonctionne comme sur l'autre. Il y a six balles dans le barillet. Je le mets là, d'accord? (Reeves prit le revolver, qu'il avait posé au pied du lit, et le plaça dans un coin de la valise de Jonathan.) Il y a des magasins assez chics dans Briennerstrasse, déclara Reeves tandis qu'ils descendaient en ascenseur.

Ils partirent à pied. Jonathan avait laissé son pardessus dans sa chambre.

Il choisit un manteau en tweed vert foncé. Qui allait le payer? C'était sans grande importance, en fait. Jonathan songea également qu'il ne porterait peut-être pas ce vêtement plus de vingt-quatre heures. Reeves insista pour régler la facture et Jonathan lui dit qu'il pourrait le rembourser dès qu'il aurait changé des francs en marks.

– Non, non, laissez-moi vous l'offrir, répliqua Reeves avec ce léger mouvement de tête qui lui tenait lieu parfois de sourire.

Jonathan sortit de la boutique, vêtu de son pardessus neuf. Reeves lui indiqua au passage l'Odeonplatz, le début de la Ludwigstrasse qui, précisa-t-il, devenait le Schwabing, le quartier où avait habité Thomas Mann. Ils gagnèrent ainsi à pied l'Englischer Garten, puis prirent un taxi jusqu'à une brasserie. Jonathan aurait préféré boire du thé. Il se rendait compte que Reeves s'employait à calmer son anxiété. D'ailleurs, il n'éprouvait aucune nervosité particulière et ne se préoccupait même pas du diagnostic qu'allait porter le Dr Schroeder le lendemain matin. Ou plutôt ce qu'allait lui dire le Dr Schroeder n'avait plus pour lui la moindre importance.

Ils dînèrent dans un bruyant restaurant du Schwabing et Reeves lui expliqua que pratiquement tous les clients de cet établissement étaient « des artistes ou des écrivains ». Jonathan trouvait Reeves amusant, distrayant. Il avait la tête qui tournait parce qu'il avait bu trop de bière, et maintenant ils dégustaient du Gumpolsdinger.

Un peu avant minuit, Jonathan était en pyjama au pied de son lit. Il venait de prendre une douche. Le téléphone sonnerait à sept heures un quart le lendemain matin et quelques instants plus tard, on lui apporterait son petit déjeuner. Jonathan s'assit devant la table, sortit du papier à lettre du tiroir et libella une enveloppe à l'adresse de Simone. Il se rappela ensuite qu'il serait de retour chez lui le surlendemain, peut-être le lendemain même, tard dans la nuit. Il froissa l'enveloppe et la jeta dans la corbeille. Ce soir, au cours du dîner, il avait demandé à Reeves : « Connaissez-vous un certain Tom Ripley? » Le regard inexpressif, Reeves avait répondu : « Non, pourquoi? » Jonathan se mit au lit et appuya sur un bouton qui, commodément, éteignait toutes les lumières, y compris celles de la salle de bains. Avait-il pris ses comprimés ce soir? Oui. Juste avant sa douche. Il avait mis le flacon dans la poche de sa veste pour pouvoir les montrer au Dr Schroeder le lendemain, au cas où le spécialiste serait intéressé.

Reeves lui avait demandé :

– La banque suisse vous a-t-elle déjà écrit?

Non, il n'avait encore rien reçu, mais la lettre pouvait être arrivée ce matin à sa boutique. Simone l'ouvrirait-elle? Il y avait une chance sur deux, cela dépendrait de la somme de travail qu'elle aurait à la boutique. La lettre de la banque confirmerait le versement à son compte de quatre-vingt mille marks, et il lui faudrait probablement signer des fiches et donner un échantillon de sa signature. Il n'y aurait sans doute pas de nom d'expéditeur sur l'enveloppe, songea Jonathan, rien qui laissât supposer que la lettre provenait d'une banque. Comme il devait rentrer samedi, Simone pouvait très bien ne pas ouvrir le courrier. Une chance sur deux, se dit-il de nouveau, et il se laissa lentement sombrer dans le sommeil.

⁂

Le lendemain matin à l'hôpital régnait en apparence l'atmosphère routinière commune à tous les établissements de ce genre, sans austérité particulière. Reeves resta présent durant toute la visite et Jonathan comprit, bien que la conversation se déroulât en allemand, que Reeves ne parlait pas au Dr Schroeder de l'examen que Jonathan avait subi précédemment à Hambourg. Les résultats de cet examen avaient été envoyés au Dr Périer à Fontainebleau et ce dernier avait dû les transmettre aux Laboratoires Ebberle-Valent, comme il avait promis de le faire.

L'infirmière, cette fois encore, parlait parfaitement anglais. Le Dr Max Schroeder, âgé d'une cinquantaine d'années, avait des cheveux noirs qui effleuraient le col de sa chemise, selon la mode actuelle.

– Il dit plus ou moins, expliqua Reeves à Jonathan, que c'est un cas classique... sans perspectives bien brillantes pour l'avenir.

Non, il n'y avait là rien de nouveau pour Jonathan, pas même le fait que les résultats des analyses seraient prêts le lendemain matin.

Il était près de onze heures lorsque Reeves et Jonathan sortirent de l'hôpital. Ils longèrent un quai de l'Isar où des femmes poussaient des voitures d'enfants, passèrent devant des immeubles d'habitation en pierre de taille, une pharmacie, une épicerie. Bien que le quartier fût très animé, Jonathan, ce matin, se faisait l'effet d'un mort vivant. Il devait même faire un effort pour se rappeler de respirer. Un écrasant sentiment d'échec l'accablait. Il avait envie de sauter dans le fleuve et de s'y noyer. La présence de Reeves et son bavardage sporadique l'irritaient. Il réussit finalement à ne plus l'entendre. Il était sûr qu'il n'allait tuer personne aujourd'hui, ni au moyen du garrot enroulé au fond de sa poche ni avec son revolver.

Il se décida à interrompre Reeves :

– Je devrais peut-être passer à l'hôtel prendre ma valise, si le train est à deux heures?

Ils trouvèrent un taxi.

Presque à côté de l'hôtel, Jonathan aperçut une vitrine pleine d'objets étincelants et qui évoquait un arbre de Noël. Il s'en approcha. Il s'agissait surtout de babioles et colifichets pour touristes, constata-t-il avec déception, mais il repéra alors un gyroscope appuyé de biais contre sa boîte d'emballage.

– Il faut que j'achète un petit cadeau pour mon fils, dit Jonathan et il entra dans la boutique. *Bitte,* dit-il en indiquant le gyroscope du doigt et il régla son achat sans même avoir remarqué le prix. Il avait changé deux cents francs à l'hôtel le matin même.

Jonathan avait déjà fait sa valise. Après l'avoir bouclée, il la descendit lui-même. Reeves lui glissa un billet de cent marks et le pria de régler lui-même sa note car on aurait pu trouver étrange qu'un autre s'en chargeât. L'argent avait cessé d'avoir la moindre importance pour Jonathan.

Ils arrivèrent en avance à la gare. Au buffet, Jonathan, qui n'avait pas faim, se contenta de boire un café. Reeves en avait commandé un également.

– Ce sera à vous-même de créer l'occasion, Jon, tout compte fait. Ça peut ne pas marcher, je sais, mais c'est ce gars-là que nous voulons absolument liquider... Restez à proximité du wagon-restaurant. Allez fumer une cigarette, par exemple, au bout du couloir...

Jonathan but un deuxième café. Reeves lui acheta le *Daily Telegraph* et un livre de poche.

Le train entra en gare, roulant sans heurt dans un léger cliquetis de roues, fuselé, gris et bleu... C'était le *Mozart Express.* Reeves chercha des yeux Marcangelo, qui était censé monter à bord maintenant en compagnie d'au moins deux gardes du corps. Il y avait peut-être une soixantaine de voyageurs sur le quai, prêts à s'embarquer et le même nombre à peu près qui descendaient du train. Reeves empoigna Jonathan par le bras et tendit la main. Jonathan se tenait, sa valise à la main, près de la portière du wagon. Il crut apercevoir le groupe de trois hommes dont parlait Reeves, trois types de petite taille coiffés de chapeau en train d'escalader le marchepied, deux wagons plus loin vers l'avant du train.

– C'est lui j'en suis sûr. J'ai repéré ses cheveux gris, dit Reeves. Voyons, où est le wagon restaurant? (Il recula d'un ou deux pas pour mieux voir, se dirigea en courant à demi vers l'avant du train, revint sur ses pas.) Il est juste avant la voiture de Marcangelo.

On annonçait maintenant en français le départ du train.

– Vous avez bien le revolver dans votre poche? demanda Reeves.

Jonathan acquiesça d'un signe de tête.

– Vous veillerez à ce que ma femme touche l'argent, quoi qu'il m'arrive, fit-il d'un ton pressant.

– Je vous le promets, répondit Reeves en lui tapotant le bras.

Un deuxième coup de sifflet retentit, et des portières claquèrent. Jonathan monta à bord du train sans se retourner vers Reeves, sachant que celui-ci le suivait des yeux. Il trouva sa place. Il n'y avait que deux autres personnes dans le compartiment, prévu pour huit. Les banquettes capitonnées étaient recouvertes de drap rouge foncé. Jonathan posa sa valise dans le porte-bagages au-dessus de sa tête, puis son pardessus neuf, plié à l'envers. Un jeune homme entra dans le compartiment et se pencha à la portière, pour parler en allemand à quelqu'un. Les autres compagnons de voyage de Jonathan étaient un homme entre deux âges plongé dans des papiers d'affaires apparemment et une petite femme élégante coiffée d'un chapeau, absorbée par la lecture d'un roman. Jonathan se trouvait à côté de l'homme d'affaires, assis près de la portière, et dans le sens de la marche. Il déplia le *Telegraph*.

Il était deux heures onze.

Jonathan regarda défiler les faubourgs de Munich, les grands immeubles de bureaux, les tours coiffées de toits en bulbe. En face de Jonathan s'alignaient trois photos encadrées, un château, un lac sur lequel voguaient deux cygnes, des sommets alpins couronnés de neige. Le train ronronnait sans à-coups sur les rails avec de molles oscillations. Jonathan ferma à demi les yeux. Les mains nouées, les avant-bras reposant sur les accoudoirs, il arrivait presque à somnoler. Il avait du temps devant lui, le temps de prendre une décision, d'en changer, de se raviser de nouveau. Marcangelo allait jusqu'à Paris comme lui-même et le train n'y arrivait qu'à onze heures sept du soir. Il s'arrêtait à Strasbourg vers six heures et demie, lui avait signalé Reeves. Quelques minutes plus tard, Jonathan, émergeant de sa torpeur, s'aperçut qu'il y avait de perpétuelles allées et venues de voyageurs dans le couloir. Un employé, poussant un chariot de sandwiches, de bouteilles de bière et de vin, se pencha à la porte du compartiment. Le jeune homme prit une bière. Dans le couloir, un gros homme qui fumait la pipe s'aplatissait de temps à autre contre la vitre pour laisser circuler les voyageurs.

Jonathan se dit qu'il ne risquait pas grand-chose à passer à hauteur du compartiment de Marcangelo, comme s'il se rendait au wagon-restaurant, pour examiner un peu la situation, mais il lui fallut plusieurs minutes, pour rassembler son courage. Il avait allumé une Gitane dont il secouait la cendre dans le petit récipient de métal fixé sous la fenêtre, prenant soin de ne pas en faire tomber sur les genoux de son voisin, toujours plongé dans ses papiers.

Enfin Jonathan se leva et s'approcha de la porte du compartiment, qu'il eut du mal à faire coulisser. Il passa devant deux autres compartiments avant d'arriver à celui de Marcangelo. Il avançait à pas lents, déséquilibré par les cahots irréguliers du train. Parvenu à hauteur du compartiment de Marcangelo, il vit celui-ci assis au milieu de la banquette, endormi, les mains croisées sur le ventre, la mâchoire affaissée sur son col, les mèches grises bien visibles à ses tempes. Jonathan entr'aperçut les deux autres Italiens penchés l'un vers l'autre, qui parlaient en gesticulant. Ils étaient seuls tous les trois dans le compartiment. Jonathan poursuivit son chemin jusqu'au bout du couloir où il alluma une autre cigarette et se mit à regarder par la portière. La serrure circulaire de la porte des toilettes donnant sur l'étroite plate-forme précédant le soufflet laissait apparaître le voyant rouge. Un autre voyageur, un homme mince au crâne dégarni, se tenait devant la portière opposée, attendant peut-être que les w.-c. soient libres. L'idée d'essayer de tuer quelqu'un à cet endroit était absurde, car il y aurait forcément des témoins. En admettant que le tueur et sa victime se trouvent seuls devant le soufflet, quelqu'un ne risquait-il pas d'arriver d'un instant à l'autre? Le train était peu bruyant et si un homme poussait un cri, même avec le garrot déjà serré autour du cou, les passagers du compartiment le plus proche n'allaient-ils pas l'entendre?

Un homme et une femme sortirent du wagon-restaurant dont ils laissèrent la porte ouverte derrière eux, mais un garçon en veste blanche vint aussitôt la refermer.

Jonathan repartit vers son propre compartiment et au passage, jeta de nouveau un bref coup d'œil à Marcangelo. Penché en avant, il bavardait avec les deux autres, une cigarette entre les doigts.

S'il se décidait à agir, il faudrait que ce soit avant Strasbourg. Il imaginait que de nombreux voyageurs devaient monter à Strasbourg pour gagner Paris. Mais peut-être se trompait-il. D'ici une demi-heure, il devrait endosser son pardessus, aller se poster au bout du couloir et attendre. Mais à supposer que Marcangelo utilisât les w.-c. situés à l'autre extrémité du wagon? Il y en avait à chaque bout. Ou si même il n'allait pas du tout aux toilettes? C'était dans le domaine des choses possibles. Et si les Italiens décidaient de ne pas aller au wagon-restaurant? Non, logiquement, ils devaient s'y rendre, mais tous les trois ensemble à coup sûr. Si Jonathan ne pouvait rien faire, il faudrait que Reeves mette un autre plan sur pied. Mais Marcangelo ou un autre Mafioso de même rang devait être supprimé par lui, Jonathan, s'il voulait de nouveau toucher de l'argent.

Un peu avant quatre heures, il se força à se lever et prit son pardessus dans le porte-bagages d'un geste précautionneux. Une fois dans le couloir, il l'endossa, conscient du poids du revolver dans la poche droite, puis, son livre à la main, il alla se poster au bout du couloir de la voiture de Marcangelo.

Lorsque Jonathan passa devant le compartiment occupé par les Italiens, sans regarder à l'intérieur cette fois, il entrevit néanmoins du coin de l'œil une sorte de mêlée confuse de silhouettes, des hommes prenant une valise dans le filet ou peut-être s'empoignant dans un simulacre de lutte. Il perçut également des rires.

Un instant plus tard, il s'adossait à une carte d'Europe centrale encadrée de métal, faisant face à la porte vitrée fermant le couloir. A travers la glace du panneau, il vit un homme qui s'approchait, puis poussait la porte à la volée. Cet homme, dans la trentaine, ressemblait à l'un des gardes du corps de Marcangelo, les cheveux noirs, le torse massif, avec une expression hargneuse. Et Jonathan se souvint des photos sur la couverture des *Rapaces*. L'homme se dirigea droit vers les toilettes et y pénétra. Jonathan baissa le nez sur le livre ouvert qu'il tenait à la main. Après un temps très bref, l'homme réapparut et regagna le couloir.

Jonathan se surprit à retenir son souffle. En admettant qu'il se fût agi de Marcangelo, l'occasion qui se présentait n'aurait-elle pas été parfaite, alors que personne ne circulait dans le couloir, revenant du wagon-restaurant? De la main droite cachée au fond de sa poche, Jonathan actionna à plusieurs reprises le cran de sûreté de son arme. Après tout, quel était le risque à courir? Qu'avait-il donc à perdre? Rien de plus que sa vie.

Marcangelo pouvait apparaître, de sa démarche pesante, d'une minute à l'autre, pousser la porte, et alors... Peut-être les choses se passeraient-elles comme dans le métro de Berlin. Pourquoi pas? Ensuite une balle pour lui-même. Mais Jonathan s'imaginait également tirant sur Marcangelo, puis jetant aussitôt l'arme par la portière près des w.-c pour pénétrer ensuite d'un pas dégagé dans le wagon-restaurant, et y commander une consommation.

C'était totalement impossible.

Je vais prendre quelque chose tout de suite, songea Jonathan, et il entra dans le wagon-restaurant où la plupart des tables étaient inoccupées. D'un côté de l'allée s'alignaient des tables pour quatre; de l'autre, il n'y avait que deux places. Jonathan s'assit à l'une des tables les plus petites. Un serveur s'approcha. Jonathan demanda une bière puis se ravisa aussitôt pour réclamer du vin.

– *Weisswein, bitte,* dit-il.

Le serveur plaça devant lui un quart de riesling frappé. Dans cette ambiance, le staccato des roues semblait plus ouaté, luxueux. La fenêtre à côté de lui était plus large, avec pourtant quelque chose de plus intime. Au-delà la Forêt-Noire, sans doute, apparaissait incroyablement verdoyante et touffue. Les immenses sapins se pressaient en rangs serrés, à croire que l'Allemagne en était si riche que jamais le besoin ne se faisait sentir d'en abattre le moindre. Jonathan essayait de puiser dans le vin quelque courage. Toute son énergie l'avait abandonné, mais il lui fallait maintenant se ressaisir. Il but jusqu'à la dernière goutte son riesling comme s'il s'agissait d'un toast forcé, paya et reprit son pardessus qu'il avait posé sur la chaise d'en face. Il allait attendre au bout du couloir l'apparition de Marcangelo et, que Marcangelo fût seul ou en compagnie de ses deux gardes du corps, il tirerait.

Jonathan saisit la poignée de la porte pour la

faire coulisser. Il se retrouva prisonnier de la plate-forme exiguë, appuyé de nouveau à la carte d'Europe centrale, essayant de lire son bouquin idiot... *David s'était demandé si Elaine avait des soupçons. Aux abois maintenant, il repassa dans sa tête les événements de...* Il parcourait le texte des yeux, tel un illettré, sans rien comprendre. Il se rappelait ce qu'il avait pensé quelques jours auparavant. Simone refuserait l'argent, si elle apprenait comment il se l'était procuré, ce qui ne manquerait pas d'arriver, s'il se suicidait dans le train. Et dans ce cas, Reeves ou quelqu'un d'autre réussirait-il à convaincre Simone qu'il n'avait pas réellement commis un meurtre? Jonathan eut presque envie de rire. C'était vraiment sans espoir. Et que faisait-il là, à attendre? Il aurait mieux fait de regagner sa place.

Une silhouette approchait et Jonathan leva les yeux. Il se mit alors à cligner des paupières. L'homme qui se dirigeait vers lui était Tom Ripley.

Ripley poussa la porte vitrée, un léger sourire aux lèvres.

– Jonathan, dit-il doucement, donnez-moi le truc, voulez-vous? Le garrot.

Il se tenait à côté de Jonathan, et regardait par la fenêtre.

Jonathan se sentit soudain pétrifié d'horreur. Dans quel camp était Ripley? Celui de Marcangelo? Il sursauta alors en voyant trois hommes qui s'avançaient dans le couloir.

Tom se serra contre Jonathan pour leur laisser le passage. Les hommes, qui bavardaient en allemand, entrèrent dans le wagon-restaurant.

Par-dessus son épaule, Tom chuchota à Jonathan :

– Le nœud coulant... On va essayer, d'accord?

Jonathan comprit alors, ou du moins en partie. Ripley était un ami de Reeves, au courant de ses projets. De la main gauche, Jonathan roula le garrot en boule au fond de sa poche, l'en tira et le posa dans la main que lui tendait Ripley, puis il détourna la tête, envahi d'un sentiment subit de soulagement.

Tom enfonça le garrot dans la poche droite de sa veste.

– Restez ici; j'aurai peut-être besoin de vous, dit-il, puis il se dirigea vers les w.-c., constata qu'ils étaient libres et y entra.

Il ferma la porte au verrou. Le nœud coulant du garrot n'était même pas formé. Il passa l'extrémité de la cordelette dans la boucle et, le garrot prêt à servir, il le remit d'un geste précautionneux dans la poche droite de sa veste, puis il eut un petit sourire. Jonathan était devenu blanc comme un linge... Tom avait téléphoné l'avant-veille à Reeves qui lui avait dit que Jonathan devait venir à Munich et choisirait sans doute le pistolet. Il avait donc certainement l'arme sur lui en ce moment, mais étant donné les circonstances, Tom estimait hors de question de s'en servir.

Appuyant sur la pédale à eau, Tom s'aspergea les mains puis les secoua avant de se les passer sur le visage. Il se sentait lui-même un peu nerveux. C'était la première fois qu'il s'attaquait à la Mafia!

Tom avait senti que Jonathan risquait d'échouer dans sa tentative et comme c'était lui qui l'avait mis dans cette situation, il trouvait normal d'essayer de l'aider à s'en sortir. Tom avait donc gagné Salzbourg par avion la veille afin de pouvoir prendre le train ce jour-là. Il avait demandé à Reeves de lui décrire Marcangelo, mais d'un ton assez négligent et Tom ne pensait pas que Reeves se doutât de son projet. Tom avait au contraire dit à Reeves qu'il trouvait son plan irréalisable et il lui avait suggéré de verser à Jonathan la moitié de la somme convenue et de trouver quelqu'un d'autre pour mener à bien la seconde partie de la mission. Mais Reeves n'avait rien voulu savoir. Il était comme un petit garçon absorbé par un jeu de son invention, un jeu obsessionnel régi par des règles sévères... pour les autres. Tom voulait donc aider Trevanny et servir, du même coup, une grande cause! Supprimer un caïd de la Mafia! Peut-être même deux!

Tom haïssait la Mafia, leurs taux usuraires, leur chantage, leur foutue mystique religieuse, la lâcheté dont ils faisaient preuve en confiant éternellement tous leurs sales boulots à des sous-fifres, si bien que la police ne pouvait jamais épingler les véritables responsables, ne réussissait jamais à les mettre derrière les barreaux sinon pour fraude fiscale ou autres délits sans importance. Tom se sentait presque vertueux par comparaison.

Tom se rinça la bouche, recracha l'eau et rinça le lavabo. Puis il sortit des toilettes.

Jonathan était seul sur la plate-forme, en train de fumer une cigarette, qu'il jeta immédiatement tel un soldat qui tient à faire bonne figure devant un supérieur. Tom lui adressa un sourire rassurant et s'immobilisa face à la fenêtre latérale à côté de Jonathan.

– Vous ne les avez pas vus, par hasard?

Tom n'avait pas voulu traverser le soufflet pour aller jeter un coup d'œil dans le wagon-restaurant.

– Non.

– Nous serons peut-être obligés d'attendre d'avoir passé Strasbourg, mais j'espère que non.

Une femme ressortit du wagon-restaurant. Avec effort, elle fit coulisser la première porte et Tom se précipita pour lui ouvrir la seconde.

– *Danke schön*, dit-elle.

– *Bitte*, répondit Tom.

Il gagna l'autre extrémité de la plate-forme et sortit le *Herald Tribune* de sa poche. Il était maintenant cinq heures dix. Ils devaient arriver à Strasbourg à six heures vingt-trois. Tom supposait que les Italiens avaient copieusement déjeuné et ne se rendraient donc pas au wagon-restaurant.

Un homme pénétra dans les toilettes.

Jonathan gardait les yeux baissés sur son livre, mais sentant le regard de Tom fixé sur lui, il leva la tête et Tom, une fois encore, lui adressa un sourire rassurant. Lorsque le voyageur sortit des w.-c., Tom se rapprocha de Jonathan. Quelques mètres plus loin, deux hommes se tenaient dans le couloir; l'un fumait un cigare. Tous deux regardaient par la fenêtre et ne lui prêtaient pas la moindre attention, pas plus qu'à Jonathan.

– Je vais essayer de l'avoir dans les toilettes, murmura Tom. Ensuite, il faudra qu'on le balance par la portière. (D'un signe de tête, il indiqua la porte à côté des toilettes.) Quand je serai dans les w.-c. avec lui, frappez deux coups à la porte dès que la voie sera libre. Après ça, on l'expédie le plus rapidement possible!

D'un geste négligent, Tom alluma une cigarette, puis il bâilla avec ostentation.

L'affolement de Jonathan, qui avait atteint son paroxysme pendant que Tom se trouvait dans les w.-c., se calmait un peu. Tom voulait tenter le coup. Quant à savoir à quel mobile il obéissait, voilà qui dépassait pour le moment l'imagination de Jonathan, qui craignait également que Tom n'essaie de saboter l'affaire pour lui laisser payer les pots cassés. Mais pourquoi, en fait? Ce qui était plus vraisemblable, c'était que Tom Ripley voulait sa part de la somme promise, voire la totalité. Au point où il en était, peu importait à Jonathan, d'ailleurs. Il lui sembla soudain que Tom avait lui-même l'air un peu inquiet. Adossé à la cloison en face de la porte des w.-c., il tenait son journal à la main, mais ne lisait pas.

Jonathan vit alors deux hommes qui approchaient. Le premier n'était pas l'un des Italiens. Derrière venait Marcangelo. Jonathan tourna les yeux vers Tom qui le consulta du regard. Il eut un léger signe de tête affirmatif.

Le premier voyageur arriva sur la plate-forme, jeta un bref regard circulaire et se dirigea vers les toilettes. Marcangelo passa devant Jonathan, et constatant que les w.-c-. étaient occupés, fit demi-tour et retourna dans le couloir. Jonathan vit Tom faire un grand geste du bras droit comme pour dire : « Bon sang, le gibier s'est échappé! »

Jonathan voyait parfaitement Marcangelo qui attendait dans le couloir en regardant par la vitre. L'idée lui vint que les deux gardes du corps qui se trouvaient au milieu du compartiment ne pouvaient pas savoir que leur patron avait dû attendre et allaient probablement s'inquiéter de ne pas le voir revenir plus tôt. Il adressa un bref signe de tête à Tom pour lui faire comprendre que Marcangelo attendait à proximité.

L'autre voyageur sortit des toilettes et s'éloigna pour regagner son compartiment.

Marcangelo revenait maintenant et Jonathan jeta un coup d'œil à Tom, mais il semblait plongé dans la lecture de son journal. Juste devant lui, Marcangelo ouvrit la porte des w.-c. et Tom s'élança, comme résolu à entrer le premier, puis, en même temps il rabattit le garrot sur la tête de Marcangelo, et, s'arc-boutant de toute sa force, l'entraîna à bout de corde à l'intérieur des toilettes exiguës dont il referma la porte. Tirant férocement sur la cordelette – le garrot avait dû être une des armes utilisées par Marcangelo dans sa jeunesse, songea Tom, – il vit le nylon disparaître dans la chair de son cou. Il exerça un mouvement de torsion supplémentaire derrière la nuque de sa victime pour serrer plus fort encore. Puis, de la main gauche, il rabattit le levier qui condamnait la porte. Marcangelo qui n'avait pas eu le temps d'émettre un cri cessa de gargouiller; sa langue commença à pointer atrocement de sa bouche d'où coulaient des filets de salive; à l'agonie, il ferma les yeux, les rouvrit dans un sursaut d'horreur, puis son regard se voila, en une ultime interrogation, comme ceux des mourants. Bruyamment son râtelier tomba sur le carrelage. Tom exerçait une telle traction sur la cordelette qu'elle lui entaillait presque le pouce et l'index, mais il avait à peine conscience de la douleur qu'il ressentait. Marcangelo s'était affaissé sur le sol. Tom, en tirant sur le garrot, le maintenait plus ou moins en position assise. Marcangelo, inerte, ne devait plus pouvoir respirer du tout, songea-t-il. Il ramassa les fausses dents, les jeta dans la cuvette des cabinets et réussit à appuyer sur la pédale qui déclenchait la chasse d'eau et l'ouverture du clapet. Il s'essuya ensuite les doigts avec dégoût sur l'épaule de Marcangelo.

Jonathan avait vu le voyant de la porte passer du vert au rouge. Le silence lui paraissait alarmant. Que se passait-il? Combien de minutes au juste s'étaient écoulées? Il ne cessait de regarder par la porte vitrée qui donnait sur le couloir du compartiment.

Un homme sortit du wagon-restaurant, obliqua vers les toilettes et, voyant qu'elles étaient occupées, poursuivit son chemin dans le couloir.

Ne voyant pas revenir Marcangelo, ses gardes du corps allaient sûrement surgir d'un instant à l'autre, songea Jonathan. Puisqu'il n'y avait personne en vue, le moment n'était-il pas venu de frapper à la porte des w.-c.? Marcangelo devait être mort maintenant. Jonathan se dirigea vers la porte et y frappa deux coups secs.

Tom calmement sortit des toilettes, referma la porte, et jeta un regard circulaire sur la plate-forme; à ce moment arriva une femme en tailleur de tweed brun, petite, entre deux âges, et qui, visiblement, se rendait aux toilettes. Le voyant était maintenant au vert.

– Excusez-moi, déclara Tom à la voyageuse. Quelqu'un... un de mes amis a été malade là-dedans, je crains bien.

– *Bitte?*

– *Mein Freund ist da drinnen ziemlich krank,* reprit Tom avec un sourire d'excuse. *Entschuldigen Sie, gnädige Frau. Er kommt sofort heraus.*

Elle inclina la tête, sourit et rebroussa chemin.

– Bon, donnez-moi un coup de main, chuchota Tom à Jonathan et il se dirigea vers les w.-c.

– Il y a encore quelqu'un qui vient, dit Jonathan. Un des Italiens.

– Nom de Dieu!

S'il entrait dans les w.-c. et bouclait la porte, se dit Tom, l'Italien risquait d'attendre sur la plate-forme.

L'Italien, un individu blafard d'une trentaine d'années, jeta un coup d'œil au passage à Tom et à Jonathan, vit d'après le voyant que les toilettes étaient libres et entra dans le wagon-restaurant, sans aucun doute à la recherche de Marcangelo.

– Est-ce que vous pouvez l'assommer d'un coup de crosse après que je l'aurai frappé? demanda Tom à Jonathan.

Jonathan acquiesça d'un signe de tête. Le revolver était petit, mais Jonathan se sentait enfin galvanisé.

– Comme si votre vie en dépendait, ajouta Tom. Ce qui est peut-être le cas.

Le garde du corps ressortait du wagon-restaurant, d'un pas plus pressé. Tom, qui se trouvait à droite de l'Italien, l'empoigna au passage par le devant de sa veste, et le frappa à la mâchoire. Il lui expédia ensuite un gauche au creux de l'estomac et, comme l'Italien se pliait en deux, Jonathan abattit la crosse de son pistolet sur sa nuque.

– La portière! fit Tom, avec un coup de menton, tout en essayant de rattraper l'Italien qui s'écroulait en avant.

L'homme n'avait pas perdu conscience et battait faiblement des bras, mais Jonathan avait déjà ouvert la portière et l'instinct de Tom lui dictait de pousser l'Italien dans le vide sans perdre une seconde de plus à le frapper de nouveau. Le bruit des roues sur les rails s'amplifia soudain en un rugissement. Ils projetèrent le garde du corps dans le vide, et Tom, brusquement déséquilibré, faillit basculer à sa suite mais Jonathan le retint de justesse par les pans de sa veste. Ils refermèrent la portière avec violence.

Jonathan passa la main dans ses cheveux ébouriffés. Tom lui fit signe d'aller se poster à l'autre bout de la plate-forme d'où il pourrait surveiller le couloir. Jonathan obtempéra et Tom vit qu'il faisait un effort considérable pour se ressaisir et reprendre l'attitude d'un voyageur comme tous les autres.

Il l'interrogea d'un haussement de sourcils, Jonathan inclina légèrement la tête et Tom s'engouffra dans les w.-c. dont il boucla de nouveau la porte, espérant que Jonathan aurait l'idée de frapper de nouveau quand la voie serait libre. Marcangelo était tassé par terre, la tête près de la pédale du lavabo, le visage bleuâtre. Tom détourna les yeux, entendit au-dehors les portes du wagon-restaurant qui coulissaient, et enfin les deux coups qu'il attendait. Cette fois, il se contenta d'entrouvrir la porte des w.-c.

– Ça va, je crois, dit Jonathan.

D'un coup de pied, Tom repoussa la porte qui butait contre les chaussures de Marcangelo et fit signe à Jonathan d'ouvrir la portière latérale.

Sous le vent de la course, la portière se rabattait sans cesse et les deux hommes durent unir leurs efforts pour expédier Marcangelo dans le vide. Tom lui décocha un coup de pied qui ne le toucha même pas. Déjà le cadavre roulait sur le remblai caillouteux, si proche que Tom pouvait en distinguer la surface rugueuse parsemée de brins d'herbe. Enfin, Tom empoigna Jonathan par le bras pour le retenir pendant que celui-ci se penchait pour attraper la portière et la refermer.

Tom ferma également la porte des w.-c., le souffle un peu précipité, s'efforçant de prendre un air dégagé.

– Retournez à votre place et descendez à Strasbourg, dit-il. Ils vont interroger tous les passagers du train. (Il lui tapota le bras d'un geste nerveux.) Bonne chance, mon cher ami.

Tom regarda Jonathan ouvrir la porte qui donnait accès au couloir, puis il se dirigea vers le wagon-restaurant, mais un groupe de quatre personnes en sortait et Tom dut attendre pendant qu'ils traversaient en vacillant le soufflet, bavardant et riant. Une fois entré à son tour, Tom s'installa à la première place libre, face à la porte qu'il venait de franchir. Il s'attendait d'un instant à l'autre à voir apparaître le deuxième garde du corps. Attirant le menu à lui, il l'examina calmement. Chou rouge. Salade de langue. Gulaschuppe... Le menu était rédigé en français, en anglais et en allemand.

Jonathan, qui remontait le couloir du compartiment de Marcangelo, se trouva nez à nez avec le deuxième garde du corps qui le bouscula grossièrement pour passer, mais il était trop hébété pour réagir. Le train émit un sifflement, suivi de deux plus courts. Est-ce que cela signifiait quelque chose? Jonathan regagna sa place et s'assit sans enlever son pardessus, évitant de regarder les quatre autres voyageurs qui occupaient le compartiment. Sa montre indiquait cinq heures et demie. Mal à l'aise, il ferma les yeux et se racla la gorge, imaginant Marcangelo et le garde du corps déchiquetés par les roues. Mais peut-être n'avaient-ils pas roulé sous le train. Le garde du corps était-il mort, d'ailleurs? Peut-être serait-il sauvé, auquel cas il pourrait donner un signalement précis de lui-même et de Tom Ripley. Et pourquoi celui-ci l'avait-il aidé? Pouvait-on d'ailleurs dire qu'il l'avait aidé? Qu'espérait-il au juste tirer de son intervention? Il voulait sa part du magot, sans doute. Ou bien Jonathan devait-il s'attendre à pire encore? Une sorte de chantage? Le chantage pouvait prendre des formes multiples. A coup sûr, Ripley le tenait à sa merci.

Devait-il essayer de prendre un avion à Strasbourg pour regagner Paris ce soir même, ou passer la nuit dans un hôtel à Strasbourg? Quelle était la solution la plus sûre? Et qui devait-il redouter davantage, la police ou la Mafia? Un voyageur, regardant par la portière, n'avait-il pas vu un corps, peut-être même deux, tomber du train? Ou bien les corps avaient-ils basculé trop près du wagon pour avoir été repérés? Si quelqu'un avait vu quelque chose, le train aurait été arrêté, à moins qu'on n'eût transmis un message radio, si le train était équipé d'une radio. Jonathan guettait l'apparition dans le couloir d'un employé de la compagnie, s'attendait à ce que l'alerte fût donnée d'un instant à l'autre mais tout demeurait calme.

Entre-temps, ayant commandé une Gulaschuppe et une bouteille de Carlsbad, Tom lisait son journal qu'il avait calé contre un pot de moutarde, tout en grignotant un petit pain croustillant. Il s'amusait de l'attitude de l'Italien, visiblement inquiet, qui avait attendu patiemment devant les toilettes occupées pour finalement en voir surgir une femme à sa grande surprise. Maintenant, pour la deuxième fois, le garde du corps jetait un coup d'œil dans le wagon-restaurant par la porte vitrée. Il se décida ensuite à rentrer, s'efforçant toujours de garder son sang-froid à la recherche de son capo ou de son acolyte ou des deux, et il remonta tout le wagon comme s'il s'était attendu à trouver Marcangelo vautré sous une des tables ou en train de bavarder avec le chef à l'autre extrémité.

Tom n'avait pas levé les yeux à l'entrée de l'Italien, mais il avait senti le poids de son regard au passage. Il se hasarda ensuite à jeter un coup d'œil par-dessus son épaule comme pour voir si on s'apprêtait à lui servir son repas et il vit le garde du corps – un individu blond aux cheveux frisés vêtu d'un complet sombre à raies avec une large cravate violette – en train de parler au serveur au fond de la voiture. Le serveur, débordé, secoua la tête et passa devant lui avec son plateau. Le garde du corps repartit en hâte entre les rangées de tables et ressortit.

La soupe rouge de paprika de Tom lui fut servie en même temps que sa bière. Tom avait faim; il n'avait pris qu'un petit déjeuner léger à son hôtel de Salzbourg. Cette fois, il n'était pas descendu au Goldner Hirsch, où on le connaissait. Il avait pris l'avion pour Salzbourg plutôt que Munich afin de ne pas rencontrer Reeves et Jonathan Trevanny à la gare de chemin de fer. A Salzbourg, il avait eu le temps d'acheter une veste de cuir verte bordée d'un galon de feutre qu'il avait l'intention d'offrir à

Héloïse pour son anniversaire. Il avait annoncé à sa femme qu'il allait à Paris et qu'il y passerait une nuit, peut-être deux, pour voir quelques expositions. Héloïse ne s'en était pas étonnée. Tom se rendait régulièrement à Paris où il aimait changer d'hôtel. Ainsi ne s'inquiétait-elle pas si, au bout du fil, elle ne le trouvait ni au Ritz, ni à l'Intercontinental, ni au Crillon.

Tom avait également pris son billet à Orly même, au lieu de passer par l'agence de voyages de Fontainebleau ou de Moret où on le connaissait et il s'était servi de son faux passeport, fourni par Reeves l'année précédente : Robert Fiedler Mackay, Américain, ingénieur, né à Salt Lake City, célibataire. Il lui était en effet venu à l'esprit que la Mafia, en se donnant un peu de mal, pourrait peut-être retrouver les identités des passagers du train. Figurait-il sur la liste des gens qui intéressaient la Mafia? Tom hésitait à s'attribuer un tel honneur, mais certains des membres de la famille de Marcangelo pouvaient avoir remarqué son nom dans les journaux. Il ne représentait pas une recrue possible et n'offrait pas non plus des possibilités intéressantes comme victime d'une extorsion; il n'en était pas moins un homme en marge de la loi.

Mais le regard de ce garde du corps, de ce soldat de la Mafia, ne s'était pas attardé sur Tom plus longtemps que sur le jeune homme robuste en veste de cuir installé à la même hauteur que Tom de l'autre côté de l'allée centrale. Peut-être n'y avait-il rien à craindre.

Jonathan Trevanny devait avoir besoin d'être rassuré, persuadé sans aucun doute que Tom voulait le rançonner, s'apprêtait à le faire chanter d'une façon ou d'une autre. Tom ne put s'empêcher de sourire (le nez plongé dans son journal, il aurait pu être en train de lire l'article d'Art Buchwald) en se rappelant l'expression de Trevanny quand ce dernier l'avait vu surgir dans le couloir et avait compris qu'il était venu en fait pour l'aider.

En tout cas, il fallait éviter à tout prix de donner

l'impression que Trevanny et lui se connaissaient. Ils ne devaient sous aucun prétexte entretenir la moindre relation. Tom se demandait maintenant ce qui arriverait à Trevanny, si le garde du corps était en train de patrouiller dans le train. La Mafia tenterait à coup sûr de retrouver le ou les tueurs. Ils poursuivaient parfois leurs enquêtes pendant des années, mais jamais ils ne renonçaient. Même si l'homme qu'ils cherchaient s'était enfui en Amérique du Sud, la Mafia finissait généralement par remettre la main dessus, et Tom le savait. Il lui semblait néanmoins que Reeves Minot, pour le moment, courait un plus grave danger que lui-même ou Trevanny. Dès le lendemain matin, il essaierait de téléphoner à Trevanny à sa boutique; ou dans l'après-midi peut-être, si Trevanny ne regagnait pas Paris le soir même.

Tom alluma une Gauloise et jeta un coup d'œil à la femme en tailleur de tweed brun que lui et Trevanny avaient vue sur la plate-forme et qui était en train de manger rêveusement une délicate salade de laitue et de concombre. Il se sentait euphorique.

En descendant du train à Strasbourg, Jonathan s'imagina qu'il y avait davantage de policiers en vue que d'habitude, six peut-être au lieu de deux ou trois. L'un d'eux semblait examiner les papiers d'un voyageur. Ou bien ce dernier demandait-il simplement un renseignement que le policier s'efforçait de lui fournir en consultant son plan de la ville? Sa valise à la main, Jonathan sortit de la gare. Il avait décidé de passer la nuit à Strasbourg qui, sans raison valable, lui semblait un refuge plus sûr que Paris ce soir-là. Le deuxième garde du corps continuait sans doute sur la capitale pour prévenir ses amis – à moins que par hasard il ne fût en ce moment même en train de le pister, prêt à lui tirer dans le dos. Jonathan se sentit subitement baigné de transpiration et pris d'une grande lassitude. Il posa sa valise au bord du trottoir à un carrefour et jeta un regard circulaire sur les immeubles qui l'entouraient. Le croisement était sillonné de voitures et des piétons se hâtaient dans toutes les directions. Il était sept heures moins vingt, l'heure de pointe sans doute à Strasbourg. Jonathan songea à descendre dans un hôtel sous un nom d'emprunt. S'il inscrivait sur sa fiche un faux nom et un faux numéro de carte d'identité, personne ne demanderait à vérifier ses papiers. Mais il se sentirait encore plus mal à l'aise sous un nom d'emprunt. Il commençait à prendre conscience de ce qu'il avait fait et un début de nausée l'envahit. Il se baissa pour reprendre sa valise et se remit en route. Le pistolet pesait au fond de la poche de sa veste. Il n'osait pas le jeter dans une bouche d'égout ou dans une poubelle. Il s'imagina regagnant Paris et rentrant chez lui avec le petit revolver toujours dans sa poche.

Tom, qui avait laissé sa Renault verte près de la porte d'Italie à Paris, arriva à Belle Ombre vers une heure du matin samedi. La façade était plongée dans l'obscurité mais en montant l'escalier, sa valise à la main, Tom constata avec plaisir qu'il y avait encore de la lumière dans la chambre d'Héloïse au fond à gauche. Il entra pour l'embrasser.

– Ah! te voilà enfin! Comment ça s'est passé, à Paris? Qu'est-ce que tu as fait?

Héloïse portait un pyjama de soie vert et l'édredon de satin rose était remonté jusqu'à sa taille.

– Oh! j'ai choisi un bien mauvais film ce soir.

Tom remarqua qu'elle était en train de lire un livre, acheté par lui, sur le mouvement socialiste en France. Cela n'allait pas améliorer ses relations avec son père, songea-t-il. Héloïse tenait souvent des propos gauchistes, affichait des opinions extrémistes plus par provocation que par conviction.

– Tu as vu Noëlle? demanda Héloïse.

– Non. Pourquoi?

– Elle donnait un dîner – ce soir, je crois. Il lui manquait un homme. Elle nous a invités tous les deux, bien entendu, mais je lui ai dit que tu étais probablement au Ritz et qu'elle pouvait t'y appeler.

– Je suis descendu au Crillon cette fois, déclara Tom, humant avec plaisir le parfum d'Héloïse mélangé à celui de la Nivéa, conscient d'être lui-même sale et malodorant après son voyage en train. Tout va bien ici?

– Parfaitement bien, répondit Héloïse d'un ton égal.

– J'ai envie de prendre une douche. J'en ai pour dix minutes.

Un moment plus tard – après avoir glissé la veste autrichienne d'Héloïse sous quelques sweaters dans le tiroir du bas – Tom s'assoupissait à côté de sa femme, trop fatigué pour lire *L'Express* plus longtemps. Il se demanda s'il trouverait une photo d'un des Mafiosi ou des deux gisant sur la voie ferrée dans une des éditions de *France-Soir* du lendemain. Le garde du corps était-il mort, d'ailleurs? Tom espérait avec ferveur qu'il était tombé sous les roues, car il n'était probablement pas mort quand ils l'avaient poussé hors du train. Tom se rappela Jonathan en train de le tirer en arrière alors qu'il était sur le point de basculer dans le vide et, les yeux fermés, il frémit à ce souvenir. Après tout, Trevanny lui avait sauvé la vie ou lui avait du moins épargné une chute terrible au cours de laquelle il aurait pu avoir, par exemple, une jambe sectionnée par les roues du train.

Tom passa une bonne nuit, se leva vers huit heures et demie, alors qu'Héloïse dormait encore. Il prit son café au rez-de-chaussée dans le living-room et malgré sa curiosité n'alluma pas la radio pour prendre les nouvelles de neuf heures. Il alla faire un tour dans le jardin, contempla avec une certaine fierté le carré de fraisiers qu'il avait désherbé et nettoyé et s'attarda un instant à côté des trois sacs de toile pleins de tubercules de dahlias qui avaient été rentrés pour l'hiver et qu'il fallait maintenant replanter. Tom songeait à appeler Trevanny au téléphone dans l'après-midi. Plus vite il le verrait, plus vite Trevanny aurait de nouveau l'esprit en paix. Tom se demanda si Jonathan avait également remarqué le garde du corps blond qui s'agitait tellement dans le train. Tom était passé à sa hauteur dans le couloir en regagnant son compartiment après avoir quitté le wagon-restaurant; le garde du corps semblait dans tous ses états et Tom avait failli lui lancer dans son italien le plus argotique : « Tu vas te faire sacquer si tu continues à te débrouiller aussi mal, hein? »

Mme Annette revint du marché vers onze heures et quand il l'entendit fermer la porte de la cuisine, Tom alla chercher *Le Parisien libéré*.

– Les courses, dit-il avec un sourire en prenant le journal.

– Ah oui! Vous avez joué, monsieur Tom?

Mme Annette savait qu'il ne jouait pas aux courses.

– Non, je veux voir si un de mes amis a gagné.

Tom trouva ce qu'il cherchait en bas de page à la une; un court entrefilet. Un Italien étranglé au moyen d'un garrot. Un autre gravement blessé. Le mort avait été identifié comme étant Vito Marcangelo, cinquante-deux ans, de Milan. Tom était plus intéressé par le blessé, Filippo Torchino, trente et un ans, qui avait également été poussé du train et souffrait de fractures multiples, de côtes cassées et d'un bras si endommagé qu'il faudrait peut-être l'amputer dans un hôpital de Strasbourg. Torchino était dans le coma et son état des plus critiques. L'article précisait qu'un des passagers du train avait aperçu un corps sur le remblai et alerté un employé, mais le luxueux *Mozart Express* qui roulait à pleine vitesse vers Strasbourg avait entre-temps parcouru des kilomètres. L'équipe de secours avait en fait trouvé deux corps. On estimait que quatre minutes environ s'étaient écoulées entre la chute de chacun des deux hommes. La police poursuivait activement son enquête.

Il y aurait davantage de détails, et probablement des photos, dans les journaux du soir, songea Tom. Les Français, avec leur logique, avaient donné là un bel exemple de déduction policière; les quatre minutes évoquaient également un problème d'arithmétique pour enfants, songea Tom. Si un train roule à cent kilomètres à l'heure, que l'on jette un Mafioso par la portière, puis un second Mafioso que l'on retrouve à six kilomètres et demi du premier, combien de temps s'est écoulé entre le moment où on a jeté le premier Mafioso et celui où on a jeté le second? Réponse : Quatre minutes. On ne parlait pas du deuxième garde du corps qui, manifestement, avait dû la boucler et ne pas se plaindre du service à bord du *Mozart Express*.

Mais Torchino, l'autre garde du corps, n'était pas mort. Et Tom se rendait compte que Torchino avait peut-être eu le temps de le regarder avant qu'il lui expédie son poing à la mâchoire. Peut-être serait-il à même de le décrire ou de l'identifier, s'il le revoyait. Mais Torchino n'avait sans doute pas remarqué Jonathan, qui l'avait frappé par-derrière.

Vers trois heures et demie, après qu'Héloïse fut partie voir une de ses amies, Agnès Grais, à l'autre bout de Villeperce, Tom appela Trevanny à Fontainebleau après avoir vérifié son numéro dans l'annuaire. Jonathan décrocha.

– Allô? Ici Tom Ripley. Euh... au sujet de l'aquarelle. Vous êtes seul en ce moment?

– Oui.

– J'aimerais vous voir. Je crois que c'est important. Pouvez-vous me retrouver... eh bien, disons après la fermeture de votre magasin ce soir? Vers huit heures? Je peux...

– Oui.

Trevanny, manifestement, était tendu comme une corde de violon.

– Je pourrais me garer à proximité de la Salamandre? Vous savez, le bar de la rue Grande?

– Oui, je connais.

– Nous irons ensuite ailleurs pour parler. Sept heures moins le quart?

– D'accord, répondit Trevanny, comme s'il parlait les dents serrées.

Trevanny allait avoir une agréable surprise, songea Tom en raccrochant. Un peu plus tard dans l'après-midi, alors que Tom était dans son atelier, Héloïse téléphona.

– Allô, Tom? Ecoute. Je ne rentre pas, Agnès et moi allons préparer un merveilleux dîner ici. Antoine est là, tu sais. C'est samedi! Viens nous rejoindre vers sept heures et demie, d'accord?

– Huit heures plutôt, ma chérie, tu veux bien? Je travaille un peu.

– Tu travailles!

Tom sourit.

– Je dessine. Je viendrai à huit heures.

Antoine Grais, le mari d'Agnès, était architecte. Ils avaient deux petits enfants. Tom se réjouit à l'idée de passer une soirée agréable et détendue en compagnie de leurs voisins. Il partit tôt pour Fontainebleau afin de faire l'acquisition d'une plante – il arrêta son choix sur un camélia – pour l'offrir aux Grais, et expliquer ainsi son retard, si jamais il n'arrivait pas à l'heure.

A Fontainebleau, Tom acheta également *France-Soir* pour avoir les dernières nouvelles au sujet de Torchino. Son état restait stationnaire; l'article précisait cette fois que les deux Italiens étaient probablement des membres de la Mafia appartenant à la famille Genotti et qu'ils avaient peut-être été victimes d'un gang rival. Cette théorie ferait sans doute plaisir à Reeves, puisqu'elle correspondait au but recherché. Tom trouva une place libre le long du trottoir à quelques mètres de la Salamandre. Regardant par la vitre arrière, il vit Trevanny qui arrivait dans sa direction, de sa démarche un peu traînante, vêtu d'un imperméable informe.

– Bonjour! dit Tom en ouvrant la portière du côté du trottoir. Montez, nous allons rouler jusqu'à Avon, ou quelque part.

Trevanny s'installa à côté de lui, marmonnant un vague salut.

Avon était une ville contiguë à Fontainebleau, mais plus petite. Tom descendit la rue en pente en direction de la gare et prit à droite le tournant qui menait à Avon.

– Tout va bien? demanda-t-il aimablement.

– Oui, répondit Trevanny.

– Vous avez vu les journaux, je suppose.
– Oui.
– Le garde du corps n'est pas mort.
– Je sais.

Depuis qu'il avait vu les journaux à Strasbourg à huit heures ce matin-là, Jonathan était sûr que Torchino allait émerger du coma d'un instant à l'autre et donner un signalement détaillé de lui-même et de Tom Ripley, les deux hommes qui l'avaient agressé dans le train.

– Vous êtes rentré à Paris hier soir?
– Non, je... je suis resté à Strasbourg et j'ai pris l'avion ce matin.
– Pas d'ennui à Strasbourg? Pas trace du deuxième garde du corps?
– Non, dit Jonathan.

Tom conduisait lentement, à la recherche d'un coin tranquille. Il se gara le long du trottoir dans une petite rue bordée de maisons à deux étages et éteignit les phares. Puis il sortit un paquet de cigarettes de sa poche.

– Les journaux n'ont signalé aucun indice, aucun indice valable, en tout cas. Je pense donc que nous avons fait un assez bon travail. Le seul pépin, c'est ce garde du corps dans le coma. (Tom offrit une cigarette à Jonathan, mais Jonathan préféra allumer une des siennes.) Vous avez eu des nouvelles de Reeves?
– Oui. Cet après-midi. Juste avant que vous appeliez.

Reeves avait téléphoné dans la matinée et c'était Simone qui avait répondu. *Quelqu'un de Hambourg. Un Américain*, avait dit Simone. Le simple fait que Simone ait parlé à Reeves, bien qu'il n'ait pas donné son nom, avait contribué à rendre Jonathan nerveux.

– J'espère qu'il ne va pas faire d'histoires pour l'argent, dit Tom. Je l'ai relancé, vous savez. Il devrait vous verser la totalité tout de suite.

Et combien voulez-vous? avait envie de demander Jonathan, mais il préféra laisser Tom aborder lui-même le sujet.

Tom sourit et s'installa plus confortablement derrière le volant.

– Vous pensez sans doute que je veux une partie des... cinq cent mille francs, n'est-ce pas? Mais ça n'est pas le cas.

– Vraiment? Pour parler franchement, je pensais en effet que vous désiriez votre part.

– C'est bien pour ça que je tenais à vous voir aujourd'hui. Je voulais aussi vous demander si vous n'étiez pas trop inquiet... (L'attitude tendue de Jonathan mettait Tom mal à l'aise, l'empêchait presque de trouver ses mots. Il masqua sa gêne par un petit rire.) Bien sûr, vous êtcs inquiet! Mais il y a différentes formes d'inquiétude. Je peux peut-être vous aider... si vous consentez à me parler.

Que voulait-il donc? se demanda Jonathan. Il avait sûrement une idée précise en tête.

– Je n'ai pas très bien compris pourquoi vous vous trouviez dans ce train.

– Parce que c'était un plaisir pour moi! Un plaisir d'éliminer ou d'aider à éliminer des individus comme ceux d'hier. C'est aussi simple! Un plaisir également de vous aider à vous faire un peu d'argent. Quand je parle d'inquiétude, en fait, je veux savoir si ce que nous avons fait vous angoisse. Je n'arrive pas à m'exprimer comme je le souhaiterais. Peut-être parce que moi, je ne suis pas du tout inquiet. Pas encore, en tout cas.

Jonathan se sentait désorienté. Tom Ripley se montrait singulièrement évasif, à moins qu'il ne plaisantât. Jonathan éprouvait toujours une sorte d'hostilité, de méfiance à son égard. Et maintenant il était trop tard. Hier, dans le train, voyant Ripley prêt à faire le travail, Jonathan aurait pu dire : « Bon, allez-y, à vous de jouer » et il aurait simplement regagné sa place. Le rôle de Ripley dans l'affaire de Hambourg n'en était pas élucidé pour autant mais... Le mobile, hier, n'avait pas été l'argent. Jonathan avait été pris de panique, avant même l'arrivée de Ripley et maintenant il avait l'impression de chercher en vain l'arme adéquate qui lui permettrait de se défendre.

– C'était vous, je suppose, déclara-t-il, qui avez fait courir le bruit que j'étais à toute extrémité. Vous avez donné mon nom à Reeves.

– Oui, admit Tom d'un ton contrit mais assez ferme. Toutefois c'est vous qui avez décidé, n'est-ce pas? Vous pouviez refuser la proposition de Reeves. (Tom attendit, mais Jonathan demeura silencieux.) De toute façon, la situation s'est considérablement améliorée, je trouve. Pas vous? J'espère que vous n'êtes pas près de mourir et vous êtes à la tête d'une assez belle somme.

Jonathan vit le visage de Tom s'illuminer d'un innocent sourire typiquement américain. Personne, voyant l'expression de Tom Ripley en cet instant, n'aurait pu imaginer qu'il était capable de tuer, d'étrangler froidement un homme avec un garrot.

– Vous avez l'habitude de ce genre d'histoires? demanda Jonathan avec un sourire.

– Non. Non, absolument pas. C'est peut-être bien la première fois.

– Et... vous ne voulez rien du tout?

– Je ne vois pas ce que je pourrais vous demander. Pas même votre amitié, car ça pourrait être dangereux.

Jonathan s'agita sur son siège. Il se força à immobiliser ses doigts qui pianotaient sur une boîte d'allumettes.

Tom imaginait bien ce qu'il était en train de penser. Il se croyait à la merci de Ripley, en un sens, que Ripley voulût quelque chose ou non.

– Je ne vous tiens pas plus que vous ne me tenez vous-même, dit Tom. C'est moi qui me suis servi du garrot, n'est-ce pas? Vous avez barre sur moi, vous aussi. Pensez à la situation sous cet angle-là.

– C'est juste.

– S'il y a vraiment une chose dont j'ai envie, c'est de vous protéger.

Cette fois ce fut au tour de Jonathan de rire, mais Ripley demeura grave.

– Ce ne sera peut-être pas nécessaire. Espérons que non. L'ennui, c'est toujours les autres. Ha! (Tom regarda droit devant lui à travers le pare-brise pendant un instant.) Votre femme, par exemple. Comment lui avez-vous expliqué la provenance de votre argent?

C'était en effet un problème réel, tangible et pas encore résolu.

– Je lui ai dit que les médecins allemands me payaient une certaine somme. Qu'ils se livraient à des expériences sur moi, que je leur servais de cobaye.

– C'est ingénieux, commenta Ripley d'un ton rêveur, mais nous pouvons peut-être trouver mieux. De toute évidence, vous ne pouvez pas justifier par cette explication la possession d'une telle somme; pourtant, il faut bien que vous en profitiez tous les deux... Et si vous parliez d'un décès dans votre famille? En Angleterre? Un lointain cousin, par exemple.

Jonathan sourit et jeta un coup d'œil à Tom.

– J'y ai pensé, figurez-vous, mais franchement, je n'ai personne en vue.

Jonathan, c'était évident, n'avait pas l'habitude de mentir. Tom aurait aisément inventé quelque chose pour Héloïse, par exemple, s'il avait brusquement touché une importante somme d'argent. Il aurait pu créer de toutes pièces un excentrique retiré du monde vivant depuis des années à Sausalito ou à Santa Fé, un vague cousin de sa mère, quelque chose dans ce goût-là; il aurait même été capable de broder autour de ce personnage fictif, de raconter les détails d'une brève rencontre avec ce cousin qu'il avait vu une fois à Boston quand il était petit garçon, orphelin comme il l'avait été en réalité. Comment se serait-il douté que ce cousin était doué d'un cœur d'or?

– Ça devrait pourtant être facile, avec votre famille si loin en Angleterre. Nous creuserons la question, ajouta-t-il en voyant que Jonathan s'apprêtait à répondre par la négative, puis il consulta sa montre. Je suis désolé, mais on m'attend pour dîner, et vous également, je suppose. Ah! une dernière chose. Le pistolet. C'est sans grande importance, mais l'avez-vous fait disparaître?

L'arme était dans la poche de l'imperméable que portait Jonathan.

– Je l'ai justement sur moi. Et j'aimerais beaucoup m'en débarrasser, croyez-le.

Tom tendit la main.

– Donnez-le-moi. Ça fera déjà un problème de réglé. (Trevanny le lui remit et Tom le rangea dans la boîte à gants.) Il n'a jamais servi, nous ne risquons donc pas grand-chose, mais il vaut mieux le faire disparaître parce qu'il est de fabrication italienne. (Tom se tut un instant pour réfléchir. Il devait y avoir autre chose et c'était le moment d'y penser, car il n'avait pas l'intention de revoir Jonathan. Puis il se rappela.) Au fait, vous avez dit à Reeves, j'espère, que vous aviez travaillé seul? Reeves ne sait pas que j'étais dans le train. C'est beaucoup mieux ainsi.

Jonathan avait précisément été persuadé du contraire et il lui fallut un moment pour se faire à cette idée.

– Je pensais que vous étiez très lié avec Reeves.

– Oh! nous sommes de bons amis, mais sans plus. Nous gardons nos distances. (En un sens, Tom pensait à haute voix, s'efforçait en même temps de rassurer Jonathan, de lui donner plus de confiance en soi.) Personne à part vous ne sait que j'étais dans ce train. J'ai pris mon billet sous un nom d'emprunt. En fait, je me suis servi d'un faux passeport. Je pensais bien que l'idée d'utiliser le garrot vous poserait des problèmes. J'ai parlé à Reeves au téléphone. (Tom mit le contact et alluma ses phares.) Reeves est un peu braque.

– Comment ça?

Une motocyclette équipée d'un phare puissant prit le tournant en rugissant et passa à leur hauteur, étouffant un instant le ronronnement du moteur de la voiture.

– Il aime se lancer dans des histoires compliquées, dit Tom. C'est un receleur, en fait, comme vous le savez peut-être, il sert d'intermédiaire pour écouler divers objets. C'est aussi ridicule que les histoires d'espionnage, mais au moins Reeves ne s'est pas encore fait prendre. Je crois qu'il se débrouille très bien à Hambourg, mais je ne suis jamais allé chez lui... Il ne devrait pas se mêler de ce genre d'affaires, ce n'est pas du tout son style.

Jonathan s'était imaginé que Tom Ripley allait rendre de fréquentes visites à Reeves à Hambourg. Il se rappela Fritz apportant un petit paquet à Reeves le soir où il y était. Des bijoux? De la drogue?

Jonathan regardait approcher le viaduc familier, puis les arbres vert foncé près de la gare apparurent, illuminés par le faisceau des phares. Seule la présence de Tom Ripley à son côté lui paraissait étrange. Il sentit de nouveau la peur l'envahir.

– Si je peux me permettre la question... par quel hasard m'avez-vous choisi?

Tom s'apprêtait à négocier le virage difficile en haut de la côte pour aborder l'avenue Franklin-Roosevelt et il dut s'arrêter pour laisser passer les voitures venant de sa droite.

– Pour une raison bien mesquine, je dois l'avouer. Ce soir où je suis allé chez vous en février... vous avez dit quelque chose qui m'a déplu. (Tom avait redémarré.) Vous avez dit : « Oui, j'ai entendu parler de vous », d'un ton plutôt déplaisant.

Jonathan se le rappelait. Il se rappelait également qu'il s'était senti particulièrement fatigué et donc irritable ce soir-là. Ainsi donc, pour une légère impolitesse, Ripley l'avait mis dans le pétrin où il se trouvait maintenant. Ou plutôt, il s'y était mis lui-même, songea-t-il ensuite.

– Vous n'aurez pas à me revoir, reprit Tom. Nous avons réussi notre coup, je pense, à moins d'imprévu du côté du garde du corps. J'espère en tout cas que vous n'avez pas de scrupules moraux. Ces hommes étaient également des meurtriers. Ils assassinent souvent des innocents. Nous nous sommes donc substitués à la loi. La Mafia serait la première à préconiser cette méthode. C'est la base de leur philosophie. (Tom tourna à droite dans la rue de

France.) Je ne vous ramène pas jusque chez vous.

– Vous pouvez me déposer ici. Merci beaucoup.

– Je tâcherai d'envoyer un ami chercher mon aquarelle, dit Tom en arrêtant la voiture.

Jonathan descendit.

– Comme vous voudrez.

– Mais passez-moi un coup de fil si vous avez des ennuis, conclut Tom avec un sourire.

Jonathan commença à marcher en direction de la rue Saint-Merry et au bout de quelques secondes à peine se sentit mieux, soulagé en un sens. Ce qui le rassurait, en partie, c'était que Ripley ne semblait guère s'inquiéter, ni du fait que le garde du corps était toujours vivant ni de ce qu'ils étaient tous les deux restés si longtemps au bout du couloir dans le train. Quant à la question d'argent... c'était aussi incroyable que tout le reste!

Jonathan ralentit le pas en approchant de la maison de Sherlock Holmes, bien qu'il fût plus tard que d'habitude. Les fiches de la banque suisse où il devait apposer sa signature étaient arrivées la veille à la boutique, Simone n'avait pas ouvert la lettre et Jonathan, après avoir paraphé les papiers, les avait aussitôt réexpédiés dans l'après-midi. Le numéro de son compte en banque se composait de quatre chiffres. Il pensait pouvoir se le rappeler aisément, mais l'avait déjà oublié. Simone avait admis que Jonathan fasse un deuxième voyage en Allemagne pour consulter un spécialiste, mais il n'avait plus aucune raison d'y retourner. Il devrait donc expliquer la provenance de cet argent – non pas la somme totale, mais une bonne partie – en prétextant une série de piqûres et de médicaments; peut-être même serait-il, en fait, obligé de retourner en Allemagne pour étayer son histoire de tests que continuaient les médecins. Difficile épreuve pour lui, si peu habitué à mentir. Il espérait trouver éventuellement une meilleure explication, mais non sans mettre sa cervelle à rude épreuve.

– Tu es en retard, lui dit Simone lorsqu'il arriva.

Elle se trouvait avec Georges dans le salon et des livres d'images étaient étalés sur le divan.

– J'ai eu des clients à la dernière minute, répondit Jonathan en lançant son imperméable vers le portemanteau, soulagé de ne plus le sentir alourdi par le revolver.

Il sourit à son fils.

– Alors, Caillou? Qu'est-ce que tu fabriques? demanda-t-il en anglais.

Georges leva sa tête blonde et sourit largement. Il avait perdu une de ses dents de lait pendant le voyage de Jonathan à Munich.

– Je lis, répondit-il dans son anglais hésitant.

– Oh! Jon, regarde ça, s'exclama Simone en tendant la main vers un journal. Je n'avais pas remarqué au déjeuner. Regarde. Deux hommes, non, un seul, a été tué dans le train venant d'Allemagne à Paris hier. Assassiné et poussé du train! Tu crois que ça s'est passé dans le train que tu as pris?

Jonathan considéra la photo du mort sur le remblai, jeta un coup d'œil à l'article comme s'il le lisait pour la première fois... *garrotté... la deuxième victime devra peut-être être amputée d'un bras...*

– Oui... le *Mozart-Express*, en effet, mais je n'ai rien remarqué de spécial. Il y avait au moins trente wagons, tu sais.

Jonathan avait raconté à Simone qu'il était arrivé trop tard la nuit dernière pour attraper le dernier train pour Fontainebleau et qu'il avait dû coucher dans un petit hôtel à Paris.

– La Mafia, dit Simone en secouant la tête. Ils devaient être dans un compartiment dont les rideaux étaient baissés pour pouvoir étrangler cet homme avec un garrot! Quelle horreur!

Elle se leva pour gagner la cuisine.

Jonathan jeta un coup d'œil à son fils plongé dans un album d'Astérix. Il n'aurait pas aimé lui expliquer ce qu'était un garrot.

Ce soir-là, bien qu'il se sentît un peu tendu, Tom se montra d'excellente humeur chez les Grais. Antoine et Agnès Grais habitaient une ravissante maison ancienne, flanquée d'un pigeonnier fleuri de rosiers grimpants. Antoine, qui approchait de la quarantaine, était un homme soigné d'allure, assez austère, autoritaire et extrêmement ambitieux. Il travaillait toute la semaine à Paris dans un modeste studio et venait rejoindre sa famille à la campagne pendant les week-ends qu'il passait à s'échiner dans son jardin.

Le plat extraordinaire préparé par Héloïse et Agnès était un homard grillé, avec une grande variété de fruits de mer dans le riz qui l'accompagnait, servi avec deux sauces différentes.

– J'ai imaginé un procédé merveilleux pour mettre le feu à une forêt, déclara Tom d'un ton songeur pendant qu'ils prenaient le café. Surtout dans le Midi où les forêts sont tellement sèches en été. On fixe une loupe dans un pin, on peut même le faire en hiver, et quand l'été arrive, le soleil brillant à travers la lentille met le feu aux aiguilles de pin. On place la loupe à proximité de la maison d'une personne qui vous déplaît naturellement et, en deux temps trois mouvements, tout flambe comme une allumette! La police ou les gens de l'assurance ont peu de chances de retrouver la loupe dans tous ces bois calcinés et même s'ils la retrouvaient... C'est génial, non?

Antoine eut un petit rire contraint, tandis que les femmes poussaient des exclamations d'admiration horrifiée.

– Si ma maison brûle dans le Midi, je saurai qui a fait le coup! dit Antoine de sa voix profonde de baryton.

Les Grais possédaient une petite propriété près de Cannes qu'ils louaient en juillet et en août où les prix de location étaient les plus élevés, et qu'ils occupaient en septembre.

Pendant toute la soirée, en fait, Tom avait surtout pensé à Jonathan Trevanny. C'était un homme rigide et plutôt introverti, mais intègre. Il aurait encore besoin d'aide – d'aide morale surtout, espérait Tom.

Comme l'état stationnaire de Filippo Torchino le préoccupait, Tom se rendit à Fontainebleau le lendemain dimanche pour acheter les journaux de Londres, l'*Observer* et le *Sunday Times,* qu'il se procurait en général au tabac de Villeperce le lundi matin. Le kiosque à journaux de Fontainebleau était en face de l'Hôtel de l'Aigle Noir. Tom chercha des yeux Trevanny, qui devait lui aussi acheter les quotidiens anglais du dimanche, mais ne le vit pas. Il était onze heures du matin et peut-être Trevanny était-il déjà passé au kiosque. Tom remonta dans sa voiture et feuilleta pour commencer l'*Observer.* Aucune allusion à l'incident du train. Il jeta ensuite un coup d'œil dans le *Sunday Times* et trouva en troisième page un entrefilet qu'il lut avidement. Le journaliste ne donnait pas beaucoup de détails... « Il s'agit probablement d'un contrat particulièrement expéditif de la Mafia... Torchino, de la famille Genotti, amputé d'un bras et dont un œil a été endommagé, a repris connaissance samedi en début de journée et son état s'améliore si rapidement qu'il pourra sans doute être bientôt transféré par avion dans un hôpital de Milan. S'il sait quoi que ce soit, il ne dit rien. » Ce mutisme n'étonnait pas Tom, mais ce qu'il trouvait fâcheux, c'était que l'Italien allait survivre à ses blessures. Il avait déjà dû fournir à ceux de sa bande un signalement précis de Tom.

Les Mafiosi importants, quand ils étaient hospitalisés, étaient protégés jour et nuit par des gardes du corps et Torchino pouvait très bien l'être également, songea Tom, dès que l'idée d'éliminer Torchino lui traversa l'esprit. Il se rappelait l'hospitalisation de Joe Colombo, chef de la famille Profaci, à New York. Malgré les preuves écrasantes qui l'accablaient, Colombo avait nié son appartenance à la Mafia, et même jusqu'à l'existence de l'organisation. Les infirmières qui le soignaient devaient enjamber les gardes du corps qui dormaient dans les couloirs de l'hôpital. Il valait mieux ne pas songer à éliminer Torchino. Il avait déjà dû parler d'un homme entre trente et quarante ans, aux cheveux châtains, d'une taille un peu au-dessus de la moyenne, qui l'avait frappé à la mâchoire et à l'estomac, juste avant qu'un autre agresseur, derrière lui, l'assomme d'un coup sur la tête. La question était de savoir si Torchino le reconnaîtrait au cas où ils seraient de nouveau mis en présence. C'était une sérieuse possibilité, d'autant que Torchino ne manquerait pas de comparer ses impressions avec celles du deuxième garde du corps qui était bien vivant et en pleine forme, lui.

– Mon chéri, demanda Héloïse lorsque Tom entra dans le living-room, qu'est-ce que tu dirais d'une croisière sur le Nil?

Tom était si absorbé dans ses réflexions qu'il eut un instant d'hésitation. Héloïse, étendue sur le divan, pieds nus, feuilletait des dépliants touristiques.

– Le... Le Nil... Euh... Je ne sais pas. L'Egypte...

– Est-ce que ça n'a pas l'air merveilleux?

Elle montra à Tom la photo d'une petite embarcation appelée l'*Isis*, qui évoquait plutôt un bateau à vapeur du Mississippi, voguant le long d'un rivage hérissé de roseaux.

– Si. Tout à fait.

– Ou ailleurs. Si tu n'as pas envie de bouger en ce moment, je vais demander à Noëlle si ça la tente, dit-elle en se replongeant dans ses dépliants.

Le printemps travaillait Héloïse, lui donnait la bougeotte. Ils n'étaient allés nulle part depuis Noël, époque à laquelle ils avaient fait une croisière agréable sur un yacht, de Marseille à Portofino et retour. Les propriétaires du bateau, un couple assez âgé que connaissait Noëlle, avaient une maison à Portofino. Pour le moment, Tom n'avait aucune envie de voyager, mais il se garda de le dire à Héloïse.

Ils passèrent un dimanche calme et agréable et Tom esquissa deux croquis de Mme Annette penchée sur sa planche à repasser. Elle repassait dans la cuisine le dimanche après-midi, tout en regardant la télé qu'elle déplaçait sur sa table roulante pour la mettre contre les placards. Il ne pouvait imaginer scène plus domestique, plus française, que la petite silhouette robuste de Mme Annette inclinée sur son fer électrique le dimanche après-midi. Il avait envie d'en fixer l'atmosphère sur la toile, de rendre l'orange pâle du mur de la cuisine inondée de soleil et la nuance lavande délicat d'une certaine robe de Mme Annette et qui faisait si bien ressortir ses yeux bleus.

Le téléphone sonna vers dix heures dans la soirée, alors que Tom et Héloïse étaient installés devant la cheminée, en train de lire les journaux du dimanche. Tom alla répondre.

C'était Reeves. Il semblait au comble de l'agitation. La communication était très mauvaise.

– Ne quitte pas, je vais essayer de te prendre en haut, dit Tom.

Il monta en courant l'escalier en criant à Héloïse :

– C'est Reeves! La communication est infecte!

Elle ne serait sans doute pas meilleure sur l'appareil du haut, mais Tom préférait être seul pour parler.

– Mon appartement, je te dis, déclara Reeves. A Hambourg. Il a été plastiqué aujourd'hui.

– Quoi? Bon Dieu!

– Je t'appelle d'Amsterdam.

– Tu as été blessé? demanda Tom.

– *Non!* s'exclama Reeves d'une voix entrecoupée.

C'est bien un miracle. J'étais justement sorti vers cinq heures. Gaby aussi, puisqu'elle ne travaille pas le dimanche. Ces gars, je... je ne sais pas, ils ont dû jeter une bombe par la fenêtre. Tu parles d'un exploit! Les locataires d'en dessous ont entendu une voiture s'amener en trombe et redémarrer au bout d'une minute, toujours sur les chapeaux de roues et ensuite, deux minutes plus tard, une épouvantable explosion... qui a bousillé presque tous mes tableaux avec ça.

– Ecoute... qu'est-ce qu'ils savent au juste?

– J'ai pensé qu'il serait plus sain pour moi de filer. J'ai quitté la ville en moins d'une heure.

– Comment ont-ils *su*? hurla Tom dans le téléphone.

– Je ne sais pas. Vraiment, je ne sais pas. Ils ont peut-être soutiré des tuyaux à Fritz. Il avait rendez-vous avec moi aujourd'hui et il n'est pas venu. J'espère qu'il ne lui est rien arrivé de grave, à ce pauvre gars. Mais il ne connaît pas... enfin tu vois... le nom de notre ami. Je l'ai toujours appelé Paul quand il était là. Un Anglais, j'ai précisé, alors Fritz croit qu'il vit en Angleterre. Franchement, je crois qu'ils n'ont que de vagues soupçons. Dans l'ensemble, notre plan a réussi.

Ce bon vieux Reeves, toujours aussi optimiste! Son appartement avait été plastiqué, ses tableaux détruits, mais son plan avait réussi!

– Ecoute, Reeves, dis-moi... Qu'est-ce que tu as fait de tes trucs à Hambourg? Tes papiers, par exemple?

– Dans un coffre à la banque, répondit aussitôt Reeves. Je peux les faire envoyer. D'ailleurs, de quels papiers parles-tu? Si tu te fais de la bile... je n'ai qu'un seul carnet d'adresses et je le garde toujours sur moi. Ce qui m'embête, évidemment, c'est de perdre les disques et les toiles que j'ai là-bas, mais la police a dit qu'elle protégerait l'appartement de son mieux. Evidemment, ils m'ont interrogé, aimablement d'ailleurs, mais j'ai expliqué que j'étais en état de choc, ce qui était pratiquement vrai, et que j'avais besoin de partir pendant un certain temps. Ils savent où je suis.

– La police soupçonne la Mafia?

– En tout cas, ils n'en ont rien dit. Tom, mon vieux, je te rappellerai demain peut-être. Prends mon numéro, à tout hasard.

A contrecœur, tout en se rendant compte qu'il pouvait en avoir besoin pour une raison quelconque, Tom nota le nom de l'hôtel de Reeves, le Zuyder Zee, et son numéro.

– Notre ami commun, en tout cas, a fait un sacré boulot, même si ce deuxième salopard est toujours en vie. Pour un gars anémique...

Reeves s'interrompit et eut un petit rire nerveux.

– Tu l'as payé intégralement maintenant?

– Je m'en suis occupé hier, répondit Reeves.

– Alors tu n'as plus besoin de lui, je suppose.

– Non. Nous avons attiré l'attention de la police ici. Je veux dire à Hambourg. C'était le but recherché. Il paraît que la Mafia a envoyé des renforts. Alors c'est...

La communication fut brusquement coupée. Tom éprouva une brève irritation, se sentant soudain stupide avec le téléphone qui grésillait à vide contre son oreille. Il raccrocha et s'attarda un moment dans la chambre, se demandant si Reeves allait rappeler, ce qui était peu probable.

Il essayait de réfléchir aux nouvelles qu'il venait d'apprendre. De toute évidence, la Mafia savait que Reeves avait joué un rôle dans les deux meurtres, sa tentative pour faire croire à une guerre des gangs entre Mafiosi avait donc échoué. Par ailleurs, la police de Hambourg doublerait d'effort pour chasser la Mafia des clubs de jeux et de la ville. Néanmoins, la conclusion qui s'imposait, c'était que Reeves avait raté son coup.

Seul détail positif : Trevanny avait son argent. Il devrait en être informé d'ici mardi ou mercredi. Une lettre de Suisse annonçant la bonne nouvelle!

Les jours qui suivirent furent calmes. Pas de coups de téléphone, pas de lettres de Reeves Minot. Rien dans les journaux concernant Filippo Torchino à l'hôpital de Strasbourg ou de Milan. Rien non plus dans le *Herald Tribune* de Paris et le *Daily Telegraph* de Londres que Tom avait achetés à Fontainebleau. Tom planta ses dahlias, une tâche qui l'absorba pendant trois heures un après-midi, car les tubercules étaient rangés dans des sachets à l'intérieur du grand sac de toile et étiquetés suivant leurs couleurs et il essaya d'harmoniser les différents coloris entre eux avec autant de soin qu'il aurait mis à peindre un tableau. Héloïse passa trois nuits à Chantilly chez ses parents; sa mère venait de subir l'ablation d'une petite tumeur. Mme Annette, pensant que Tom se sentait esseulé, le consola en lui servant des plats américains qu'elle avait appris à préparer pour lui faire plaisir : consommé de palourdes, spareribs avec une sauce barbecue, poulet frit. Tom, de temps à autre, s'interrogeait sur son propre sort. Dans la paisible atmosphère de Villeperce, ce petit village endormi à l'aspect soigné, par-dessus les hautes grilles de Belle Ombre si faciles à escalader, ce serait un jeu d'enfant pour un homme de la Mafia de venir attaquer Tom chez lui et de l'abattre. A supposer que Mme Annette pût appeler la police de Moret, il lui faudrait bien un quart d'heure pour arriver sur les lieux. Un voisin entendant un ou deux coups de feu penserait qu'un chasseur s'amusait à tirer sur un quelconque oiseau nocturne et ne se donnerait sans doute pas la peine d'en savoir plus long.

Pendant la brève absence d'Héloïse, Tom avait décidé d'acheter un clavecin pour Belle Ombre – pour lui-même, plutôt, et aussi pour Héloïse. Il l'avait une ou deux fois entendue jouer du piano. Mais où et quand? En tout cas, elle avait un toucher agréable, délicat et sensible, du moins dans son souvenir. Un clavecin, certes, devait coûter une petite fortune (il aurait été plus avantageux de l'acheter à Londres, évidemment, si les Français n'avaient pas demandé des droits de douane de cent pour cent), mais cet instrument, sans aucun doute, entrait dans la catégorie des acquisitions culturelles et Tom ne se reprochait donc pas son envie d'en posséder un. Tom passa un coup de téléphone à un antiquaire de Paris qu'il connaissait et qui lui fournit le nom d'une maison digne de confiance où il pourrait acheter un clavecin.

Tom se rendit à Paris et passa plusieurs heures à écouter le marchand lui faire l'historique du clavecin, à examiner des instruments, à en essayer plusieurs en plaquant dessus de timides accords et finalement, il fixa son choix sur un instrument ancien en bois de rose avec des feuilles d'or incrustées, un véritable bijou qui lui serait livré le mercredi 26 avril. Un accordeur l'accompagnerait et se mettrait aussitôt au travail, car l'instrument risquait de souffrir du voyage.

Cet achat avait suffi à remonter provisoirement le moral de Tom. Il regagna Villeperce, nageant dans l'optimisme.

Belle Ombre n'avait pas été plastiquée. Les rues sans trottoir et bordées d'arbres du village étaient toujours aussi paisibles. Aucun individu douteux ne rôdait autour de chez lui. Héloïse était d'excellente humeur lorsqu'elle revint le vendredi. Tom ne fit aucune allusion à son achat. Il voulait que la surprise fût complète pour Héloïse.

Il évita même d'en parler à Mme Annette et se contenta de lui dire le lundi :

– Nous avons un invité d'honneur qui viendra déjeuner mercredi et peut-être même dîner, madame Annette. Je compte sur vous pour nous préparer un petit festin.

Les yeux bleus de Mme Annette s'illuminèrent. Rien ne la réjouissait autant qu'une occasion de montrer ses talents de cordon-bleu.

– Un vrai gourmet? demanda-t-elle d'un ton plein d'espoir.

– Je pense, oui, répondit Tom. Réfléchissez à ce que vous allez nous servir. Je vous laisse le choix. Et faisons la surprise également à Mme Héloïse.

Mme Annette sourit d'un air malicieux. On aurait pu croire qu'elle venait de recevoir un cadeau.

Le gyroscope que Jonathan avait acheté pour Georges à Munich se révéla le jouet le plus apprécié qu'il eût jamais donné à son fils. Chaque fois que Georges le tirait de sa boîte carrée où Jonathan lui avait recommandé de le ranger avec soin, il retrouvait toute sa magie.

– Surtout, ne le laisse pas tomber! dit Jonathan, étendu à plat ventre dans le salon. C'est un appareil délicat.

Le gyroscope obligeait Georges à améliorer son vocabulaire en anglais car Jonathan était lui-même si absorbé par le jouet qu'il en oubliait de parler français. La merveilleuse sphère ajourée tournoyait au bout du doigt de Georges ou s'inclinait au sommet d'une tour à créneaux en plastique qui remplaçait avantageusement la tour Eiffel figurant sur le mode d'emploi du gyroscope.

– Tu sais que certains bateaux de mer sont équipés d'un grand gyroscope qui leur sert à éviter le roulis, déclara Jonathan, puis il se lança dans des explications plus détaillées et conclut : Sur les gros paquebots, par exemple, il y en a plusieurs qui fonctionnent en même temps.

– Dis-moi, Jon, pour le canapé. (Simone se tenait sur le seuil). Tu ne m'as pas donné ton opinion? Du vert foncé?

Jonathan bascula sur le côté, s'appuyant sur un

coude. Il gardait dans sa tête la vision du gyroscope en train de tournoyer tout en gardant son miraculeux équilibre. Simone parlait du tissu dont elle voulait recouvrir le canapé.

– A mon avis, on devrait acheter un autre canapé, dit Jonathan en se levant. J'ai vu hier une publicité pour un Chesterfield en cuir noir à cinq mille francs. Pas loin de Fontainebleau, je connais un antiquaire qui retape des meubles, et chez qui, je pourrais en trouver un pour trois mille cinq au maximum.

– Trois mille cinq... mais c'est hors de prix!

– Considère que c'est un placement, objecta Jonathan. Après tout on peut s'offrir ça.

– Un Chesterfield, ce serait merveilleux... mais méfie-toi, Jon! En ce moment, tu as la folie des grandeurs.

Il avait parlé la veille d'acheter également une télévision.

– Rassure-toi, dit-il calmement, je n'ai pas l'intention de jeter l'argent par les fenêtres, je ne suis pas idiot.

Simone l'attira d'un geste dans l'entrée, comme pour empêcher Georges d'entendre leur conversation. Jonathan l'enlaça. Adossée aux manteaux suspendus contre le mur, elle lui chuchota à l'oreille :

– D'accord. Mais quand retournes-tu en Allemagne?

Ces voyages ne lui plaisaient pas. Jon lui avait expliqué que les médecins essayaient de nouveaux comprimés, que c'était Périer qui les lui donnait, que son état, grâce à ce traitement, pouvait s'améliorer et en tout cas ne risquait pas de s'aggraver. Simone, qui pensait qu'on le payait des sommes relativement minimes, ne croyait pas, de ce fait, qu'il courût un réel danger. Jonathan, bien entendu, ne lui avait pas parlé de la somme déposée maintenant à la Swiss Bank Corporation de Munich. Elle savait seulement qu'il y avait six mille et quelques francs à leur compte de la Société générale à Fontainebleau au lieu des quatre ou six cents francs habituels, quand ce n'était pas deux cents, lorsqu'ils avaient des traites à payer.

– Je serais ravie d'avoir un canapé neuf. Mais es-tu sûr que c'est bien le moment de dépenser une somme pareille? N'oublie pas l'hypothèque.

– Ma chérie, comment pourrais-je l'oublier? Cette foutue hypothèque! (Il se mit à rire. Il avait envie de rembourser l'hypothèque d'un seul coup.) Ecoute, je serai raisonnable. Je te promets.

Jonathan savait qu'il lui faudrait trouver une meilleure histoire ou broder sur celle qu'il avait déjà inventée. Mais pour le moment, il préférait se laisser vivre, savourer simplement l'idée qu'il disposait d'une petite fortune. Il pouvait d'ailleurs mourir d'ici un mois. Les trois douzaines de comprimés que le Dr Schroeder de Munich lui avait prescrits, et qu'il prenait maintenant au rythme de deux par jour, n'allaient pas lui sauver la vie ou amener du changement spectaculaire dans son état de santé. Mais s'il éprouvait un sentiment de sécurité, même illusoire, pourquoi ne pas en profiter? Le bonheur n'était-il pas avant tout une attitude de l'esprit?

Il y avait également cet autre facteur inconnu, Torchino, le garde du corps rescapé.

Le samedi soir, 29 avril, Jonathan et Simone se rendirent à un concert Schubert et Mozart donné par un quatuor à cordes au théâtre de Fontainebleau.

Durant l'entracte, ils gagnèrent le vaste foyer où on pouvait fumer. Ils aperçurent une foule de visages familiers, parmi lesquels Pierre Gauthier, le marchand de fournitures pour artistes, qui, à la grande surprise de Jonathan, arborait un col dur et une cravate noire.

– Votre présence ce soir rend la musique plus belle encore, madame! dit-il à Simone, très élégante dans une robe rouge, en la gratifiant d'un regard admirateur.

Simone reçut le compliment avec grâce. Elle semblait en effet particulièrement en forme et heureuse, songea Jonathan. Gauthier était seul.

Jonathan se rappela soudain que sa femme était morte quelques années auparavant, avant qu'il le connaisse vraiment bien.

– Tout Fontainebleau est ici ce soir, dit Gauthier, haussant le ton pour se faire entendre dans le brouhaha.

Il parcourait de son œil valide l'assistance qui se pressait dans la pièce voûtée et son crâne chauve luisait sous ses cheveux gris et noirs qu'il avait soigneusement rabattus sur sa tonsure.

– Si nous allions boire un verre en face après le concert? suggéra-t-il.

Simone et Jonathan s'apprêtaient à accepter lorsque Gauthier se raidit légèrement. Jonathan suivit son regard et aperçut Tom Ripley dans un groupe de quatre ou cinq personnes, à moins de trois mètres d'eux. Le regard de Tom croisa celui de Jonathan et il inclina légèrement la tête. Tom semblait sur le point de s'approcher d'eux pour les saluer mais au même instant, Gauthier s'écarta vers la gauche. Simone détourna la tête pour voir qui avait regardé à la fois Gauthier et Jonathan.

– A tout à l'heure peut-être, lança Gauthier.

Simone tourna les yeux vers Jonathan et haussa légèrement les sourcils.

Ripley tranchait sur le reste de la foule, pas tellement à cause de sa haute taille, mais parce que tout en lui, les traits, l'attitude, la chevelure, le style de son smoking prune, trahissait l'étranger. Quant à la blonde spectaculaire au visage dénué de tout maquillage qui l'accompagnait, ce devait être sa femme.

– Alors? fit Simone. Qui est-ce donc?

Jonathan savait qu'elle parlait de Ripley. Les battements de son cœur s'étaient accélérés.

– Je ne sais pas. Je l'ai déjà vu, mais j'ignore son nom.

– Il est venu chez nous, reprit Simone. Je me souviens de lui. Gauthier ne l'aime pas?

Une sonnerie retentit; le signal annonçant la fin de l'entracte.

– Je ne sais pas. Pourquoi ?

– Parce qu'il semblait vouloir se défiler, répondit Simone comme s'il s'agissait là d'une évidence.

Le plaisir d'écouter la musique avait disparu pour Jonathan. Où se trouvait Tom Ripley ? Dans une des loges ? Jonathan se garda de le chercher des yeux. Ripley pouvait très bien être assis à la même hauteur que lui, de l'autre côté de l'allée centrale. Il se rendait compte que ce n'était pas la présence de Ripley qui lui gâchait sa soirée, mais la réaction de Simone. Et cette réaction sans nul doute avait été provoquée par la gêne qu'il avait lui-même ressentie en voyant Ripley. Il s'efforça de se détendre dans son fauteuil, le menton appuyé sur ses mains croisées, tout en sachant que Simone n'était pas dupe de sa comédie. Comme bien d'autres, elle avait eu vent de certaines rumeurs concernant Tom Ripley (même si en ce moment même elle ne se rappelait pas son nom) et peut-être allait-elle établir un lien entre Tom Ripley et... Et quoi ? Pour l'instant, Jonathan n'en savait trop rien. Mais il redoutait ce qui risquait de se passer. Pourquoi diable avait-il si visiblement, si naïvement, laissé paraître sa nervosité ? Dans la situation fâcheuse, dangereuse même où il se trouvait, il était indispensable de faire preuve de sang-froid, de jouer à tout prix la comédie.

– Essayons de retrouver Gauthier, dit-il tandis qu'ils remontaient l'allée vers la sortie.

Les applaudissements crépitaient encore autour d'eux, adoptant peu à peu ce rythme scandé cher au public français de concerts quand il réclame un rappel.

Mais Gauthier avait disparu. Jonathan n'entendit pas la réponse de Simone. Elle ne semblait pas désireuse de revoir Gauthier. Une jeune voisine qui gardait Georges les attendait chez eux. Jonathan ne chercha pas à repérer Tom Ripley, lui aussi invisible.

Le dimanche suivant, Jonathan et Simone allèrent déjeuner à Nemours chez les parents de Simone avec son frère Gérard et sa femme. Tout le monde, sauf Gérard et Jonathan, regarda la télévision après le repas, comme d'habitude.

– C'est incroyable que les Allemands te paient pour leur servir de cobaye! dit Gérard en riant. Enfin, à condition que tu ne coures aucun risque.

C'était la première phrase qu'il prononçait qui avait attiré l'attention de Jonathan. Ils étaient tous les deux en train de fumer un cigare. Jonathan en avait acheté une boîte à Nemours.

– Oui. Ils me filent des tas de comprimés. Leur idée, c'est d'attaquer en même temps avec huit ou dix médicaments différents. Pour dérouter l'ennemi, tu comprends. Et avec cette méthode, en plus, les cellules malades s'immunisent moins facilement contre les drogues. (Jonathan continua à improviser sur ce thème, à moitié convaincu de ce qu'il disait, se rappelant vaguement un article qu'il avait lu des mois auparavant où étaient exposées les grandes lignes d'un nouveau traitement contre la leucémie.) Evidemment, les médecins ne peuvent pas garantir le résultat. Il pourrait y avoir des séquelles, et c'est pour cette raison qu'ils ont décidé de me verser une certaine somme si je me soumettais à ce traitement.

– Quel genre de séquelles?

– Eh bien... un taux de coagulation du sang inférieur, peut-être. (Jonathan prononçait avec de plus en plus d'assurance ces phrases dénuées de sens, encouragé par l'attention que semblait lui prêter son interlocuteur.) Des nausées; jusqu'à présent, d'ailleurs, je n'en ai pas eu. De toute façon, ils tâtonnent plus ou moins et prennent des risques. Moi aussi, du même coup.

– Et si ça réussit? S'ils obtiennent ce qu'ils considèrent comme un résultat positif?

– Deux années de vie en plus, répondit Jonathan d'un ton léger.

Le lundi matin, une voisine des Trevanny, Irène Pliesse, la femme qui gardait Georges tous les après-midi après l'école jusqu'à ce que Simone puisse venir le chercher, les conduisit chez l'antiquaire que Jonathan connaissait aux environs de Fontainebleau et chez qui il espérait trouver un divan. Irène Pliesse était une créature robuste, joviale, que Jonathan avait toujours trouvée un peu masculine. Elle était pourtant mère de deux petits enfants et dans sa maison à Fontainebleau abondaient les petits napperons délicats et les rideaux en organdi. En tout cas, elle n'était pas avare de son temps, toujours prête à rendre service avec sa voiture, et elle avait souvent proposé aux Trevanny de les conduire à Nemours le dimanche quand ils allaient chez les parents de Simone. Celle-ci, toujours scrupuleuse, n'avait jamais accepté, considérant que ces repas dominicaux étaient une affaire de famille. Mais ce fut avec plaisir qu'ils firent appel à la complaisance d'Irène pour se lancer à la recherche d'un canapé et Irène manifesta autant d'intérêt à l'achat de ce meuble que s'il avait été destiné à sa propre maison.

Ils eurent à choisir entre deux Chesterfield, tous deux anciens mais recapitonnés de neuf en cuir noir. Jonathan et Simone préféraient le plus grand et Jonathan obtint un rabais de cinq cents francs, ce qui ramenait le prix du canapé à trois mille francs. Cette somme considérable qu'ils allaient maintenant débourser, correspondant à ce que gagnaient Jonathan et Simone en un mois à eux deux, lui paraissait maintenant dérisoire. C'était insensé, pensa Jonathan, à quel point on s'habituait rapidement à la richesse.

Irène elle-même, dont la maison paraissait luxueuse comparée à celle des Trevanny, fut impressionnée par le Chesterfield. Et Jonathan remarqua que Simone trouvait sur-le-champ une explication pour justifier pareille extravagance.

– Jon a touché un petit héritage d'un parent en Angleterre. Pas grand-chose... mais pour une fois, nous avons voulu nous offrir quelque chose de bien.

Irène acquiesça d'un signe de tête.

Tout allait à merveille, pensa Jonathan.

Le lendemain soir, avant le dîner, Simone déclara :

– Je suis passée dire bonjour à Gauthier aujourd'hui.

Jonathan fut aussitôt sur ses gardes, à cause du ton de Simone. Il était en train de boire un whisky à l'eau tout en lisant le journal du soir.

– Ah oui ?

– Jon... ce n'est pas ce M. Ripley qui a raconté à Gauthier que... que tu n'en avais plus pour longtemps ?

Simone avait baissé le ton, bien que Georges fût au premier, probablement dans sa chambre.

Gauthier avait-il parlé quand Simone l'avait interrogé ? Jonathan ne savait comment Gauthier pouvait réagir, si on lui posait une question précise, et Simone avait pu insister jusqu'à ce qu'elle ait obtenu une réponse.

– Gauthier m'a dit..., commença Jonathan, que... Eh bien, comme je te l'ai expliqué, il n'a pas voulu me dire de qui il tenait ce renseignement. Par conséquent, je ne sais pas.

Simone le dévisagea. Elle était assise sur le superbe Chesterfield noir, qui, depuis la veille, transformait leur salon. C'était grâce à Ripley, songea Jonathan, qu'elle était assise sur ce canapé, mais cette réflexion ne fit rien pour améliorer son état d'esprit.

– Gauthier t'a dit que c'était Ripley ? demanda-t-il d'un air surpris.

– Oh ! il n'a rien voulu préciser. Mais je lui ai simplement demandé... si c'était ce Ripley. Je lui ai décrit le type que nous avons aperçu au concert. Gauthier a compris de qui je voulais parler. Tu sembles le connaître également, savoir son nom.

Simone but une gorgée de son Cinzano. Jonathan eut l'impression que sa main tremblait légèrement.

– C'est bien possible, évidemment, déclara Jonathan en haussant les épaules. Gauthier ne m'a jamais dit de qui il s'agissait, n'oublie pas. (Il eut un petit rire.) Tous ces racontars ! De toute façon, d'après Gauthier, la personne qui avait dit ça a ajouté qu'elle s'était peut-être trompée, qu'on avait exagéré les choses... Ma chérie, le mieux, c'est de n'y plus penser. C'est idiot d'en vouloir à des inconnus. Idiot de faire une montagne de tout ça.

– Oui, mais... (Simone pencha la tête de côté. Une sorte de moue amère, que Jonathan ne lui avait vue qu'une ou deux fois, lui plissa les lèvres.) L'étrange, c'est que ce soit Ripley. Je le sais. Non pas que Gauthier me l'ait dit, non. Il n'a pas précisé. Mais j'ai bien senti... Jon?

– Oui, chérie?

– C'est parce que... ce Ripley n'est pas un honnête homme. C'est peut-être même un escroc. Il y a des tas d'escrocs qui ne se font jamais prendre, tu sais. Voilà pourquoi je te pose la question. Et c'est *à toi* que je la pose. Est-ce que... tout cet argent, Jon... Est-ce que tu le touches, d'une façon ou d'une autre, grâce à ce Ripley?

Jonathan se força à regarder Simone droit dans les yeux.

– Comment serait-ce possible? protesta-t-il avec chaleur. Pour quelle raison, chérie?

– Simplement parce que c'est un escroc! Comment savoir pour quelle raison? Qu'est-ce qu'il a à voir avec ces médecins allemands? Est-ce que ce sont vraiment des médecins dont tu me parles toujours?

Elle commençait à perdre son sang-froid. Ses joues s'étaient empourprées. Jonathan fronça les sourcils.

– Chérie, Périer a mes deux séries d'analyses entre les mains!

– Ces tests sont sûrement très dangereux, Jon, sinon ils ne te verseraient pas de telles sommes, n'est-ce pas? J'ai l'impression que tu ne me dis pas toute la vérité.

Jonathan se força à rire.

– Qu'est-ce que Tom Ripley, ce bon à rien... Il est américain, de toute façon. Quel rapport pourrait-il avoir avec les médecins allemands?

– Tu as vu les médecins allemands parce que tu avais peur de mourir bientôt. Et c'est Tom Ripley – j'en suis à peu près sûre – qui a fait courir le bruit que tu n'en avais plus pour longtemps.

Georges descendait bruyamment l'escalier en traînant derrière lui un jouet quelconque auquel il semblait s'adresser. Georges, perdu dans son univers imaginaire, mais tout proche. La présence de son fils à quelques mètres causa un choc subit à Jonathan. Comment Simone avait-elle pu en découvrir aussi long? La seule solution, songea-t-il impulsivement, c'était de tout nier en bloc... à n'importe quel prix.

Simone attendait de lui une réponse.

– Je ne sais pas qui a dit ça à Gauthier, déclara Jonathan.

Georges se tenait sur le seuil de la porte. Son arrivée, cette fois, soulagea Jonathan. Elle eut pour effet immédiat de suspendre la conversation. Georges était venu poser une question sur un arbre qu'il voyait de sa fenêtre. Jonathan, qui écoutait à peine, laissa Simone lui répondre.

Pendant le dîner, Jonathan eut la sensation que Simone, si désireuse qu'elle fût de le croire, n'y parvenait pas. Pourtant (à cause de Georges peut-être) elle avait un comportement presque normal. Elle ne boudait pas, ne manifestait aucune froideur. Mais l'atmosphère semblait tendue à Jonathan. Et il savait que ce climat ne se modifierait pas à moins qu'il ne trouvât une raison plus précise pour justifier l'importance de la somme prétendument versée par les hôpitaux allemands.

L'idée vint même à Jonathan que Simone risquait de s'adresser directement à Tom Ripley. Ne pouvait-elle lui téléphoner? Prendre rendez-vous avec lui? Réflexion faite, c'était tout de même une éventualité peu probable. Simone n'aimait pas Tom Ripley. Elle n'aurait certainement pas envie d'avoir affaire à lui.

Au cours de la même semaine, Tom Ripley passa à la boutique de Jonathan. Son aquarelle était prête depuis plusieurs jours. Jonathan était occupé avec un client dans la boutique et Ripley alla examiner des cadres tout prêts appuyés contre un mur, attendant visiblement que Jonathan fût libre. Le client repartit enfin.

– Bonjour, dit aimablement Ripley. Je n'ai finalement trouvé personne pour venir chercher mon encadrement, alors je suis venu moi-même.

– Parfait. Il est prêt, dit Jonathan et il se dirigea vers le fond de la boutique. (L'aquarelle était enveloppée dans du papier marron, et une étiquette portant le nom de Ripley était collée dessus par du scotch. Jonathan l'apporta jusqu'au comptoir.) Voulez-vous la voir?

Tom se montra enchanté du travail de Jonathan. Il admirait l'aquarelle encadrée en la tenant à bout de bras.

– Formidable. C'est très réussi. Qu'est-ce que je vous dois?

– Quatre-vingt-dix francs.

Tom sortit son portefeuille.

– Tout va bien?

Jonathan aspira profondément avant de répondre.

– Puisque vous me posez la question... (Il prit la coupure de cent francs que lui tendait Ripley en le remerciant poliment d'un signe de tête, ouvrit son tiroir caisse et en sortit la monnaie.) Ma femme... (Jonathan jeta un bref coup d'œil vers la porte...) Ma femme a parlé à Gauthier. Il ne lui a pas dit que c'était vous l'auteur des bruits concernant... ma disparition possible. Mais elle semble l'avoir deviné. Je ne vois vraiment pas comment. L'intuition, sans doute.

Tom avait prévu cette éventualité. Il savait qu'aux yeux de bien des gens sa réputation laissait à désirer. Mais il en aurait fallu beaucoup plus pour l'entamer.

– Et qu'avez-vous dit à votre femme?

Jonathan, craignant que leur tête-à-tête fût interrompu d'un instant à l'autre, répondit rapidement.

– Ce que j'avais prétendu dès le début, que Gauthier avait toujours refusé de me dire qui avait lancé ce bruit. C'est d'ailleurs la vérité.

Tom le savait. Gauthier, par scrupules, n'avait pas voulu donner son nom.

– Enfin, pas de panique. Si nous ne nous revoyons pas... Je suis désolé pour l'autre soir, au concert, ajouta Tom avec un sourire.

– Oui. Mais... c'est fâcheux quand même. Le pire, c'est qu'elle établit un lien – elle essaie, en tout cas – entre vous et l'argent dont nous disposons maintenant. Je ne lui ai d'ailleurs pas dit la somme que j'avais touchée.

Tom avait également pensé à cette possibilité. C'était bien irritant, en effet.

– Je ne vous apporterai plus de gravures à encadrer.

Un client, encombré d'une grande toile tendue sur un châssis, essayait de franchir la porte.

– Eh bien, merci, dit Tom en saluant Jonathan de sa main libre. Au revoir, monsieur.

Le dimanche matin, alors que Simone étendait sa lessive dans le jardin et que Jonathan et Georges aménageaient une bordure de pierres le long d'une plate-bande, la sonnette tinta à la porte.

C'était une de leurs voisines, une femme d'une soixantaine d'années dont Jonathan avait oublié le nom. Delattre? Delambre? Elle semblait accablée.

– Excusez-moi, monsieur Trevanny.

– Entrez donc, dit Jonathan.

– C'est au sujet de M. Gauthier. Vous êtes au courant?

– Non.

– Il a été renversé par une voiture hier soir. Il est mort.

– Mort!... Ici à Fontainebleau?

– Il rentrait chez lui vers minuit après avoir passé la soirée chez un ami, quelqu'un qui habite rue de la Paroisse. M. Gauthier habite rue de la République, vous savez, tout près de l'avenue Franklin-Roosevelt. C'est ce carrefour avec un massif triangulaire, juste aux feux rouges. Quelqu'un a été témoin de l'accident, c'étaient deux jeunes voyous dans une voiture qui l'ont renversé et ils ne se sont même pas arrêtés. Ils ont brûlé un feu rouge, renversé M. Gauthier, et *ils ne se sont pas arrêtés!*

– Mon Dieu! Je vous en prie, asseyez-vous, madame...

Simone était arrivée dans l'entrée.

– Ah bonjour, madame Delattre! dit-elle.

– Simone, Gauthier est mort, dit Jonathan. Il a été écrasé par des chauffards.

– Deux jeunes, dit Mme Delattre, qui ont filé sans s'arrêter.

Simone étouffa une exclamation.

– C'est arrivé quand?

– La nuit dernière. Il est mort pendant le trajet à l'hôpital. Vers minuit.

– Venez donc vous asseoir un moment, madame Delattre, proposa Simone.

– Non, non, merci. Il faut que j'aille voir une amie. Mme Mockers. Je ne sais pas si elle a été prévenue. Nous le connaissions tous si bien, vous savez.

Elle était presque en larmes et elle posa un instant son panier à provisions pour s'essuyer les yeux.

Simone lui prit la main et la lui serra.

– Merci d'être venue me prévenir, madame Delattre. C'est très gentil de votre part.

– L'enterrement a lieu lundi, dit Mme Delattre. A l'église Saint-Louis, précisa-t-elle avant de s'en aller.

Jonathan n'avait pas bien encore assimilé la nouvelle.

– Comment s'appelle-t-elle? demanda-t-il.

– Mme *Delattre.* Son mari est plombier, précisa Simone comme si Jonathan, de toute évidence, avait dû le savoir.

Gauthier mort, qu'allait devenir sa boutique? se demanda Jonathan. Il se surprit à dévisager Simone. Ils étaient tous les deux debout dans l'entrée exiguë.

– Mort, dit Simone. (Elle tendit la main et saisit Jonathan par le poignet, sans le regarder.) Nous devrions aller à l'enterrement lundi, tu sais.

– Oui, bien sûr.

Un enterrement catholique. La messe était dite en français maintenant, et non plus en latin. Il imagina tous les voisins, les visages familiers et les inconnus, dans l'église fraîche avec les petites flammes vacillantes des cierges.

– Tu te rends compte, ils ne se sont même pas arrêtés, dit Simone qui s'engagea dans le couloir d'une démarche raide et jeta un coup d'œil par-dessus son épaule à Jonathan. C'est vraiment épouvantable.

Jonathan traversa la cuisine à sa suite pour ressortir dans le jardin. C'était bon de se retrouver à la lumière du soleil.

Simone avait fini d'étendre sa lessive. Elle rajouta une ou deux pinces à linge, puis se baissa pour prendre la panière vide.

– Tu crois vraiment qu'il s'agit de chauffards, Jon ?

– C'est ce qu'elle a dit.

Ils parlaient doucement tous les deux. Jonathan se sentait encore un peu hébété, mais il savait ce que pensait Simone.

Elle se rapprocha de lui, portant la panière. Puis elle l'attira d'un geste vers les marches du petit perron, comme si elle craignait que les voisins, de l'autre côté du mur du jardin, ne les entendent.

– Tu ne crois pas qu'il aurait pu être tué exprès? Par quelqu'un payé pour l'assassiner?

– Pourquoi ?

– Parce qu'il savait quelque chose, peut-être. Voilà pourquoi. Ça ne te paraît pas possible? Pourquoi un innocent serait-il renversé comme ça... accidentellement ?

– Parce que... ça arrive quelquefois, répondit Jonathan.

Simone secoua la tête.

– Tu ne penses pas qu'éventuellement M. Ripley pourrait jouer un rôle dans cette affaire?

Jonathan se rendit compte qu'elle était la proie d'une colère irraisonnée.

– Mais non voyons. C'est impensable.

La tête sur le billot, Jonathan aurait parié que Tom Ripley n'avait rien à voir avec la mort de Gauthier. Il s'apprêtait à l'affirmer puis craignit de se montrer trop véhément.

Simone fit quelques pas pour entrer dans la maison, et revint vers lui.

– C'est vrai que Gauthier ne m'a rien dit de précis, Jon, mais il savait peut-être quelque chose. Je crois que c'est ça, en fait. J'ai le sentiment qu'il a été tué délibérément.

Jonathan pensa que Simone avait été bouleversé par la nouvelle qu'elle venait d'apprendre, tout comme lui-même. Elle émettait des idées auxquelles elle n'avait pas eu le temps de réfléchir. Il la suivit dans la cuisine.

– Il savait quelque chose à quel sujet?

Simone était en train de ranger le panier à linge dans le placard du coin.

– Eh bien justement, dit-elle. C'est ce que j'ignore.

Le service funèbre célébré à la mémoire de Pierre Gauthier se déroula le lundi à dix heures à Saint-Louis, la principale église de Fontainebleau. Une nombreuse assistance se pressait et il y avait même foule dehors sur le trottoir le long duquel deux voitures noires étaient garées, l'une un corbillard étincelant, l'autre un petit autocar destiné aux membres de la famille et aux amis qui n'avaient pas leur propre voiture. Gauthier était veuf et sans enfants. Peut-être avait-il un frère ou une sœur et éventuellement des nièces ou des neveux, ou du moins Jonathan l'espérait. En dépit de tous ces gens qui se pressaient dans la nef, une atmosphère de solitude imprégnait la cérémonie.

– Vous saviez qu'il avait perdu son œil de verre dans la rue? lui chuchota le voisin de Jonathan à l'église. Il est tombé sous le choc.

– Ah oui?

Jonathan secoua la tête, compatissant. Son interlocuteur était un commerçant que Jonathan connaissait de vue, sans savoir au juste quelle boutique il tenait. Jonathan imaginait clairement l'œil de verre de Gauthier sur l'asphalte noir, écrasé maintenant sous les roues d'une voiture, à moins qu'il n'ait été trouvé dans le caniveau par des enfants curieux. A quoi ressemblait la face postérieure d'un œil de verre?

Les cierges projetaient une lumière jaunâtre et vacillante sur les tristes murs grisâtres de l'église. Le temps était couvert ce jour-là. Le prêtre se mit à psalmodier en français la prière des morts. Le cercueil, court et large, était placé devant l'autel. Gauthier, s'il n'avait pas de famille, avait du moins de nombreux amis. Plusieurs femmes et même quelques hommes dans l'assistance s'essuyaient les yeux. D'autres murmuraient entre eux, comme si les propos qu'ils échangeaient leur apportaient davantage de réconfort que les formules récitées machinalement par le prêtre.

Il y eut un léger carillon.

Jonathan tourna la tête à droite, vers les gens installés de l'autre côté de l'allée, et il aperçut le profil de Ripley. Tom regardait le prêtre qui parlait de nouveau, et il semblait suivre attentivement la cérémonie. Son visage tranchait parmi ceux des Français. Ou bien avait-il cette impression simplement parce qu'il connaissait Ripley? Pourquoi Ripley avait-il jugé bon de venir aux funérailles? Jonathan se demanda aussitôt après si sa présence ne correspondait pas à un calcul délibéré. Si, comme le soupçonnait Simone, il n'avait pas vraiment joué un rôle dans la mort de Gauthier, payé même quelqu'un pour le tuer.

Quand l'assistance se leva pour quitter l'église, Jonathan, dans l'espoir d'éviter Ripley, s'astreignit à ne pas regarder dans sa direction. Mais sur les marches du parvis, Tom Ripley s'approcha soudain de Jonathan et de Simone pour les saluer.

– Bonjour, dit-il en français. (Il portait une écharpe noire autour du cou et un trench-coat bleu marine.) Madame... Je suis content de vous voir tous les deux. Vous étiez des amis de M. Gauthier, je crois.

Dans la cohue, ils descendaient les marches avec une telle lenteur qu'ils avaient peine à conserver leur équilibre.

– Oui, répondit Jonathan. C'était un des commerçants de notre quartier, vous savez. Un homme très gentil.

Tom acquiesça d'un signe de tête.

– Je n'ai pas vu les journaux ce matin. C'est un ami de Moret qui m'a téléphoné pour me prévenir. La police sait-elle qui a fait le coup?

– Pas à ma connaissance, répliqua Jonathan. Ils savent simplement que ce sont deux jeunes gens. Tu n'as rien appris d'autre, Simone?

Simone secoua sa tête recouverte d'un foulard noir.

– Non, rien du tout.

– Comme vous habitez ici, j'espérais que vous en sauriez un peu plus que moi, dit Ripley.

Il semblait sincèrement affecté, songea Jonathan, et ne se contentait pas de leur jouer la comédie.

– Il faut que j'achète le journal... Vous allez au cimetière?

– Non, répondit Jonathan.

Ils avaient atteint le bas des marches.

– Moi non plus, dit Ripley. Il va me manquer, ce vieux Gauthier. C'est vraiment triste... Content de vous avoir vus.

Après un bref sourire, Ripley s'éloigna.

Jonathan et Simone contournèrent l'église pour s'engager rue de la Paroisse et rentrer chez eux.

Des voisins leur adressaient des signes de tête en souriant, les saluaient même d'un : « Bonjour, madame, bonjour, monsieur », ce qu'ils n'auraient pas fait en temps ordinaire. Des moteurs de voitures démarrèrent; le convoi se formait pour accompagner le corbillard au cimetière, situé juste derrière l'hôpital de Fontainebleau où Jonathan était allé si souvent subir des transfusions.

– Bonjour monsieur Trevanny! Bonjour madame... (C'était le Dr Périer, toujours aussi en forme, presque aussi jovial que d'habitude. Il serra la main de Jonathan tout en s'inclinant légèrement devant Simone.) Quelle histoire épouvantable, n'est-ce pas?... non, non, non, ils n'ont toujours pas retrouvé ces chauffards. Et ils ne savent rien de plus... Et comment vous sentez-vous, monsieur Trevanny? ajouta-t-il avec un sourire bienveillant.

– A peu près pareil, répondit Jonathan. Je n'ai pas à me plaindre.

Il fut soulagé de voir le Dr Périer s'éloigner immédiatement, car il était censé le voir fréquemment pour le nouveau traitement à base de comprimés et de piqûres et Simone le savait. En fait, il n'avait pas vu Périer depuis au moins quinze jours, quand il avait passé à son cabinet pour lui remettre le rapport médical du Dr Schroeder qu'il avait reçu par la poste à sa boutique.

– Il faut qu'on achète un journal, dit Simone.

– Oui, au coin de la rue.

Le journal à la main, Jonathan s'attarda sur le trottoir, encore sillonné de gens qui se dispersaient après le service religieux, et lut un article qui parlait de « l'acte odieux et criminel de jeunes voyous » qui avait été commis durant la nuit de samedi dans la rue de Fontainebleau. Le journal du dimanche n'avait pas eu le temps de publier un compte rendu et c'était donc le premier qu'ils voyaient. Simone lisait par-dessus son épaule. Quelqu'un avait vu une grosse voiture noire avec au moins deux jeunes gens à l'intérieur. La voiture avait filé en direction de Paris mais elle avait disparu depuis longtemps déjà quand la police avait essayé de se lancer à sa poursuite.

– C'est vraiment révoltant! dit Simone. C'est rare, tu sais, en France, qu'on ne s'arrête pas après avoir renversé quelqu'un...

Jonathan décela dans son ton une pointe de chauvinisme.

– C'est pour ça que je soupçonnais... (Elle eut un haussement d'épaules.) Evidemment, je me trompe peut-être du tout au tout. Mais ça serait bien dans le genre de ce Ripley de se manifester à l'enterrement de M. Gauthier!

– Il...

Jonathan s'interrompit. Il s'apprêtait à dire que Tom Ripley avait l'air sincèrement affecté par la mort de Gauthier et que de toute façon, c'était un de ses clients, mais après tout, il n'était pas censé le savoir.

– Qu'est-ce que tu entends par « bien dans le genre »?

De nouveau, Simone haussa les épaules et devant son expression butée, Jonathan pensa qu'elle allait peut-être refuser de dire un mot de plus concernant cette affaire.

– Il est très possible, à mon avis, que Ripley ait appris par Gauthier lui-même que je lui avais parlé, que je lui avais demandé qui avait lancé ces bruits sur ton compte. Je t'ai dit, d'ailleurs, qu'à mon avis c'était Ripley, bien que Gauthier n'ait pas précisé. Et maintenant, ce... cette mort de Gauthier, tellement mystérieuse!

Jonathan demeura un instant silencieux. Ils approchaient de la rue Saint-Merry.

– Mais cette histoire, chérie..., dit-il enfin, ça ne peut absolument pas justifier un meurtre. Sois donc raisonnable.

Simone se rappela soudain qu'elle n'avait rien prévu pour le déjeuner. Elle entra dans une charcuterie et Jonathan l'attendit sur le trottoir. Pendant quelques secondes, Jonathan prit conscience de ce qu'il avait fait – d'une façon différente, un peu du point de vue de Simone – en abattant un homme et en aidant à en tuer un autre. Jonathan avait essayé de se trouver des excuses en se disant que ces deux hommes étaient eux-mêmes des tueurs. Simone, évidemment, ne verrait pas la chose sous cet angle-là. Il s'agissait d'êtres humains, après tout. Elle était déjà indignée à la simple idée que Tom Ripley avait peut-être engagé quelqu'un pour tuer Gauthier. Si elle savait que son propre mari s'était servi d'un revolver, avait pressé la détente... Ou bien subissait-il l'influence du service religieux auquel il venait d'assister? Le prêtre avait parlé de la valeur sacrée de la vie humaine, de la vie éternelle incomparable à celle que nous connaissions ici-bas... Jonathan eut un petit sourire ironique. La valeur sacrée...

Simone ressortit de la charcuterie, tenant maladroitement plusieurs petits paquets, car elle n'avait pas emporté son filet à provisions. Jonathan lui en prit deux des mains. Ils se remirent en route.

La valeur sacrée de la vie... Jonathan avait rendu à Reeves son livre sur la Mafia. Si jamais sa conscience le tourmentait par trop, il lui suffirait après tout de se rappeler certains meurtriers dont il avait lu l'histoire.

⁂

Dans la voiture, Tom enleva son écharpe noire et prit la direction de Moret pour rentrer chez lui. Il déplorait l'hostilité de Simone, craignait même qu'elle ne le soupçonne d'être responsable de la mort de Gauthier. Il avait pris ce matin-là l'Alfa-Romeo rouge et se sentait tenté de rouler vite, mais il refréna son désir et alluma une cigarette avec l'allume-cigare du tableau de bord.

La mort de Gauthier avait été accidentelle, Tom en était convaincu. Un accident stupide, monstrueux, mais un accident... à moins que Gauthier n'eût été mêlé à d'étranges affaires dont Tom ignorait tout.

Une pie traversa la route d'un vol pesant. Son plumage noir et blanc se détacha un instant sur le feuillage vert pâle d'un saule pleureur. Le soleil commençait à percer. Tom songea à s'arrêter à Moret pour acheter quelque chose – Mme Annette n'avait-elle pas réclamé un ingrédient quelconque pour sa cuisine? – mais ce jour-là, il n'arrivait pas à se rappeler ce qu'elle lui avait demandé; d'ailleurs, il avait envie de rentrer le plus vite possible.

Accélérant pour doubler un camion, puis deux D.S. qui roulaient à vive allure, il arriva bientôt à l'embranchement de Villeperce.

– Ah! Tom, tu as reçu un coup de fil de l'étranger, lui annonça Héloïse quand il entra dans le living-room.

– D'où ça?

En fait, il savait. C'était probablement Reeves qui lui avait téléphoné.

– D'Allemagne, je crois.

Héloïse retourna au clavecin qui occupait maintenant la place d'honneur entre les deux portes-fenêtres.

Tom reconnut une chaconne de Bach qu'elle était en train de déchiffrer.

– On va rappeler? demanda-t-il.

Héloïse tourna la tête et ses longs cheveux blonds lui balayèrent les épaules.

– Je ne sais pas, chéri. Je n'ai parlé qu'à la standardiste, parce que c'était un préavis. Tiens, voilà! dit-elle en entendant à ce moment précis la sonnerie du téléphone.

Tom monta précipitamment dans sa chambre.

La standardiste lui fit préciser qu'il était bien M. Ripley avant de lui passer Reeves.

– Bonjour, Tom. Peux-tu parler librement?

Reeves semblait plus calme que la dernière fois.

– Oui. Tu es à Amsterdam?

– Oui, et j'ai une petite nouvelle à t'annoncer; tu ne la trouveras pas dans le journal et j'ai pensé qu'elle te ferait plaisir. Ce garde du corps est mort. Tu sais bien, celui qu'ils avaient transféré à Milan.

– Qui a dit qu'il était mort?

– Eh bien, je l'ai appris par un de mes amis de Hambourg. Un ami à qui on peut en général se fier.

C'était le genre d'histoires que la Mafia pouvait faire circuler délibérément, pensa Tom. Il croirait à cette mort quand il aurait vu le cadavre.

– Rien d'autre?

– Je pensais que c'était une assez bonne nouvelle pour notre ami commun, la mort de ce type. Tu vois ce que je veux dire.

– Bien sûr, je comprends fort bien, Reeves. Et toi, comment ça va?

– Oh! je vis toujours. (Reeves eut un petit rire forcé au bout du fil.) J'ai fait le nécessaire pour qu'on m'envoie mes affaires à Amsterdam. Je me plais bien ici. Je me sens beaucoup plus en sécurité qu'à Hambourg, tu peux me croire. Ah! au fait, Fritz m'a téléphoné, il a eu mon numéro par Gaby. Il habite maintenant chez son cousin dans un petit patelin près de Hambourg. Mais il s'est fait tabasser, il a même perdu une ou deux dents, le pauvre type. Ces salopards ont essayé de lui soutirer ce qu'il savait...

Ils se rapprochaient dangereusement, pensa Tom, et il ressentit un élan de sympathie pour ce Fritz qu'il ne connaissait pas... le chauffeur de Reeves, peut-être.

– Fritz n'a jamais connu notre ami que sous le nom de « Paul », poursuivit Reeves. En plus, il leur en a fait une description tout à fait fausse, il a dit qu'il était brun, petit et trapu, mais rien ne prouve qu'ils l'aient cru. Fritz s'est assez bien débrouillé, étant donné le traitement qu'il subissait. Il dit qu'il n'a pas démordu de son histoire, qu'il s'en est tenu à ce faux signalement en affirmant qu'il ne savait rien de plus. A mon avis, c'est moi qui suis vraiment mal parti.

C'était indiscutable, pensa Tom, car les Italiens savaient parfaitement à quoi ressemblait Reeves.

– Dis-moi, Reeves, excuse-moi, mais on ne peut pas parler toute la journée, tu sais. Qu'est-ce qui te tracasse, en réalité?

Reeves exhala un soupir.

– Mon déménagement. Mais j'ai envoyé de l'argent à Gaby et elle va m'expédier mes affaires. J'ai écrit à ma banque également. Je me laisse pousser la barbe. Et bien entendu, j'ai... j'ai changé de nom.

Tom s'était douté qu'en effet Reeves se servirait d'un de ses faux passeports.

– Et comment t'appelles-tu maintenant?

– Andrew Lucas, de Virginie, répondit Reeves avec un rire bref. Au fait, as-tu revu notre ami commun?

– Non. Pourquoi le verrais-je? Ecoute, Andy, je

crois qu'il vaut mieux en rester là. Bien entendu, tu me tiendras au courant de la situation...

– Je n'y manquerai pas, Tom. Oh! encore une chose. Un homme de la famille De Stefano a été descendu à Hambourg! Samedi soir. Tu verras peut-être ça dans les journaux. Ça doit être les Genotti qui l'ont eu. C'est d'ailleurs ce que nous voulions...

Reeves se décida enfin à raccrocher.

Si la Mafia retrouvait la trace de Reeves à Amsterdam, songea Tom, ils le tortureraient pour lui soutirer des renseignements. Et Tom doutait que Reeves pût résister comme avait apparemment résisté Fritz. Il se demanda laquelle des deux familles, De Stefano ou Genotti, avait mis la main sur Fritz. Fritz ne devait être au courant que de la première opération, le meurtre de Hambourg. La victime avait été un simple soldat de la Mafia. Les Genotti devaient être furieux; ils avaient perdu un capo et, d'après les derniers renseignements, un garde du corps. Les deux familles savaient-elles maintenant qu'il ne s'agissait pas d'une guerre des gangs, mais que Reeves et les tenanciers de casinos de Hambourg étaient à l'origine de ces meurtres? En avaient-ils fini avec Reeves? Tom se sentait parfaitement incapable de protéger Reeves, en cas de nécessité. Si seulement ils n'avaient eu à lutter que contre un seul homme, comme ç'aurait été facile! Mais la Mafia...

Reeves lui avait précisé juste avant de raccrocher qu'il lui téléphonait depuis une poste. C'était plus sûr en tout cas que s'il avait appelé de son hôtel.

Les notes grêles du clavecin montaient depuis le rez-de-chaussée, telles un message d'un autre siècle. Tom redescendit. Héloïse voudrait avoir des détails sur le service religieux; pourtant, quand il lui avait demandé si elle voulait l'accompagner, elle avait refusé en disant que les enterrements la déprimaient.

*
**

Jonathan, debout devant la fenêtre du salon, regardait au-dehors. Il était midi passé. La radio qu'il avait allumée pour avoir les nouvelles de midi, diffusait de la musique pop. Simone se trouvait dans le jardin avec Georges qui était resté seul à la maison pendant que ses parents se rendaient au service funèbre. A la radio, une voix d'homme chantait « *runnin' on along... runnin' on along* » et Jonathan contemplait un chiot qui ressemblait à un berger allemand et gambadait autour de deux petits garçons sur le trottoir d'en face. Il se sentait la proie d'un étrange sentiment; il lui semblait que tout était illusoire, temporaire, en particulier la vie sous toutes ses formes, non seulement celles du chien et des petits garçons, mais aussi l'existence des maisons derrière eux; il savait que tout allait s'effacer un jour, s'écrouler définitivement, retourner au néant et à l'oubli. Jonathan pensa à Gauthier dans son cercueil que l'on devait être en train de descendre au fond de sa tombe en ce moment, puis il songea à lui-même. Sa jeunesse lui paraissait si lointaine. Il était trop tard pour lui et il ne se sentait même plus la force de profiter de ce qui lui restait de vie, maintenant qu'il avait enfin les moyens matériels qui lui auraient permis d'être heureux. Le mieux pour lui aurait été de fermer sa boutique, de la vendre ou de la donner, quelle importance, d'ailleurs? Mais s'il dilapidait cet argent avec Simone, que leur resterait-il, à elle et à Georges, après sa mort? Cinq cent mille francs, ce n'était pas une fortune. Pris d'un bourdonnement d'oreilles, il se détourna de la fenêtre. Ses jambes lourdes le soutenaient à peine. Puis le bourdonnement d'oreilles s'amplifia, couvrant complètement la musique diffusée par la radio.

Il revint à lui étendu par terre, baigné d'une sueur glacée. Simone était à genoux à côté de lui et lui tamponnait le visage et le front avec une serviette humide.

– Chéri, je viens juste de te trouver comme ça! Comment te sens-tu?... Georges, ce n'est rien. Papa va bien, je t'assure!

Mais Simone semblait terrifiée.

Jonathan laissa retomber sa tête sur le tapis.

– Tu veux boire un peu d'eau?

Jonathan réussit à avaler une gorgée au verre qu'elle tenait contre ses lèvres, puis il se recoucha sur le sol.

– J'ai l'impression que je vais rester étendu là tout l'après-midi!

Sa propre voix lui parvenait comme étouffée par son bourdonnement d'oreilles.

– Laisse-moi arranger ça.

Simone tira sur son veston qui s'était retroussé sous lui.

Quelque chose glissa de sa poche. Il vit Simone ramasser l'objet, puis elle reporta de nouveau sur lui son regard inquiet. Jonathan gardait les yeux ouverts et fixés sur le plafond, car il se sentait plus mal encore les yeux fermés. Des minutes s'écoulèrent, des minutes silencieuses. Jonathan n'était pas inquiet, car il savait qu'il allait s'en sortir, qu'il n'était pas en train de mourir, qu'il s'était simplement évanoui. Un état voisin de la mort, mais la mort ne le surprendrait pas de cette façon-là. La mort serait sans doute plus douce, plus séduisante, l'envelopperait comme une lame de fond s'abattant sur un rivage, aspirant les jambes du nageur qui s'est aventuré trop loin et qu'a mystérieusement abandonné tout désir de lutter. Simone sortit de la pièce, insistant pour emmener Georges, et elle revint un moment plus tard, une tasse de thé brûlant à la main.

– Je t'ai mis plein de sucre. Ça va te faire du bien. Veux-tu que je téléphone au Dr Périer?

– Oh non, ma chérie, merci.

Après avoir bu quelques gorgées de thé, Jonathan réussit à se lever et à gagner le divan.

– Jon, qu'est-ce que c'est? demanda Simone, lui montrant le petit livret bleu qui était le relevé de compte bancaire suisse.

– Oh... ça?

Jonathan secoua la tête pour s'éclaircir les idées.

– C'est un carnet de comptes, non?

– Euh... oui, si on veut.

La somme indiquée comportait six chiffres, plus de quatre cent mille francs, les initiales Fr. suivant les nombres ne laissaient aucun doute à ce sujet.

– Qu'est-ce que c'est que cet argent? Des francs français? Où as-tu pris ça, Jon? A quoi ça correspond-il?

– Ma chérie, c'est une espèce d'avance... versée par les médecins allemands.

– Mais... (Simone semblait désemparée.) Ce sont des francs français, n'est-ce pas? Et une somme pareille!

Elle eut un petit rire nerveux. Jonathan se sentait soudain le feu aux joues.

– Je t'ai dit d'où provenait cet argent, Simone. Evidemment... je reconnais que c'est une assez grosse somme. Je ne voulais pas t'en parler tout de suite. Je...

Simone posa soigneusement le petit livre bleu sur la table basse placée devant le divan. Elle tira ensuite la chaise qui se trouvait devant le secrétaire et s'assit dessus, de biais, se tenant d'une main au dossier.

– Jon...

Georges apparut soudain sur le seuil de la porte et se levant d'un air décidé, Simone se dirigea vers lui, le prit par les épaules et le réexpédia dans le couloir.

– Je parle avec papa, mon chou. Laisse-nous tranquilles un moment. (Elle revint s'asseoir.) Jon, je ne te crois pas, dit-elle d'un ton contenu.

Jonathan perçut un tremblement dans sa voix. Ce qui angoissait Simone, ce n'était pas seulement l'importance de la somme, mais tous ces mystères dont il s'était entouré depuis quelque temps, ses voyages en Allemagne...

– Ecoute, il faut que tu me croies, affirma Jonathan qui commençait à se ressaisir. Cet argent représente une avance, ajouta-t-il en se levant. Ils ne pensent pas que je pourrai m'en servir. Je n'aurai pas le temps. Toi si.

Il se força à rire, mais ce rire n'éveilla aucun écho chez Simone.

– L'argent est à ton nom... Jon, je ne sais pas ce que tu fais exactement, mais en tout cas, tu ne me dis pas la vérité.

Elle attendit pendant les quelques secondes qui auraient permis à Jonathan de lui dire précisément la vérité, mais il demeura silencieux.

Simone sortit de la pièce.

Le déjeuner fut sinistre. Ils s'adressèrent à peine la parole. Georges était intrigué, visiblement. Jonathan prévoyait l'atmosphère qui allait régner durant les jours à venir; Simone n'essaierait peut-être pas de le questionner à nouveau, elle se contenterait d'attendre qu'il se décide à parler, à s'expliquer. Il y aurait de longs silences dans la maison. Finies les étreintes amoureuses, finies les marques d'affection et les rires complices. Il fallait absolument qu'il trouve autre chose, une explication plus vraisemblable. Même s'il prétendait courir le risque de mourir du nouveau traitement tenté par les Allemands, serait-il plausible qu'ils lui payent une telle somme? Jonathan se rendit compte soudain que sa propre vie n'avait pas autant de valeur que celle de deux Mafiosi.

Il faisait un temps délicieux le vendredi matin; de courtes ondées légères alternaient avec de longues périodes ensoleillées. Excellent pour le jardin, songea Tom. Héloïse était partie pour Paris où elle voulait profiter des soldes d'une boutique de couture du faubourg Saint-Honoré. Tom était sûr qu'elle reviendrait également avec une écharpe de chez Hermès ou même un achat plus important. Tom, assis au clavecin, jouait le thème principal d'une variation Goldberg, essayant de le fixer dans sa mémoire et d'améliorer son doigté. Il avait acheté quelques partitions musicales à Paris le même jour où il avait acquis le clavecin. Cette variation, dont il avait l'enregistrement par Wanda Landowska, lui était familière. Comme il la jouait pour la troisième ou la quatrième fois, conscient de progresser à chaque fois, le téléphone sonna.

– Allô? fit Tom.

– Allô... euh... qui est à l'appareil, je vous prie? demanda une voix d'homme en français.

Tom, sans raison valable, se sentit aussitôt sur ses gardes.

– A qui voulez-vous parler? demanda-t-il tout aussi poliment.

– M. Anquetin?

– Non, ce n'est pas ici, répondit Tom et il raccrocha.

Son interlocuteur parlait un français parfait, n'est-ce pas? Mais les Italiens pouvaient très bien lui faire téléphoner par un Français ou encore par un Italien possédant un très bon accent. Ou bien s'inquiétait-il sans raison? Les sourcils froncés, Tom se retourna vers le clavecin et les portes-fenêtres, les mains plongées dans les poches revolver de son pantalon. La famille Genotti avait-elle retrouvé Reeves à son hôtel et vérifiait-elle maintenant tous les numéros de téléphone demandés par Reeves? Si c'était le cas, son interlocuteur n'allait pas se contenter de sa réponse. Normalement il aurait dû répondre : « Vous vous trompez de numéro, vous êtes ici chez M. untel. » Lentement le soleil envahit la pièce, et s'étala sur la moquette comme une nappe de feu. Le soleil évoquait pour Tom un arpège qu'il lui semblait presque entendre, – Chopin, cette fois peut-être... Tom craignait de téléphoner à Amsterdam pour demander à Reeves ce qui se passait. Il n'avait pas l'impression qu'on l'eût appelé de l'étranger, mais il ne pouvait être sûr. L'appel provenait peut-être de Paris. Ou d'Amsterdam. Ou de Milan. Le numéro de Tom ne figurait pas dans l'annuaire. La poste ne révélerait ni son nom ni son adresse, mais d'après l'indicatif – 424 – il était facile de savoir qu'il correspondait à toute la région de Fontainebleau. Tom savait que la Mafia avait les moyens de découvrir que Tom Ripley habitait dans ce secteur, et même à Villeperce, car l'affaire Derwatt avait été commentée dans tous les journaux, accompagnée également d'une photo de Tom, à peine six mois plus tôt. Tout dépendait, bien entendu, du deuxième garde du corps, bien vivant lui, qui avait parcouru le train à la recherche de son capo et de son acolyte. Il pouvait fort bien se rappeler le visage de Tom, qu'il avait vu au wagon-restaurant.

Tom s'exerçait une fois de plus à la variation Goldberg lorsque le téléphone sonna de nouveau. Dix minutes environ s'étaient écoulées depuis le premier appel. Cette fois, il allait répondre qu'il s'agissait de la maison de Robert Wilson, si on lui demandait. Son accent américain ne pouvait pas passer inaperçu.

– J'écoute, fit Tom d'un ton blasé.

– Allô?

– Oui, allô? dit Tom qui avait reconnu la voix de Jonathan Trevanny.

– J'aimerais vous voir, si vous avez le temps, dit Jonathan.

– Bien sûr. Aujourd'hui?

– Si c'est possible... Je ne peux pas... je ne tiens pas à vous voir à l'heure du déjeuner. Plus tard dans la journée, si vous voulez bien?

– Vers sept heures?

– Plutôt six heures et demie. Pouvez-vous venir à Fontainebleau?

Tom donna rendez-vous à Jonathan au bar de la Salamandre. Il croyait savoir ce qui tourmentait Jonathan : celui-ci n'arrivait pas à expliquer à sa femme de façon plausible la provenance de l'argent. Jonathan avait paru inquiet, mais quand même pas aux abois.

A six heures, Tom prit la Renault, car Héloïse n'était pas encore rentrée avec l'Alfa-Romeo. Elle avait téléphoné pour annoncer qu'elle allait boire quelques cocktails avec Noëlle et dînerait peut-être avec elle. Et elle avait acheté une très belle valise chez Hermès, parce qu'elle était en solde. Héloïse était persuadée que plus elle achetait lors des soldes, plus elle faisait preuve d'esprit d'économie.

Lorsque Tom arriva, Jonathan était déjà au comptoir de la Salamandre, en train de boire une bière brune, probablement de la Witbread, songea Tom. Le bar était particulièrement bruyant et animé ce soir-là, et Tom supposa qu'ils ne risquaient pas grand-chose à parler au comptoir. Il salua Jonathan d'un signe de tête et commanda lui-même une bière brune.

Jonathan lui raconta ce qui s'était passé. Simone avait vu le relevé de compte de la banque suisse. Jonathan lui avait dit que l'argent représentait une avance versée par les médecins allemands, qu'il courait certains risques en suivant leur nouveau traitement et que c'était une sorte d'assurance sur la vie.

– Mais en fait, elle ne me croit pas, ajouta Jonathan. Elle a même suggéré que je m'étais fait passer pour quelqu'un d'autre en Allemagne afin de toucher un héritage pour le compte d'une bande d'escrocs; quelque chose dans ce goût-là – et que l'argent représentait ma part. Ou encore que j'avais donné un faux témoignage pour Dieu sait quoi.

Jonathan eut un petit rire. Il était obligé de parler fort pour être entendu, mais il était sûr que personne n'écoutait à proximité ou en tout cas ne pouvait comprendre leur conversation. Trois barmen s'affairaient fébrilement derrière le bar, servaient des Pernod et des verres de rouge, ou tiraient des demis de bière à la pression.

– Je comprends, oui, dit Tom parcourant des yeux la bruyante cohue qui l'entourait.

Il était toujours préoccupé par le coup de fil qu'il avait reçu dans la matinée. Il avait même cherché des yeux une silhouette inconnue autour de Belle Ombre et dans les rues de Villeperce, quand il était parti vers six heures. Tous les habitants se connaissaient dans le village, et l'apparition du moindre étranger aurait immédiatement attiré l'attention. Tom avait même eu un instant d'appréhension en mettant le contact dans la Renault. Les voitures piégées étaient une spécialité de la Mafia.

– Il faut absolument trouver une explication, déclara Tom d'un ton convaincu.

Jonathan acquiesça d'un signe de tête et but une grande lampée de bière.

– C'est drôle, d'ailleurs, mais le meurtre mis à part, elle me soupçonne d'à peu près n'importe quoi!

Tom posa le pied sur la barre qui courait le long du comptoir et essaya de réfléchir malgré le tumulte. Ses yeux tombèrent sur une poche de la vieille veste en velours de Jonathan, qui avait été soigneusement raccommodée, sans doute par Simone.

Pris de court, Tom finit par suggérer :

– Et pourquoi ne pas lui dire la vérité, tout bonnement? Après tout, ces Mafiosi, ces ordures...

Jonathan secoua la tête.

– J'y ai pensé. Mais Simone... Elle est catholique, vous comprenez, et très pratiquante, et une chose pareille...

Il resta un instant silencieux puis reprit à voix haute dans le brouhaha :

– Ce serait vraiment un choc pour elle... elle ne pourrait jamais me pardonner, voyez-vous. La vie humaine, pour elle...

– Humaine! Parlons-en!

– Le problème, reprit Jonathan d'un ton grave, c'est que notre mariage même est en jeu, notre couple, je veux dire. (Il regarda Tom, qui essayait de comprendre ce qu'il disait.) L'atmosphère a tellement changé entre nous. Et je ne vois pas comment elle pourrait s'améliorer. J'espérais simplement que vous auriez peut-être une idée... une suggestion à me faire.

– Ecoutez, je vais essayer de trouver une idée, assura Tom.

Pourquoi tous les gens – y compris Jonathan – attendaient-ils de lui une solution à leurs problèmes? Tom trouvait souvent qu'il avait déjà assez de mal à mener sa propre existence. Sa sécurité matérielle dépendait de ces inspirations qui lui venaient parfois lorsqu'il était sous la douche ou en train de jardiner, véritables dons des dieux mais qui ne lui étaient accordés qu'après mûre réflexion.

– Voyons, reprit Tom après un long silence, si nous inventions une double explication.

– Comment ça? fit anxieusement Jonathan.

– Une somme ajoutée à celle que les médecins vous auraient versée. Il pourrait s'agir d'un pari, par exemple? Un médecin a parié avec un de ses confrères en Allemagne, et tous deux vous ont remis l'argent, une sorte de dépôt, en somme. Ça pourrait justifier... eh bien, dans les cinquante mille dollars, plus de la moitié. Ou bien est-ce que vous comptez en francs? Voyons... ça fait plus de deux cent cinquante mille francs, il me semble.

Jonathan eut un sourire incertain. L'idée était ingénieuse mais tirée par les cheveux.

– Vous voulez une autre bière?

– Avec plaisir, répondit Tom et il alluma une Gauloise. Ecoutez. Vous pourriez dire à Simone que vous n'avez pas voulu lui en parler, parce que ça pouvait paraître tellement ridicule ou cynique, comme on veut, mais qu'il s'agit d'un pari sur vos chances de survie. Un des médecins à parié que vous alliez guérir définitivement, disons, ce qui vous laisse, à vous et à Simone, un peu plus de deux cent mille francs – dont vous avez déjà commencé à profiter, j'espère!

Un barman débordé posa bruyamment devant Tom un verre propre et une bouteille de bière. Jonathan en était déjà à sa deuxième.

– Nous avons acheté un canapé dont nous avions grand besoin, dit Jonathan. Nous pourrions aussi nous offrir une télé. Votre idée est intéressante. C'est toujours mieux que rien. Merci en tout cas.

Un homme trapu d'une soixantaine d'années salua Jonathan en lui serrant brièvement la main et se dirigea vers le fond de la salle sans regarder Tom. Tom observait deux blondes auxquelles trois garçons en pantalons à pattes d'éléphant, debout près de leur table, parlaient avec animation. Un vieux chien obèse aux pattes grêles, qui attendait au bout de sa laisse que son maître ait fini son verre de rouge, leva sur Tom un regard malheureux.

– Vous avez eu des nouvelles de Reeves récemment? s'enquit Tom.

– Pas depuis un mois, je crois bien.

Jonathan ne savait donc pas que l'appartement de Reeves avait été plastiqué, et Tom ne vit aucune raison de le lui apprendre. Cela ne pourrait que lui ébranler le moral.

– Et vous? Comment va-t-il?

– Franchement je ne sais pas, répondit Tom d'un ton négligent, comme s'il n'était pas dans les habitudes de Reeves de lui écrire ou de lui téléphoner. Allons-nous-en, voulez-vous? ajouta-t-il, se sentant soudain mal à l'aise, comme si une foule d'yeux était fixée sur lui. (Il fit signe au barman de prendre les deux billets de dix francs qu'il avait posés sur le comptoir, bien que Jonathan eût également sorti de l'argent de son portefeuille.) Ma voiture est un peu plus haut à droite.

Sur le trottoir, Jonathan demanda d'un ton gêné :

– Et pour vous, tout va bien, à votre avis? Vous n'avez pas d'inquiétude?

Ils étaient maintenant arrivés à sa voiture.

– Je ne suis pas du genre à m'inquiéter. Vous ne l'auriez jamais cru, je parie? J'essaie d'imaginer le pire avant qu'il arrive. Et ça n'est pas exactement du pessimisme. (Tom sourit.) Vous rentrez chez vous? Je vais vous déposer.

Jonathan monta dans la voiture.

Dès que Tom eut refermé la portière, une fois installé au volant, il se sentit en sécurité, comme s'il s'était trouvé dans sa propre maison. Mais combien de temps cette maison serait-elle encore à l'abri d'une attaque éventuelle? Tom eut une pénible vision de l'omniprésente Mafia envahissant son domaine comme une marée de cafards noirs, se ruant partout, arrivant de partout. S'il s'enfuyait de chez lui, faisant partir Héloïse et Mme Annette avant lui ou en même temps que lui, la Mafia pouvait tout simplement mettre le feu à Belle Ombre. Tom évoqua le clavecin en train de brûler ou pulvérisé par une bombe. Il reconnaissait qu'il éprouvait pour sa maison, pour son foyer, un attachement presque féminin.

– Je cours un plus grand danger que vous si ce garde du corps, le deuxième, peut m'identifier. L'ennui, c'est que ma photo a paru dans les journaux, dit Tom.

Jonathan était au courant.

– Excusez-moi de vous avoir demandé de venir me voir. Mais je suis tellement inquiet, pour ma femme. Parce que... vous comprenez... notre entente est la chose la plus importante de ma vie. C'est la première fois que je suis amené à lui mentir, voyez-vous. Je n'ai même pas réussi à la duper vraiment, d'ailleurs, et je suis vraiment effondré. Mais... cela m'a fait du bien de vous avoir vu et je vous en remercie.

– Oui, ça va pour cette fois, dit Tom gentiment. (Il voulait parler de leur rencontre ce soir-là.) Au fait... (il ouvrit la boîte à gants et en sortit le petit revolver italien)... vous devriez garder ça à portée de main. Dans votre boutique, par exemple.

– Vous croyez? Franchement, je crains bien, en cas de fusillade, de ne pas être à la hauteur.

– C'est mieux que rien, de toute façon. Si quelqu'un de suspect entrait dans votre boutique... Vous avez bien un tiroir sous votre comptoir?

Jonathan sentit un frisson lui passer dans le dos; quelques jours auparavant, il avait précisément rêvé d'une scène semblable : un tueur de la Mafia surgissait dans sa boutique et, à bout portant, lui tirait une balle en plein visage.

– Qu'est-ce qui vous fait croire que je puisse en avoir besoin? Vous avez sûrement une idée en tête?

Pourquoi ne pas lui dire la vérité? songea brusquement Tom. Cela l'inciterait peut-être à une plus grande prudence.

– Oui, j'ai reçu aujourd'hui un coup de téléphone qui m'inquiète un peu. D'un Français, apparemment, mais ça ne veut rien dire. Il a demandé je ne sais plus qui, un nom français en tout cas. C'était peut-être une simple erreur, mais comment en être sûr? Dès que j'ouvre la bouche, naturellement, on sait que je suis américain, et peut-être vérifiait-il... (Il laissa sa phrase en suspens.) Et pour ne rien vous cacher, l'appartement de Reeves a été plastiqué, vers le milieu d'avril, je crois.

– Son appartement! Seigneur... Il a été blessé?

– Il n'y avait personne chez lui. Mais du coup, il s'est empressé de filer à Amsterdam. Il y est toujours, pour autant que je sache, sous un nom d'emprunt.

Jonathan songea qu'on avait peut-être fouillé l'appartement de Reeves, à la recherche de noms et d'adresses, qu'on y avait trouvé le sien ainsi que celui de Tom Ripley.

– Que sait l'ennemi au juste?

– Oh! Reeves affirme que tous ses papiers importants étaient en sûreté. Ils ont mis la main sur Fritz – vous le connaissez je suppose – et l'ont un peu tabassé, mais d'après Reeves, Fritz s'est conduit en héros. Il leur a donné de vous... enfin, de l'homme engagé par Reeves, un signalement opposé au vôtre. (Tom soupira.) A mon avis, ils ne soupçonnent que Reeves et quelques gars des casinos.

Il tourna la tête vers Jonathan qui ouvrait de grands yeux. Il paraissait plus choqué que terrifié, en fait.

– Bon sang! chuchota Jonathan. Vous pensez qu'ils ont trouvé mon adresse, nos adresses?

– Non, répondit Tom avec un sourire, sinon ils seraient déjà venus, ça je peux vous le garantir.

Tom avait envie de rentrer chez lui maintenant. Il mit le contact et déboîta du trottoir.

– Mais alors, à supposer que le type qui vous a téléphoné soit de la Mafia, comment se sont-ils procuré votre numéro?

– Là, nous entrons dans le royaume des suppositions, dit Tom qui remontait maintenant la rue Grande. (Il hésita un instant.) C'est peut-être parce que Reeves a commis l'idiotie de me téléphoner depuis Amsterdam. Il n'est pas exclu que les hommes de la Mafia aient retrouvé sa trace, d'autant qu'il a demandé à sa gouvernante de lui envoyer ses affaires. Ce qui était également parfaitement stupide de sa part, ajouta Tom comme s'il ouvrait une parenthèse. Je me demande, voyez vous, si... Même si Reeves a quitté son hôtel d'Amsterdam, ceux de la Mafia ont très bien pu vérifier les coups de fil qu'il avait passés. Auquel cas ils seraient tombés sur mon numéro. Au fait, il ne vous a pas téléphoné, j'espère, depuis Amsterdam? Vous êtes sûr?

– La dernière fois qu'il m'a appelé, c'était de Hambourg, je sais. (Jonathan se rappelait la voix enjouée de Reeves, lui annonçant que son argent, la totalité de la somme convenue, allait être versé immédiatement à la banque suisse. Il songea soudain au revolver qui déformait la poche de sa veste.) Excusez-moi, mais il faut que je passe d'abord à ma boutique pour me débarrasser de cette arme. Vous pouvez me poser là.

Tom se gara le long du trottoir.

– Allons, ne vous frappez pas trop. Et si quelque chose vous inquiète vraiment, n'hésitez pas à me passer un coup de fil.

Jonathan, qui sentait cette fois la peur l'envahir, eut un sourire contraint.

– D'accord; et vous de même, si vous pensez que je peux vous être utile...

Tom redémarra.

Jonathan se dirigea vers sa boutique, tenant le revolver au creux de sa main dans sa poche. Il rangea l'arme dans le tiroir-caisse qui coulissait sous le comptoir. Tom avait raison, ce revolver, c'était mieux que rien. Jonathan savait également qu'il avait un autre atout dans son jeu : peu lui importait de vivre ou de mourir. Ça n'était pas comme Tom Ripley qui, lui, avait beaucoup plus à perdre...

Si un homme entrait dans sa boutique pour l'abattre et s'il avait la chance de le descendre le premier, ce serait la fin, de toute façon. Jonathan n'avait pas besoin de Tom Ripley pour le lui dire. La détonation alerterait le voisinage, la police rappliquerait, le mort serait identifié, et la question serait inévitablement posée : « Pourquoi un homme de la Mafia voulait-il abattre Jonathan Trevanny? » et toute l'affaire serait découverte de A à Z.

Jonathan ferma sa boutique et se dirigea vers la rue Saint-Merry. Il songeait à l'appartement de Reeves ravagé par une bombe, à tous ses livres, ses disques, ses tableaux. Il pensait à Fritz qui l'avait conduit jusqu'au soldat de la Mafia, Salvatore Bianca, Fritz qui avait été roué de coups mais qui ne l'avait pas trahi.

Il était près de sept heures et demie et Simone se trouvait dans la cuisine.

– Bonsoir, lui dit Jonathan en souriant.

– Bonsoir, dit Simone. (Elle baissa le thermostat du four, puis se redressa et enleva son tablier.) Et que faisais-tu en compagnie de M. Ripley ce soir?

Jonathan sentit des picotements lui parcourir le visage. Où les avait-elle vus? Au moment où il descendait de la voiture de Tom?

– Il est venu me voir pour choisir un cadre, dit Jonathan. Et nous sommes allés boire une bière. C'était l'heure de la fermeture.

– Ah oui? (Immobile, elle dévisageait Jonathan.) Je vois.

Jonathan accrocha sa veste dans l'entrée. Georges qui dévalait l'escalier lui parlait déjà de son overcraft. Georges était en train d'assembler un modèle réduit que lui avait acheté Jonathan, et c'était un peu compliqué pour lui. Jonathan attrapa le petit garçon dans ses bras et le percha sur son épaule.

– Nous allons étudier ça après le dîner, d'accord?

L'atmosphère demeura glaciale pendant tout le repas. Ils mangèrent un consommé de légumes, fait dans un mixer que Jonathan venait d'acheter et qui avait coûté six cents francs; l'appareil faisait aussi des jus de fruits et pouvait pulvériser à peu près n'importe quoi, y compris les os de poulet. Jonathan essaya sans succès d'animer la conversation. Simone ne se donnait même pas la peine de lui répondre. Il n'était pas impossible, songea Jonathan, que Tom Ripley ait fait appel à ses services. Après tout, Tom avait dit qu'il peignait.

– Ripley a plusieurs toiles à faire encadrer, se décida enfin à dire Jonathan. J'irai peut-être chez lui y jeter un coup d'œil.

– Ah oui? fit Simone, du même ton froid, puis elle se tourna vers Georges pour lui parler gentiment.

Jonathan détestait Simone quand elle était ainsi, et il s'en voulait de la détester. Il avait eu l'intention de se lancer dans une tentative d'explication – celle du pari – pour justifier l'importance de la somme déposée en Suisse. Mais ce soir, vraiment, c'était hors de question.

Après avoir déposé Jonathan, Tom eut soudain envie de s'arrêter dans un café pour appeler chez lui. Il voulait savoir si tout allait bien et si Héloïse était rentrée. A son grand soulagement, ce fut Héloïse qui répondit.

– Oui, chéri, je viens d'arriver. Où es-tu?... Non, j'ai seulement bu un verre avec Noëlle.

– Héloïse, mon petit chou, si nous nous amusions un peu ce soir. Peut-être que les Grais ou les Bethelin sont libres... Je sais que c'est un peu tard pour lancer des invitations à dîner, mais ils pourraient passer après le dîner. Les Clegg peut-être aussi... Oui, j'ai envie de voir des gens.

Tom conclut en disant qu'il arrivait dans un quart d'heure.

Il conduisit vite, mais prudemment. Il se sentait curieusement angoissé par la soirée à venir. Il se demandait si Mme Annette avait eu à répondre au téléphone en son absence.

Héloïse ou Mme Annette avait allumé la lampe extérieure à Belle Ombre, bien que la nuit ne fût pas encore tombée. Une D.S. passa lentement, juste avant que Tom franchisse le portail, et il l'examina avec soin; bleu foncé, cahotant légèrement sur la route inégale, elle était immatriculée à Paris. Il y avait au moins deux passagers à l'intérieur. Surveillaient-ils Belle Ombre? Sans doute s'inquiétait-il sans raison.

– Bonsoir, Tom! Les Clegg vont venir boire un verre en vitesse, et les Grais peuvent venir dîner, parce qu'Antoine n'est pas allé à Paris aujourd'hui. Tu es content? (Héloïse l'embrassa sur la joue.) Où étais-tu? Regarde ma valise! Je reconnais qu'elle n'est pas très grande...

Tom admira la valise couleur bordeaux qu'entourait une courroie de toile rouge. Les fermoirs étaient en laiton. Le cuir, très souple, devait être du chevreau de très belle qualité.

– Oui, elle est superbe, vraiment.

– Et regarde... l'intérieur. (Héloïse l'ouvrit.) Comme tout est soigné.

Tom se pencha sur elle pour l'embrasser sur les cheveux.

– Ma chérie, ta valise est ravissante. Nous allons boire un verre à la santé de cette valise! Et aussi du clavecin par la même occasion. Les Clegg et les Grais ne l'ont pas encore vue cette merveille, n'est-ce pas? Non... Comment va Noëlle?

– Tom, tu me parais nerveux, dit Héloïse à voix basse, pour ne pas être entendue de Mme Annette.

– No , protesta Tom. J'avais simplement envie de voir des gens. J'ai passé une journée très tranquille. Ah! Madame Annette, bonsoir! Nous avons deux invités ce soir. Vous allez pouvoir vous débrouiller?

Mme Annette venait d'entrer, poussant devant elle la table roulante.

– Mais oui, monsieur Tom. Ce sera à la fortune du pot, mais je vais préparer un ragoût... ma recette normande, si vous vous rappelez...

Tom ne l'écouta pas énumérer ce qu'elle mettait dans son plat – du bœuf, du veau, des rognons; elle avait eu le temps de faire un saut chez le boucher et Tom savait très bien que son dîner n'aurait rien d'improvisé. Il l'écouta néanmoins jusqu'au bout. Puis il lui demanda :

– Madame Annette, il n'y a pas eu de coups de téléphone depuis six heures, après mon départ?

– Non, monsieur Tom.

D'une main experte, elle déboucha un quart de champagne.

– Pas le moindre? Même pas un faux numéro?

– Non, monsieur Tom.

Mme Annette versa avec précaution le champagne dans un grand verre pour Héloïse.

Héloïse observait Tom. L'air absent, Tom suivit des yeux Mme Annette qui sortait de la pièce. Puis après un instant d'hésitation, il déclara à Héloïse :

– Je crois que je vais aller me chercher une bière.

Mme Annette ne lui avait pas servi à boire, car Tom préférait en général le faire lui-même.

Dans la cuisine, le dîner était déjà en train, les légumes avaient été épluchés et lavés, et quelque chose bouillait sur la cuisinière.

– Madame Annette, écoutez-moi bien, c'est très important. Vous êtes certaine que personne n'a téléphoné? Même par erreur?

A la grande consternation de Tom, cette dernière question sembla rafraîchir la mémoire de Mme Annette.

– Attendez... Ah! mais oui, le téléphone a sonné vers six heures et demie. Un monsieur a demandé... un nom que j'ai oublié, monsieur Tom. Puis il a raccroché. C'était une erreur.

– Qu'est-ce que vous avez répondu?

– Que la personne qu'il demandait n'habitait pas ici.

Tom la gratifia d'un large sourire. Il s'était reproché d'être parti à six heures sans demander à Mme Annette de ne donner son nom sous aucun prétexte, et elle avait fait ce qu'il fallait de sa propre initiative.

– Parfait, dit-il approbateur. C'est justement pour être tranquille que je n'ai pas mon numéro dans l'annuaire, pas vrai?

– Bien sûr, répondit Mme Annette comme si c'était là la chose la plus naturelle du monde.

Tom regagna le living-room. Il avait complètement oublié de prendre une bière dans le réfrigérateur et se servit un whisky. Une fois de plus, ses inquiétudes se réveillaient. Si la Mafia le recherchait, si leur enquête avait progressé aussi rapidement, le filet ne tarderait pas à se resserrer inexorablement. Avaient-ils fait des recherches à Milan, à Amsterdam ou à Hambourg? Est-ce que Tom Ripley n'habitait pas Villeperce? Ce numéro commençant par 424 ne pouvait-il être un numéro de Villeperce? Si, justement. L'indicatif de Fontainebleau était le 422, mais le 424 englobait toute une région plus au sud, y compris Villeperce.

– Qu'est-ce qui te tracasse, Tom? demanda Héloïse.

– Rien, ma chérie. Alors, où en sont tes projets de croisière? Tu as vu quelque chose qui te tente?

– Oh oui! Un voyage simple et agréable, pas le genre ultra-chic et casse-pieds! Une croisière en Méditerranée, départ de Venise, jusqu'à la Turquie. Quinze jours, et on n'est pas obligé de s'habiller pour dîner. Qu'est-ce que tu en dis, Tom? Le bateau part toutes les trois semaines, en mai et en juin par exemple.

– Ça ne me tente pas tellement en ce moment. Demande à Noëlle si elle veut t'accompagner. Ce petit voyage te ferait du bien.

Tom monta à sa chambre du premier. Il ouvrit le dernier tiroir de sa grosse commode, dans laquelle il avait rangé la veste verte achetée à Salzbourg pour Héloïse. Tout au fond du tiroir se trouvait un Lüger qu'il s'était procuré trois mois auparavant par l'intermédiaire de Reeves. Tom vérifia le fonctionnement de la culasse, le chargeur, les deux petites boîtes de cartouches supplémentaires, puis il alla ouvrir le placard où il gardait sa carabine de chasse de fabrication française. Elle était également chargée, avec le cran de sûreté rabattu. C'était le Lüger dont il aurait besoin en cas d'ennuis, pensa Tom, ce soir, peut-être, ou le lendemain. Tom jeta un coup d'œil par les fenêtres de sa chambre, qui donnaient dans deux directions. Les rues étaient désertes, silencieuses. Il faisait déjà nuit. Puis sur la gauche, une voiture apparut roulant à une allure normale. C'étaient les Clegg, leurs chers et inoffensifs amis, qui déboîtaient pour franchir le portail de Belle Ombre. Tom descendit les accueillir.

Les Clegg – Howard, la cinquantaine, anglais et son épouse Rosemary, également anglaise – restèrent le temps de boire deux verres. Les Grais étaient arrivés entre-temps.

Clegg, un ancien avocat qui avait pris sa retraite parce qu'il avait le cœur fatigué, était néanmoins la plus tonique de toutes les personnes présentes. Ses cheveux gris bien coupés, sa veste en tweed confortable, son pantalon de flanelle, lui conféraient un côté gentilhomme campagnard qui plaisait beaucoup à Tom. Debout, devant la porte-fenêtre voilée de tentures, un whisky à la main, il était en train de raconter une histoire drôle... Que pouvait-il se passer ce soir pour rompre cette joyeuse atmosphère? Tom avait laissé de la lumière dans sa chambre et il avait également allumé la lampe de chevet dans la chambre d'Héloïse. Les voitures des invités étaient garées devant la maison. Tom voulait créer l'impression qu'il donnait une soirée, une soirée plus importante qu'elle ne l'était vraiment. Ce qui n'aurait d'ailleurs nullement arrêté les hommes de la Mafia s'ils avaient décidé de jeter une bombe dans la maison, Tom le savait fort bien. Ainsi mettait-il peut-être ses amis en danger. Mais il avait le sentiment que la Mafia préférerait le liquider discrètement : l'attaquer à un moment où il serait seul, le coincer et l'abattre dans une rue de Villeperce, par exemple, pour filer avant même que personne ait compris ce qui s'était passé.

Rosemary Clegg, mince et ravissante bien qu'elle approchât la quarantaine, était en train de promettre à Héloïse une certaine plante qu'elle et Howard venaient de rapporter d'Angleterre.

– Alors, allez-vous déclencher des incendies cet été? demanda Antoine Grais.

– En fait, je ne crois pas que ça m'amuserait, répondit Tom avec le sourire. Venez donc avec moi jeter un coup d'œil sur la future serre.

Tom et Antoine sortirent par la porte-fenêtre et descendirent les marches jusqu'à la pelouse. Tom s'était muni d'une lampe de poche. Les fondations en ciment étaient déjà prêtes et les tiges métalliques qui devaient composer le cadre étaient empilées de côté, ce qui n'arrangeait pas le gazon. Les ouvriers n'étaient pas venus depuis une semaine. Tom avait été mis en garde contre cette équipe par un des habitants du village : ils avaient tellement de travail cet été qu'ils essayaient de faire plaisir à tout le monde, en passant sans cesse d'un chantier à l'autre, pour être sûrs de ne perdre aucun client.

– Ça se présente bien, déclara Antoine.

Tom avait demandé à Antoine de lui indiquer le meilleur type de serre possible et lui avait payé sa consultation. Antoine avait été en mesure de lui procurer les matériaux nécessaires au prix de gros, meilleur marché en tout cas que s'il les avait commandés directement à l'entrepreneur. Tom se surprit à jeter des coups d'œil vers le sentier qui, derrière Antoine, s'enfonçait dans les bois plongés dans une obscurité totale.

Mais vers onze heures, après le dîner, alors qu'ils étaient tous quatre en train de boire du café et de la bénédictine, Tom prit la décision de faire filer à la fois Héloïse et Mme Annette de la maison dès le lendemain. Pour Héloïse, ce serait facile. Il la persuaderait d'aller passer quelques jours chez Noëlle – Noëlle et son mari habitaient un vaste appartement à Neuilly – ou chez ses parents. Mme Annette avait une sœur à Lyon et, fort heureusement, cette sœur avait le téléphone; on pourrait donc sans doute organiser rapidement le départ de Mme Annette. Mais quelle explication donner? Tom répugnait à l'idée de jouer la comédie, de se prétendre pris d'une lubie, de déclarer par exemple : « J'ai besoin d'être seul pendant quelques jours », mais s'il parlait d'un danger possible, Héloïse et Mme Annette allaient s'alarmer.

Tom aborda la question avec Héloïse, ce soir-là, alors qu'ils s'apprêtaient à se mettre au lit.

– Ma chérie, déclara-t-il en anglais, j'ai le pressentiment qu'il risque de se passer... quelque chose d'horrible et, pour ta propre sécurité, je ne veux pas que tu restes ici. J'aimerais également que Mme Annette s'en aille demain pour quelques jours; alors j'espère que tu m'aideras à la persuader d'aller faire un petit séjour chez sa sœur.

Héloïse, accotée à son oreiller bleu pâle, fronça légèrement les sourcils et posa le yaourt qu'elle était en train de manger.

– Comment ça, quelque chose d'horrible? Tom, tu m'en dis trop ou trop peu.

– Non, non, fit Tom en secouant la tête. D'ailleurs je m'inquiète pour rien sans doute. (Il eut un petit rire.) Mais autant prendre des précautions, n'est-ce pas?

– Enfin, où veux-tu en venir avec tes précautions, Tom?... Et ce danger mystérieux?... C'est à cause de Reeves? Non? C'est bien ça, dis-moi?

– En un sens, oui.

Cela valait mieux que de parler de la Mafia.

– Où est-il?

– Oh! à Amsterdam, je crois.

– Il n'habite pas en Allemagne?

– Si, mais il avait un travail à Amsterdam.

– Et qui d'autre est dans le coup? Pourquoi es-tu tellement inquiet?... Qu'est-ce que tu as fait, Tom?

– Mais rien, voyons, ma chérie!

C'était la dérobade habituelle de Tom dans ce genre de circonstances.

– Tu essaies de protéger Reeves ou quoi?

– Il m'a rendu service plusieurs fois. Mais je veux surtout te protéger toi, – et nous, et Belle Ombre. Pas Reeves. Alors laisse-moi faire à ma manière, chérie.

– Belle Ombre?

Tom sourit et expliqua d'un ton calme :

– Je ne veux pas qu'il y ait le moindre grabuge à Belle Ombre. Pas même une vitre brisée. Il faut me faire confiance; j'essaie d'éviter quoi que ce soit de violent... ou dangereux.

Héloïse battit des paupières, dévisagea Tom un

instant sans mot dire, puis déclara d'un ton légèrement acide :

– Très bien, Tom.

Il savait qu'elle ne poserait pas d'autres questions, à moins que la police ne portât une accusation, ou qu'il ne fût obligé d'expliquer la présence d'un cadavre de Mafioso. Ça devait être bien pire pour Jonathan Trevanny, songea Tom, non pas que Simone parût le moins du monde difficile à vivre, indiscrète ou névrosée, mais Jonathan n'avait pas l'habitude de ces situations imprévues et surtout il était incapable de mentir.

Le lendemain matin, Tom et Héloïse parlèrent ensemble à Mme Annette. Héloïse avait pris son thé en haut, et Tom buvait une deuxième tasse de café dans le living-room.

– M. Tom aimerait rester seul pendant quelques jours pour pouvoir réfléchir et peindre, déclara Héloïse.

Ils avaient décidé que c'était la meilleure excuse après tout.

– Et un petit congé ne vous ferait pas de mal, madame Annette, appuya Tom. Avant les grandes vacances du mois d'août...

– Comme vous voulez, Madame et Monsieur, bien sûr. C'est ça qui compte, n'est-ce pas?

Elle souriait et ses yeux pétillaient moins que d'habitude peut-être, mais elle semblait d'accord.

Elle accepta aussitôt d'appeler sa sœur Marie-Odile à Lyon.

Le courrier arriva à neuf heures et demie. Il y avait entre autres une enveloppe blanche et carrée avec un timbre suisse, une adresse en caractères d'imprimerie – écrite de la main de Reeves, supposa Tom – et pas de nom d'expéditeur. Tom avait envie de l'ouvrir dans le living-room, mais Héloïse était en train d'expliquer à Mme Annette qu'elle allait la conduire à Paris pour qu'elle pût prendre le train de Lyon, aussi monta-t-il dans sa chambre. La lettre disait :

Cher Tom,

Je suis à Ascona. J'ai failli y passer à mon hôtel d'Amsterdam et c'est pour ça que j'ai filé, mais j'ai réussi à caser toutes mes affaires ici dans la ville. Bon sang, si seulement ils pouvaient laisser tomber! Je suis descendu ici sous le nom de Ralph Platt, et dans une auberge en haut de la colline appelée les Trois-Ours... charmant, non? Au moins, c'est un endroit très isolé et le genre pension de famille. Toutes mes amitiés à toi et à Héloïse.

R.

Tom froissa la lettre au creux de sa main, puis il la déchira en petits morceaux au-dessus de la corbeille à papiers. La situation était aussi grave qu'il le craignait; la Mafia avait retrouvé la trace de Reeves à Amsterdam et avait sans doute obtenu le numéro de téléphone de Tom en vérifiant tous les numéros appelés par Reeves. Tom se demanda ce qui s'était passé exactement à l'hôtel. Il se jura, et ça n'était pas la première fois, qu'il n'aurait plus jamais rien à voir avec Reeves Minot à l'avenir. Dans cette affaire-là, il s'était contenté de suggérer une idée à Reeves, ce qui n'aurait pas dû présenter de risque particulier. L'erreur, Tom s'en rendait compte, avait été de vouloir aider Jonathan Trevanny. Bien entendu, Reeves l'ignorait, sinon il n'aurait pas commis l'imprudence de lui téléphoner à Belle Ombre.

Il allait demander à Jonathan Trevanny de venir à Villeperce dans la soirée ou même dans l'après-midi, bien qu'il travaillât le samedi. S'il se passait quoi que ce soit, il valait mieux être deux, pour se défendre. Et qui d'autre pouvait-il appeler à son aide sinon Jonathan? Jonathan n'avait rien d'un foudre de guerre, certes, mais en cas d'urgence, peut-être pourrait-il se montrer efficace. Il en avait fourni la preuve dans le *Mozart Express*, après tout. Jonathan passerait la nuit chez lui, Tom irait même le chercher en voiture, puisqu'il n'y avait pas de car et il ne voulait pas qu'il prît un taxi, compte tenu de ce qui risquait de se passer ce soir-là; il ne tenait pas à ce qu'un chauffeur de taxi se rappelât avoir conduit un client de Fontainebleau à Villeperce, trajet par trop inhabituel.

– Tu me téléphoneras ce soir, Tom? demanda Héloïse.

Dans sa chambre, elle était en train d'emplir une grande valise. Elle avait décidé de se rendre d'abord dans sa famille.

– Oui, mon amour. Vers sept heures et demie? (Il savait que les parents d'Héloïse dînaient à huit heures pile.) Je t'appellerai pour t'annoncer sans doute que tout va bien.

– C'est seulement pour cette nuit que tu t'inquiètes?

Tom eut un instant d'hésitation :

– Je pense, oui...

Vers onze heures, Héloïse et Mme Annette étant prêtes à partir, Tom s'arrangea pour entrer seul dans le garage, avant même de les avoir aidées à porter leurs bagages dans la voiture. Il dut d'ailleurs insister auprès de Mme Annette qui, étant de la vieille école, s'imaginait que c'était à elle de porter tous les bagages, en tant que domestique. Tom ouvrit le capot de l'Alfa-Romeo. Il ne vit rien de suspect dans le moteur et mit le contact. Aucune explosion. Tom était sorti la veille au soir pour aller fermer avec un cadenas les portes du garage, mais il ne voulait rien laisser au hasard s'il s'agissait de la Mafia. Ils pouvaient très bien forcer un cadenas et le refermer ensuite.

– A bientôt, madame Annette, dit Tom en lui posant un baiser sur la joue. Amusez-vous bien.

– Au revoir, Tom! Appelle-moi ce soir... Et sois prudent!

Tom, souriant, les salua d'un geste de la main. Il voyait bien qu'Héloïse n'était guère inquiète. Et c'était beaucoup mieux ainsi.

Puis il rentra dans la maison pour téléphoner à Jonathan.

Jonathan avait passé une matinée pénible. Simone lui avait dit, d'un ton relativement aimable (elle était en train d'aider Georges à passer un pull-over à col roulé) :

– Cette atmosphère ne peut pas durer éternellement, Jon, tu sais?

Il était presque huit heures un quart. Simone allait partir dans quelques minutes pour conduire Georges à l'école.

– Oui, oui, je sais. Ecoute, cette somme déposée en Suisse... (Jonathan avait décidé de se jeter à l'eau, et il parlait rapidement, dans l'espoir que Georges ne comprendrait pas trop de quoi il s'agissait.) Il s'agit d'un pari, si tu veux savoir... Un pari... qui me concerne... entre deux personnes. Et c'est moi qui détiens les enjeux. Si bien que...

– Quelles deux personnes? demanda Simone, déconcertée.

– Deux médecins, répondit Jonathan. Ils essayent un nouveau traitement; l'un d'eux, plutôt, et un de ses collègues a parié qu'il n'obtiendrait aucun résultat. J'ai pensé que tu trouverais ça de bien mauvais goût et c'est pour cette raison que je ne voulais pas t'en parler. Mais cela signifie qu'il n'y a en fait que dix mille francs, et même moins maintenant, qui nous appartiennent. C'est la somme que me paient les médecins de Hambourg pour essayer leurs comprimés.

Jonathan voyait bien que malgré tous ses efforts, elle n'arrivait pas à le croire.

– Ça ne tient pas debout! dit-elle. Tout cet argent, Jon! Pour un *pari*?

Georges leva la tête vers sa mère.

Jonathan effleura son fils du regard et se passa la langue sur les lèvres.

– Sais-tu ce que je pense? reprit Simone. Et peu m'importe que Georges m'entende! Je pense que tu détiens, que tu dissimules de l'argent gagné malhonnêtement pour ce malhonnête homme de Tom Ripley! Et bien entendu, il te paie un peu, il t'en laisse une petite part pour te dédommager du service que tu lui rends!

Jonathan s'aperçut qu'il tremblait et posa son bol de café au lait sur la table de la cuisine.

– Ripley ne pourrait pas cacher lui-même son argent en Suisse?

Jonathan éprouvait une irrésistible envie d'aller vers elle, de la prendre par les épaules, de l'adjurer de le croire. Mais n'allait-elle pas le repousser? Il se contenta donc de redresser le buste.

– Si tu ne me crois pas, protesta-t-il, je n'y peux rien. C'est comme ça.

Jonathan avait subi une transfusion le lundi après-midi, jour où il s'était évanoui. Simone l'avait accompagné à l'hôpital, et par la suite il était allé voir le Dr Périer qu'il avait dû appeler auparavant afin qu'il prenne rendez-vous pour lui à l'hôpital pour la transfusion. Le Dr Périer avait voulu le voir pour une simple visite de contrôle. Mais Jonathan avait dit à Simone que le Dr Périer lui avait donné de nouveau une série de médicaments envoyés par le médecin de Hambourg. Le médecin de Hambourg, le Dr Wentzel, n'avait pas envoyé de comprimés, mais ceux qu'il avait recommandés pouvaient être trouvés en France et Jonathan en avait maintenant un stock chez lui. C'était le docteur de Hambourg, avait décidé Jonathan, qui pariait

« pour » et celui de Munich qui pariait « contre », mais il n'en était pas encore arrivé là avec Simone.

– Je ne te crois pas, déclara Simone d'une voix à la fois douce et hostile. Viens, Georges, il faut partir.

Jonathan cligna des paupières, suivant des yeux Georges et Simone qui remontaient le couloir jusqu'à la porte d'entrée. Georges prit son cartable et, sans doute surpris par le ton de la conversation, oublia de dire au revoir à Jonathan. Jonathan demeura lui aussi silencieux.

Comme on était un samedi, il y avait beaucoup de travail à la boutique. Le téléphone sonna plusieurs fois. Vers onze heures, ce fut Tom Ripley qui appela.

– J'aimerais vous voir aujourd'hui. C'est assez important, dit Tom. Vous pouvez parler?

– Pas vraiment.

Il y avait un client derrière le comptoir juste à hauteur de Jonathan, attendant pour payer l'encadrement du tableau posé entre eux.

– Je suis désolé de vous déranger un samedi. Mais je me demandais si vous pourriez venir le plus vite possible chez moi... et y passer la soirée?

Jonathan se sentit envahi d'une soudaine anxiété. Fermer la boutique... Prévenir Simone... Mais la prévenir de quoi?

– Oui, bien sûr. Seulement...

– Quand pouvez-vous venir? Je viendrai vous chercher. Disons midi? Ou bien est-ce trop tôt?

– Non, je vais m'arranger.

– Je passe vous prendre à votre boutique. Ou à proximité. Ah! autre chose... Pensez à prendre votre revolver.

Et Tom raccrocha.

Jonathan s'occupa des clients qui se trouvaient dans la boutique, mais il n'attendit même pas que tous fussent repartis pour accrocher la pancarte FERMÉ à sa porte. Il se demandait ce qui avait bien pu arriver à Tom Ripley depuis la veille. Simone était à la maison ce jour-là, mais le samedi matin elle s'absentait souvent, pour aller au marché, faire diverses courses, passer chez le droguiste ou le teinturier. Jonathan décida de lui écrire un mot et de le déposer chez lui au passage. A midi moins vingt, il remontait la rue de la Paroisse, le chemin le plus court, où il avait une chance sur deux de rencontrer Simone. Il glissa le mot dans la boîte aux lettres et revint rapidement sur ses pas sans avoir vu sa femme. Il avait écrit :

Chérie,

je ne rentre ni déjeuner ni dîner, et j'ai fermé la boutique. On me propose un travail important dans les environs et on vient me chercher en voiture.

J.

Ce texte fort peu explicite ne ressemblait guère à Jonathan. Mais tout allait déjà si mal entre Simone et lui ce matin, qu'il ne pouvait guère imaginer pire.

Jonathan regagna sa boutique, prit son imperméable et emporta le revolver. Quand il ressortit, la Renault verte de Tom arrivait. Tom ouvrit la portière sans presque s'arrêter et Jonathan monta à côté de lui.

– Bonjour, fit Tom. Comment ça va?

– Chez moi, vous voulez dire? (Malgré lui, Jonathan cherchait des yeux Simone qui aurait pu apparaître d'un instant à l'autre dans une des rues.) Ça ne va pas fort, malheureusement.

Tom eut un vague hochement de tête.

– Mais vous, vous allez bien, à part ça?

– Oui, merci.

Tom tourna à droite devant le Prisunic pour s'engager dans la rue Grande.

– J'ai reçu un autre coup de fil, dit-il, ou plutôt c'est ma bonne qui l'a reçu. Comme le précédent, un faux numéro, soi-disant; elle n'a pas dit à quel nom correspondait le numéro, mais ça m'a rendu nerveux. Au fait, j'ai éloigné de chez moi la bonne et aussi ma femme. J'ai l'impression qu'il risque de se passer quelque chose. J'ai donc fait appel à vous pour m'aider à garder la baraque. Je n'ai personne d'autre à qui m'adresser. Naturellement, il ne faut pas songer à demander la protection de la police. Si jamais ils trouvaient un ou deux Mafiosi en train de rôder dans les parages, ils risqueraient de me poser des questions plus qu'embarrassantes.

Jonathan le savait fort bien.

A hauteur de l'Obélisque, Tom s'engagea sur la route menant à Villeperce.

– Ecoutez, dit-il, vous avez le temps de changer d'avis. Je suis prêt à vous ramener si vous n'êtes pas d'accord. Il y a vraisemblablement un risque à courir, mais il est certain qu'à deux, en cas de pépin, on a plus de chances de s'en tirer.

– En effet, fit Jonathan qui se sentait étrangement paralysé.

– Le problème, c'est que je ne peux pas abandonner ma maison, poursuivit Tom qui roulait à bonne allure maintenant. Je n'ai pas envie qu'elle parte en fumée ou qu'elle soit démolie par une bombe comme l'appartement de Reeves. Au fait, il est à Ascona maintenant. Ils ont retrouvé sa trace à Amsterdam et il a dû filer.

– Ah bon? (Jonathan, pendant quelques secondes, fut pris de panique et sentit une nausée l'envahir. Il avait l'impression que tout s'effondrait.) Vous... vous avez remarqué quelque chose de bizarre près de chez vous?

– Pas vraiment, répondit Tom, d'un ton calme, sa cigarette agressivement braquée au coin de la bouche.

Jonathan songeait qu'il était encore temps pour lui de faire marche arrière. Il lui suffisait de dire à Tom qu'il ne se sentait pas à la hauteur, qu'il risquait même de s'évanouir en cas de crise. Il pouvait rentrer che⁄ lui où il serait en sécurité. Jonathan prit une profonde aspiration et baissa la vitre de son côté. Il ne voulait pas se conduire en lâche. D'ailleurs, il devait bien ça à Tom Ripley. Et pourquoi soudain se préoccupait-il tellement de sa propre sécurité? Il sourit, se sentant légèrement mieux.

– J'ai parlé à Simone du pari pris sur ma vie. Ça n'a pas été très concluant.

– Comment a-t-elle réagi?

– Toujours de la même façon. Elle ne me croit pas. Et le pire, c'est qu'elle m'a vu avec vous hier, je ne sais où. Elle s'imagine maintenant que je détiens de l'argent pour vous, à mon nom. De l'argent malhonnêtement gagné, bien entendu.

– Evidemment. (Tom comprenait fort bien la situation. Mais il n'arrivait pas à la trouver vraiment grave comparée à ce qui pouvait se passer à Belle Ombre, à ce qui pouvait lui arriver, ainsi qu'à Jonathan.) Je ne suis pas un héros, vous savez, déclara-t-il à l'improviste. Si la Mafia me met la main dessus et me tabasse pour me soutirer des renseignements, ça m'étonnerait que je me montre aussi courageux que Fritz.

Jonathan demeura silencieux. Tom, semblait-il, éprouvait les mêmes angoisses que lui.

La journée était particulièrement belle, le soleil brillait, l'été était dans l'air. Quel dommage de devoir travailler par un temps pareil, d'être enfermé comme allait l'être Simone cet après-midi. D'autant qu'elle n'avait plus besoin de travailler, comme Jonathan avait envie de le lui dire depuis quinze jours.

Ils arrivaient maintenant à Villeperce, un village tranquille où il ne devait guère y avoir qu'une seule boucherie et une seule boulangerie.

– Voici Belle Ombre, dit Tom en indiquant d'un signe de tête une tour qui se profilait à travers un rideau de peupliers.

Ils avaient parcouru environ cinq cents mètres au-delà du village. De vastes propriétés se succédaient de part et d'autre de la route. Belle Ombre avait l'air d'un petit château, aux lignes harmonieuses et classiques, dont les angles étaient flanqués de quatre tours rondes. Tom prit une énorme clef dans la boîte à gants et alla ouvrir le haut portail de fer forgé. Ils s'engagèrent entre les pelouses dans l'allée de gravier qui conduisait au garage.

– Quelle merveilleuse maison! dit Jonathan.

Tom acquiesça d'un signe de tête et sourit.

– Un cadeau de mariage des parents de ma femme, en grande partie. Et chaque fois que je rentre depuis quelque temps, je suis ravi de voir qu'elle est toujours debout. Entrez, je vous en prie.

Tom avait sorti de sa poche la clef de la porte d'entrée.

– Je n'ai pas l'habitude de fermer à clef, dit-il. La gouvernante est là en général.

Jonathan pénétra dans un vaste hall au sol de marbre blanc, puis dans un living-room carré; deux tapis, une grande cheminée, un divan de satin jaune confortable d'aspect. Il y avait également un clavecin à côté d'une des portes-fenêtres. Tous les meubles étaient de qualité, constata Jonathan, et soigneusement entretenus.

– Débarrassez-vous de votre imper, dit Tom. (Pour le moment, il se sentait soulagé; tout était calme à Belle Ombre et il n'avait rien remarqué d'anormal dans le village. Il se dirigea vers la table de l'entrée et prit le Lüger dans le tiroir. Voyant que Jonathan l'observait, Tom sourit.) Oui, je vais trimbaler cet objet toute la journée, d'où le vieux pantalon que je porte. Il a de grandes poches. Je comprends pourquoi certains préfèrent un baudrier d'épaule. (Tom fourra le Lüger dans la poche de son pantalon.) Prenez également le vôtre sur vous, si vous voulez bien.

Jonathan obtempéra.

Tom pensait à son fusil en haut. Il avait quelques scrupules à aborder si rapidement le fond du problème, mais il estimait que cela valait mieux ainsi.

– Venez là-haut. Je veux vous montrer quelque chose.

Ils montèrent au premier et Tom emmena Jonathan dans sa chambre. Jonathan remarqua aussitôt la commode de bateau et s'en approcha pour l'admirer.

– Un récent cadeau de ma femme... Regardez... (Tom tenait son fusil entre les mains.) J'ai également cette carabine pour tirer à distance. Ça ne vaut pas un fusil de guerre mais c'est une arme assez précise. Je voudrais que vous jetiez un coup d'œil par cette fenêtre.

Jonathan s'approcha de la fenêtre en façade. De l'autre côté de la route, au-delà de la grille se dressait une maison à trois étages du XIXe siècle au fond d'un jardin, et à demi dissimulée par un rideau d'arbres.

– Tout dépend de la méthode qu'ils peuvent employer, fit observer Tom. Si par exemple ils décident de lancer une bombe incendiaire, le fusil est indispensable... à condition de tirer vite... et juste. Il y a également des fenêtres qui donnent sur l'arrière, bien entendu. Et sur les côtés. Venez par ici.

Tom conduisit Jonathan à la chambre d'Héloïse, dont une fenêtre donnait sur la pelouse à l'arrière de la maison. Les arbres étaient plus denses au-delà de la pelouse qu'une rangée de peupliers bordait sur la droite.

– Il y a un sentier qui conduit à travers ces bois. On le distingue vaguement sur la gauche. Et dans mon atelier... (Tom ressortit dans le couloir et ouvrit une porte sur la gauche. Les fenêtres de cette pièce donnaient sur l'arrière de la maison également, en direction du village, mais on ne voyait que des cyprès et des peupliers et une partie du toit en tuiles d'une petite bâtisse.) Il faudra peut-être faire le guet des deux côtés de la maison, sans pour autant rester collé aux fenêtres, bien entendu, mais... Ce qui est important également, c'est que je veux que l'ennemi me croie seul ici. Si vous...

La sonnerie du téléphone retentit. Tom songea un instant à ne pas décrocher, mais après tout, il avait des chances d'apprendre quelque chose. Il prit la communication dans sa chambre.

– Oui?

– Monsieur Ripley? demanda une voix de femme, française de toute évidence. Ici Mme Trevanny. Mon mari est-il chez vous par hasard?

– Votre mari? Mais non, madame! répondit Tom, jouant la stupeur.

– Merci, monsieur. Excusez-moi, dit Simone sans insister et elle raccrocha.

Tom poussa un soupir. Jonathan avait bien des problèmes, en effet.

Il venait d'apparaître sur le seuil de la chambre.

– Ma femme? fit-il.

– Oui, répondit Tom. Je suis désolé. J'ai dit que vous n'étiez pas ici. Vous pouvez envoyer un télégramme, si vous voulez. Ou téléphoner. Elle est peut-être à votre boutique.

– Non, non, ça m'étonnerait.

Mais en fait, elle pouvait très bien y être, puisqu'elle avait une clef. Il n'était qu'une heure moins le quart.

Comment Simone se serait-elle procuré son numéro, songeait Tom, si elle ne l'avait pas trouvé dans le carnet de Jonathan à la boutique?

– Si vous voulez, je peux vous ramener à Fontainebleau. A vous de décider.

– Non, merci, répondit Jonathan, d'un ton résigné.

– Excusez-moi si j'ai dû mentir à votre femme, reprit Tom. Vous pouvez très bien dire que c'est moi et moi seul qui en ai pris l'initiative, ce qui est d'ailleurs le cas. De toute façon, je ne peux pas tomber beaucoup plus bas dans l'estime de votre femme. (Pour l'instant, il se souciait fort peu de l'opinion que Simone pouvait avoir de lui et n'avait ni le temps ni l'envie de se pencher sur les problèmes de la jeune femme. Quant à Jonathan, il demeurait silencieux.) Si nous descendions? Nous allons voir ce qu'on peut trouver dans la cuisine.

Tom tira les rideaux de sa chambre, les laissant légèrement entrouverts de façon à pouvoir regarder au-dehors sans y toucher. Il en fit autant dans la chambre d'Héloïse, ainsi que dans le living-room en bas. Il avait décidé de ne pas s'occuper de la chambre de Mme Annette dont les fenêtres donnaient sur l'allée latérale et la pelouse de derrière.

Il y avait de copieux restes du ragoût préparé par Mme Annette la veille. La fenêtre de la cuisine au-dessus de l'évier n'avait pas de rideau et Tom fit asseoir Jonathan à la table de la cuisine, invisible de l'extérieur, et lui servit un whisky à l'eau.

– Quel dommage qu'on ne puisse pas bricoler dans le jardin cet après-midi, déclara Tom, en train de laver une laitue dans l'évier.

Il ne pouvait s'empêcher de jeter un coup d'œil par la fenêtre à toutes les voitures qui passaient. Depuis les dernières dix minutes, il n'en avait aperçu que deux.

Jonathan avait remarqué que la double porte du garage était grande ouverte. La voiture de Tom était garée devant la maison. Il régnait un tel silence que n'importe quel bruit de pas sur le gravier aurait été perceptible.

– Et je ne peux même pas mettre de la musique, parce qu'elle risquerait de couvrir les autres bruits, dit Tom. Quel ennui!

Ils ne mangèrent pas beaucoup, ni l'un ni l'autre, mais demeurèrent longtemps à table, dans la partie salle à manger du living-room. Tom fit du café. Comme il n'y avait rien de bien substantiel pour le dîner ce soir-là, il téléphona au boucher de Villeperce et lui demanda un bon bifteck pour deux.

– Oh! Mme Annette a pris quelques jours de congé, déclara-t-il en réponse à une question du boucher.

Une demi-heure plus tard, on entendit un crissement de pneus sur le gravier annonçant l'arrivée de la camionnette du boucher. Tom s'était levé d'un bond. Il paya le commis, un jeune homme souriant dont le tablier était maculé de sang, et lui donna un pourboire. Jonathan était en train de feuilleter un volume traitant de divers styles de mobilier et semblait très profondément absorbé par sa lecture. La sonnerie du téléphone résonna comme un cri dans le silence, un cri étouffé pour Tom, dans le jardin où il s'activait ici et là avec son sécateur. Tom regagna la maison en courant. Jonathan était toujours confortablement installé sur le divan, environné de livres.

C'était Héloïse qui appelait. Elle était ravie, car elle avait téléphoné à Noëlle; un ami de Noëlle, Jules Grifaud, décorateur de son métier, venait d'acheter un chalet en Suisse et les invitait, elle et Noëlle, à y descendre avec lui en voiture pour lui tenir compagnie une semaine pendant qu'il installait la maison.

– Le pays est tellement beau aux environs, dit Héloïse. Et en plus, nous pouvons lui donner un coup de main...

Ce programme semblait mortel à Tom, mais l'essentiel, c'était qu'Héloïse soit enthousiasmée. Il avait toujours pensé qu'elle ne se lancerait pas dans cette croisière dans l'Adriatique, comme une vulgaire touriste.

– Tu vas bien, mon chéri?... Qu'est-ce que tu fabriques?

– Oh! je jardine un peu... Oui, oui, tout est parfaitement calme.

Vers sept heures et demie, alors que Tom se tenait à la fenêtre de sa chambre, il vit une D.S. bleu foncé – celle-là même qu'il avait vue ce matin-là, pensa-t-il – passer devant la maison, roulant cette fois un peu plus rapidement mais cependant pas à l'allure d'une voiture circulant normalement. Etait-ce vraiment la même? A la lumière incertaine du crépuscule, il était difficile de distinguer la couleur. Mais la voiture était une décapotable dont la carrosserie était rehaussée au niveau de la portière d'un liseré beige, comme celle qu'il avait vue le matin. Tom examina les grilles de Belle Ombre qu'il avait laissées légèrement entrebâillées mais que le commis boucher avait refermées. Tom décida de les laisser fermées, mais pas à clef. Elles grinçaient légèrement.

– Quoi de neuf? demanda Jonathan.

Il était en train de boire du café, ayant refusé du thé. La fébrilité de Tom le rendait lui-même nerveux, mais pour autant qu'il pût en juger, Tom n'avait pas de véritable raison d'être aussi anxieux.

– Je viens de voir la même voiture que ce matin, je crois bien. Un cabriolet D.S. bleu marine. Celle de ce matin était immatriculée à Paris.

– Vous avez pu distinguer les plaques, ce soir?

Il faisait déjà sombre et Jonathan avait allumé une lampe à côté de lui.

– Non... Je vais chercher ma carabine.

Tom monta l'escalier quatre à quatre et redescendit aussitôt avec le fusil. Il n'avait laissé aucune lumière allumée en haut.

– Je ne veux tirer qu'en cas de nécessité absolue, dit-il. La chasse n'est pas ouverte et un coup de feu pourrait alerter les voisins... Si quelqu'un venait voir ce qui se passe... Jonathan...

Jonathan s'était levé.

– Oui?

– Vous aurez peut-être à vous servir de ce fusil comme d'une massue. (Il joignit le geste à la parole, tenant l'arme par le canon, pour frapper avec la crosse.) Regardez aussi comment il fonctionne, au cas où vous auriez à tirer. Le cran de sûreté est mis.

Tom lui montra comment s'actionnait la culasse.

Jonathan se sentait la proie d'un étrange sentiment d'irréalité, comme à Hambourg et à Munich, quand il s'était retrouvé au pied du mur, sachant que ses futures victimes allaient se matérialiser à ses yeux.

Tom était en train de calculer combien de temps il faudrait à la D.S. pour parcourir la route circulaire qui ramenait au village. Ils pouvaient évidemment trouver un endroit commode pour faire demi-tour et revenir directement.

– S'ils sonnent à la porte, dit Tom et que je vais ouvrir, je suis à peu près sûr d'être abattu instantanément. Pas de méthode plus simple pour eux, n'est-ce pas? Le tueur saute dans la voiture qui attend et les voilà repartis!

Jonathan pensa que Tom avait les nerfs légèrement ébranlés, mais il écouta néanmoins avec attention.

– Autre possibilité, une bombe jetée par cette fenêtre, reprit Tom en indiquant la fenêtre en façade. Comme chez Reeves. Alors, si vous... si vous voulez bien... Excusez-moi, mais je n'ai pas l'habitude de discuter de mes plans. Je me fie en général à mon instinct. Mais si vous êtes d'accord, vous pourriez vous cacher dans les buissons à droite de la porte – ils sont plus épais de ce côté-là – et assommer tout suspect qui s'approcherait. Pour ma part, je ferai le guet avec le Lüger. Surtout il faut agir vite – ne pas perdre une seconde, ni leur laisser le temps de sortir ni grenade ni arme quelconque...

Tom se dirigea vers la cheminée, prit une longue bûche dans le panier à bois et alla la poser par terre à droite de la porte d'entrée.

– Et si j'allais, moi, ouvrir la porte? suggéra Jonathan.

– Non, coupa Tom, surpris par la courageuse proposition de Jonathan. D'abord, ils risquent de tirer à vue. Et s'ils prennent le temps de vous regarder et que vous répondez que je n'habite plus ici ou que je suis sorti, ils ne se gêneront pas pour entrer ou même vous abattre froidement.

Il marqua un temps d'arrêt et enchaîna :

– A mon avis, vous devriez aller vous poster près de la porte. Je ne sais pas combien de temps vous serez obligé de rester là, mais je pourrai toujours vous apporter à boire.

– D'accord.

Jonathan prit la carabine des mains de Tom et sortit. La route devant la maison était déserte. Jonathan s'immobilisa dans l'ombre de la maison et s'exerça maladroitement à esquisser des moulinets avec le fusil.

Puis il se faufila dans les buissons – une rangée de thuyas d'environ un mètre cinquante de haut mêlés de lauriers. Il faisait très sombre sous le feuillage et Jonathan se sentait à l'abri de tout regard. Tom avait refermé la porte.

Jonathan s'assit par terre, les genoux sous le menton, le fusil posé à côté de lui à main droite. Il se demanda si son attente allait durer longtemps. Une heure ou davantage? Tom s'amusait-il à une sorte de jeu? Tom n'était pas fou, pourtant il croyait à l'imminence d'un danger, si imprécis fût-il. Mieux valait donc prendre des précautions. Entendant alors une voiture approcher, Jonathan, soudain pris de peur, eut envie de se précipiter droit vers la maison. La voiture passa à vive allure. Jonathan n'eut même pas le temps de l'apercevoir à travers les buissons et au-delà les grilles. S'accotant de l'épaule au mince tronc d'un arbuste, il sentit le sommeil le gagner. Cinq minutes plus tard, il était étendu de tout son long sur le sol, bien réveillé cette fois, avec l'humidité de la terre qui lui pénétrait les omoplates. Si le téléphone sonnait de nouveau, ce pourrait fort bien être Simone. Il se demanda si elle n'allait pas, dans sa fureur, prendre un taxi pour venir jusque chez Tom. A moins qu'elle n'appelât son frère Gérard pour lui demander de l'amener en voiture? C'était plus vraisemblable. Jonathan préféra ne plus songer à cette éventualité, par trop accablante. Comment pourrait-il expliquer pourquoi il était couché dehors sous un buisson, même s'il arrivait à cacher le fusil?

Jonathan entendit la porte d'entrée s'ouvrir, le tirant de sa somnolence.

– Prenez cette couverture, chuchota Tom, en lui tendant un plaid. Vous n'avez qu'à l'étendre par terre. Le sol doit être terriblement humide... Allons, courage, ajouta-t-il, puis il regagna la maison et monta directement au premier.

Sans allumer il alla jeter un coup d'œil par les fenêtres, aussi bien en façade qu'à l'arrière de la maison. Tout semblait calme. Un lampadaire projetait une lumière crue, mais dans un rayon restreint, sur la route à une centaine de mètres vers la gauche en direction du village. Le halo lumineux n'atteignait pas Belle Ombre. Un profond silence régnait aux alentours. Même à travers les fenêtres fermées, on aurait entendu le pas d'un homme marchant sur la route. Tom regrettait de ne pouvoir écouter de la musique. Il était sur le point de se détourner de la fenêtre quand il perçut un bruit de pas sur le chemin de terre; puis il vit le rayon assez faible d'une lampe de poche, se déplaçant de la droite en direction de Belle Ombre. Tom eut la conviction qu'il ne s'agissait pas de quelqu'un venant à Belle Ombre et, effectivement, la silhouette indistincte poursuivit son chemin et disparut à sa vue avant d'arriver au lampadaire. Tom n'aurait pu dire si c'était un homme ou une femme.

Jonathan avait faim peut-être, mais que faire? Tom aussi se sentait le ventre creux, mais lui au moins pouvait se nourrir. Il descendit, toujours dans le noir, les doigts sur la rampe, entra dans la cuisine – le living-room et la cuisine étaient éclairés – et prépara quelques toasts de caviar. Le caviar, restant de la veille, était dans son pot au frigidaire et les tartines furent vite prêtes. Jonathan en avait posé deux ou trois sur une assiette qu'il s'apprêtait à porter à Jonathan lorsqu'il entendit un ronflement de moteur. La voiture, venant de la gauche, dépassa Belle Ombre, puis stoppa un peu plus loin. Il entendit un cliquetis léger, le bruit d'une portière de voiture qu'on ne ferme pas complètement. Tom posa l'assiette sur le coffre en bois près de la porte et sortit son pistolet.

Des pas fermes retentirent sur la route, puis sur le gravier. Ce gars-là ne venait pas jeter une bombe, se dit Tom.

Un coup de sonnette retentit.

Tom attendit quelques secondes, puis demanda en français :

– Qui était là?

– Pourriez-vous me donner un renseignement? Je cherche mon chemin, répondit une voix dans un français impeccable.

Jonathan était accroupi, le fusil entre les mains, depuis l'instant où il avait entendu les pas approcher et il bondit soudain des buissons au moment où il entendit Tom faire coulisser le verrou de la porte. L'homme se trouvait à deux marches au-dessus de Jonathan, mais Jonathan était néanmoins presque aussi grand que lui et de toutes ses forces, il abattit la crosse du fusil sur la tête de l'homme qui s'était légèrement tourné vers lui. Le coup l'atteignit derrière l'oreille gauche, juste sous le bord de son chapeau. L'homme vacilla, heurta la porte du flanc gauche et s'écroula.

Tom ouvrit la porte et le tira par les pieds à l'intérieur de la maison, avec l'aide de Jonathan, qui l'avait empoigné par les épaules. Jonathan alla ensuite récupérer le fusil et franchit de nouveau la porte que Tom referma sans bruit. Tom ramassa alors la bûche qu'il avait posée près de la porte et en frappa violemment l'individu à la tête. Puis il tendit la main d'un geste impératif vers Jonathan qui lui remit la carabine. Tom abattit alors d'un geste brutal le méplat de la plaque d'épaule sur la tempe de l'homme.

Jonathan n'en croyait pas ses yeux. Le sang coulait sur le marbre blanc. Celui qui était étendu à leurs pieds était le robuste garde du corps aux cheveux blonds et frisés qui avait manifesté tellement d'inquiétude dans le train.

– On l'a eu, ce salaud! chuchota Tom avec satisfaction. C'est le garde du corps. Regardez ce pistolet!

Un pistolet avait glissé à demi de la poche droite de la veste de l'homme.

– On va l'emporter dans le living-room, dit Tom, et ils le poussèrent et le tirèrent en travers de l'entrée. Attention à ne pas mettre de sang sur le tapis! (D'un coup de pied, Tom écarta le tapis.) L'autre gars va sûrement arriver d'ici une minute. Ils sont forcément deux, sinon trois.

Tom sortit un mouchoir – couleur lavande, et orné d'un monogramme – de la poche poitrine de l'homme et essuya une tache de sang par terre près de la porte. D'un coup de pied, il expédia le chapeau par-dessus son corps en direction de la porte de la cuisine. Tom alla ensuite pousser le verrou de la porte d'entrée, le faisant coulisser sans bruit.

– Avec le prochain, ça ne sera peut-être pas aussi facile, chuchota-t-il.

Des pas retentirent sur le gravier. La sonnette tinta, deux coups nerveux, rapprochés.

Les sourcils froncés, Tom sortit son Lüger et fit signe à Jonathan de prendre également son revolver.

– Ne tirez que si vous ne pouvez pas l'éviter, chuchota-t-il, la main gauche tendue vers la porte.

Des pas retentirent de nouveau. L'homme au-dehors se dirigeait vers la fenêtre aux rideaux entrouverts devant laquelle se tenait Jonathan qui s'en écarta sans bruit.

– Angie? Angie? chuchota une voix d'homme.

– Allez à la porte lui demander ce qu'il veut, murmura Tom. Parlez anglais, comme si vous étiez le maître d'hôtel. Faites-le entrer, je le tiendrai en joue... Vous pouvez faire ça?

Jonathan ne voulait même pas se poser la question. On frappait maintenant à la porte, puis la sonnette tinta de nouveau.

– Qui est là, je vous prie? demanda Jonathan à travers la porte.

– Je... je voudrais demander mon chemin, s'il vous plaît.

Celui-ci avait un moins bon accent.

Un vilain sourire étira les lèvres de Tom.

– A qui voulez-vous parler, monsieur? demanda Jonathan.

– Mon chemin... *s'il vous plaît!*

La voix s'était haussée d'un ton.

Tom et Jonathan échangèrent un regard et Tom fit signe à Jonathan d'ouvrir. Tom se tenait hors de vue juste à gauche de la porte.

Jonathan tira le verrou, tourna le bouton de la serrure automatique et entrouvrit la porte. Persuadé qu'il allait recevoir une balle dans le ventre, il se tenait néanmoins très droit, la main dans la poche de sa veste, crispée sur la crosse de son arme. L'Italien, de plus petite taille que lui, coiffé d'un chapeau comme son acolyte, avait également la main droite plongée dans sa poche.

– Monsieur? fit Jonathan, qui avait remarqué que la manche gauche de la veste du visiteur était vide.

Comme l'homme avançait d'un pas pour franchir

le seuil, Tom lui enfonça le canon de son Lüger dans le flanc.

– Donne-moi ton pistolet, dit Tom en italien.

Jonathan avait également sorti son arme et la tenait pointée sur leur visiteur. Ce dernier fit mine de braquer son arme à l'intérieur de sa poche. Tom, lui posant une main à plat sur le visage, le repoussa violemment.

– Allez, ton pistolet, reprit Tom, en anglais cette fois, en lui enfonçant de nouveau le canon de son arme dans les côtes tout en refermant la porte d'un coup de pied.

L'Italien laissa tomber son pistolet par terre, puis il aperçut son acolyte étendu sur le sol à quelques mètres de là, et eut un haut-le-corps.

– Poussez le verrou, dit Tom à Jonathan, puis il ajouta en italien : Il y en a d'autres, à part vous deux?

L'Italien secoua vigoureusement la tête, ce qui ne signifiait rien, bien entendu. Tom constata alors que l'Italien avait le bras en écharpe sous sa veste. Les journaux s'étaient donc trompés.

– Tenez-le en joue pendant que je le fouille, dit Tom en commençant à palper l'Italien. Enlève ta veste!

Tom prit le chapeau de l'Italien et le jeta dans la direction d'Angie.

L'Italien laissa glisser sa veste à terre. Son baudrier d'épaule était vide. Il n'avait pas d'arme dans ses poches.

– Angie..., commença l'Italien.

– Angie *morto,* coupa Tom. Et tu vas y passer aussi si tu ne fais pas ce qu'on te dit. Tu as envie de mourir? Comment t'appelles-tu? Ton nom?

– Lippo. Filippo.

– Lippo. Les mains en l'air et ne bouge plus. La main plutôt. Va te mettre là. (Il fit signe à Lippo d'aller se placer à côté du mort. Lippo leva son bras droit valide.) Surveillez-le, Jonathan, je veux aller jeter un coup d'œil à leur voiture.

Le Lüger au poing, Tom sortit de la maison,

tourna à droite dans la rue, et s'approcha de la voiture avec circonspection. Le moteur tournait toujours. La voiture était garée au bord de la route, ses feux de position allumés. Tom s'immobilisa, guettant un mouvement quelconque à côté de la voiture ou à l'intérieur. Puis très lentement, il se remit à avancer. Seul le ralenti du moteur rompait le silence. N'étaient-ils vraiment venus qu'à deux? Prêt à tirer au cas où quelqu'un aurait été accroupi à l'avant, Tom ouvrit la portière gauche. Le plafonnier s'alluma. La voiture était vide. Tom referma la porte suffisamment pour éteindre le plafonnier, se baissa et tendit l'oreille. Il n'entendit rien. Revenant en courant vers Belle Ombre, il ouvrit les grilles, puis il regagna la D.S. qu'il manœuvra en marche arrière pour la rentrer dans la propriété. Une voiture passa à ce moment-là sur la route, venant de la direction du village. Tom coupa le contact de la D.S. et éteignit les feux de position. Il alla ensuite frapper à la porte, s'annonçant à Jonathan.

– Apparemment, il n'y avait que ces deux-là, dit-il.

Jonathan était toujours au même endroit, tenant en joue Lippo qui avait maintenant baissé son bras valide et le tenait légèrement écarté du corps.

Tom sourit à Jonathan, puis tourna la tête vers Lippo.

– Alors te voilà tout seul maintenant, Lippo? Parce que, je te préviens, si tu m'as menti, tu vas y passer, compris?

Son orgueil de Mafiosi semblait revenir à Lippo et il se contenta de toiser Tom d'un regard furibond.

– *Risponde!*

– *Si*, fit Lippo, furieux et effrayé à la fois.

– Vous commencez à être fatigué, Jonathan? Asseyez-vous donc. (Tom tourna vers lui un fauteuil capitonné en jaune.) Tu peux t'asseoir aussi, si tu veux, ajouta-t-il en italien à l'intention de Lippo. A côté de ton copain.

Mais Lippo resta debout. Agé de trente et quelques années, il mesurait environ un mètre soixante-quinze, avec de robustes épaules et une bedaine naissante, des cheveux noirs et raides; irrémédiablement stupide de toute évidence, il ne ferait jamais un capo.

– Tu te souviens de moi? Tu m'as vu dans le train, lui dit Tom avec un sourire. (Il jeta un coup d'œil au blond étalé par terre.) Si tu es raisonnable, Lippo, tu ne finiras pas comme Angie. D'accord? (Tom posa les mains sur les hanches et se tourna vers Jonathan.) Si on prenait un petit gin tonic pour se remonter? D'accord, Jonathan?

Jonathan avait repris un peu de couleur.

– D'accord, dit-il avec un sourire légèrement crispé.

Tom gagna la cuisine. Il était en train de sortir le casier à glace lorsque le téléphone sonna.

– Ne répondez pas, Jonathan!

– Bon!

Jonathan était à peu près sûr que c'était de nouveau Simone. Il était maintenant dix heures moins le quart.

Quant à Tom, il se demandait comment obliger Lippo à faire le nécessaire pour que ses copains cessent de le pourchasser. Le téléphone sonna huit fois, puis s'interrompit. Tom revint dans le living-room tenant un plateau où il avait posé deux verres, de la glace et une bouteille ouverte de tonic. Le gin était sur la table roulante près de la cheminée.

Tom tendit son verre à Jonathan :

– A la vôtre! dit-il... (Puis il se tourna vers Lippo.) Où est ton quartier général, Lippo? A Milan?

Lippo restait silencieux. Quel ennui! Il allait falloir lui cogner dessus. Tom effleura d'un regard la tache de sang coagulé sous la tête d'Angie, posa son verre sur le coffre en bois près de la porte et retourna à la cuisine. Il en revint avec une serpillière humide et nettoya le parquet si bien ciré de Mme Annette. Poussant la tête d'Angie du bout du pied, il glissa la serpillière dessous. La blessure à sa tempe avait cessé de saigner. D'un mouvement vif,

Tom se pencha sur le cadavre pour lui fouiller les poches. Il en sortit des cigarettes, un briquet, quelques pièces d'argent. Un portefeuille dans la poche poitrine, qu'il laissa. Il y avait un mouchoir roulé en boule dans une des poches revolver et, quand Tom le tira, un garrot vint avec.

– Regardez! dit-il à Jonathan. Exactement ce qu'il me fallait! Ah! ces chapelets de la Mafia! (Il montrait le garrot en riant de plaisir.) Pour toi, Lippo, si tu n'es pas sage, dit-il en italien. Après tout, un pétard, c'est bien bruyant, n'est-ce pas?

Jonathan baissa les yeux pendant quelques secondes en voyant Tom se diriger vers Lippo. Il faisait tournoyer le garrot autour d'un de ses doigts.

– Tu appartiens à la distinguée famille Genotti, *non e vero*, Lippo?

Lippo eut une brève hésitation, comme si l'idée l'avait effleuré un instant de le nier.

– *Si*, répondit-il d'un ton à la fois ferme et inquiet.

Tom songea avec amusement que ce qui faisait la force des familles, c'était le nombre, la cohésion. Mais qu'un Mafioso fût isolé, comme l'était celui-ci, et il se dégonflait comme une baudruche.

– Combien d'hommes as-tu tués, Lippo?

– *Nessuno!* s'écria Lippo.

– Pas le moindre, dit Tom à Jonathan. Ha! ha!

Il alla se laver les mains dans le petit lavabo situé en face de la porte d'entrée. Puis il vida son verre, ramassa la bûche près de la porte et s'approcha de Lippo.

– Lippo, tu vas téléphoner à ton patron ce soir. A ton nouveau capo peut-être, hein? Où est-il ce soir? A Milan? Monaco di Bavaria?

Là-dessus, il assena un coup de bûche sur le crâne de Lippo pour lui montrer qu'il ne plaisantait pas, mais comme il était un peu nerveux, il cogna plus fort qu'il n'en avait l'intention.

Lippo faillit s'écrouler sous le choc et porta la main à son crâne en un geste pitoyable.

– Arrêtez! glapit-il, reprenant cette fois son véritable accent, celui d'un mauvais garçon de Naples... ou de Milan, songea Tom, qui après tout n'était pas un spécialiste.

– *Sissi!* Et à deux contre un, en plus! répliqua Tom. On n'est pas réguliers, hein? C'est ça qui te choque? (Il lui lança une injure grossière puis tourna sur les talons pour aller chercher une cigarette.) Tu ferais bien de prier la Vierge Marie! souffla-t-il par-dessus son épaule. Et je te préviens, ne hurle plus comme ça, sinon voilà ce qui t'attend! (Il fendit l'air d'un violent coup de bûche, pour souligner sa menace.)

Lippo cligna des paupières, la bouche entrouverte, le souffle précipité.

Jonathan avait fini son verre. Il tenait maintenant à deux mains le revolver pointé sur Lippo, car l'arme commençait à lui peser. Il n'était pas du tout sûr de pouvoir toucher Lippo si jamais il devait tirer et de toute façon, Tom passait fréquemment entre lui et l'Italien, qu'il était en train maintenant de secouer par la ceinture. Jonathan ne comprenait pas du tout ce que Tom disait, parfois en italien rapide, le reste en français ou en anglais. Il marmonnait, les dents serrées, mais il finit par élever la voix, pris d'un accès de colère, repoussa l'Italien d'une bourrade et pivota sur les talons. L'Italien n'avait pratiquement pas prononcé un mot.

Tom se dirigea vers le poste de radio, appuya sur une ou deux touches et les accords d'un concerto pour violoncelle s'élevèrent. Il régla le volume à moyenne puissance. Puis il alla s'assurer que les rideaux des fenêtres en façade étaient bien fermés.

– C'est consternant, dit-il à Jonathan sur un ton d'excuse. Il refuse de me dire où se trouve son patron, et je vais être obligé de lui cogner dessus. Naturellement, il a aussi peur de son patron que de moi.

Tom gratifia Jonathan d'un bref sourire puis alla changer de poste à la radio. Il trouva de la musique pop. D'un geste décidé, il empoigna alors la bûche.

Lippo esquiva le premier coup, mais Tom, d'un revers, l'atteignit à la tempe.

– *No! Lasciame!* cria Lippo.

– Le numéro de téléphone de ton patron! vociféra Tom.

Tom le cogna cette fois au plexus solaire, mais la bûche atteignit la main que Lippo avait portée à son ventre pour se protéger. Des débris de verre tombèrent sur le plancher. Lippo portait au poignet droit sa montre qui avait dû être mise en miettes. Plié en deux, la respiration coupée, Lippo regardait fixement les débris de verre.

Tom attendait, la bûche brandie.

– Milano, dit enfin Lippo.

– Très bien; alors, tu vas...

Jonathan ne comprit pas le reste de la phrase.

Tom indiquait d'un geste le téléphone. Il se dirigea ensuite vers la table près de la porte-fenêtre où était posé l'appareil, prit un crayon et un bout de papier. Il demanda à l'Italien le numéro de Milan.

Lippo le lui donna et Tom l'inscrivit.

Tom se lança ensuite dans un grand discours, puis il se tourna vers Jonathan.

– J'ai expliqué à ce gars qu'il allait être exécuté au garrot s'il n'appelait pas son patron et ne lui disait pas ce que je voulais.

Tom tenait le garrot prêt à être utilisé. Comme il se tournait vers Lippo, un bruit de voiture remontant la rue et s'arrêtant devant la maison se fit entendre.

Jonathan se leva, pensant que c'étaient des renforts envoyés par la Mafia, ou alors Simone dans la voiture de Gérard. Ces deux éventualités lui paraissaient tout aussi fatales l'une que l'autre.

Tom ne se hasarda pas à écarter les rideaux pour regarder dehors. Le moteur de la voiture continuait à tourner. Lippo n'avait pas changé d'expression, ne manifestait aucun signe de soulagement.

Très vite la voiture redémarra, Tom entrebâilla

légèrement les rideaux pour jeter un coup d'œil au-dehors. La voiture accélerait peu à peu.

Toutefois, quelques hommes en étaient peut-être descendus pour se dissimuler dans les buissons et tirer par les fenêtres. Tom tendit l'oreille un instant. C'étaient peut-être les Grais, après tout, qui, voyant une voiture inconnue devant la maison, en avaient conclu que les Ripley recevaient et étaient repartis.

– Maintenant, Lippo, commença Tom d'un ton calme, tu vas appeler ton patron et moi je tiendrai l'écouteur pour savoir ce que vous vous dites. Et si tu dis un seul mot de travers, poursuivit-il en français, que l'autre comprenait visiblement, je tire là-dessus sans hésiter.

Tom, la cordelette à la main, s'approcha de Lippo et lui rabattit le nœud coulant autour du cou.

Lippo eut un léger mouvement de recul mais il dut suivre Tom, qui le tenait comme un chien au bout de sa laisse, jusqu'au téléphone. Tom poussa Lippo dans un fauteuil près de l'appareil, afin de mieux l'avoir à sa main.

– Je vais composer le numéro, dit-il. Tu expliqueras que vous êtes en France, toi et Angie et que tu as bien l'impression qu'on vous suit. Tu diras également que tu as vu Tom Ripley et que, d'après Angie, ce n'est pas le gars que vous recherchez. D'accord? Tu as bien compris? Le moindre faux pas, la moindre entourloupette et tu y as droit.

Tom exerça une légère traction sur le garrot, à titre d'avertissement.

– *Sissi!* fit Lippo dont le regard terrifié allait de Tom au téléphone.

Tom composa le numéro de l'inter et annonça à la standardiste qu'il voulait appeler Milan, en P.C.V. La standardiste lui demanda son numéro. Tom le lui indiqua puis il donna le numéro de Milan.

– De la part de qui?

– Lippo. Simplement Lippo.

La standardiste annonça qu'elle allait rappeler.

Lippo s'agita dans son fauteuil, comme s'il cherchait désespérément un moyen de se sortir de ce mauvais pas.

La sonnerie du téléphone retentit.

Tom fit signe à Lippo de décrocher et prit l'écouteur. La standardiste annonçait que le P.C.V. avait été accepté.

– *Pronto?* fit une voix d'homme à l'autre bout du fil.

Lippo tenait l'appareil de la main droite contre son oreille gauche.

– *Pronto*. Ici Lippo. Luigi?

– *Si*, fit l'autre voix.

– Ecoute, je... (Lippo avait sa chemise collée au dos par la sueur.) On a vu...

Tom donna une légère saccade à la cordelette pour inciter Lippo à poursuivre.

– Tu es en France, non? Avec Angie? reprit l'autre d'un ton légèrement impatient. *Allora*... qu'est-ce qui se passe?

– Rien. Je... on a vu le gars. Angie dit que c'est pas lui... Non...

– Et tu penses qu'on vous suit, chuchota Tom, car la communication était mauvaise et l'homme de Milan ne risquait pas de l'entendre.

– Et on pense... on pense qu'on est suivis.

– Suivis par qui? demanda l'autre, soudain excédé.

– Je sais pas. Alors qu'est-ce qu'on fait? demanda Lippo qui semblait vraiment affolé cette fois.

Tom jeta un coup d'œil à Jonathan qui continuait à tenir consciencieusement Lippo en joue. Il n'avait pas compris mot pour mot tout ce qu'avait dit Lippo, mais dans l'ensemble, le Mafioso semblait s'être montré régulier.

– Rentrer? dit Lippo.

– *Si!* acquiesça Luigi. Abandonnez la bagnole! Prenez un taxi et faites-vous conduire à l'aéroport le plus proche. Où êtes-vous en ce moment?

– Dis-lui que tu dois raccrocher, chuchota Tom.

– Faut que je file... *Rivederci*, Luigi, dit Lippo et il raccrocha avant de lever vers Tom un regard de chien battu.

Lippo était fichu et il le savait. Pour une fois, Tom se sentit fier de sa réputation. Tom n'avait pas l'intention d'épargner Lippo. Dans de telles circonstances, la famille de Lippo n'aurait certainement épargné la vie de personne.

– Lève-toi, Lippo, dit Tom en souriant. Voyons un peu ce que tu as dans tes poches.

Lorsque Tom commença à le fouiller, Lippo leva légèrement son bras valide, comme pour le frapper, mais Tom n'y prêta aucune attention. Un simple réflexe, se dit-il. Il trouva des pièces de monnaie dans une poche, un bout de papier froissé qui se révéla être un vieux ticket de tram italien, puis dans la poche revolver un garrot, élégamment rayé de rouge et blanc, celui-là, un peu comme une enseigne de coiffeur, et fin comme du catgut.

– Regardez ça! Encore un! s'exclama Tom en montrant le garrot à Jonathan comme s'il se fût agi d'un joli galet trouvé sur une plage.

Jonathan se contenta d'effleurer du regard la cordelette qui pendait aux doigts de Tom. Le premier garrot était toujours autour du cou de Lippo. Jonathan ne regardait pas le mort qui gisait à moins de deux mètres de lui sur le parquet luisant, un pied rabattu en dedans, mais il l'avait néanmoins dans son champ visuel.

– Bon sang, fit Tom après avoir consulté sa montre.

Il ne s'était pas rendu compte qu'il était si tard, dix heures passées. Il fallait agir sans plus attendre; lui et Jonathan avaient des heures de voiture en perspective pour emmener les cadavres le plus loin possible de Villeperce et être de retour avant le lever du soleil, si possible. Ils allaient rouler vers le sud, bien entendu, en direction de l'Italie. Le sud-est peut-être. Peu importait, en fait, mais Tom préférait le sud-est. Il prit une profonde aspiration, se préparant à agir, gêné néanmoins par la présence de Jonathan. Mais après tout, Jonathan avait déjà assisté à ce genre de scènes et il n'y avait pas de temps à perdre. Tom se baissa pour ramasser la bûche.

Lippo esquiva le coup et se jeta à terre, et Tom en profita pour lui abattre la bûche sur le crâne à deux reprises. Il ne cogna pourtant pas de toutes ses forces, retenu peut-être par la crainte de tacher à nouveau de sang le parquet de Mme Annette.

– Il n'est qu'évanoui, dit-il à Jonathan. Il faut que je l'achève. Si vous ne voulez pas voir ça, allez dans la cuisine.

Jonathan s'était levé. Il n'avait pas la moindre envie, en effet, d'assister à cette exécution.

– Vous pouvez conduire? demanda Tom. Ma voiture, je veux dire. La Renault.

– Oui, dit Jonathan.

Il avait un permis datant de ses débuts en France avec Roy, son copain anglais, mais le permis était chez lui.

– Il va falloir rouler cette nuit... Allez dans la cuisine, ajouta-t-il en faisant signe à Jonathan de s'éloigner.

Il se pencha alors sur Lippo pour serrer le garrot autour de son cou. Ça n'était pas une tâche plaisante – la formule passe-partout lui traversa l'esprit – mais au moins sa victime avait la chance d'être inconsciente. Tom tenait bien tendue la cordelette qui disparaissait maintenant entre deux bourrelets de chair. Pour se donner du courage, il pensa à Vito Marcangelo liquidé dans le *Mozart Express* par le même procédé.

Il entendit une voiture qui ralentissait sur la route, puis s'arrêtait, dans un grincement de freins.

Il continua à exercer la même pression sur le garrot. Combien de secondes s'étaient écoulées? Quarante-cinq? Pas plus d'une minute, malheureusement.

– Qu'est-ce que c'est? chuchota Jonathan, apparaissant sur le seuil de la porte.

Le moteur de la voiture tournait toujours.

Tom secoua la tête.

Tous deux entendirent des pas légers et précipités sur le gravier, puis on frappa à la porte. Jonathan sentit soudain ses genoux se dérober sous lui.

– Ça doit être Simone, dit-il.

Tom espérait de toutes ses forces que Lippo était mort. Son visage commençait à peine à se violacer. Le salaud!

On frappa de nouveau.

– Monsieur Ripley?... *Jon!*

– Demandez-lui avec qui elle est venue, dit Tom. Si elle est avec quelqu'un, on ne peut pas ouvrir. Dites-lui que nous sommes occupés.

– Avec qui es-tu, Simone? demanda Jonathan à travers la porte.

– Je suis seule! J'ai dit au taxi d'attendre. Que se passe-t-il, Jon?

Tom avait entendu, lui aussi.

– Dites-lui de se débarrasser du taxi.

– Va payer le taxi, Simone! lança Jonathan.

– C'est fait!

– Dis-lui qu'il peut partir.

Simone s'éloigna de la maison et ils entendirent bientôt le taxi redémarrer. Simone revint à la porte et se contenta cette fois d'attendre, sans frapper.

Tom se redressa, laissant le garrot serré autour du cou de Lippo. Il se demandait si Jonathan ne devrait pas sortir pour aller expliquer à Simone qu'elle ne pouvait pas entrer. Qu'ils étaient en compagnie d'autres personnes. Qu'ils allaient demander par téléphone un autre taxi pour elle. Tom se méfiait des réactions des chauffeurs de taxi. Il valait mieux avoir renvoyé celui-ci qui aurait pu se demander pourquoi on ne laissait pas Simone entrer dans une maison où la lumière brillait et où il y avait manifestement au moins une personne.

– Jon! appela Simone. Ouvre la porte, veux-tu? Je voudrais te parler.

– Vous ne pouvez pas attendre dehors avec elle pendant que j'appelle un autre taxi? suggéra Tom à mi-voix. Dites-lui que nous parlons affaires avec deux autres personnes.

Jonathan acquiesça d'un signe de tête, hésita un

instant, puis fit coulisser le verrou. Il entrouvrit la porte, s'apprêtant à se glisser au-dehors, mais Simone repoussa brusquement le battant et entra.

– Jon! Je suis désolée de...

Essoufflée, elle jeta un regard circulaire dans la pièce comme pour chercher des yeux Tom Ripley, le maître de maison, puis elle l'aperçut et vit en même temps les deux hommes qui gisaient sur le sol. Elle poussa un cri étouffé et son sac, lui échappant des doigts, tomba avec un bruit mat sur les dalles de marbre.

– Mon Dieu!... Mais qu'est-ce qui se passe ici?

Jonathan la saisit par la main.

– Ne regarde pas! Ces...

Simone se tenait très droite, comme pétrifiée. Tom se dirigea vers elle.

– Bonsoir, madame. N'ayez pas peur. Ces hommes attaquaient la maison. Ils sont évanouis. Nous avons eu quelques difficultés... Jonathan, emmenez Simone dans la cuisine.

Simone, clouée sur place, se mit à vaciller et dut un instant s'appuyer à Jonathan, puis elle releva la tête et fixa Tom d'un regard hystérique.

– Ils sont morts! Assassins! C'est épouvantable... Jonathan... Je ne comprends pas ce que tu fais ici!

Tom se dirigea vers la table roulante.

– Si vous lui faisiez boire un petit cognac, suggéra-t-il à Jonathan.

– Oui, Simone, viens. Allons dans la cuisine.

Il s'apprêtait à la précéder en passant entre elle et les cadavres, mais elle refusait de bouger.

Tom, constatant que la bouteille de cognac était plus difficile à ouvrir que celle du whisky, servit une bonne rasade de whisky dans un verre qu'il porta à Simone.

– Madame, je me rends bien compte que c'est horrible. Ces hommes sont des tueurs de la Mafia, des Italiens. Ils sont venus ici pour nous attaquer, moi du moins. (Simone machinalement buvait le whisky à petites gorgées, en grimaçant à peine, comme s'il s'était agi d'un médicament.) Jonathan est venu m'aider et je lui en suis très reconnaissant. Sans lui...

– Sans lui? coupa Simone dans un subit élan de fureur. Et que fait-il ici?

Tom redressa le buste et se dirigea vers la cuisine, pensant que c'était la seule façon de faire sortir Simone du living-room. Les deux autres lui emboîtèrent le pas.

– Je ne peux pas vous l'expliquer ce soir, madame Trevanny. Pas maintenant. Il faut que nous partions tout de suite, en emmenant ces hommes. Voulez-vous...

Tom se demandait s'il avait le temps de la reconduire à Fontainebleau, et de revenir ensuite enlever les cadavres avec l'aide de Jonathan. Non. Le trajet aller et retour prendrait près de trois quarts d'heure et Tom ne voulait pas perdre un temps précieux.

– Voulez-vous que j'appelle un taxi, madame, pour qu'il vous ramène à Fontainebleau?

– Je ne laisserai pas mon mari. Je veux savoir ce qu'il manigance ici, en compagnie d'un... d'un salaud de votre espèce!

Sa fureur était entièrement dirigée contre Tom maintenant. Si seulement elle avait pu s'en libérer cette fois-là et à jamais en une grande explosion! Il s'était toujours senti désarmé devant une femme en colère. Les rares cas où il s'était trouvé dans cette situation, il avait eu l'impression d'être prisonnier d'un cercle de feu composé de foyers successifs; à peine avait-il réussi à en maîtriser un que le suivant s'avivait...

– Si seulement votre femme voulait bien repartir à Fontainebleau en taxi..., dit Tom, tourné vers Jonathan.

– Je sais, je sais. Simone, vraiment, il vaut mieux que tu rentres à la maison.

– Est-ce que tu viens avec moi? demanda-t-elle.

– Je... je ne peux pas, répondit Jonathan, au désespoir.

– Tu ne veux pas, plutôt. Tu te ranges donc de son côté.

– Chérie, je t'expliquerai plus tard, je t'en prie...

Jonathan poursuivit sur le même ton tandis que Tom se demandait s'il n'allait pas finalement changer d'avis. Il n'arriverait à rien avec Simone.

– Jonathan..., dit-il enfin. Excusez-nous un instant, madame. (Il attira Jonathan dans le living-room.) Nous avons six heures devant nous, chuchota-t-il; moi, du moins. Il faut que j'emmène ces deux cadavres et que je les fasse disparaître, et je préférerais être de retour avant le lever du jour. Etes-vous vraiment disposé à m'aider?

Jonathan se sentait aussi désemparé que s'il s'était trouvé perdu au milieu d'un champ de bataille. La situation lui paraissait désespérée vis-à-vis de Simone. Jamais il ne pourrait lui faire comprendre. Rentrer avec elle à Fontainebleau n'arrangerait rien. Il avait perdu Simone et plus rien ne lui importait. Toutes ces pensées défilèrent comme un éclair dans son esprit.

– Je suis tout à fait disposé, oui.

– Parfait... Merci. (Tom eut un sourire crispé.) Simone ne voudra sûrement pas rester ici. Elle pourrait dormir dans la chambre de ma femme, évidemment. Je pourrais dénicher un somnifère quelque part... Mais bon sang, elle ne peut pas venir avec nous!

– Non. (Jonathan avait la responsabilité de Simone, mais il se sentait incapable de la persuader ou de lui donner un ordre.) Je n'ai jamais réussi à lui dire...

– Elle court un danger... commença Tom, puis il s'interrompit.

Ce n'était pas le moment de perdre du temps à parler. Il ne put s'empêcher de jeter un coup d'œil à Lippo dont le visage avait pris une teinte bleuâtre, lui sembla-t-il. En tout cas, son corps trapu avait maintenant la molle inertie des cadavres, avec ce regard vide de ceux que la vie a quittés à jamais. Simone sortit de la cuisine au moment où Tom s'apprêtait à y retourner et il constata que son verre était vide. Il alla chercher la bouteille de whisky sur la table roulante et revint emplir à demi le verre qu'elle tenait à la main.

– Vous n'êtes pas obligée de boire, madame. Comme nous devons partir, je dois vous prévenir que vous courrez peut-être de risques sérieux en restant ici. Je ne peux pas savoir si d'autres types ne vont pas rappliquer.

– Alors je vais avec vous. J'accompagne mon mari.

– Il n'en est pas question, madame, répliqua Tom avec fermeté.

– Qu'est-ce que vous allez faire?

– Je ne sais pas exactement, mais nous devons nous débarrasser de ces cadavres, dit-il en indiquant les deux corps.

– Simone, il faut absolument que tu rentres à Fontainebleau en taxi, dit Jonathan.

– Non!

Jonathan lui saisit le poignet, prenant le verre de l'autre main pour éviter qu'il se renversât.

– Tu dois faire ce que je te dis. Il s'agit de notre vie, de ma vie. Nous n'avons pas le temps de discuter.

Tom bondit au premier étage. Au bout de près d'une minute de recherches, il finit par trouver les comprimés de phénobarbital d'Héloïse, dont elle usait si rarement que le flacon était rangé derrière tous les autres produits dans son armoire à pharmacie. Il en prit deux, redescendit, les laissa tomber négligemment dans le verre de Simone – qu'il avait pris de la main de Jonathan – et ajouta au whisky une dose de soda.

Cette fois, Simone consentit à boire. Assise sur le divan, elle semblait plus calme. Et Jonathan était en train de téléphoner, pour demander un taxi probablement. L'annuaire de Seine-et-Marne était ouvert sur la table du téléphone. Tom se sentait lui-même légèrement hébété. Jonathan, l'écouteur à l'oreille, tourna la tête et consulta Tom du regard.

– Simplement Belle Ombre, à Villeperce, ça suffira, dit Tom.

Pendant que Jonathan et Simone attendaient le taxi, plongés dans un silence pesant près de la porte, Tom, une torche électrique à la main, sortit dans le jardin par la porte-fenêtre, alla prendre un jerricane d'essence dans la resserre à outils et constata avec regret qu'il n'était qu'aux trois quarts plein. Comme il contournait la maison, il entendit une voiture approcher lentement, le taxi, espéra-t-il. Au lieu de mettre le jerricane dans la Renault, il le dissimula au pied d'un laurier. Puis il alla frapper à la porte et Jonathan lui ouvrit.

– Je crois que le taxi est là, dit Tom.

Tom salua Simone et laissa Jonathan l'accompagner jusqu'à la voiture qui attendait devant les grilles. Le taxi démarra et Jonathan revint.

Tom était en train de refermer la porte-fenêtre.

– Seigneur! s'exclama-t-il, en exhalant un soupir de soulagement. J'espère que votre femme n'a pas été trop horrifiée... Je dois dire que je comprends sa réaction.

Jonathan haussa les épaules d'un air absent. Il ouvrit la bouche pour parler mais aucun son ne franchit ses lèvres.

Tom se rendit compte de l'état dans lequel il se trouvait et d'un ton ferme, tel un capitaine donnant des ordres à un équipage démoralisé, il déclara :

– Jonathan, croyez-moi, elle comprendra. (Et il

était sûr qu'elle ne téléphonerait pas à la police, afin de ne pas compromettre son mari. Tom se sentait de nouveau plein d'allant et d'assurance. Il tapota l'épaule de Jonathan en passant à sa hauteur.) Je reviens dans une minute.

Tom alla prendre le jerricane sous le buisson et le casa à l'arrière de la Renault. Il alla ensuite examiner le tableau de bord de la D.S. et constata, d'après la jauge, que le réservoir était plus qu'à demi plein. Cela devrait suffire. Il envisageait un trajet d'environ deux heures. Quant au réservoir de la Renault, il était également à demi plein et c'était dans cette voiture que se trouveraient les cadavres.

Jonathan et lui n'avaient pas dîné du tout. Il n'était pas raisonnable de rouler le ventre creux. Tom regagna la maison.

– Il faut manger un morceau avant de partir, suggéra-t-il.

Jonathan le suivit dans la cuisine, soulagé d'échapper pendant un moment à la vue des cadavres dans le living-room, et il se lava les mains et le visage au-dessus de l'évier. Tom lui adressa un sourire. L'important, pour le moment, c'était de se nourrir. Il sortit le steak du réfrigérateur, alluma le gril et glissa la viande sur la plaque. Lorsqu'elle fut bien saisie, il la posa sur une assiette, prit deux couteaux et deux fourchettes, puis il disposa à côté deux soucoupes avec du sel et de la sauce anglaise. Ils mangèrent rapidement dans la même assiette. Le steak était tendre, cuit à point.

Tom avait même trouvé un fond de bordeaux dans la cuisine.

– Ça va vous faire du bien, dit-il à Jonathan en reposant son couteau et sa fourchette.

La pendule du living-room sonna la demie de onze heures.

– Un café? demanda Tom. Il y a du Nes.

– Non, merci. (Il demeura un instant silencieux.) Comment allons-nous nous y prendre? demanda-t-il enfin.

– Nous allons les brûler quelque part. Dans leur

voiture, répondit Tom. Ça n'est pas absolument indispensable, mais c'est dans le style de la Mafia.

Jonathan regarda Tom rincer un thermos au robinet de l'évier, sans plus se soucier du fait qu'il se tenait devant une fenêtre ouverte. Il ouvrit ensuite le robinet d'eau chaude, versa de la poudre de Nescafé dans le thermos qu'il remplit ensuite d'eau bouillante.

– Avec du sucre? demanda Tom. Je crois que nous en aurons bien besoin.

Jonathan aida ensuite Tom à transporter au-dehors le blond, dont le corps commençait à se raidir. Puis Tom annonça qu'il avait changé d'avis; les deux cadavres, tout compte fait, voyageraient dans la D.S.

– ... bien que la Renault soit plus grande..., ajouta-t-il d'une voix entrecoupée par l'effort.

Ils basculèrent le deuxième cadavre par-dessus le premier sur la banquette arrière de la D.S. Tom étala par-dessus des vieux journaux trouvés sur le plancher de la voiture. Il s'assura ensuite que Jonathan connaissait le maniement de la Renault, lui montra comment fonctionnaient les clignotants et les phares.

– Bon, allez-y, je vais boucler la maison.

Tom regagna la maison, laissa une lumière allumée dans le living-room, ressortit et ferma la porte d'entrée à double tour.

Tom avait expliqué à Jonathan que leur premier objectif était Sens, puis Troyes. De Troyes, ils continueraient en direction du sud-est. Tom avait une carte routière dans sa voiture. Ils se retrouveraient une première fois à Sens devant la gare. Tom déposa le thermos dans la Renault.

– Vous vous sentez d'attaque? demanda-t-il. N'hésitez pas à vous arrêter pour boire du café, si vous en avez envie. (Il le salua d'un geste de la main.) Passez le premier. Je ferme le portail et je vous rattrape.

Jonathan démarra donc le premier. Tom cadenassa le portail et, quelques instants plus tard, il doublait Jonathan qui roulait vers Sens, situé à une demi-heure au plus. Jonathan semblait se débrouiller correctement au volant de la Renault. Ils firent un bref arrêt à Sens et se concertèrent pour la suite du trajet. A Troyes, ils devaient de nouveau se retrouver devant la gare.

Il était près d'une heure du matin quand Tom atteignit Troyes. Depuis plus d'une demi-heure, il avait perdu Jonathan de vue dans son rétroviseur. Il entra au buffet de la gare et y commanda un café, guettant par la vitre l'apparition de la Renault. Il se décida finalement à payer et à sortir et, comme il se dirigeait vers la D.S., il vit sa Renault arriver et se garer dans le parking. De la main il fit signe à Jonathan.

– Ça se passe bien? s'enquit Tom. (Jonathan lui paraissait en forme.) Si vous voulez boire un café ou aller aux toilettes, il vaut mieux entrer seul.

Jonathan déclina ces deux propositions. Tom le persuada de boire un peu de café au thermos. Personne ne leur accordait la moindre attention. Un train venait d'arriver et quelques voyageurs se dirigeaient vers le parking.

– D'ici, nous allons prendre la N. 19, dit Tom. Jusqu'à Bar-sur-Aube. Rendez-vous devant la gare de nouveau. D'accord?

Tom remonta dans la D.S. et démarra. La grand-route était plus dégagée et la circulation réduite, à l'exception de quelques énormes poids lourds au large gabarit souligné de feux de position rouges et blancs. Tom avait ralenti l'allure et se maintenait en dessous de quatre-vingt-dix à l'heure. A la gare de Bar-sur-Aube, Jonathan et lui se penchèrent à leurs portières pour échanger quelques mots.

– Je n'ai plus beaucoup d'essence, dit Tom. Et comme je voudrais aller au-delà de Chaumont, je vais m'arrêter au prochain poste, d'accord? Vous feriez bien d'en faire autant.

– Très bien.

Juste à la sortie de Bar-sur-Aube, Tom s'arrêta à une station Total. Il était en train de payer le pompiste lorsque Jonathan se gara derrière lui. Tom n'accorda pas le moindre regard à Jonathan. Puis il fit quelques pas pour se dégourdir les jambes. Il redémarra ensuite pour aller se garer quelques mètres plus loin et se rendit aux toilettes. Chaumont n'était qu'à quarante-deux kilomètres.

Tom y arriva à trois heures moins cinq. Il n'y avait pas un taxi en vue devant la gare, simplement quelques voitures vides en stationnement. La gare et son buffet étaient fermés pour le reste de la nuit. Lorsque Jonathan arriva à son tour, Tom se dirigea à pied vers la Renault.

– Suivez-moi. Je vais me mettre à la recherche d'un coin tranquille.

Jonathan était fatigué, mais il avait récupéré au cours du trajet et se sentait prêt à continuer à rouler pendant des heures. La Renault était nerveuse et rapide et se conduisait avec un minimum d'effort. La région que traversait Jonathan lui était totalement inconnue. Peu importait, d'ailleurs, il lui suffisait maintenant de suivre les feux arrière de la D.S. Tom, qui roulait à faible vitesse, s'arrêta par deux fois à hauteur de routes transversales, puis redémarra. La nuit était noire, les étoiles invisibles ou du moins la lueur du tableau de bord en masquait le scintillement. Deux voitures passèrent en sens inverse et un camion doubla Jonathan. Jonathan vit alors le clignotant de Tom s'allumer et la D.S. tourna sur la droite. Jonathan parvint à hauteur de l'endroit où Tom avait bifurqué et distingua une sorte de tunnel obscur qui se perdait dans la nuit. C'était un étroit chemin de terre qui, à quelques mètres de la route, s'enfonçait dans les sous-bois, un chemin forestier où il devait être à peine possible de se croiser. Des branches raclaient au passage les ailes de la voiture qui cahotait dans les ornières.

La voiture de Tom s'immobilisa. Ils avaient parcouru environ deux cents mètres depuis la grand-route, décrivant une large courbe. Tom avait éteint ses phares mais l'intérieur de la voiture s'illumina lorsqu'il ouvrit la portière. Laissant la portière ouverte, Tom revint à pied vers Jonathan en agitant les bras. Jonathan à son tour coupa le contact et éteignit ses phares. La silhouette de Tom dans son pantalon trop large et sa veste de daim verte resta un instant imprimée sur sa rétine, comme une image lumineuse. Il cligna des paupières.

Tom arriva à hauteur de sa portière.

– Ça sera terminé d'ici deux minutes. Reculez d'environ cinq mètres. Vous savez où est la marche arrière?

Jonathan remit le contact. La voiture était équipée de phares de recul. Lorsqu'il s'arrêta, Tom ouvrit la portière arrière de la Renault dont il sortit le jerricane. Il avait sa torche électrique à la main.

Tom arrosa d'essence les journaux qui couvraient les deux cadavres ainsi que les vêtements. Il en versa également sur le toit de la voiture et sur la banquette avant, qui était en plastique, malheureusement, et non en tissu. Il leva ensuite la tête vers les arbres qui formaient une sorte de dôme au-dessus du chemin et dont les feuilles naissantes n'avaient pas encore atteint leur épanouissement estival.

Tom vida le reste du jerricane sur le plancher de la voiture où traînaient des papiers froissés, le reste d'un sandwich, une vieille carte routière...

Jonathan revenait lentement dans sa direction.

– Nous y voilà, dit doucement Tom et il craqua une allumette.

Il avait laissé ouverte la portière avant. Il jeta l'allumette enflammée vers le fond de la voiture et bondit vivement en arrière. Les flammes jaillirent aussitôt.

Tom recula précipitamment, glissa dans une ornière et se rattrapa au bras de Jonathan.

– Allez, filons! chuchota-t-il et ils repartirent en courant vers la Renault.

Tom se glissa au volant, souriant de toutes ses dents. Le feu se propageait rapidement. La capote avait commencé à brûler et une longue flamme jaune s'élevait du centre de la voiture.

Jonathan monta dans la Renault.

Tom mit le contact. Il avait le souffle un peu précipité.

– Tout s'est bien passé, non? dit-il. On ne pouvait pas espérer mieux!

Les phares de la Renault parurent atténuer un instant les lueurs du brasier qui flamboyait devant eux. Tom remonta le chemin de terre en reculant à vive allure, le buste tourné pour regarder par la vitre arrière.

Jonathan gardait les yeux fixés sur la voiture en train de flamber. Elle disparut complètement à sa vue lorsqu'ils amorcèrent la courbe du chemin sous les arbres.

Tom braqua brusquement. Ils avaient maintenant rejoint l'asphalte de la route.

– Vous la voyez, d'ici? demanda Tom en lançant la voiture en avant.

Jonathan apercevait une vague lueur, à travers les arbres, mais elle s'évanouit presque aussitôt. Ou bien l'avait-il imaginée?

– Non, je ne vois rien du tout.

Un instant, Jonathan se sentit terrifié à l'idée qu'ils avaient échoué dans leur entreprise, que le feu s'était éteint de lui-même. Mais il savait qu'il n'en était rien. La forêt était si dense que, de la route, le brasier était à peine visible. Quelqu'un, pourtant, allait retrouver la voiture. Mais au bout de combien de temps? Et qu'en resterait-il?

Tom s'était mis à rire.

– Ils vont complètement cramer! Nous sommes sauvés!

Jonathan vit Tom jeter un coup d'œil au compteur de vitesse, dont l'aiguille oscillait aux environs de cent trente. Tom ralentit alors et ramena l'allure aux environs de cent.

Il sifflotait maintenant une chanson napolitaine. Il se sentait en pleine forme, frais et dispos, il n'avait même pas envie de fumer pour se détendre les nerfs. La vie offrait peu de plaisirs comparables à l'élimination des Mafiosi. Et pourtant...

– Et pourtant..., commença Tom d'un ton animé.

– Pourtant quoi?

– En supprimer deux, ce n'est pas grand-chose. C'est comme d'écraser deux punaises quand la maison en fourmille. Je crois, néanmoins, qu'il faut se donner la peine d'essayer et surtout c'est agréable de faire savoir de temps en temps à la Mafia qu'on peut éliminer quelques-uns d'entre eux. Il se trouve qu'en l'occurrence, ils vont penser que c'est une autre famille qui a liquidé Lippo et Angie. D'ailleurs, il faut l'espérer.

Jonathan se sentait envahi d'une bizarre torpeur. Il s'efforçait de lutter contre sa somnolence, se forçait à se tenir droit, enfonçait ses ongles dans la paume de ses mains. Seigneur, se dit-il, ils en avaient encore pour des heures avant d'être rentrés, d'être arrivés soit chez lui soit chez Tom. Tom semblait frais comme un gardon et chantait maintenant en italien la chanson qu'il sifflotait tout à l'heure.

... papa ne meno
Como faremo fare l'amor...

Il se mit ensuite à bavarder, à parler de sa femme qui devait aller passer quelques jours avec des amis dans un chalet en Suisse. Jonathan se réveilla légèrement en entendant Tom lui conseiller :

– Appuyez donc votre tête contre la banquette, Jonathan, et faites un petit somme; vous vous sentez bien, j'espère?

Jonathan ne savait même pas comment il se sentait. Il éprouvait une sorte de faiblesse, mais cela lui arrivait souvent. Il avait peur de penser à ce qui venait de se passer, à ce qui se passait encore, à cette chair, à ces os en train de brûler et qui se consumeraient encore pendant des heures. Une vague de tristesse le submergea; que ne pouvait-il effacer les quelques heures qui venaient de s'écouler, les rayer de sa mémoire! Il avait pourtant été là comme témoin, il avait même agi, participé à l'action. Renversant la tête en arrière, il s'endormit à moitié. Tom continuait à bavarder gaiement, à bâtons rompus, comme s'il avait entretenu la conversation avec un interlocuteur qui lui donnait de temps à autre la réplique. En fait, Jonathan ne l'avait jamais vu d'aussi bonne humeur. Quant à lui, il se demandait ce qu'il allait dire à Simone. La seule idée de ce problème à résoudre l'atterrait.

– La messe chantée en anglais, vous savez... était en train de dire Tom. Je trouve ça tout simplement gênant. Les gens de langue anglaise sont censés en principe croire à ce qu'ils disent, alors une messe en anglais... on a l'impression que le chœur est devenu subitement fou ou alors que c'est une bande de farceurs. Vous ne trouvez pas? Sir John Stainer...

Jonathan s'éveilla lorsque la voiture s'arrêta. Tom s'était garé sur le bas-côté et était en train de boire du café dans le gobelet du thermos. Souriant, il en offrit à Jonathan qui en but quelques gorgées. Puis ils repartirent.

Ce fut la lumière de l'aube qui réveilla Jonathan à proximité d'un petit village inconnu.

– Nous arrivons dans vingt minutes! lui dit Tom d'un ton enjoué.

Jonathan murmura une vague réponse et de nouveau ferma à demi les yeux. Tom parlait maintenant de son clavecin.

– Ce qu'il y a de merveilleux chez Bach, c'est ce don qu'il a de vous apaiser immédiatement. Une simple phrase musicale...

Jonathan ouvrit les yeux, pensant avoir entendu des notes de clavecin. Non, il ne rêvait pas. Il était d'ailleurs à demi éveillé depuis un moment. La musique venait d'en bas. Les notes s'égrenaient, sur un rythme inégal. D'un geste las, Jonathan leva le bras pour consulter sa montre. Il était neuf heures moins vingt. Que faisait Simone en ce moment? Que pouvait-elle bien penser?

L'épuisement sapait en lui toute volonté. Il s'enfonça plus profondément dans l'oreiller, désemparé. Cédant à l'insistance de Tom, il avait pris une douche chaude, endossé un pyjama. Tom lui avait même donné une brosse à dents neuve.

– Dormez donc une ou deux heures, lui avait-il conseillé. Il est très tôt, vous savez, à peine sept heures.

Il lui fallait se lever maintenant, aller retrouver Simone, lui parler. Mais il demeurait inerte sous les couvertures, écoutant les notes grêles du clavecin.

Tom attaquait maintenant un thème de résonance classique et sa main gauche égrenait des arpèges dans les notes basses. A contrecœur, Jonathan se mit sur son séant, rabattit les draps bleu pâle et la couverture en laine d'un bleu plus foncé. Vacillant sur place, il se redressa pour se diriger vers la porte. Pieds nus, il descendit l'escalier.

Tom lisait ses notes sur une partition musicale

ouverte devant lui. Un rai de soleil passait à travers les rideaux entrebâillés et effleurait son épaule gauche, faisant ressortir les motifs dorés de sa robe de chambre noire.

– Tom?

Tom se retourna et se leva aussitôt.

– Oui?

Devant son expression alarmée, l'état de Jonathan ne fit qu'empirer. Il se retrouva sans savoir comment étendu sur le divan jaune, avec Tom penché sur lui en train de lui tamponner le visage avec un linge humide.

– Voulez-vous du thé? Ou du cognac...? Vous n'avez pas de comprimés à prendre?

Jonathan se sentait au plus mal et il savait que lorsqu'il se trouvait dans cet état-là, seule une transfusion pouvait l'aider. La dernière ne remontait pourtant pas très loin. En fait, il avait l'impression de n'avoir jamais atteint ce degré d'épuisement. Etait-ce seulement le résultat d'une nuit blanche?

– Quoi? fit Tom.

– Le mieux, je crois, ce serait de me conduire à l'hôpital.

– On part immédiatement. (Tom s'éloigna un instant et revint avec un verre plein.) Tenez, c'est un cognac à l'eau, si ça vous dit. Ne bougez pas. J'en ai pour une minute.

Jonathan ferma les yeux. Le linge humide lui couvrait le front et se rabattait sur une de ses joues. Il frissonnait et était trop fatigué pour bouger. Au bout d'une minute à peine, lui sembla-t-il, Tom revint, habillé. Il avait également apporté les vêtements de Jonathan.

– Vous n'avez qu'à mettre vos chaussures et mon par-dessus, suggéra-t-il. Ça vous évitera de vous habiller.

Jonathan suivit docilement son conseil. Bientôt, ils se retrouvèrent en train de rouler à nouveau dans la Renault, en direction de Fontainebleau, les vêtements de Jonathan, soigneusement pliés, étaient posés entre eux. Tom demanda à Jonathan s'il savait à quel service s'adresser lorsqu'ils arriveraient à l'hôpital et s'il pourrait obtenir une transfusion immédiate.

– Il faut que je parle à Simone, dit Jonathan.

– Mais oui, bien sûr. Ne vous inquiétez pas pour ça.

– Vous pourriez aller la chercher?

– Evidemment, répondit Tom d'un ton ferme. (Jusqu'à cet instant-là, il ne s'était pas trop inquiété pour Jonathan. Simone allait être furieuse de le voir arriver chez elle, mais que ce fût en compagnie de Tom ou toute seule, elle irait voir son mari.) Vous n'avez toujours pas le téléphone chez vous?

– Non.

Tenant Jonathan par le bras, Tom gagna la réception de l'hôpital. L'employée accueillit Jonathan comme une vieille connaissance. Comme une infirmière venait le chercher après une assez longue attente, Tom lui déclara :

– Je vais prévenir Simone, Jonathan. Ne vous inquiétez pas, elle viendra.

Puis il se tourna vers l'infirmière :

– Vous pensez qu'une transfusion va le remettre sur pied?

Elle le rassura gentiment d'un signe de tête et Tom n'insista pas. Remontant dans sa voiture, il se rendit à la rue Saint-Merry, réussit à se garer à quelques mètres de la maison et se dirigea vers le perron. Il n'avait pas dormi du tout et n'était pas rasé, mais au moins il apportait à Mme Trevanny un message qui risquait de l'intéresser. Il pressa la sonnette.

Pas de réponse. Tom sonna de nouveau et chercha Simone des yeux dans la rue. C'était un dimanche. Pas de marché à Fontainebleau, mais il était neuf heures et demie et elle pouvait très bien être sortie faire des courses ou s'être rendue à la messe avec Georges.

Tom redescendit lentement les marches du perron et comme il atteignait le trottoir, il vit Simone avançant dans sa direction, Georges à côté d'elle. Elle portait un panier au bras.

– Bonjour, madame, dit poliment Tom, sans se laisser démonter par son évidente hostilité. Je voulais seulement vous apporter des nouvelles de votre mari. Bonjour, Georges.

– Je ne veux rien avoir à faire avec vous, dit-elle, sinon pour vous demander où se trouve mon mari.

Georges observait Tom de son regard vif. Il avait les mêmes yeux et les mêmes sourcils que son père.

– Il va assez bien, je pense, madame, mais il est... (Tom aurait préféré lui annoncer la nouvelle ailleurs que dans la rue.) Il est à l'hôpital pour le moment. On va lui faire une transfusion, je crois.

Simone semblait à la fois alarmée et furieuse, comme si Tom avait été responsable de l'état de son mari.

– Est-ce que je pourrais vous parler un instant dans la maison, madame? Ce serait tellement plus facile.

Après une brève hésitation, Simone accepta; par curiosité, pensa-t-il. Elle sortit une clef de la poche de son manteau défraîchi et ouvrit la porte.

– Que lui est-il arrivé? demanda-t-elle lorsqu'ils furent dans l'entrée.

Tom prit une profonde aspiration avant de commencer d'un ton calme :

– Nous avons dû rouler à peu près toute la nuit. Je crois qu'il est simplement fatigué. Je viens de le conduire à l'hôpital mais je ne pense pas qu'il soit en danger.

– Papa! Je veux voir papa! s'exclama Georges d'un ton dépité comme s'il avait déjà réclamé plusieurs fois son père depuis la veille.

Simone avait posé son panier.

– Qu'avez-vous fait à mon mari? Ce n'est plus le même homme depuis qu'il vous connaît! Si jamais vous le revoyez, je vous, je vous...

Ce fut sans doute la présence de son fils qui

l'empêcha de formuler une menace précise. Réussissant à se contrôler, elle demanda avec amertume :

– Comment se fait-il qu'il soit à ce point en votre pouvoir?

– Il n'est pas en mon pouvoir, madame, et ne l'a jamais été, protesta Tom. Et je crois que le... le travail est maintenant terminé. Il m'est impossible de vous donner dans l'immédiat de plus amples explications.

– Quel travail? demanda Simone. (Et avant même que Tom ait pu ouvrir la bouche, elle poursuivit :) Monsieur, vous êtes un escroc, et vous contaminez les autres! A quel chantage l'avez-vous soumis? Et pourquoi?

L'idée du chantage était tellement incongrue que Tom en resta un instant interloqué.

– Mais, madame, dit-il enfin, personne ne soutire d'argent à Jonathan, ou quoi que ce soit d'autre. Bien au contraire. Et il n'a rien fait qui puisse donner barre sur lui. Nous avons dû passer la nuit à nettoyer un peu le gâchis.

Tom trouvait la formule misérable. Son français le plus éloquent le désertait soudain. Il n'était pas de taille à lutter par le verbe contre la femme indignée qui se dressait devant lui.

– Le gâchis! (Elle se baissa pour ramasser son panier.) Monsieur, je vous serais reconnaissante de sortir d'ici. Merci d'être venu me dire où se trouvait mon mari.

Tom acquiesça d'un signe de tête.

– Je serais très heureux également de vous emmener avec Georges à l'hôpital, si vous voulez. Ma voiture est juste devant la maison.

– Non merci. (Elle s'était avancée vers la porte, et se retournait maintenant à demi, attendant qu'il s'en aille.) Viens, Georges.

Tom sortit de la maison, monta dans sa voiture, songea un instant à passer à l'hôpital pour prendre des nouvelles de Jonathan puis se ravisa, décidant de téléphoner de chez lui, et rentra à Villeperce. Mais une fois arrivé, il renonça à téléphoner.

Simone devait maintenant être auprès de son mari. Jonathan n'avait-il pas dit que la transfusion durait plusieurs heures?

Il brancha sa radio sur France-Musique, ouvrit plus grand les rideaux pour laisser entrer le soleil et mit un peu d'ordre dans la cuisine. Il but un verre de lait, monta dans sa chambre, passa son pyjama et se recoucha.

Jonathan réussirait-il à apaiser Simone? se demandait-il. Mais le même problème restait posé : quels liens était-il possible d'imaginer entre la Mafia et deux médecins allemands?

Chercher une solution lui donnait sommeil. Et Reeves, au fait...? Que devenait-il à Ascona? Reeves le farfelu. Tom continuait à éprouver pour lui une sorte d'affection. Reeves se montrait souvent d'une grande maladresse, mais si imprévisible qu'il fût, il avait le cœur bien placé.

***

Simone était assise à côté du chariot roulant sur lequel était étendu Jonathan en train de subir une transfusion. Comme d'habitude, il évitait de regarder le bocal de sang relié à son bras par un tube. Simone avait une expression fermée, hostile. Elle avait pris l'infirmière à part pour lui parler. Jonathan en conclut que son état ne devait pas être trop alarmant, à supposer qu'on eût dit la vérité à Simone, sinon elle se serait montrée plus inquiète à son sujet, plus attentionnée envers lui. Jonathan était accoté à un oreiller et une couverture blanche le couvrait jusqu'à la taille.

– Et tu portes un pyjama de ce sale type, remarqua Simone.

– Chérie, il fallait bien que je mette quelque chose... pour dormir. Il était près de six heures du matin quand nous sommes rentrés...

Il s'interrompit, recru de fatigue, désorienté. Simone lui avait dit que Tom était passé chez eux pour la prévenir qu'il était à l'hôpital. Simone avait réagi par la colère. Jamais Jonathan ne l'avait vue dans un tel état de fureur. Elle semblait haïr Tom comme s'il s'était agi de Landru et de Svengali.

– Où est Georges? demanda Jonathan.

– Il est resté à la maison. J'ai téléphoné à Gérard et il va venir avec Yvonne vers dix heures et demie.

Ils attendraient Simone, songea Jonathan, et tous iraient ensuite à Nemours pour le déjeuner familial du dimanche.

– Ils veulent que je reste ici jusqu'à trois heures, en tout cas, reprit-il. Les examens, tu sais...

Elle était au courant, bien sûr; on lui prélèverait sans doute de la moelle, ce qui ne prenait pas plus de dix à quinze minutes, mais il y avait d'autres examens, urines entre autres et auscultation de la rate. Jonathan se sentait toujours très las et ne savait trop à quoi s'attendre. La dureté dont Simone faisait preuve à son égard, en outre, l'accablait.

– Je ne peux pas comprendre, dit-elle. Vraiment je ne comprends pas. Jon, pourquoi fréquentes-tu ce monstre?

Tom n'était pas vraiment un monstre. Mais comment le lui expliquer? Jonathan fit néanmoins une tentative.

– Est-ce que tu te rends compte qu'hier soir... Ces hommes étaient de véritables tueurs, tu sais? Ils étaient armés de pistolets, ils avaient des garrots dans leurs poches. Tu sais ce que c'est, un garrot? Ils sont venus chez Tom.

– Et toi, qu'est-ce que tu faisais chez lui?

Il ne pouvait plus prétendre maintenant que Tom avait des tableaux à lui faire encadrer. On n'aidait pas quelqu'un à tuer deux hommes et à faire ensuite disparaître les cadavres parce qu'on se chargeait de l'encadrement de ses tableaux. Et quel service avait bien pu lui rendre Ripley pour qu'il se montrât aussi coopératif? Jonathan ferma les yeux, rassemblant ses forces, essayant de réfléchir.

– Madame...

C'était la voix de l'infirmière. Il l'entendit dire

ensuite à Simone qu'elle ne devait pas fatiguer son mari.

– Je te promets de t'expliquer, Simone.

Simone s'était levée.

– Je ne crois pas que tu puisses. Je ne crois pas que tu oses. Cet homme t'a pris au piège – et pourquoi? Pour de l'argent. Il te paie. Mais pourquoi?... Tu veux que je pense que tu es un criminel toi aussi? Comme ce type abominable?

L'infirmière s'était éloignée et ne pouvait les entendre. Les yeux mi-clos, désespéré, sans voix, vaincu, Jonathan regardait Simone. Réussirait-il jamais à lui faire comprendre un jour que tout n'était pas ou noir ou blanc, comme elle le pensait?

Et Simone s'en allait maintenant, comme si elle avait eu le dernier mot, murée dans son attitude intransigeante. Du seuil de la pièce, elle lui envoya un baiser, mais c'était un geste machinal, comme on esquisse une génuflexion dans une église sans même y penser. L'instant d'après elle avait disparu. La journée à venir lui faisait l'effet d'un cauchemar. Ils risquaient fort de le garder jusqu'au lendemain matin à l'hôpital. Jonathan ferma les yeux et se laissa aller en arrière sur l'oreiller.

A une heure de l'après-midi, presque tous les examens étaient terminés.

– Vous vous êtes surmené, n'est-ce pas, monsieur? lui demanda un jeune interne. Vous avez fait des efforts inhabituels? (Il esquissa un sourire.) Vous avez déménagé, peut-être? Ou trop jardiné?

Jonathan, à son tour, sourit faiblement. Il se sentait un peu mieux. Après tout, il avait tant bien que mal surmonté la faiblesse qui l'avait terrassé ce matin.

On le laissa suivre à pied le couloir, le considérant assez valide, pour se rendre au dernier examen, l'auscultation de la rate.

– Monsieur Trevanny? On vous demande au téléphone, dit une infirmière. Et puisque vous êtes là...

Elle lui montra un bureau sur lequel était posé un téléphone décroché.

Jonathan était sûr que c'était Tom.

– Allô?

– Allô, Jonathan? Ici Tom. Comment ça va? Mieux, j'espère, puisque vous voilà sur pied.

Tom semblait vraiment content.

– Simone est venue me voir. Merci de l'avoir prévenue. Mais elle est...

Bien que la conversation se déroulât en anglais, Jonathan avait du mal à s'exprimer.

– C'est dur pour vous, je sais. (Tom avait l'impression de débiter des platitudes, mais l'angoisse de Jonathan ne lui avait pas échappé.) J'ai fait de mon mieux ce matin, mais... Voulez-vous que... que j'essaie de lui parler de nouveau?

Jonathan se passa la langue sur les lèvres.

– Je ne sais pas. Evidemment, elle n'est pas allée jusqu'à... (Il avait failli dire « me menacer », de le quitter par exemple, en emmenant Georges.) Je ne sais pas si vous pouvez faire quelque chose. Elle est tellement...

Tom comprenait.

– Et si j'essayais quand même? Je vais aller la voir. Courage, Jonathan! Vous rentrez chez vous aujourd'hui?

– Je ne sais pas exactement. Je pense, oui. Simone est allée déjeuner chez ses parents à Nemours.

Tom déclara qu'il essaierait de la voir vers cinq heures. Et si Jonathan était rentré chez lui, ça n'avait pas d'importance.

*
**

Comme Simone n'avait pas le téléphone, Tom ne pouvait pas la prévenir de sa visite. Par ailleurs, s'il avait pu lui téléphoner, elle aurait sans doute résolument refusé de le recevoir. Chez un fleuriste près du château, il acheta un bouquet de dahlias jaunes, et à cinq heures vingt, il sonnait chez les Trevanny.

Un bruit de pas, puis Simone demanda :

– Qui est-ce?

– Tom Ripley.

Un silence.

Simone se décida à ouvrir la porte, le visage figé.

– Bonjour, madame, c'est encore moi, déclara Tom. Puis-je vous parler un instant? Jonathan est rentré?

– Il doit revenir vers sept heures. On lui fait une autre transfusion.

– Ah bon? (Tom se risqua à avancer d'un pas, sans savoir comment allait réagir Simone.) Puis-je vous offrir ces fleurs, madame? ajouta-t-il en lui remettant le bouquet. Ah! Georges... Bonjour, Georges.

Tom tendit la main au petit garçon qui la prit et leva vers lui un visage souriant. Il avait songé à apporter des bonbons pour Georges, mais n'avait pas voulu pécher par excès de zèle.

– Qu'est-ce que vous voulez? demanda Simone, qui l'avait remercié froidement pour les fleurs.

– Il faut absolument que je vous explique ce qui s'est passé la nuit dernière. C'est pour cette raison que je suis venu, madame.

– Vous prétendez... pouvoir m'expliquer?

A son sourire sarcastique Tom répondit par un sourire ouvert et plein de franchise.

– Si tant est que l'on puisse expliquer la Mafia. Evidemment! Maintenant que j'y pense, j'aurais pu les acheter, je suppose. Qu'est-ce qui les intéresse, en dehors de l'argent? Mais en l'occurrence, je ne suis pas sûr qu'ils auraient marché, car ils avaient une raison spéciale de m'en vouloir.

Sans entamer pour autant son hostilité, il avait réussi à éveiller l'intérêt de Simone. Elle avait reculé d'un pas pour s'écarter de lui.

– Oui, une raison spéciale, reprit Tom. Je... voyez-vous, je me trouvais par hasard... tout à fait par hasard, dans le même train que votre mari quand il est revenu d'un récent voyage à Munich. Vous vous rappelez?

– Oui.

– Munich! dit Georges dont le visage s'éclaira, comme s'il s'attendait à ce qu'on lui racontât une histoire.

Tom lui sourit.

– Munich, oui... Eh bien, dans ce train, pour des raisons d'ordre personnel... je n'hésiterai pas à vous dire, madame, qu'il a pu m'arriver de me faire justice moi-même, tout comme la Mafia. Avec cette différence, c'est que je ne fais pas chanter d'honnêtes gens, que je ne leur extorque pas de l'argent en les menaçant de représailles s'ils refusent de payer.

Bien que Georges le fixât d'un regard intense, les propos que tenait Tom étaient trop abstraits, était-il persuadé, pour le petit garçon pût les comprendre.

– Où voulez-vous en venir? demanda Simone.

– Au fait que j'ai abattu une de ces bêtes fauves dans le train, sans parler de l'autre que j'ai expédié par la portière, et que Jonathan, qui était là, m'a vu faire. Vous comprenez... (Tom fut un bref instant désarçonné par l'expression horrifiée qui se peignait sur le visage de Simone, par le regard inquiet qu'elle jeta à Georges qui, écoutant avec avidité, pensait peut-être que les « bêtes fauves » étaient effectivement des animaux, ou alors que Tom inventait une histoire au fur et à mesure de son récit.) Vous comprenez, j'avais eu le temps d'exposer la situation à Jonathan. Nous étions au bout du couloir, dans le train en marche. Jonathan a simplement fait le guet pour moi. Mais je lui en suis reconnaissant. Il m'a été d'un grand secours. Et vous comprendrez, j'espère, madame Trevanny, que c'était pour une bonne cause. Regardez la façon dont la police française lutte contre la Mafia à Marseille, contre les trafiquants de drogue. Tout le monde lutte contre la Mafia! Ou essaie en tout cas. Mais ils exercent toujours de terribles représailles sur ceux qui les attaquent, vous le savez. Et c'est ce qui s'est passé hier soir. Je... (Pouvait-il dire qu'il avait demandé son aide à Jonathan? Oui.) C'est entièrement ma faute si Jonathan se trouvait chez moi, car je lui ai demandé s'il voulait bien venir m'aider de nouveau.

Simone semblait déconcertée et extrêmement sceptique.

– Pour de l'argent, bien sûr.

Tom s'était attendu à cet argument et il resta calme.

– Non. Non, madame. (Une question d'honneur, s'apprêtait-il à dire, mais ça n'avait pas grand sens, même pour lui. Par amitié peut-être... mais cette idée déplairait à Simone.) Par pure gentillesse de sa part. Et parce qu'il est courageux. Vous ne devriez pas le lui reprocher.

Simone secoua lentement la tête, l'air incrédule.

– Mon mari ne fait pas partie des forces de police, monsieur. Pourquoi ne pas me dire la vérité?

– Mais c'est la vérité, affirma Tom avec simplicité en ouvrant les mains.

Simone était assise très droite dans son fauteuil, l'air tendu, les mains crispées l'une contre l'autre.

– Mon mari a reçu récemment une assez importante somme d'argent, dit-elle. Allez-vous prétendre que vous n'y êtes pour rien?

Tom se pencha en arrière sur le divan et croisa les chevilles. Il portait de vieux souliers de marche, déformés par l'usure.

– Ah! oui, fit-il avec un sourire. Il m'en a vaguement parlé. Les médecins allemands ont parié ensemble et ils ont confié les enjeux du pari à Jonathan. C'est bien ça? Je croyais qu'il vous l'avait dit.

Simone demeura silencieuse, attendant la suite.

– De plus, m'a dit Jonathan, ils lui ont versé une sorte de bonus, une gratification. Après tout, ils se servent un peu de lui comme d'un cobaye.

– Il m'a également dit que... que ce nouveau traitement n'était pas vraiment dangereux, alors pourquoi le paierait-on? (Elle secoua la tête et eut un rire bref.) Non, monsieur.

Tom demeura silencieux. Il arborait délibérément une expression déçue.

– Il existe des choses encore plus étranges, madame. Je vous répète simplement ce que m'a dit Jonathan. Je ne vois pas pourquoi il m'aurait menti.

L'entretien était terminé, apparemment. Simone, qui s'agitait nerveusement dans son fauteuil depuis un moment, s'était levée. Elle avait un visage au modelé harmonieux, des yeux limpides, une bouche intelligente et sensible avec un pli sévère.

– Et que savez-vous de la mort de M. Gauthier? Vous étiez un de ses bons clients, j'ai cru comprendre?

Tom s'était levé à son tour et en l'occurrence au moins, il avait la conscience tranquille pour répondre.

– Il a été renversé par un chauffard qui s'est enfui, madame, c'est bien cela?

– Vous n'en savez pas plus?

La voix de Simone était montée d'un ton et tremblait légèrement.

– Je sais que c'était un accident. (Tom regrettait de devoir parler en français. Il avait l'impression de ne pas s'exprimer avec assez de nuances.) Un accident tout à fait stupide. Si vous pensez que je... que j'y suis pour quelque chose, madame, alors peut-être pourrez-vous me dire dans quel but j'aurais agi. Vraiment, madame...

Une petite moue amère étirait les lèvres de Simone.

– J'espère que vous n'aurez plus besoin de Jonathan?

– Même si c'était le cas, je ne ferais pas appel à lui, répondit aimablement Tom. Comment est-ce...

Elle lui coupa la parole.

– J'aurais cru que c'était à la police qu'on faisait appel dans ces cas-là. Vous n'êtes pas de cet avis? A moins que vous n'apparteniez vous-même à un service secret? Américain, s'entend!

Sous le sarcasme, on sentait la virulence de son hostilité. Tom comprit qu'il n'arriverait jamais à rien avec Simone.

– Non, pas du tout, répondit-il d'un ton résigné. Mais il m'arrive de me mettre dans de sales pétrins, comme vous le savez, je pense.

– Oui, je sais.

– Pétrins? Qu'est-ce que ça veut dire, pétrins? gazouilla Georges en regardant tour à tour Tom et sa mère.

– Chttt, Georges, dit Simone.

– Dans cette affaire, reconnaissez cependant que ça n'est pas une mauvaise chose que de s'attaquer à la Mafia.

De quel côté êtes-vous? avait-il envie de demander, mais il craignit d'aller trop loin.

– Monsieur Ripley, vous êtes un sinistre personnage. Voilà tout. Je ne peux rien vous dire de plus. Et je vous serais très reconnaissante de bien vouloir nous laisser en paix, moi et mon mari.

Les fleurs de Tom étaient restées sur la table de l'entrée où les avait abandonnées Simone.

– Comment va Jonathan maintenant? demanda Tom avant de sortir. Mieux, j'espère.

– Je crois, oui... Adieu, monsieur Ripley.

– Au revoir, madame, et merci de m'avoir reçu. Au revoir, Georges, ajouta Tom en tapotant la tête du petit garçon.

Tom regagna sa voiture. Gauthier! un visage familier, un voisin maintenant disparu. Tom était ulcéré que Simone pût le croire responsable de sa mort, bien que Jonathan l'eût mis en garde plusieurs jours auparavant. Seigneur, quelle réputation on lui faisait!

Simone avait été horrifiée – quelle femme ne l'aurait pas été – en voyant deux cadavres chez lui la veille. Mais n'avait-il pas protégé son mari aussi bien que lui-même? Si la Mafia lui avait mis la main dessus et l'avait torturé, n'aurait-il pas fini par donner le nom et l'adresse de Jonathan Trevanny?

Ces réflexions l'amenèrent à se demander ce que devenait Reeves Minot. Il fallait qu'il lui téléphone. Tom se surprit à regarder fixement la poignée de sa portière, les sourcils froncés. Il n'avait même pas bouclé sa voiture, et, selon sa bonne habitude, avait laissé les clefs sur le tableau de bord.

Les résultats de l'analyse de la moelle, dont un docteur avait fait un prélèvement dans l'après-midi du dimanche, étaient mauvais et les médecins décidèrent de garder Jonathan jusqu'au lendemain pour lui faire une exsanguino-tranfusion, traitement que Jonathan avait déjà subi une fois.

Simone vint le voir un peu après sept heures. On avait prévenu Jonathan qu'elle avait téléphoné quelque temps plus tôt. Mais l'infirmière qu'elle avait eue au bout du fil ne lui avait pas précisé qu'on gardait Jonathan à l'hôpital jusqu'au lendemain. Elle fut donc surprise de l'apprendre.

– Alors... demain seulement, dit-elle, incapable apparemment d'en dire davantage.

Jonathan était couché, avec deux oreillers sous la tête. On lui avait enlevé le pyjama de Tom pour lui passer une chemise de l'hôpital et il avait un tube banché à chaque bras. Il avait l'impression qu'une énorme distance le séparait de Simone.

– Demain matin, je suppose. Inutile de te déranger, ma chérie, je prendrai un taxi... Ça s'est bien passé, ton après-midi? Comment vont tes parents?

Simone ne répondit pas à sa question.

– Ton ami M. Ripley est venu me rendre visite, dit-elle.

– Ah oui?

– Il ment comme il respire, cet homme, alors il

est difficile de savoir s'il y a la moindre parcelle de vérité dans ce qu'il dit. Probablement pas.

Simone jeta un coup d'œil derrière elle, mais il n'y avait personne. On avait installé Jonathan dans une salle commune dont plusieurs lits étaient inoccupés, mais non ceux qui encadraient le sien et l'un de ses voisins recevait une visite.

Il ne leur était pas facile de parler.

– Georges va être déçu de ne pas te voir rentrer ce soir, dit Simone.

Puis elle s'en alla.

Jonathan arriva chez lui le lendemain matin vers dix heures. Simone était en train de repasser des vêtements de Georges.

– Est-ce que tu te sens mieux? Tu as pris un petit déjeuner? Tu veux du café?... Ou du thé?

Jonathan se sentait beaucoup mieux, c'était toujours le cas après une transfusion, jusqu'à ce que le mal reprenne le dessus et s'attaque au sang neuf qu'il avait reçu. Il avait seulement envie d'un bain. Sorti de la baignoire, il enfila un vieux pantalon de velours côtelé beige et deux sweaters, car la matinée était fraîche, à moins qu'il ne se sentît plus frileux que d'habitude. Simone portait une robe de laine à manches courtes. Sur la table de la cuisine était posé *Le Figaro*, plié en deux, une moitié de la première page visible, mais il était évident que Simone y avait jeté un coup d'œil.

Jonathan prit le journal et comme Simone continuait à repasser sans même lever la tête, il gagna le salon. Il trouva un article de deux colonnes en bas de la deuxième page, daté du 14 mai, à Chaumont.

DEUX CADAVRES CALCINÉS DANS UNE VOITURE

Un paysan du nom de René Gault, cinquante-cinq ans, avait découvert la D.S. qui fumait encore le dimanche matin de bonne heure et avait aussitôt alerté la police. Les débris des papiers dans les portefeuilles des deux morts avaient permis de procéder à leur identification. Il s'agissait de Angelo Lippari, trente-trois ans, entrepreneur, et Filippo

Torchino, trente et un ans, représentant de commerce, tous deux de Milan. Lippari était mort de fractures du crâne. Quant à Torchino, on ignorait ce qui avait provoqué son décès, mais on pensait qu'il était évanoui ou mort au moment où quelqu'un avait mis le feu à la voiture. Aucun indice pour le moment. La police poursuivait son enquête.

Le garrot avait dû brûler complètement, supposa Jonathan, et de toute évidence, le corps de Lippo avait été suffisamment calciné pour que ne reste aucune trace de strangulation.

Simone entra dans la pièce, une pile de vêtements pliés sur le bras.

– Alors? Moi aussi, j'ai vu. Les deux Italiens.

– Oui.

– Et tu as aidé Ripley à faire ça. C'est ce que vous appelez « nettoyer un peu le gâchis ».

Jonathan poussa un soupir, s'assit sur le luxueux Chesterfield dont le cuir neuf craqua sous son poids, mais il s'efforça de faire bonne contenance et de dissimuler son découragement.

– Il fallait bien s'en débarrasser, dit-il.

– Et tu as dû l'aider, tout bêtement. Jon... pendant que Georges n'est pas là, je crois que nous devrions parler de tout ça. (Elle posa sa pile de linge sur la bibliothèque basse près de la porte et s'assit au bord d'un fauteuil.) Tu ne me dis pas la vérité et M. Ripley non plus. Je me demande ce que tu vas être encore obligé de faire pour lui, conclut-elle d'une voix où perçait un début d'hystérie.

– Rien, crois-moi.

Jonathan était parfaitement sincère. Et même si Tom lui demandait quoi que ce soit, il refuserait sans hésiter. Sur le moment, cela lui paraissait très facile. L'idée de perdre Simone lui était intolérable. Il lui fallait la garder à n'importe quel prix.

– Vraiment, ça dépasse mon entendement. Tu savais très bien ce que tu faisais, la nuit dernière. Tu l'as aidé à tuer ces deux hommes, n'est-ce pas?

Elle avait baissé le ton et sa voix tremblait.

– C'était la suite logique... de ce qui s'était passé avant.

– Ah oui. Ce Ripley m'a expliqué. Tout à fait par hasard, tu te trouvais dans le même train que lui, en rentrant de Munich, c'est bien ça? Et tu... tu lui as donné un coup de main pour supprimer deux hommes?

– De la Mafia, précisa Jonathan, se demandant ce que Tom avait bien pu lui raconter.

– Toi, un simple voyageur, aider un assassin? Et tu t'imagines que je vais croire ça, Jon?

Jonathan demeura silencieux, essayant de réfléchir, au comble du désespoir. La réponse à cette dernière question était nécessairement négative. *Tu n'as pas l'air de te rendre compte que c'étaient des hommes de la Mafia,* avait envie de répéter Jonathan. *Ils attaquaient Tom Ripley.* Un autre mensonge, en ce qui concernait le train, du moins. Jonathan serra les lèvres, s'enfonça plus en arrière dans le moelleux canapé.

– Je ne te demande pas de me croire. J'ai seulement deux choses à dire; cette histoire est maintenant terminée et les hommes que nous avons tués étaient eux-mêmes des criminels et des meurtriers. Tu dois bien le reconnaître.

– En somme, à tes moments perdus, tu te transformes en une sorte d'agent secret? *Pourquoi* te paie-t-on pour ça, Jon? Toi... un tueur! (Elle se leva, les poings crispés.) Tu es devenu un étranger pour moi. Je te vois pour la première fois!

– Oh! Simone, fit Jonathan se levant à son tour.

– Je me sens incapable d'éprouver pour toi la moindre tendresse, le moindre amour.

Jonathan se mit à battre des paupières.

– Tu me caches quelque chose, j'en suis sûre. Et je ne veux même pas savoir quoi. Tu comprends ça? Quelque chose d'horrible qui te lie à Ripley, à cet individu odieux, mais je me demande bien quoi, ajouta-t-elle d'un ton amèrement ironique. C'est sans doute tellement répugnant que tu n'oses pas me le dire. Je ne devrais même pas t'interroger. Tu as sans doute couvert je ne sais quel autre crime pour lui et c'est pour ça qu'on te paie, pour ça que tu es en son pouvoir. Très bien, je ne veux pas...

– Je ne suis pas en son pouvoir! Tu verras!

– J'en ai assez vu comme ça!

Elle sortit, emportant le linge repassé, et monta au premier.

Lorsque vint l'heure du déjeuner, Simone déclara qu'elle n'avait pas faim. Jonathan se fit un œuf à la coque. Il se rendit ensuite à sa boutique, laissant la pancarte FERMÉ sur la porte, puisqu'il n'ouvrait pas officiellement le lundi. Rien n'avait changé depuis samedi midi. Simone avait pourtant dû venir chercher le numéro de Tom Ripley dans son livre de commande. Il songea soudain au revolver italien rangé à l'origine dans le tiroir et qui se trouvait maintenant chez Tom. Il entreprit de fabriquer un cadre, coupa les baguettes, puis le verre, mais au moment de clouer les baguettes ensemble, il perdit courage. Qu'allait-il faire avec Simone? Et s'il lui racontait toute l'histoire, lui expliquait exactement ce qui s'était passé? Mais pour une catholique, comme elle, la vie humaine était sacrée. Et elle trouverait parfaitement « Insensée! Ecœurante ! » la proposition qu'on lui avait faite à l'origine. L'étrange, c'était que la Mafia se composait à cent pour cent de catholiques qui n'avaient pas le moindre scrupule à supprimer des vies humaines. Mais pour lui, le mari de Simone, c'était différent. Il n'avait pas le droit de tuer. Et s'il lui disait que c'était une erreur de sa part, une erreur qu'il regrettait amèrement... Mais c'était sans espoir. De toute façon, il n'était pas particulièrement convaincu que ce fût une erreur, alors pourquoi mentir de nouveau?

Il se remit au travail avec plus d'énergie, colla et cloua le cadre, fixa soigneusement un papier marron au dos de la gravure encadrée, puis attacha une étiquette avec le nom du propriétaire au fil métallique du cadre. Il consulta ensuite son livre de commandes puis s'attaqua à une gravure qui, comme la précédente, n'avait pas besoin de marie-louise. Il travailla ainsi jusqu'à six heures du soir. En rentrant chez lui, il acheta du pain et du vin, et quelques tranches de jambon dans une charcuterie, de quoi dîner tous les trois au cas où Simone n'aurait pas fait de courses.

– Je vis dans la terreur de voir débarquer d'un instant à l'autre des policiers pour t'interroger, dit Simone.

Jonathan, qui mettait la table, demeura un instant silencieux.

– Ils ne viendront pas, répliqua-t-il enfin. Pourquoi veux-tu...?

– Des indices, on finit toujours par en découvrir. Ils trouveront M. Ripley et il te dénoncera.

Jonathan était sûr qu'elle n'avait rien mangé de la journée. Il trouva un reste de purée dans le réfrigérateur et entreprit de préparer lui-même le dîner. Georges, qui jouait dans sa chambre, descendit.

– Qu'est-ce qu'ils t'ont fait, papa, à l'hôpital?

– J'ai du sang tout neuf, répondit Jonathan avec un sourire, en faisant quelques flexions avec les bras. Tu te rends compte? Au moins huit litres de sang tout neuf.

– Ça fait combien, ça? demanda Georges en pliant des bras lui aussi.

– Huit fois cette bouteille, dit Jonathan. C'est pour ça que ça a pris toute la nuit.

Malgré tous ses efforts, Jonathan ne réussit pas à arracher Simone à son silence, à sa tristesse. Elle touchait à peine à sa nourriture, sans mot dire, le nez baissé sur son assiette. Georges était déconcerté, visiblement. Toutes les tentatives de Jonathan ayant échoué, il finit par se taire lui aussi, gêné, en buvant son café, n'ayant même plus le cœur de bavarder avec Georges.

Avait-elle parlé à son frère Gérard? se demandait-il. Il expédia Georges dans le salon pour regarder la télévision; on leur avait livré le poste quelques jours auparavant. Le programme – il n'y avait que deux chaînes – n'était guère intéressant pour les enfants à cette heure-là, mais Jonathan espérait que Georges resterait devant le petit écran pendant un certain temps.

– As-tu parlé à Gérard, au fait? demanda Jonathan, ne pouvant se retenir de poser la question.

– Non, bien sûr. Tu t'imagines que je pourrais lui... lui raconter ça! (Elle fumait une cigarette, ce qui lui arrivait rarement, et elle jeta un coup d'œil vers la porte, pour s'assurer que Georges ne revenait pas vers eux.) Jon... je pense que nous devrions nous séparer.

A la télévision, un politicien français parlait des syndicats.

Jonathan se rassit sur sa chaise.

– Ma chérie, je sais, je t'assure, que tu viens de subir un choc terrible. Tâche de patienter quelques jours, s'il te plaît. Je suis sûr que je réussirai à te faire comprendre. Vraiment.

Jonathan s'exprimait avec une conviction qu'il était loin de ressentir. Mais il se cramponnait désespérément à Simone comme il se serait cramponné à une bouée de sauvetage.

– Oui, bien sûr, c'est ce que tu crois. Mais moi je suis persuadée du contraire. Je ne suis pas une jeune créature émotive, tu le sais très bien. (Elle le regardait droit dans les yeux, sans colère cette fois, mais résolue, distante.) Tout cet argent que tu possèdes maintenant, ça ne m'intéresse pas. Je peux me débrouiller toute seule... avec Georges.

– Oh! Georges... Bon sang, Simone, je peux nourrir mon fils!

Il n'arrivait pas à croire qu'ils en soient arrivés là. Se levant brusquement, il saisit Simone par les épaules pour l'attirer à lui, et la tasse de café de Simone déborda légèrement dans la soucoupe. Il l'enlaça, essaya de l'embrasser, mais elle se dégagea.

– Non! (Elle éteignit sa cigarette et commença à débarrasser la table.) Je suis désolée, mais je te signale également que je ne veux pas dormir dans le même lit que toi.

– Oh! bien sûr, je m'en doutais... (Et demain tu iras à l'église, prier pour mon âme! pensa-t-il.) Simone, laisse passer un peu de temps. Ne dis pas des choses que tu ne penses pas vraiment.

– Je ne changerai pas d'avis. Demande à ton Ripley. Il sait, lui, je crois.

Georges entra dans la pièce à ce moment-là et, déconcerté, les regarda tous les deux, ayant oublié la télévision.

Jonathan lui effleura la tête au passage en gagnant l'entrée. Il avait songé à monter dans la chambre à coucher, mais ça n'était plus leur chambre et de toute façon, qu'y aurait-il fait? La télévision continuait à bourdonner. Jonathan pivota sur les talons, prit son imperméable et une écharpe et sortit. Il se dirigea vers la rue de France, tourna à gauche et, arrivé au bout de la rue, entra dans le café-tabac du coin. Il voulait appeler Tom Ripley. Par chance, il se rappelait son numéro.

– Allô? fit Tom.

– Ici Jonathan.

– Comment allez-vous?... J'ai appelé l'hôpital, on m'a dit que vous y aviez passé la nuit. Vous êtes sorti maintenant?

– Oh! oui, ce matin. Je..., bredouilla Jonathan.

– Qu'est-ce qu'il y a?

– Est-ce que je pourrais vous voir un instant? Si vous pensez que ça n'est pas imprudent. Je suis... je suppose que je pourrais trouver un taxi.

– Où êtes-vous?

– Au nouveau bar, tout près de l'Aigle Noir.

– Je peux venir vous chercher. D'accord?

Tom se doutait que Jonathan avait eu une scène pénible avec Simone.

– Je vais remonter vers l'Obélisque. Ça me fera du bien de marcher. Je vous retrouve là-bas.

Jonathan se sentit aussitôt mieux. C'était illusoire, bien sûr, ses problèmes avec Simone n'étaient pas résolus pour autant, mais peu importait pour le moment. Il se faisait l'effet d'un homme soumis à la torture et que ses bourreaux laissent en paix un instant, et il accueillait avec reconnaissance ce répit momentané. Il faudrait bien vingt minutes à Tom pour arriver à l'Obélisque. Jonathan alluma une cigarette, sortit du bar, passa sans se presser devant l'Aigle Noir et entra un peu plus loin dans le Café des Sports où il commanda une bière. Il essayait de faire le vide dans son esprit. Une pensée lui vint soudain malgré lui : Simone finirait par comprendre. En fait, il n'en croyait rien. Il était seul maintenant et il le savait. Georges lui-même allait lui échapper, car Simone voudrait certainement le garder. Mais il ne s'en rendait pas encore pleinement compte. Il lui faudrait des jours, sans doute, avant qu'il se mette vraiment à en souffrir.

La Renault de Tom, parmi quelques autres voitures, surgit de l'ombre de la forêt pour émerger dans la zone éclairée autour de l'Obélisque. Il était huit heures passées. Jonathan attendait au coin de la route à gauche. Tom allait devoir contourner toute la place pour repartir vers Villeperce au cas où ils se rendraient chez lui. Jonathan préférait la maison de Tom à un lieu public quelconque. Tom stoppa à sa hauteur et ouvrit la portière.

– Bonsoir, dit-il.

– Bonsoir, répondit Jonathan en refermant la portière et Tom redémarra aussitôt. Est-ce qu'on peut aller chez vous? Je ne tiens guère à me trouver dans un bar.

– Bien sûr.

– J'ai passé une soirée affreuse. Sans parler de la journée.

– C'est bien ce que je pensais... Simone?

– Je crois que c'est terminé entre nous. Et comment lui en vouloir?

Jonathan, gêné, amorça un geste pour prendre une cigarette, puis se ravisa.

– J'ai pourtant fait de mon mieux, dit Tom.

Il s'efforçait de rouler le plus vite possible sans pour autant se faire arrêter par un de ces motards qui fréquemment patrouillaient le long de la route en bordure de la forêt.

– Oh! c'est à cause de cet argent... et des cadavres, bon Dieu! Pour l'argent, je lui ai dit que les médecins allemands m'avaient confié l'enjeu de leur pari, vous savez.

Toute cette histoire, l'argent, le pari, paraissait soudain grotesque à Jonathan. L'argent avait un côté concret en un sens, tangible, utile, et pourtant il ne semblait pas aussi réel, aussi lourd de signification que les deux cadavres vus par Simone. Tom avait encore accéléré. Peu importait à Jonathan qu'ils percutent un arbre ou fassent un tonneau.

– Ce sont ces meurtres, évidemment, reprit Jonathan. Le fait que j'aie donné un coup de main, ou même que je les aie commis. Je ne pense pas qu'elle reviendra sur sa décision.

A quoi sert à l'homme de gagner le monde... Jonathan eut un sourire amer. Il n'avait pas gagné le monde, mais il n'avait pas non plus perdu son âme. A la notion d'âme, Jonathan préférait celle de respect de soi-même. Il n'avait pas perdu le respect de lui-même, mais seulement Simone. Simone avait un grand sens moral, néanmoins, et la morale, n'était-ce pas le respect de soi-même?

Tom ne pensait pas, lui non plus, que Simone allait revenir sur sa décision, mais il ne dit rien. Il attendrait d'être chez lui pour essayer de réconforter Jonathan, mais que pouvait-il lui dire? Il ne croyait pas lui-même à une réconciliation possible. Et pourtant, comment savoir, avec les femmes? Elles semblaient parfois s'inspirer d'une éthique plus rigoureuse que les hommes, mais en d'autres occasions – surtout en matière de combines politiques ou à en juger par les crapules qu'il leur arrivait d'épouser – il semblait à Tom que les femmes faisaient preuve d'une plus grande souplesse, d'une plus grande duplicité que les hommes. Malheureusement, Simone semblait être d'une rectitude morale que rien ne pouvait ébranler. Jonathan n'avait-il pas dit qu'elle assistait régulièrement à la messe, en outre?

Dès la bifurcation pour Villeperce, Tom ralentit pour s'engager dans les rues paisibles, familières.

Bientôt surgit Belle Ombre derrière les grands peupliers. Une lumière brillait au-dessus de la porte. Tout était calme.

Tom alla réchauffer dans la cuisine du café qu'il avait préparé avant de partir et l'apporta dans le living-room, ainsi qu'une bouteille de cognac.

– A propos de problèmes, déclara-t-il, Reeves veut venir en France. Je lui ai téléphoné aujourd'hui de Sens. Il est à Ascona, à l'Hôtel des Trois-Ours.

– Oui, je me rappelle.

– Il s'imagine qu'on le suit dans la rue, qu'on le surveille. J'ai essayé de lui faire comprendre que nos ennemis ne perdaient pas leur temps à ce genre de choses. Il devrait bien le savoir. J'ai tout fait pour le dissuader de venir à Paris. Il ne faut pas qu'il vienne ici, en tout cas. Evidemment, je n'ai pas pu faire la moindre allusion à ce qui s'était passé samedi soir, ce qui aurait pu le rassurer. Je veux dire : nous nous sommes au moins débarrassés des deux types qui nous avaient vus dans le train. Mais je me demande combien de temps cette trêve va durer. (Penché en avant, les coudes sur les genoux, Tom effleura la fenêtre du regard.) Au fait vous avez lu les journaux d'aujourd'hui, je suppose?

– Oui.

– Aucun indice. Rien non plus aux nouvelles ce soir, mais la télé en a parlé. Toujours aucun indice. (Tom sourit et prit un de ses petits cigares. Il offrit la boîte à Jonathan, mais celui-ci refusa d'un signe de tête.) Et ce qui est également réconfortant, c'est que les gens d'ici n'ont pas posé la moindre question. Je suis allé chez le boulanger et le boucher aujourd'hui, à pied, en prenant tout mon temps, pour voir un peu. Et vers sept heures et demie est arrivé un de mes voisins, Howard Clegg; il m'apportait un grand sac en plastique plein de fumier de cheval qui provient d'une ferme où il achète un lapin de temps en temps. (Tom tira une bouffée de son cigare et se mit à rire.) C'est lui qui est passé en voiture samedi soir, vous vous rappelez? Il a pensé que nous avions des invités, Héloïse et moi, et que le moment était mal choisi pour déposer son fumier. (Tom essayait de faire passer le temps en bavardant, espérant que Jonathan finirait petit à petit par se détendre.) Je lui ai dit qu'Héloïse était partie pour quelques jours et que je recevais des amis de Paris, pour justifier la présence de la voiture devant la maison. Je crois qu'il ne s'est posé aucune question.

La pendule sur la cheminée sonna neuf heures, égrenant ses notes claires.

– Pour en revenir à Reeves, reprit Tom, j'ai pensé à lui écrire pour lui annoncer que la situation, à mon avis, s'était améliorée, mais deux choses m'ont arrêté. Reeves va probablement quitter Ascona d'un moment à l'autre, et en plus, la situation ne s'est pas arrangée pour lui, si les Italiens sont toujours à ses trousses. Maintenant, il utilise le pseudonyme de Ralph Platt, mais les autres connaissent son signalement. S'il est toujours pourchassé par la Mafia, la seule solution pour lui c'est de filer au Brésil. Et encore, le Brésil...

Tom eut un léger sourire, sans trace de gaieté cette fois.

– Il n'a pas l'habitude de ce genre de situations? s'enquit Jonathan.

– Cette fois-ci, non. Vous savez, il y a très peu de gens qui se frottent à la Mafia et qui s'en tirent sans ennuis. Ils arrivent à survivre peut-être, mais dans quelles conditions...

Enfin, Reeves récoltait ce qu'il avait semé, songea Jonathan. Et en plus, il l'avait attiré dans ce guêpier. Non, c'était lui, Jonathan, qui s'était embringué de lui-même dans cette combine louche, qui s'était laissé convaincre... pour de l'argent. Et Tom Ripley, même si l'initiative de cette opération périlleuse lui revenait, l'avait aidé, apparemment, à récolter cet argent. Jonathan évoqua une fois de plus ces moments passés dans le train entre Munich et Strasbourg.

– Je suis vraiment désolé pour Simone, dit Tom. (Le visage allongé, crispé, de Jonathan penché sur sa tasse de café semblait une parfaite image de l'échec.) Quelles sont ses intentions?

– Oh! fit Jonathan avec un haussement d'épaules, elle a parlé de séparation. En emmenant Georges, bien entendu. Elle a un frère à Nemours, Gérard. Je ne sais pas ce qu'elle compte lui raconter, ou au reste de sa famille là-bas. Elle est absolument scandalisée, vous comprenez. Et ravagée de honte.

– Je comprends, oui, dit Tom, pensif. Peut-être avec le temps...

– Non, affirma Jonathan, accablé. Je suis flambé.

Tom fit mine de parler, mais Jonathan l'interrompit à nouveau.

– Vous savez bien qu'entre Simone et moi, c'est fichu. Et puis il y a toujours cette même question qui se pose : combien me reste-t-il à vivre? Pourquoi traîner en longueur? Alors, Tom... (Jonathan se leva)... si je peux me rendre utile d'une façon quelconque, même si cela équivaut à un suicide, je suis à votre disposition.

Tom esquissa un sourire.

– Cognac?

– Oui, une goutte merci.

Tom le servit.

– Vous savez, à mon avis, le plus dur est passé. Avec ces Ritals, j'entends. Naturellement, s'ils mettent la main sur Reeves et le torturent, nous serons dans de sales draps.

Jonathan avait envisagé cette éventualité. Simplement il ne s'en souciait plus guère, mais ce n'était pas le cas de Tom. Tom tenait à rester en vie.

– Je ne peux vraiment pas faire quelque chose? Servir... d'appât peut-être. Me sacrifier?

Jonathan eut un rire sans joie.

– Je n'ai aucun besoin d'appât, répondit Tom.

– Mais vous ne m'avez pas dit un jour que la Mafia exigeait la rançon du sang, à titre de vengeance?

Tom l'avait certainement pensé, mais il n'était pas sûr de l'avoir dit.

– Si nous n'intervenons pas, dit-il, ils risquent de coincer Reeves et de le liquider. C'est ce qu'on appelle laisser faire la nature. L'idée d'assassiner des Mafiosi, ce n'est ni vous ni moi qui l'avons mise dans la tête de Reeves.

L'attitude cynique de Tom tempéra un peu l'élan de Jonathan. Il se rassit.

– Et Fritz, au fait? Vous avez des nouvelles? Je me le rappelle très bien.

Jonathan sourit, comme s'il évoquait le bon vieux temps, l'arrivée de Fritz chez Reeves à Hambourg, le visage éclairé d'un sourire amical, avec sa casquette à la main et le petit revolver dans sa poche.

Tom dut faire un effort pour se rappeler qui était Fritz; le *factotum*, chauffeur de taxi, messager de Reeves.

– Non. D'après Reeves, il a dû retourner dans sa famille à la campagne. J'espère qu'il y est toujours. Ils en ont peut-être fini avec Fritz. (Tom se leva.) Jonathan, il faut que vous rentriez chez vous, maintenant, que vous affrontiez la réalité.

– Je sais. (Il se sentait mieux, néanmoins, grâce à Tom. Tom avait un côté réaliste, même vis-à-vis de Simone.) C'est drôle, vous savez, mais le problème, ça n'est plus la Mafia, c'est Simone... pour moi, s'entend.

Tom comprenait très bien.

– Je peux vous accompagner, si vous voulez. Essayez encore une fois de lui parler.

Jonathan eut un haussement d'épaules. Il jeta un coup d'œil au tableau accroché au-dessus de la cheminée, un Derwatt intitulé *Homme dans son fauteuil*, lui avait dit Tom. Il lui rappela l'appartement de Reeves, avec un autre Derwatt au-dessus de la cheminée, peut-être détruit maintenant.

– Quoi qu'il arrive, j'ai bien l'impression que je vais dormir sur le Chesterfield cette nuit, dit-il.

Tom songea à prendre les nouvelles à la radio, mais l'heure était passée.

– Qu'est-ce que vous en pensez? Simone peut toujours m'interdire sa porte. A moins que ça ne risque d'aggraver la situation si je vous accompagne?

– Elle ne peut pas être pire, la situation... Bon, d'accord. J'aimerais beaucoup que vous veniez avec moi, en effet. Mais qu'allons-nous dire?

Tom fourra les mains dans les poches de son vieux pantalon de flanelle grise. Dans la poche droite se trouvait le petit revolver italien dont Jonathan avait été armé dans le train. Tom avait dormi avec le revolver sous son oreiller depuis samedi soir. Oui, que pouvait-on dire? Tom se fiait en général à l'inspiration du moment, mais avec Simone, n'avait-il pas tenté déjà tout ce qu'il pouvait? Quelle autre explication ingénieuse pouvait-il trouver pour la convaincre, pour lui faire admettre leur point de vue?

– L'essentiel, commença-t-il d'un ton pensif, c'est d'arriver à la persuader que personne ne court plus le moindre danger. Je reconnais que ça n'est pas facile. Ça équivaut à nier l'existence des cadavres. Mais son problème, en fait, c'est qu'elle vit dans l'angoisse, maintenant.

– Et vous pensez vraiment qu'il n'y a plus de danger? demanda Jonathan. On ne peut pas en être sûr, n'est-ce pas? Ça dépend de Reeves, je suppose.

A dix heures, ils étaient à Fontainebleau. Jonathan monta le premier le perron, frappa à la porte, puis glissa sa clef dans la serrure. Mais le verrou était mis à l'intérieur.

– Qui est-ce? demanda Simone.

– Jon.

Elle fit coulisser le verrou.

– Oh! Jon... j'étais si inquiète!

Voilà qui était encourageant, songea Tom.

L'instant d'après, Simone aperçut Tom et son visage se ferma.

– Oui, Tom m'a accompagné. Pouvons-nous entrer?

Elle parut sur le point de refuser, puis elle recula d'un pas, le buste raide. Jonathan et Tom entrèrent.

– Bonsoir, madame, dit Tom.

La télévision était allumée dans le salon; un ouvrage de couture (une doublure de manteau que Simone devait être en train de réparer) était posé sur le canapé de cuir noir et Georges jouait par terre avec un petit camion. L'image du bonheur domestique, songea Tom. Il salua Georges.

– Asseyez-vous donc, Tom, dit Jonathan.

Mais Tom resta debout, car Simone ne faisait pas mine de s'asseoir.

– Et quelle est la raison de cette visite? demanda-t-elle à Tom.

– Madame, bredouilla Tom, je... je suis venu pour endosser toute la responsabilité de ce qui s'est passé et pour essayer de vous persuader de... d'être un peu plus indulgente avec votre mari.

– Vous prétendez que mon mari... (Elle prit soudain conscience de la présence de Georges et, l'air exaspéré, alla le prendre par la main.) Georges, monte dans ta chambre. Tu m'entends? Je t'en prie, mon chéri.

Georges se dirigea vers la porte, se retourna, puis il sortit de la pièce et commença à monter l'escalier en rechignant.

– Dépêche-toi! lui cria Simone et elle alla fermer la porte du salon. Vous prétendez, reprit-elle, que mon mari ignorait tout de ces... de ces événements et que c'est par hasard qu'il s'y est trouvé mêlé? Que cet argent répugnant provient d'un pari entre deux médecins?

Tom fit une profonde aspiration.

– Je suis seul responsable. Peut-être... peut-êre a-t-il commis une erreur en m'aidant. Mais ne pouvez-vous le lui pardonner? C'est votre mari...

– Il est devenu un criminel. Grâce à votre charmante influence, peut-être, mais le fait est là. N'est-ce pas?

Jonathan s'assit dans un fauteuil.

Tom décida d'aller s'installer à un bout du canapé jusqu'à ce que Simone le chasse de la maison. Rassemblant son courage, il reprit :

– Jon est venu me voir ce soir pour discuter de tout ça, madame. Il est bouleversé. Le mariage... est un lien sacré, comme vous le savez fort bien. S'il devait perdre votre affection, il n'aurait même plus le courage de vivre, vous devez bien vous en rendre compte. Et vous devriez aussi penser à votre fils, qui a besoin d'un père.

Légèrement ébranlée par les propos de Tom, Simone répliqua néanmoins :

– Oui, un père. Un père qu'il puisse respecter. Je suis d'accord.

Tom entendit des pas sur le perron et tourna vivement la tête vers Jonathan.

– Tu attends quelqu'un? demanda Jonathan à Simone, pensant qu'elle avait sans doute téléphoné à Gérard.

Elle secoua la tête.

– Non, dit-elle.

Tom et Jonathan se levèrent d'un bond.

– Poussez le verrou, chuchota Tom en anglais à Jonathan. Demandez qui est là.

Sans doute un voisin, songea Jonathan en se dirigeant vers la porte. Il poussa le verrou sans bruit.

– Qui est-ce, s'il vous plaît?

– Monsieur Trevanny?

Jonathan ne reconnut pas la voix et, par-dessus son épaule, jeta un coup d'œil à Tom qui l'avait suivi dans l'entrée.

– Qu'est-ce qui se passe encore? demanda Simone.

Tom posa un doigt sur ses lèvres. Puis, sans se soucier de la réaction de Simone, il se dirigea vers la cuisine où la lumière était allumée. Simone le suivit. Tom cherchait des yeux un objet lourd. Il se rappela qu'il avait également un garrot dans sa poche.

– Qu'est-ce que vous faites? demanda Simone.

Tom était allé ouvrir une étroite porte jaune dans un angle de la cuisine. C'était un placard à balais où Tom trouva ce qu'il cherchait, un marteau, à côté duquel se trouvait un burin, sans parler de plusieurs serpillières et balais.

– Je risque d'être plus utile en restant ici, déclara Tom en empoignant le marteau.

Il s'attendait à un coup de feu à travers la porte, à moins que les assaillants n'enfoncent le panneau à coups d'épaule. Il perçut alors un léger déclic. Jonathan avait enlevé le verrou. Etait-il devenu fou?

Simone aussitôt s'avança hardiment dans le couloir et Tom l'entendit pousser une exclamation étouffée, suivie d'un remue-ménage dans l'entrée, puis la porte claqua.

– Madame Trevanny? demanda une voix d'homme.

Le cri poussé par Simone s'étrangla aussitôt dans sa gorge et des bruits de pas s'approchèrent de la cuisine.

Simone apparut, freinant des talons, propulsée en avant par un individu trapu en complet sombre qui lui plaquait une main sur la bouche. Tom, qui se trouvait à gauche de l'homme au moment où il entrait dans la cuisine, avança d'un pas et lui assena un coup de marteau sur la nuque, juste en dessous de son chapeau. L'homme, pris par surprise, lâcha Simone et se redressa légèrement. Tom en profita pour le frapper sur l'arête du nez, puis, son chapeau étant tombé à terre, il l'assomma tel un bœuf à l'abattoir d'un coup violent infligé en plein front. Les genoux de l'homme cédèrent sous lui.

Se tournant vers Simone, Tom l'attira vers le placard à balais, invisible depuis l'entrée. Pour autant qu'il sache, ils n'étaient entrés qu'à deux et le silence qui régnait fit craindre à Tom que l'autre ait employé le garrot avec Jonathan. Le marteau à la main, il remonta le couloir à pas de loup. L'Italien l'entendit néanmoins depuis le living-room, où il était bel et bien en train d'étrangler Jonathan, étendu par terre. Tom bondit sur lui, marteau brandi. L'Italien – en complet gris, coiffé d'un chapeau gris – lâcha le garrot et il s'efforçait de tirer son pistolet de son baudrier d'épaule lorsque Tom le frappa à la pommette. Comme il n'était redressé qu'à demi, il amorça un plongeon en avant et Tom, lui enlevant prestement son chapeau de la main gauche, lui assena de nouveau un coup de marteau à toute volée de la main droite.

L'homme ferma les yeux, ses lèvres se détendirent et il s'affaissa sur le sol.

Tom s'agenouilla auprès de Jonathan. La cordelette de nylon avait déjà disparu dans la chair de son cou. Tom tourna la tête de Jonathan d'un côté puis de l'autre, essayant de glisser un doigt sur la corde pour la desserrer.

Les lèvres de Jonathan étaient retroussées sur ses dents et il essayait de se délivrer, mais ses doigts étaient sans force.

Simone apparut soudain à leur côté, tenant à la main un coupe-papier. Elle en inséra la pointe sous la cordelette autour du cou de Jonathan et réussit à desserrer le nœud coulant.

Tom, qui était accroupi sur les talons, perdit l'équilibre, tomba sur son séant et se releva aussitôt d'un bond. D'un geste prompt, il alla fermer complètement les rideaux de la fenêtre donnant sur la rue, écartés jusqu'alors de vingt centimètres. Une minute et demie environ avait dû s'écouler depuis l'arrivée des Italiens. Il ramassa le marteau par terre et alla de nouveau pousser le verrou de la porte d'entrée. Aucun bruit ne parvenait du dehors, à part les pas d'un piéton passant sur le trottoir et le ronronnement d'une voiture remontant la rue.

– Jon, dit Simone.

Jonathan toussa et se passa la main sur le cou. Il essayait de s'asseoir.

L'homme au visage porcin gisait immobile, la tête contre le pied d'un fauteuil. Mais il respirait encore.

– Salopard, murmura Tom et, attrapant l'homme par le devant de sa chemise et par sa cravate aux couleurs criardes, il brandit son marteau et lui assena un coup terrible sur la tempe gauche.

Georges, les yeux écarquillés, se tenait sur le pas de la porte.

Simone avait apporté un verre d'eau à Jonathan et elle était agenouillée à côté de lui.

– Va-t'en, Georges! cria-t-elle. Papa n'a rien! Va dans... Monte dans ta chambre, tout de suite, Georges!

Mais Georges restait planté là, fasciné par une scène qui surpassait sans doute tout ce qu'il avait pu voir à la télévision. Ne faisant d'ailleurs pas très bien la différence, il ne la prenait pas au sérieux. Il ouvrait de grands yeux attentifs, mais il ne paraissait pas vraiment effrayé.

Jonathan arriva jusqu'au canapé, avec l'aide de Tom et de Simone. Il s'assit et se laissa tomber sur le capitonnage tandis que Simone lui tamponnait le visage avec une serviette humide.

– Je vais bien, je t'assure, marmonna-t-il.

Tom continua à tendre l'oreille, guettant des bruits de pas devant ou derrière la maison.

– Madame, s'enquit-il avec anxiété, la porte qui donne sur le jardin est fermée à clef?

– Oui, répondit Simone.

Tom se rappelait également que le sommet de la porte métallique était orné de pointes.

– Il doit y en avoir au moins un de plus qui attend dehors dans la voiture, déclara-t-il en anglais à Jonathan.

Simone avait probablement compris cette phrase, mais il ne put en juger à son expression. Elle observait Jonathan qui semblait hors de danger. Puis elle se dirigea vers Georges qui se tenait toujours sur le seuil de la pièce.

– Georges! Est-ce que tu vas... (Elle le poussa vers l'escalier, le porta même jusqu'à mi-hauteur du premier et lui donna une petite claque sur le derrière.) Va dans ta chambre et ferme la porte!

Simone était formidable, pensa Tom. Un autre assaillant, tout comme à Belle Ombre, allait surgir d'un instant à l'autre. Tom essaya d'imaginer ce que pouvait bien penser l'homme ou les hommes restés dans la voiture. N'entendant ni bruits, ni hurlements, ni détonations, ils en déduiraient sans doute que tout s'était passé comme prévu. Ils devaient s'attendre à voir maintenant ressortir leurs deux acolytes mission accomplie, ayant étranglé les Trevanny ou les ayant battus à mort. Reeves avait dû parler, songea Tom, il avait dû leur donner le nom et l'adresse de Jonathan. Une idée insensée lui vint soudain; lui et Jonathan allaient se coiffer du chapeau des Italiens, sortir en trombe et se ruer sur la voiture où les autres attendaient et les prendre par surprise... avec pour toute arme, le petit revolver! Mais il ne pouvait pas demander ça à Jonathan.

– Jonathan, dit-il, il vaudrait mieux que j'aille voir avant qu'il soit trop tard.

– Comment ça, trop tard?

Jonathan s'était essuyé le visage avec la serviette humide et ses cheveux s'ébouriffaient au-dessus du front.

– Avant qu'ils viennent à la rescousse. Ils peuvent attaquer d'une seconde à l'autre.

Tom s'approcha de la fenêtre et se baissa pour jeter un coup d'œil au-dehors juste au-dessus de l'appui. Il essayait de repérer une voiture garée, ses feux de position allumés. Le stationnement était autorisé de l'autre côté de la rue ce jour-là. Tom aperçut alors ce qu'il cherchait sur sa gauche, à une douzaine de mètres en diagonale. Les feux de position de la grosse voiture étaient allumés, mais il ne pouvait savoir si le moteur tournait, à cause des autres bruits de la rue.

Jonathan s'était levé et se dirigeait vers Tom.

– Je crois que je les vois, lui dit Tom.

– Qu'est-ce que nous allons faire?

S'il avait été seul, Tom serait resté dans la maison et aurait essayé d'abattre tout homme franchissant la porte.

– Il faut penser à Georges et à Simone. Nous ne voulons pas de bagarre ici. Je crois que nous devrions les attaquer, dehors. Sinon ils vont rappliquer et s'ils réussissent à entrer, ils n'hésiteront pas à tirer. Je crois que je peux me débrouiller, Jon.

Une brusque fureur s'empara de Jon, décidé à protéger sa maison et son foyer.

– Très bien, nous irons ensemble!

– Que vas-tu faire, Jon? demanda Simone.

– Nous pensons qu'il y en a peut-être d'autres... qui vont arriver, répondit-il en français.

Tom gagna la cuisine. Il ramassa le chapeau par terre près du cadavre et le posa sur sa tête. Le chapeau s'enfonça jusqu'à ses oreilles. Il se baissa pour prendre le pistolet dans le baudrier d'épaule du mort. Puis il regagna vivement le salon.

– Les pistolets..., dit-il, tendant la main vers l'arme tombée à terre et que dissimulait à demi un pan de la veste de l'Italien.

Il ramassa également le chapeau, constata qu'il lui allait mieux que l'autre et tendit à Jonathan celui trouvé dans la cuisine.

– Mettez ça, dit-il. S'ils nous prennent pour leurs copains jusqu'à ce que nous ayons traversé la rue, ça nous facilitera la tâche. Mais en fait, je préférerais que vous restiez ici, Jon. Il suffit que l'un de nous sorte de la maison. Je veux simplement les faire filer!

– Je viens avec vous, insista Jonathan.

Il savait ce qu'il avait à faire; leur flanquer la trouille et peut-être même en descendre un avant d'être lui-même abattu.

Tom tendit à Simone le petit revolver italien.

– Prenez cette arme, madame, elle pourrait vous être utile.

Devant sa répugnance à s'emparer du revolver, il le posa sur le canapé.

Jonathan rabattit le cran de sûreté de son pistolet.

– Vous avez vu combien ils étaient dans la voiture?

– Impossible de distinguer quoi que ce soit à l'intérieur.

A ce moment précis, Tom perçut un léger bruit de pas qui montaient avec lenteur les marches du perron. Il fit un signe de tête à Jonathan.

– Poussez le verrou après nous, madame, chuchota-t-il à Simone.

Tom et Jonathan, tous deux coiffés de chapeaux maintenant, longèrent le couloir. Tom poussa le verrou, ouvrit la porte, et se trouva nez à nez avec l'homme qui se tenait derrière. Le bousculant d'un coup d'épaule, il l'empoigna en même temps par le bras et le fit pivoter pour le réexpédier en bas des marches. Jonathan lui immobilisait également l'autre bras. Au premier coup d'œil, dans la pénombre, l'autre les avait peut-être pris pour ses deux copains, mais il avait dû aussitôt comprendre son erreur.

– A gauche! cria Tom à Jonathan.

L'homme se débattait entre eux deux, sans mot dire, et les efforts qu'il déployait faillirent faire perdre son équilibre à Tom.

Jonathan avait repéré la voiture garée un peu plus loin dont les phares brusquement s'allumèrent tandis que le bruit du moteur s'amplifiait. Elle se mit à reculer.

– Lâchez-le! dit Tom.

Lui et Jonathan, d'un geste parfaitement synchronisé, projetèrent l'Italien en avant et sa tête heurta le flanc de la voiture qui reculait doucement. Tom entendit le pistolet de l'Italien tomber bruyamment sur le trottoir. La voiture s'était maintenant arrêtée et la portière à hauteur de Tom s'ouvrit. Les hommes de la Mafia, apparemment, voulaient récupérer leur acolyte. Tom sortit le pistolet de la poche de son pantalon, visa le conducteur et pressa la détente. Le conducteur, aidé par un homme installé à l'arrière, essayait de hisser l'Italien à demi assommé sur la banquette avant. Tom n'osa pas tirer une seconde fois, car deux personnes, surgissant de la rue de France, accouraient dans leur direction. Et une fenêtre s'ouvrit dans une des maisons. Tom vit, ou pensa voir, l'autre portière arrière de la voiture s'ouvrir et quelqu'un fut projeté sur le trottoir.

Un coup de feu partit de l'arrière de la voiture, puis un second, au moment même où Jonathan trébuchait ou avançait devant Tom. La voiture démarra en trombe.

Tom vit alors Jonathan s'affaisser et, avant qu'il ait pu le rattraper, s'effondrer à l'endroit même que venait de quitter la voiture. Nom de Dieu, pensa Tom, si j'ai touché le conducteur, ça doit être au bras seulement. La voiture avait disparu.

Un jeune homme, puis un homme et une femme s'approchèrent en courant.

– Qu'est-ce qui se passe?
– Il est blessé?
– Appelez la police! cria une jeune femme.
– Jon!
Tom avait pensé que Jonathan avait simplement trébuché, mais Jonathan ne se relevait pas et remuait à peine. Avec l'aide d'un des jeunes gens, Tom le transporta, maintenant inerte, sur le trottoir.
Jonathan pensait avoir reçu une balle dans la poitrine, mais après le choc de l'impact, il ne ressentait plus maintenant qu'un engourdissement général. Il allait bientôt s'évanouir. Peut-être serait-ce plus grave qu'un simple évanouissement. Les gens autour de lui couraient dans tous les sens, vociféraient.
Ce fut seulement à ce moment-là que Tom reconnut l'homme qui avait été jeté hors de la voiture. Reeves! Tassé sur lui-même, il essayait apparemment de reprendre son souffle.
– ... ambulance, disait une voix. Il faut appeler une ambulance!
– J'ai ma voiture! cria un homme.
Tom leva les yeux vers les fenêtres de la maison de Jonathan et vit la tête de Simone, qui regardait entre les rideaux. Il ne fallait pas la laisser là, pensa-t-il. Jonathan devait être conduit d'urgence à l'hôpital et sa voiture l'y amènerait plus rapidement que n'importe quelle ambulance.
– Reeves... Attends-moi, je reviens dans une minute... Oui, madame, dit-il à une femme qui faisait partie du groupe de cinq ou six personnes l'entourant, je l'emmène immédiatement à l'hôpital dans ma voiture.
Tom traversa la rue en courant et frappa du poing à la porte.
– Simone, c'est Tom!
Lorsqu'elle ouvrit la porte, il reprit :
– Jonathan a été blessé. Il faut le conduire immédiatement à l'hôpital. Prenez simplement un manteau et venez. Et amenez Georges!

Georges était descendu dans l'entrée. Simone ne perdit pas de temps à endosser un manteau, mais tâtonna dans la poche du vêtement accroché dans l'entrée pour y prendre ses clefs avant de rejoindre précipitamment Tom.

– Il est blessé? Il a été touché?

– J'en ai peur, oui. Ma voiture est sur la gauche. C'est la Renault verte.

Sa voiture était à une vingtaine de mètres derrière l'endroit où s'étaient garés les Italiens. Simone voulut se précipiter vers Jonathan, mais Tom lui affirma que ce qu'elle pouvait faire de plus utile, c'était d'aller ouvrir les portières de sa voiture. La foule des badauds avait grossi. Cependant, il n'y avait pas encore de policiers et un petit homme demanda d'un ton pincé à Tom pour qui il se prenait, bon Dieu, à vouloir tout organiser.

– Va te faire foutre! lui dit Tom en anglais.

Aidé de Reeves, il s'efforçait de soulever Jonathan le plus doucement possible. Il aurait été plus raisonnable de rapprocher la voiture, mais il était trop tard pour se raviser et, aidés de deux autres personnes, ils transportèrent Jonathan jusqu'à la voiture sans trop de difficulté et le calèrent dans un coin sur la banquette arrière.

La bouche sèche, Tom se mit au volant.

– Je vous présente Reeves Minot, dit-il à Simone. Madame Trevanny.

– Bonsoir, madame, dit Reeves avec son accent américain.

Simone monta à l'arrière à côté de Jonathan. Reeves prit Georges avec lui à l'avant et Tom démarra, mettant le cap sur l'hôpital de Fontainebleau.

– Papa s'est évanoui? demanda Georges.

– Oui, Georges, répondit Simone et elle se mit à pleurer.

Jonathan entendait leurs voix, mais il ne pouvait parler. Il ne pouvait remuer, pas même un doigt. Il lui semblait voir une mer grisâtre déferler quelque part sur une côte anglaise, écumante, tumultueuse.

Il se sentait très loin de Simone bien que sa tête reposât sur son sein. Mais Tom était vivant, lui, Tom conduisait la voiture, toujours maître de lui comme d'habitude. Jonathan songea vaguement qu'il avait reçu une balle dans la poitrine, mais cela n'avait plus guère d'importance maintenant. La mort était proche, la mort qu'il s'était efforcé de regarder en face sans vraiment y parvenir, la mort à laquelle il avait essayé en vain de se préparer. Une reddition pure et simple, c'était finalement la seule façon de mourir. Et ce qu'il avait pu faire au cours de sa vie, ses échecs, ses réussites, ses aspirations, tout cela lui semblait absurde.

Tom croisa une ambulance dont la sirène ululait. Il conduisait prudemment. L'hôpital n'était qu'à quatre ou cinq minutes. Le silence qui régnait dans la voiture l'oppressa soudain. Il avait l'impression que lui-même, Reeves, Simone, Georges et Jonathan s'étaient figés pour l'éternité.

– Cet homme est mort! déclara un interne avec stupeur.

– Mais...

Tom ne pouvait y croire. Il n'arrivait pas à articuler un mot.

Seule Simone poussa un cri.

Ils se tenaient maintenant dans la cour de l'hôpital. Jonathan avait été étendu sur un brancard que portaient deux infirmiers qui restaient immobiles, comme s'ils ne savaient pas ce qu'ils devaient faire.

– Simone, voulez-vous...

Mais Tom ignorait même ce qu'il allait lui dire. Et Simone courait maintenant vers Jonathan que les infirmiers portaient à l'intérieur, et Georges la suivait. Tom se lança à sa suite pour lui demander ses clefs, afin de pouvoir enlever les deux cadavres de sa maison, de les éliminer d'une façon quelconque, mais il s'arrêta brusquement, dérapant sur le ciment. La police arriverait chez les Trevanny avant lui. Elle devait s'y trouver déjà, car les voisins avaient dû expliquer que le drame avait commencé dans la maison grise, qu'après les détonations, un homme (Tom) s'était précipité de nouveau vers la maison, dont il était ressorti en compagnie d'une femme et d'un petit garçon avant de monter dans une voiture.

Simone disparut au coin d'un bâtiment, suivant le brancard où reposait Jonathan. Tom eut l'impression de la voir déjà dans un convoi funèbre. Se détournant, il alla rejoindre Reeves.

– Filons pendant qu'il est encore temps, dit-il.

Ils remontèrent dans la Renault. Tom démarra en direction de l'Obélisque, pour rentrer chez lui.

– Jonathan est mort, tu crois? demanda Reeves.

– Oui. Enfin... tu as entendu l'interne.

Affaissé sur lui-même, Reeves se frotta les yeux. Tous deux étaient encore sous le choc, ne se rendant pas bien compte. Tom craignait d'être poursuivi par une voiture de l'hôpital, ou même de la police. On ne dépose pas un mort pour repartir aussitôt sans fournir d'explications. Qu'allait dire Simone? Peut-être n'insisterait-on pas trop pour la faire parler ce soir, mais demain?

– Et toi, mon ami? demanda Tom d'une voix rauque. Pas d'os brisés, de dents cassées?

Il avait parlé, se rappelait Tom, peut-être même immédiatement.

– Seulement quelques brûlures de cigarettes, répondit humblement Reeves, comme s'il s'agissait d'un désagrément négligeable en comparaison d'une balle de revolver.

Il avait le menton hérissé d'une barbe rougeâtre de trois centimètres de long.

– Tu sais, je suppose, qu'il y a deux cadavres chez les Trevanny. Je serais bien passé là-bas pour essayer de faire quelque chose, ajouta-t-il, mais la police doit y être déjà.

Soudain pris de panique en entendant ululer une sirène derrière lui, Tom crispa les mains sur le volant, mais c'était une ambulance blanche avec un phare tournant bleu sur le toit qui les dépassa à hauteur de l'Obélisque et tourna à droite filant sur

Paris. Durant le trajet jusqu'à Villeperce, personne ne les doubla, aucun policier ne leur fit signe de s'arrêter. Reeves, épuisé, s'était assoupi, appuyé à la portière, et ne se réveilla que lorsque la voiture s'immobilisa.

– Nous sommes arrivés, dit Tom.

Ils descendirent de voiture dans le garage dont Tom boucla ensuite les portes, puis il ouvrit la porte de la maison avec sa clef. Tout était calme en apparence.

– Tu veux t'étendre sur le canapé pendant que je prépare un peu de thé? suggéra Tom. Ça nous fera du bien.

Ils burent sans hâte deux grandes tasses de thé brûlant additionné de whisky. Puis, Reeves, sur le ton d'excuse qui lui était coutumier, demanda à Tom s'il n'avait pas une pommade contre les brûlures. Tom lui trouva un médicament dans l'armoire à pharmacie des toilettes du rez-de-chaussée où Reeves s'enferma pour soigner ses plaies, toutes sur le ventre, expliqua-t-il. Tom alluma un cigare, non pas tant par envie de fumer, mais par besoin d'affecter une attitude décontractée qui lui donnait une sorte de sentiment de sécurité, illusoire peut-être, mais pourtant efficace. En cas de problème grave, estimait-il, il était essentiel de paraître sûr de soi.

Lorsque Reeves revint dans le living-room, il remarqua le clavecin.

– Oui, dit Tom, c'est une nouvelle acquisition. Et je suis décidé à prendre des leçons, de même qu'Héloïse d'ailleurs. La difficulté, c'est de trouver un bon professeur mais nous ne pouvons pas continuer à pianoter sur cet instrument comme deux chimpanzés. (Il fit une pause et enchaîna :) Dis-moi, Reeves, si tu me racontais ce qui s'est passé à Ascona.

Reeves se remit à siroter son thé au whisky et demeura un moment silencieux comme un homme qui soit s'arracher à de pénibles souvenirs.

– Je pensais à Jonathan... Mort. Je ne souhaitais pas ça, tu sais.

Tom croisa les jambes. Lui aussi pensait à Jonathan.

– Alors, qu'est-ce qui s'est passé, à Ascona?

– Eh bien, comme je te l'ai dit, j'ai pensé qu'ils m'avaient repéré. Et puis un soir, il y a deux jours, oui, c'est ça, un des gars que tu as vus m'a abordé dans la rue. Un type jeune, bien habillé, le genre sportif, qui avait l'air d'un touriste italien. Il m'a dit en anglais : « Va faire ta valise et règle ta note. On va t'attendre. » Je savais, évidemment, ce que je risquais... je veux dire : si j'essayais de filer. Ça se passait dimanche soir vers sept heures. Hier?

– Oui, c'était hier dimanche.

Reeves gardait les yeux fixés sur la table basse, le buste raide, une main délicatement posée sur son estomac, au niveau des brûlures sans doute.

– Au fait, je n'ai même pas emporté ma valise. Elle est toujours dans le hall de l'hôtel à Ascona. Ils m'ont simplement fait signe de sortir et ils m'ont dit : « Pose ça là. »

– Tu pourras appeler l'hôtel depuis Fontainebleau, par exemple, suggéra Tom.

– Oui. Eh bien... ils n'arrêtaient pas de me bombarder de questions. Ils voulaient savoir qui était le cerveau à l'origine de toute l'affaire. Je leur ai répondu qu'il n'y en avait pas. Ça ne pouvait pas être moi, le cerveau! (Reeves eut un petit rire étranglé.) Il n'était pas question que je dise que c'était toi, Tom. De toute façon, ça n'était pas toi qui voulais chasser la Mafia de Hambourg. Alors là-dessus... ils ont commencé à me brûler avec leurs cigarettes. Ils m'ont demandé qui était dans le train. Je crains de n'avoir pas été aussi brillant que Fritz. Ce bon vieux Fritz...

– Il n'est pas mort, j'espère? s'enquit Tom.

– Non. Pas que je sache. Enfin, je préfère abréger cette pénible histoire... Je leur ai donné le nom de Jonathan et son adresse. J'ai cédé... parce qu'ils me tenaient sur le plancher de la voiture dans une forêt je ne sais où et me brûlaient le ventre avec leurs cigarettes. Je me rappelle m'être dit que même si je criais comme un putois pour appeler à l'aide, personne ne viendrait. Là-dessus, ils ont essayé de m'étouffer.

Reeves, mal à l'aise, s'agitait sur le canapé.

Tom compatissait, en un sens.

– Ils n'ont pas prononcé mon nom?

– Pas du tout.

Tom se demanda si son coup de bluff avait réussi. La famille Genotti croyait peut-être que Tom Ripley n'était pas celui qu'ils recherchaient.

– C'était la famille Genotti, je suppose.

– Logiquement, oui.

– Tu n'en es pas sûr?

– Bon sang, Tom, ils ne précisent pas à quelle bande ils appartiennent!

C'était vrai.

– Ils n'ont pas parlé d'Angie... ou de Lippo? Ou d'un capo du nom de Luigi?

Reeves réfléchit un instant.

– Luigi... ça me dit vaguement quelque chose. Mais tu sais, Tom, j'avais une telle peur...

Tom soupira.

– Angie et Lippo, ce sont les deux gars que Jonathan et moi avons liquidés samedi soir, déclara Tom d'une voix contenue comme si quelqu'un avait risqué de l'entendre. Ils étaient tous les deux de la famille Genotti. Ils sont venus à la maison ici et... On les a brûlés dans leur propre voiture, à des kilomètres d'ici. Jonathan m'a aidé et il a été formidable! Tu devrais voir les journaux! ajouta Tom avec un sourire. On a obligé Lippo à téléphonner à son patron Luigi, pour lui dire que je n'étais pas l'homme qu'ils recherchaient. C'est pour cette raison que je t'interrogeais sur les Genotti. J'aimerais beaucoup savoir s'ils ont été convaincus ou pas.

Reeves essayait toujours de se rappeler.

– Je suis sûr qu'ils n'ont pas prononcé ton nom. Vous en avez tué deux ici? Dans la maison! Ça, c'est quelque chose, Tom!

Reeves se laissa aller en arrière, le sourire aux

lèvres, comme si c'était la première fois qu'il se détendait depuis bien longtemps. Ce qui était peut-être le cas.

Tom se leva et se détourna de Reeves. Jonathan était mort. Et il n'avait même pas pu se réconcilier avec Simone, obtenir son pardon; elle n'avait pas eu un geste pour lui, sauf pour lui accorder quelques secondes d'attention quand il avait encore le garrot autour du cou.

– Reeves, tu ne crois pas que tu devrais aller te coucher? A moins que tu ne veuilles manger quelque chose d'abord. Tu as faim?

– Je suis trop crevé pour manger, mais je serai ravi de me coucher. Mercï, Tom. Je n'étais pas sûr que tu puisses me loger.

Tom se mit à rire.

– Moi non plus.

Il montra à Reeves la chambre d'ami, lui signala que Jonathan avait couché dans le lit pendant quelques heures et lui proposa de changer les draps, mais Reeves lui affirma que c'était parfaitement inutile.

– Ce sera une bénédiction d'être au lit, ajouta-t-il, vacillant de fatigue, en commençant à se déshabiller.

Si les hommes de la Mafia essayaient d'attaquer de nouveau cette nuit, se disait Tom, il y avait le gros pistolet italien, plus sa carabine; le Lüger également, et un Reeves bien fatigué à la place de Jonathan. Mais il ne pensait pas que la Mafia viendrait ce soir. Sans doute préféreraient-ils mettre le plus de kilomètres possible entre eux et Fontainebleau. Tom espérait avoir blessé le conducteur, et même grièvement.

Le lendemain matin, Tom laissa dormir Reeves. Assis dans le living-room, une tasse de café à la main, il avait branché la radio sur un poste qui diffusait un bulletin d'information toutes les heures. Malheureuement, il était neuf heures passées. Il se demanda ce que Simone pourrait bien raconter à la police et ce qu'elle avait dit la veille au soir. Elle ne parlerait pas de lui, pensait-il, afin de ne pas dévoiler le rôle joué par Jonathan dans le meurtre des Mafiosi. Ou bien se trompait-il? Ne pourrait-elle dire que Tom Ripley avait obligé son mari... Mais comment? Quel genre de pression pouvait-il exercer sur lui? Non, il était vraisemblable que Simone expliquerait, *grosso modo* : « Je ne vois absolument pas pourquoi la Mafia (ou les Italiens) est venue chez nous. » « Mais qui était cet homme en compagnie de votre mari? Les témoins ont parlé d'un autre homme... qui avait l'accent américain. » « Je ne sais pas », répondrait peut-être Simone. « Une relation de mon mari. Je n'ai jamais su son nom... »

On ne pouvait pour le moment se livrer à aucune prévision.

Reeves descendit vers dix heures. Tom refit du café et lui prépara également des œufs brouillés.

– Il vaut mieux pour toi que je m'en aille, dit Reeves. Pourrais-tu me conduire à Orly? Je voudrais également téléphoner pour ma valise, mais pas d'ici. Si on peut passer par Fontainebleau...

– Je te conduirai à Fontainebleau et à Orly. Où comptes-tu aller?

– A Zurich, je pense. De là, je tâcherai de faire un saut jusqu'à Ascona pour aller chercher ma valise. Mais si je téléphone à l'hôtel, ils pourraient me la faire suivre à l'*American Express* de Zurich. Je dirai simplement que je l'avais oubliée!

Reeves eut un rire insouciant, mais qui manquait de sincérité.

Il y avait également le problème de l'argent. Tom avait à peu près treize cents francs en liquide chez lui. Il pouvait facilement en prêter une partie à Reeves pour qu'il pût prendre son billet d'avion et changer le reste en francs suisses une fois qu'il serait à Zurich. Reeves avait des chèques de voyage dans sa valise.

– Et ton passeport? demanda Tom.

– Je l'ai sur moi. (Reeves tapota sa poche poitrine.) Tous les deux. Ralph Platt avec une barbe et moi rasé. Je me suis fait photographier avec une fausse barbe par un copain à Hambourg. Les Italiens ne m'ont pas piqué mes passeports, tu te rends compte? Un vrai coup de chance, non?

Une vraie chance, en effet. Reeves était du genre à refaire éternellement surface, songeait Tom. Il avait été kidnappé, brûlé, soumis à Dieu sait quelle formes d'intimidation, jeté à bas d'une voiture et il était là en train de manger des œufs brouillés, sans même la moindre trace de coups sur le visage, intact, comme s'il ne s'était rien passé.

– Je vais utiliser de nouveau mon vrai passeport. Alors si tu permets, je prends un bain, je me rase et on part quand tu veux.

Pendant que Reeves faisait sa toilette, Tom téléphona à Orly pour se faire indiquer les heures d'avion à destination de Zurich. Il y en avait trois ce jour-là, le premier décollant à une heure vingt et où il y aurait certainement une place de libre, lui précisa l'employée à l'aéroport.

Il était environ midi lorsque Tom arriva à Orly en compagnie de Reeves. Ce dernier alla téléphoner, à l'hôtel des Trois-Ours à Ascona, pour demander qu'on envoyât sa valise à Zurich. Pour un homme qui avait laissé derrière lui un bagage contenant un carnet d'adresses particulièrement intéressant, Reeves ne semblait guère inquiet. Il croyait vraiment à sa bonne étoile, songea Tom.

Du moins Tom avait insisté pour lui donner une de ses petites valises où il avait mis une chemise de rechange, un sweater, un pyjama, une paire de chaussettes. Il lui avait également fait cadeau d'un imperméable.

Reeves paraissait plus pâle sans sa barbe.

– Inutile de rester jusqu'à mon départ, Tom, je vais me débrouiller. Et merci mille fois. Tu m'as sauvé la vie.

Ça n'était pas tout à fait exact, à moins que les Italiens n'aient eu l'intention de descendre Reeves après l'avoir jeté à bas de la voiture, ce dont il doutait.

– Si je n'ai pas de nouvelles de toi, dit Tom avec un sourire, j'en déduirai que tout va bien.

– D'accord Tom!

Le saluant d'un geste de la main, il franchit les portes vitrées.

Tom monta dans sa voiture et reprit la route de

Villeperce. Il se sentait morose, abattu. Il n'avait même pas envie, pour essayer de se remonter le moral, de voir des gens ce soir, les Grais ou les Clegg. Il téléphonerait à Chantilly vers sept heures pour savoir si Héloïse était partie pour la Suisse. Auquel cas ses parents auraient son numéro de téléphone au chalet ou sauraient en tout cas comment la joindre. Par ailleurs, il pouvait très bien d'une heure à l'autre recevoir la visite de la police, et cette perspective achevait de le démoraliser. Que pourrait-il raconter aux policiers? Qu'il avait passé toute la soirée de la veille chez lui? Dans son désarroi, Tom fut pris d'un petit rire qui, bizarrement, le soulagea. De toute façon, il fallait d'abord qu'il se débrouille pour savoir ce qu'avait dit Simone.

Mais la police ne se manifesta pas et Tom n'essaya pas de communiquer avec Simone. Il craignait, comme d'habitude, que les policiers ne fussent en train de recueillir des indices et des témoignages contre lui avant de venir le confondre. Il alla faire quelques courses pour le dîner, effectua quelques exercices au clavecin, écrivit un petit mot gentil à Mme Annette chez sa sœur à Lyon.

Chère Madame Annette,

Belle Ombre s'ennuie de vous. Mais j'espère que vous vous reposez et que vous profitez de ces belles journées de printemps. Tout va bien ici. Je vous téléphonerai un de ces soirs pour avoir de vos nouvelles.

Bien amicalement.

Tom.

Le bulletin d'information à la radio signala une fusillade à Fontainebleau, trois hommes tués, sans donner de noms. Le journal de mardi (Tom acheta *France-Soir* à Villeperce) publiait un court entrefilet : Jonathan Trevanny, de Fontainebleau, avait été abattu et les cadavres de deux Italiens avaient été découverts dans sa maison. Tom ne fit qu'effleurer leurs noms du regard, comme s'il ne voulait pas se les rappeler, mais il savait qu'ils allaient rôder encore longtemps dans sa mémoire. Alfiori et Ponti. Mme Simone Trevanny ne savait absolument pas pourquoi ces deux hommes avaient pénétré chez eux, avait-elle déclaré. Ils avaient simplement sonné à la porte et fait irruption dans l'entrée. Un ami dont Mme Trevanny n'avait pu donner le nom avait aidé son mari et les avait ensuite conduits tous les deux, avec leur petit garçon, à l'hôpital de Fontainebleau, mais son mari était mort durant le trajet.

« Aidé », songea Tom avec ironie. C'était vraiment l'euphémisme du siècle, quand on songeait que les deux Mafiosi avaient eu le crâne fracassé. Il maniait fort habilement le marteau, cet ami des Trevanny, et Trevanny lui-même ne s'était pas si mal débrouillé, compte tenu du fait qu'ils avaient dû affronter quatre hommes armés!

Ce premier compte rendu du journal du soir était des plus succincts mais, à coup sûr, la presse donnerait par la suite davantage de détails et la police de toute façon n'en avait pas fini, ni avec Simone ni même avec lui peut-être. Mais Mme Trevanny essaierait de protéger la réputation de son mari et son petit magot en Suisse, estimait Tom, sinon elle en aurait déjà dit davantage. Elle aurait cité le nom de Tom Ripley, par exemple, et fait état des soupçons qu'il lui inspirait.

Il est vrai que les policiers gardaient peut-être pour eux certains renseignements tout en poursuivant leur enquête.

Les funérailles de Jonathan Trevanny devaient avoir lieu le mercredi après-midi, 17 mai, après un service religieux à Saint-Louis. Le jour venu, Tom eut envie de se rendre à l'église mais il savait que sa présence aurait été odieuse à Simone, et après tout, si l'on assistait à un enterrement, c'était bien plus pour les vivants que pour les morts. Tom consacra donc le temps du service funèbre à travailler silencieusement dans son jardin. (Il fallait qu'il relance les ouvriers pour la serre.) De plus en plus il était convaincu que Jonathan s'était délibérément placé devant lui pour le protéger.

Quant à Simone, même en supposant qu'elle eût évité de donner son nom aux policiers, n'allait-elle pas céder, se raviser, s'ils revenaient à la charge, s'ils la harcelaient par trop de questions? Comment pourraient-ils admettre qu'elle en sût aussi peu sur l'affaire? D'autant plus que les identifications des Italiens, reconnus comme des membres de la Mafia, les inciteraient sans nul doute à pousser leur enquête. Et ces tueurs n'étaient-ils pas justement aux trousses de ce mystérieux ami anonyme et non de Jonathan? Simone pourrait-elle persister à nier qu'elle en connût l'identité, soutenir que son mari menait peut-être une double vie dont elle ne savait rien? Il lui faudrait une détermination bien ancrée, une résistance et une vigilance peu communes pour ne pas varier dans ses déclarations. Bien sûr, il serait à tous égards dans son intérêt de rester sur ses positions et peut-être après tout le souci du lendemain, la nécessité de protéger l'avenir de Georges lui donneraient-ils précisément la force nécessaire pour ne jamais se trahir et laisser l'enquête s'enliser dans la confusion et dans l'oubli, du moins en ce qui la concernait.

Un mois plus tard, vers la fin juin, alors qu'Héloïse était depuis longtemps rentrée de Suisse et que Tom avait vu sa théorie sur l'affaire Trevanny se justifier – aucune nouvelle déclaration de Simone n'avait paru dans la presse, pas un policier n'était venu l'interroger à Villeperce – Tom vit Simone arriver dans sa direction, sur le même trottoir que lui, dans la rue de France à Fontainebleau. Tom transportait une urne volumineuse qu'il venait d'acheter pour son jardin. Il fut surpris de voir Simone, car il avait entendu dire qu'elle était déjà partie avec son fils pour Toulouse où elle avait acheté une maison. La jeune et dynamique propriétaire de la nouvelle épicerie fine qui avait remplacé la boutique de Gauthier venait en fait de le lui affirmer. Ainsi, pliant sous le poids de l'énorme vase de terre cuite, se rappelant encore avec déplaisir le céleri rémoulade et les harengs à la crème qui avaient remplacé les tubes de peinture, les pinceaux neufs et les toiles auxquels il était habitué dans la boutique de Gauthier, croyant en outre Simone à des centaines de kilomètres de là, il eut l'impression d'avoir une vision, de croiser un fantôme. En bras de chemise, la sueur perlant au front sous l'effort, il amorça un mouvement pour traverser la rue et obliquer vers sa voiture garée un peu plus loin, quand Simone le vit soudain. Le regard étincelant de fureur, elle s'arrêta un instant à sa hauteur, et comme Tom s'immobilisait lui aussi, avec l'idée de la saluer, elle lui cracha au visage, et poursuivit résolument son chemin en direction de la rue Saint-Merry.

Ce geste correspondait en un sens, peut-être, à la vengeance de la Mafia, songea Tom. Et un vague espoir lui vint que les choses en resteraient là, qu'aussi bien de la part de la Mafia que de la part de Simone, il n'aurait plus rien à redouter. En fait, ce crachat était une sorte de gage, déplaisant certes, mais rasssurant en même temps. Car si Mme Trevanny n'avait pas décidé de garder l'argent déposé en Suisse, elle ne se serait pas donné la peine de manifester aussi son mépris et lui-même serait maintenant en prison. Peut-être n'était-elle pas très fière d'elle. A cet égard, elle rejoignait les rangs de la majorité des êtres humains. Finalement, estimait Tom, elle avait la conscience plus tranquille que ne l'aurait eue son mari, s'il avait survécu.

GRAND CONCOURS PATRICIA HIGHSMITH

du roman policier

Télérama et Calmann-Lévy organisent un concours du roman policier inédit. Chaque année, deux manuscrits sélectionnés par un jury présidé par Patricia Highsmith, et publiés par Calmann-Lévy et en feuilleton par *Télérama*.

Règlement sur demande auprès de *Télérama* (129, Bd Malesherbes 75017 Paris) et de Calmann-Lévy (3, rue Auber 75009 Paris).

Titres de Patricia Highsmith disponibles en Presses Pocket :

LE JOURNAL D'ÉDITH
L'AMATEUR D'ESCARGOTS **(nouvelles)**
L'INCONNU DU NORD-EXPRESS
RIPLEY ET LES OMBRES
CEUX QUI PRENNENT LE LARGE
LE RAT DE VENISE **(nouvelles)**
EAUX PROFONDES
LA RANÇON DU CHIEN
LA PROIE DU CHAT **(nouvelles)**
MONSIEUR RIPLEY (PLEIN SOLEIL)
LES SIRÈNES DU GOLF **(nouvelles)**

A paraître :

LE MEURTRIER **(février 1987)**
RIPLEY S'AMUSE **(février 1987)**
SUR LES PAS DE RIPLEY **(mars 1987)**
L'ÉPOUVANTAIL **(mai 1987)**
UNE CRÉATURE DE RÊVE **(octobre 1987)**
CE MAL ÉTRANGE **(décembre 1987)**

IMPRIMÉ EN FRANCE PAR BRODARD ET TAUPIN
Usine de La Flèche (Sarthe), le 15-01-1987.
1061-5 - N° d'Éditeur 2343, janvier 1987.

PRESSES POCKET - 8, rue Garancière - 75006 Paris
Tél. 46.34.12.80